太 阳 鸟

郁 秀◎著

海天出版社（中国·深圳）

图书在版编目（CIP）数据

太阳鸟 / 郁秀著.—深圳:海天出版社，2015.4
（花季雨季系列）
ISBN 978-7-5507-1302-4

Ⅰ．①太… Ⅱ．①郁… Ⅲ．①长篇小说－中国－当代
Ⅳ．①I247.5

中国版本图书馆CIP数据核字(2015)第035128号

太 阳 鸟

Taiyangniao

出 品 人：陈新亮
出版策划：于　辉
　　　　　赵同敏
责任编辑：谢　芳
　　　　　蒋鸿雁
责任技编：梁立新
责任校对：袁　红
装帧设计：李松璋

出版发行：海天出版社
地　　址：深圳市彩田南路海天综合大厦(518033)
网　　址：www.htph.com.cn
订购电话：0755-83460293(批发)　83460397(邮购)
排版制作：深圳市思成致远创意文化有限公司　0755-82537697
印　　刷：深圳市新联美术印刷有限公司
开　　本：787mm×1092mm　1/16
印　　张：21.75
字　　数：345千
版　　次：2015年04月第1版
印　　次：2015年04月第1次
定　　价：32.00元

《诗》曰:"天命玄鸟,降而生商,宅殷土茫茫。"玄鸟即太阳鸟。

我们都是太阳鸟的子孙。

年复一年,一群群年轻的太阳鸟飞越重洋,肩负着故土的期望……

—— 作者题记

目　录

引 子

　　天舒站在图书馆那面宽大的墙前，凝视着荣誉榜上父亲的名字。

　　当年的公费留学生非常刻苦努力，父亲就是其中很典型的一个。他珍惜难得的出国深造的机会，敏而好学，勤于思考。他相信心是灵物，小用小成，大用大成，活用则至神。果然，父亲以骄人的成绩成了明星学生，他的博士论文被S大学评为当年最佳论文。天舒希望有一天，这块荣誉榜上，也能有她陈天舒的名字。父女同登一榜，在校史上留下一段佳话。

　　天舒从图书馆出来，坐在图书馆前的木头长椅上等杨一看电影，说是看什么老片子《泰坦尼克号》，天舒不感兴趣，只是杨一请她，何乐而不为呢？

　　二月初的北加州，雨后的晴天，湛蓝到几乎透明的天空，几朵白云单纯天真地飘着，纯净的空气里掠过几缕清风，嫩绿的草坪上几只松鼠东张西望，更有一些快乐的美国青年嬉闹而过。

　　这是她来美国读书六个月来最轻松的一刻，没想到这一刻对她感情世界的影响是那么的巨大和深刻。

　　图书馆前有许多的大树，一棵，两棵……整齐又茂盛。天舒想，当年父亲是在哪一棵树下看书呀？这棵还是那棵？

　　天舒一直觉得这就是命运的循环——二十年前父亲留学S大学，二十年后她也留学S大学，而且这一年正值她双十年华。她常常触景生情：这条小路父亲一定走过，两旁的草木依然葳蕤；这位颤巍巍的老先生可能教过父亲，不过那时他还风华正茂……天舒仿佛在寻找父亲当年的足迹。半年时间一晃而过，这一天，似乎验证了她的寻找。

　　杨一来了，带来了大森，还带来了一位新朋友——苏锐。

苏锐背朝着太阳站着,天舒用手挡住额头看他,仿佛在致军礼。

灿烂的阳光后面是一张年轻精神的脸,脸部线条像斧削出来的锐利,眼神却有些忧郁,一种有些伤感又高贵的忧郁。苏锐往旁边移了移,显然看出天舒的晃眼。

"你好,天舒。"

"你好,苏锐。"

他笑了,脸上的忧郁一扫而光。

天舒后来回想起来,她一生的许多决定都与那个忧郁的眼神有关。那忧郁是什么?她不知道。而她却知道,从那一刻起,她喜欢上了苏锐。仿佛那时就注定了他们之间会发生什么故事。

第一章

八十年代的出国人员流行过这么一句话："寻找失去的自我。"这句话说得还是很有水平的，首先肯定是有自我的，只不过失去了，现在要把它寻回。我想，他们是否寻到，现在应该是很清楚的了。可对我而言，甚至对我们这一代人而言，出国留学只是一件相当自然的事，就像上完一年级该上二年级一样。

—— 陈天舒

1　三个表姐妹

十七岁前没有动人的故事。天舒记不起什么很深刻的事情了。记忆只因隔着岁月相望，那份遥远才变得美丽。人家说前十七年决定人的一生，想想自己前十七年的记忆如此单薄，她有些遗憾。

外公有三个女儿：妈妈招弟、二姨引弟和三姨来弟。即便如此，那个"弟弟"还是没有"招引来"，而三个女儿又给外公生了三个外孙女 —— 阿晴、天舒和晶晶。

外公像是不喜欢所有的外孙女们，可惜他没有外孙子可以喜欢。

母亲招弟排行老大，却给外公生了第二个外孙女天舒，而且天舒比二姨引弟的女儿阿晴小了六岁。小时的天舒，对此大有吃亏的感觉。如果不是因为母亲结婚晚，她理应是长外孙女。她想做老大，可以管着妹妹们，就像阿晴表姐常管着她一样。到小学毕业，天舒的心理就发生了根本性的变化：她再也不喜欢长大了，她觉得还是做小的比较好。

母亲晚婚与外公有关。外公一直不同意母亲的婚事，最后同意也是因为母亲年纪大了。

母亲结婚时近三十岁了。外公不喜欢父亲有两个原因：一、父亲是山东人。外公不喜欢北方人，可怕的是外公把广东以北都列为北方，那他要不喜欢多少人啊；二、父亲出身不好。外公不希望母亲和母亲的后代因为家庭出身再受苦。

阿晴没有父亲，从小与母亲引弟寄居在外公外婆家。她对外公外婆的言行举止看在眼里，记在心里。私下里曾对天舒议论过，最后的评语是：外公对外小心翼翼，外婆对内飞扬跋扈。天舒把阿晴对外公外婆的评语转告母亲。母亲听了，说，阿晴此话差矣，长辈终究是长辈，不要乱加评论。母亲的话外之音，像是有些默认。

天舒只记得在她很小的时候，外公早上一定要听一部小小的半导体收音机，音量调得低低的，整个头凑过去，有时索性把小收音机放在耳边，听一些香港新闻，脸上的表情紧张又慎重。这样一直维持到内地的气氛相当的松弛，香港的电视、广播已经公开于广东及沿海地区。这以后，外公根本就不听新闻了，只听些天气预报。

阿晴说，外公本来就不是关心政治的小男人，以前也不是关心，根本就是担心嘛。母亲说，阿晴这句话倒是对的。

不担心的日子，外公像是反而过不惯了。不久，外公就去世了。那年，天舒七岁，阿晴十三岁，晶晶三岁。

至于外婆，干干瘦瘦，颧骨很高，典型的广东女人。外婆像铁，阿晴如钢，两人不时摩擦出火花。不管是热战还是冷战，女人和女人之间的矛盾又能深刻到哪里去？想必都是女人的小心眼，小事变大事。

二姨引弟终日不说话，像个深宫的怨妇。三姨来弟则是继承了外公的嗜好，爱听收音机，当然不再是先前的小半导体收音机。不过她不听新闻，而是热衷于电台的热线电话，小老百姓可以直接介入"党的喉舌"，发表意见、聊天、点歌，三姨牵着长长的电话线耐心地等待着，一旦打通了，受宠若惊，第一句话是："喂，是我吗？是同我讲话吗？"最后点了首歌，说送给收音机前所有的听众，似乎她多博爱一样。阿晴听了都心酸，三姨平时在家可没有这么好脾气。

三姨的嗜好坚持到她出嫁，嫁人后就不打热线电话了，只是打电话给丈夫。三姨夫是个生意人，有钱。三姨每天打电话到办公室以慰问为名，做些监督工作。

外婆说过她们表姐妹三人，最聪明的是天舒。天舒觉得不然，她只是最会读书的那一个，阿晴表姐和晶晶表妹都比她聪明。

小时候，晶晶与天舒玩捉迷藏，天舒常常大伤脑筋。不是找不到晶晶，而是太容易找到了。晶晶只知道藏在桌子底下，也只知道到桌子底下找别人。每次在桌子底下捉到她，晶晶就说："姐姐好厉害呀，一下子就找到我了。"天舒索然无趣："你就不能换个地方藏吗？"晶晶却说："我担心换了地方，你找不到呀。"捉迷藏是小事，聪明人能在这种小事上就随便显露智慧吗？

晶晶父母对她进行的是刺激性教育。考60分奖一百元，考80分奖二百元，考100分奖五百元，写一篇额外作文，奖五十元。晶晶常把那些额外作文转手给别的小朋友，从中赚了点批零差价。

晶晶极有爱心，对她家的狗也关怀备至。有一次，晶晶就赏了它一瓶马爹利，那狗大醉了三天。晶晶十分孝敬父母，为了给父母少添麻烦，寒暑假常常不请自到天舒家，祸水流入他人田。

而表姐阿晴则是个尤物加鬼精灵。天舒有时与母亲周末回外婆家，她多是找表姐玩。大人聊天，天舒有时会插嘴，母亲就说："大人的事，小孩子少管。"阿晴则是边玩边竖起耳朵听大人谈话，句句入耳，字字在心。

阿晴比天舒大六岁，六年的差异对人生的前三十年就是时代的区别。当天舒是一个儿童时，阿晴已是少年；当天舒是少年了，阿晴又是青年。就是这么的永远追不上。天舒还在大院的篱笆下用泥土堆一个很高的城堡，并以此为荣时，阿晴已经知道为自己身体的变化而羞答答了。

天舒十三四岁时，发育得不怎么好，用手护着胸，生怕自己一个不小心会掉下什么。而那时的阿晴，妩媚的狐狸脸，身体前凸后翘。别人都说她美。刚刚开始发育的天舒是体验不到这种美的，且为表姐深感惋惜：替表姐的狐狸脸遗憾，她认定圆圆的娃娃脸好看；更为表姐的丰乳肥臀害羞，觉得出卖了女人的含蓄美。

渐渐发育成熟，也渐渐见了世面，尤其那个健胸器材——"做女人'挺'好""女人有'曲折'，人'身'更精彩"的广告词铺天盖地时，天舒体会到了其中的妙不可言。

阿晴常常带天舒去逛街。一次,阿晴看上了一件粉红色的连衣裙。对于这种有些俗气的、扬长而不避短的色调,阿晴试穿上,也能让人眼前一亮。卖衣服的老板娘说,这衣服好像就是为你定做的。当然,卖衣服的老板娘都会这么说。老板娘又加了一句:"你穿什么衣服都好看!"这是由衷之言。回家后,天舒将老板娘的话重复给母亲听,母亲抿着嘴说,是啊,阿晴穿什么衣服都好看,不穿衣服更好看。说罢,母亲自己偷笑了。天舒仿佛窥测出什么苗头,傻傻地跟着笑。天舒一直认为母亲是个大智慧的女人,三言两语就能概括出事物的本质。

阿晴在天舒她们还是一群丑小鸭时,就已经是一只白天鹅了。有人曾经说过,共产党人是用特殊材料做成的。其实,这句话形容阿晴也是合适的,她就像是用特殊材料做成的。接着,天舒对表姐的美绝对崇拜起来。她的同学、朋友赞叹阿晴的美貌,天舒就当成对自己的赞美一般,忘乎所以。有一个同学说:"阿晴她是怎么长的啊?"天舒竟回答:"哪里,哪里。"

高中时,她曾喜欢班上一个很酷的男孩。这个男孩很受女孩欢迎。为了吸引他的注意,天舒竟有意无意地告诉该男孩:"我的表姐长得可漂亮了。"只有十六岁天真无邪的年纪才会说出这种可爱的傻话。

当然这种崇拜也没维系太久。天舒把对表姐的认识作为自己成长的标识。"阿晴,人一个。"天舒长大后说。

2 从小是个乖孩子

天舒见过父母的结婚合影,像是两个志同道合的五四青年。天舒成长背景正常。父母恩爱与否不知道。因为母亲有一次抱怨说,她和父亲恋爱那阵子,每次在外面吃饭,父亲一定抢着去排队,让母亲先坐下。"结婚后全变了,在外面吃饭,你爸自己先找位置坐下,剩下全是你妈妈的事了。"母亲这样说。

父亲则说母亲太爱逛商店了,他进去超过十分钟,头一定昏。母亲也不一定要买什么,有时根本就不买,看看、摸摸,感觉就很好。父亲显然理解不了女人的这种感觉,说:"不买,你看什么呀。口袋里明明没钱,还很大胆地跟人家讨价还价，折腾一番后，又不买，走掉了。"后来父母逛街通常这样：到了商店门口，父亲就对天舒和母亲说："你们进去逛，我在外面等你们。"有的时候，父亲连等的耐心也没有，说："你们进去逛，我站在外面等你们。"父亲故意把"站"字讲得很响，言下之意很明白——记住，我可是站着等，你们可得快点儿。

家里气氛既不民主宽松，也不专制压抑。也就那样。

父亲在研究所工作，是一个本分的知识分子，热爱知识，"文革"当中，也偷偷地学习。历史和良知告诉他，中国不可能永远这样下去，总有一天需要知识。果然，改革开放后，父亲凭着过硬的专业知识，作为"文革"后最早一批的留学生公派留美，几年后学成归国。

八十年代初，关于留学生在外获得成功又毅然回国的报道层出不穷。父亲所里另一个公派留学人员老张，回国后十分风光，晚报专访，就写他"毅然放弃国外的别墅、轿车、高达三万的年薪，回来报效祖国"，结果评了先进个人，又提为研究员。

许多年过去，中国对美国已经不再陌生，那些令人艳羡的故事也逐渐销声匿迹了。

什么叫别墅？中国人眼中的一幢房子，美国几乎人人在住；轿车，美国没有车就好像没有脚；至于三万元左右的年薪，在美国只能算是温饱有了保障。

父亲回国，对外对内口径一致，年纪大了，孩子又小，再说毕竟是单位派出去的，能说不回来就不回来吗？

当时父亲那批留学生还不允许家属"陪读"。比父亲晚一些留学的父亲同事，携家带眷，回来的就少了。等二十年后，天舒到美国遇见父亲同事的女儿时，两个年轻姑娘只能用英语交谈了。天舒想：如果父亲当年留在美国，我也就变得跟她一样成了半洋鬼子了。当然这是一种假设。

天舒曾经问过父亲，有没有后悔回国？父亲说，有得有失吧。谈物质生活当然是美国好啦，但是一个中国人要获得归属感、成就感，还是应该回国。他在国内可以感受自己的存在，能够为身边的环境带来一些变化。而且在一块土地上出生成长的人，应该对这块土地注入一份关心、负起一份责任。

有一年春节，所里发苹果，父亲比别人多了一倍。父亲以为搞错了，人家说，这是从今年开始给归国人员增加的福利。父亲回家说："回国这么久了，早不把自己当归国人员了，可人家还记得。"这么一点的关心，却让父亲感动了许久。

父亲勤勤恳恳地工作，将自己的事业推向一个又一个的高峰。

父亲总是在工作，一次电视里报道某位科学家废寝忘食地工作，夜夜睡在办公室里。父亲听了，笑着嘟囔了一声："他就睡在办公室呀，那我还没他努力啊。"母亲听了，愤愤地说："你少了人家的前一句话——妻子去世后，我就睡在办公室里！"

母亲是医生，中医。母亲十分推崇中医，她很霸道地说："中医把人当人看，西医把人当动物来看。"中医当久了，母亲讲话都是判断句。西医还会先询问再判断，中医看看气色、把把脉，往往问也不问就下了判断。母亲的句型常是："你要……""你应该……"母亲是个禀赋极高的女人，以她的智慧足以成就丰功伟业，可惜没有，而且也不可能了。天舒常为母亲不平。

天舒上学早，五岁上小学。不是父母对她智力开发得早，实在是没人管孩子，就把天舒早早地送到学校交给老师管。

天舒的整个童年乃至少年都是平淡无奇的，唯一的深刻印象是她才读小学一年级就会背诵《水调歌头·游泳》。这让她在几次特定的场合出了一丁点风头。当小朋友们在背"床前明月光"和"鹅、鹅、鹅"时，天舒脱口而出："才饮长沙水，又食武昌鱼。万里长江横渡，极目楚天舒。不管风吹浪打，胜似闲庭信步，今日得宽余。子在川上曰：逝者如斯夫！风樯动，龟蛇静，起宏图。一桥飞架南北，天堑变通途。更立西江石壁，截断巫山云雨，高峡出平湖。神女应无恙，当惊世界殊。"小朋友们目瞪口呆，老师也刮目相看。其实原因很简单，她的名字就取自此词，父母从小就教她。天舒对自己的名字很满意，她常说母亲和阿姨们的名字可笑，什么招弟引弟来弟，哈哈，俗不可耐，好玩。

中小学出色的学生有两种：一种是学习成绩优秀的，另一种则是文体出众的。

天舒在读书上从未叫父母操心过，偶尔也参加文体表演。小学四年级时参加广州市国庆游行，由于她长得比较高，被选去跳狮子舞。她兴奋地告诉父母，国庆节一定要去看，第七排右起第三只狮子就是她。

父母带着表姐阿晴去看了。游行队伍浩浩荡荡地经过广场，鲜花队伍、鼓乐队伍、彩车队伍都过去了，才轮到狮子队。

上百只活灵活现、金光闪闪的小狮子在锣鼓喧天声中，左蹦蹦，右跳跳。父亲连忙问母亲，哪一只下面装着咱们家天舒呀？母亲说，我正在找呀。正说间，狮子队已经过去了。晚上，天舒红光满面地回家，问父母："你们今天看见我了吗？"母亲立刻说："看见了，就你舞得最好。"天舒咧着嘴笑："我们老师也是这么说的，那你们知道我是舞头还是舞尾的？"父母对视，天舒还在咧着嘴笑："告诉你们吧，我是舞头的。老师说了，舞得好的同学才能舞头。"

母亲说："搞了半天，天舒只舞了半只狮子。还挺兴奋的。"

阿晴说："在太阳底下晒了一天，连张脸也没亮亮，还只舞半只狮子，就高兴成这样，天舒真是天真。"

父亲说："孩子们的天真就在于此。你说哪个成年人会这样？这样也好，这种孩子单纯，好养。"

天舒总的来说，算得上是一个好学生好孩子，要知道中国人对女孩子的要求有多严！尊重师长、团结同学、成绩优异、待人礼貌，这些都是她成绩单上常见的评语，可以说，她没有让父母操过什么心。

上学的时候，常听同学说"我和我们家老子大吵了一架"，口气中溢出的是一种光荣。现在流行"新新人类"，要酷，要反叛，要特别，要有个性，什么"男孩不坏，女孩不爱"，什么"好女孩上天堂，坏女孩走四方"；再不就是说坏小孩将来都有出息，而"表现佳"的孩子，将来最多做个银行职员；还说西方的孩子都这样。真的吗？现在的风气下，"乖小孩"倒成了另类，与时代唱了反调。天舒觉得她这个"乖小孩"走得也挺顺，没有什么不好的，更不觉得泯灭了个性，你们都不乖，她乖，这就是一种个性。父母对她算是满意，会读书也听话，笑口常开，不满意的都是一些小枝小节，无伤大雅。比如，天舒只知道开灯，从来不知道关灯，母亲常常跟在后面关灯，嘴里喊："等你以后成家了，我到你们家第一件事，就是把你们家的灯一个个都打开。"

父母对她满意的另一个原因是，她不给家里惹事，即使在容易反叛的青春期。当然天舒也有过不顺从，只不过全是"心理活动"，没有机会发作出来，等到她过了青春期，又觉得没什么可发作的了。她小时候在垃圾箱里捡到一只小猫，抱回家想养，母亲斩钉截铁地拒绝了："养什么猫啊，我们养你都困难。"说完，就要丢回垃圾箱。这让天舒很伤心，换了其他"新新人类"，可能早在地上打滚了，天舒只在地上跳了两跳，母亲仍然不理她，她也就作罢。

3 "寄托"的一代

中国的教育是累积性的教育，万丈高楼平地起。天舒觉得自己到现在为止只做了一件事，那就是读书，自发自觉地读书。有一次，母亲见她太努力了，说了一句："你也不要给自己太大压力，适当时候也要放松一下。"天舒并不是个多愁善感的人，只是觉得父母不可能说出这话。当时听完，第一反应竟然是 —— 我是不是得了什么绝症？我是不是快死了？要不然，父母怎么会叫我放松呢？

一次，母亲的病人来家做客，对母亲说，你女儿真是不错，书读得好，人也是眉清目秀。天舒听了，暗喜，刚想进房间照照自己是如何的眉清目秀，母亲说话了："天舒这个孩子，漂亮倒还谈不上，会读书倒是真的。"

高考那年，面对报名表，她极漫不经心地向母亲投出一句话："哪所大学最远？"母亲也极随意地丢来一句话："哈佛最远。"之后，大家都笑笑。后来，天舒报了中山大学，准确地说，是在父母的引导下报了这所离家最近的学校。报的是生化专业。那年计算机专业和生化专业都很热，都说二十一世纪是信息的时代，是生命科学的时代。

天舒的大学生活与中学生活几乎没有什么差别。还是在同一座城市，还是住在家里，同样的读书考试……唯一不同的是：中学生拍拖有人管，老师、家长都阻止；大学生就没人管了，不拍拖反而让人觉得不正常。高三与大一只差一年，拍拖的后果就有了天壤之别。

大学时代流行两件事：一件是"拍拖"，另一件是"考托"。

大概大二的时候，周围所有的同学都在考TOEFL和GRE，同学小安每天都在学英语，看英语电影、听英语广播、读英语小说，学英语学到将中文彻底遗忘。有一次天舒与小安到小安男朋友宿舍，上楼前要先登记。

"'与被访者关系'这一栏，一定要填吗？"小安红着脸问门房老伯。

"是的，如实地填。"

小安羞涩地填了两个字——"一次"。

小安在天舒惊诧的目光下，头低得更低了："噢，你也没有想到吧？"

小安真是学英语学得太多了，她做梦都用英语。

这种氛围下，不考TOEFL和GRE也成了异类，因为连食堂的师傅都卷入了。有一次打饭，有个广东学生要买包子，他"四"和"十"不分，北方师傅听了半天，还搞不清楚他到底是要四个还是十个。师傅急了，叫："Four or ten?"大家顿时一片哗然，买包子的同学更是诚惶诚恐："Four, please."师傅点头："OK."

师傅都非等闲之辈，不努力能行吗！于是天舒开始报名参加各种各样的培训班、速成班、强化班。其中一个是"王牌托福"，口号叫得很响，什么"考满分是应该，不考满分是活该""王牌托福，托福王牌"。姓王的老师很有意思，每次一讲语法部分，就说："好了，又是我们中国考生得高分的时候了，这是我们的强项。语法部分长句子就是要缩句，缩成主谓句。定状补都是袜子，记住脱袜子，脱袜子。"一次讲急了说漏了嘴："记住脱裤子，脱裤子。"惹得哄堂大笑。

另一个姓李的年轻老师每次上课开讲前先介绍美国生活，什么鸟儿在唱，小松鼠四处跑，皮鞋穿了一个月也不用擦，空气非常干净清洁，所以挖出的鼻屎都是白的……这时几个文静的女生频频摇头，但更多的人是一笑置之。有时这位老师神聊不止，就有同学举手："老师，今天还讲课吗？"又引得一阵大笑。

他们在大学里可不是这个样子的。他们在大学里问的是："老师，还不下课啊？！"

老师鼓励大家在班上互相多接触多讲英文，一来提高英语水平，二来交个朋友，说不定将来在美国还可以彼此照应一下，都是中国人嘛。年轻的李老师不遮不掩地说，留学的男女生比例并不平衡，有一幅漫画，留学生们想开一场春节联欢会，结果是七个光头男生手拉手跳小天鹅。男孩子应该把握机会，增进感情。

一个很油的声音飘出来："速配吗？"

老师笑笑，给大家讲了一个笑话："夏娃问亚当，你真的爱我吗？亚当回夏娃，你认为我有得选择吗？男生到了美国，就跟亚当差不多了。你们多认识交流总是好事。"

这一讲英文，英语水平不知道有没有提高，笑话倒不少。

先是天舒问她同桌的男生："Excuse me, do you have the time？"男生一脸的诧异，老师的话真是太立竿见影了。马上有一个如此清纯漂亮的美眉主动问他"有没有时间"。

"有，有，我有的是时间。"

轮到天舒一脸的诧异："Do you have the time？我在问你现在几点了？"

男生知道自己会错了意，表错了情，一脸的失望。

课间，天舒想下楼到小卖部去买瓶水，电梯的门一开，又遇见同桌的男生。

男生在电梯里问："够淫荡？"

天舒本能地向后仰了仰，吓得一句话没有。

"够淫荡？"男生毫无表情地又问了一句。

"你黐线啊！"天舒大骂。

男生被骂得莫名其妙，眨眨眼睛，用食指比比上面，又指指下面，轻声地说："你是going down（下去）还是going up（上去）？"

天舒知道误会了，可仍凶巴巴地叫："你不会说普通话，说广东话也行啊！"

男生苦思冥想终于明白了天舒发火的原因，十分抱歉地跑来赔礼："对不起，我的英语发音太差了，英文说得像中文。"

有一年暑假，天舒专程去了一趟北京"新东方"，竟再次遇见那个男生，原来同样是痛定思痛，决定更上一层楼。

寒暑假里"新东方"人满为患。在北京最传统的四合院宿舍里，住着一群群拼命想出国的青年人，像四合院中的大树拼命地往墙外生长一样。"新东方"的校训为："从绝望中寻找希望，人生终将辉煌"。言重了，对于他们这一代没有苦难经历的年轻人。留学对天舒只是一件很自然的事情，因为她的父亲八十年代初留美，现在她的表姐也在美国。

在读得昏天黑地的日子里，天舒特别想去玩。说来惭愧，她长那么大，还是第一次到北京。"不到长城非好汉"，她非常想去登长城。不过这个时候去，她总感到内疚，后来实在忍不住，就带着"红宝书"跳上了火车。在车厢里她遇见好几个"新东方"的人，心里才放宽了些。

苦读之中，也会有些调味品，桌前永远有几本像《留学美国》《美国之旅》《留学指南》之类的必读书。有些书写得极具煽动性——从美国大学排行榜、如何签证，到准备行李、留学注意事项，甚至还提到了灰狗的乘坐。一句话，包罗万象。当时天舒觉得理论上已经完全掌握，只差实践了，再抬头望望墙上的世界地图，感觉实践也是指日可待的。

这是寄托（GRE，TOEFL）的一代。当时一般认为，如果能拿出TOEFL在630、GRE在2100以上的成绩，各方面进行起来会比较容易。

等天舒从北京回来，正巧表姐阿晴回国探亲。天舒与阿晴聊起美国，大至政治人物，小至娱乐界的花边新闻，天舒无不如数家珍。连克林顿家的狗叫Buddy她都知道。确实，他们这一代对美国毫不陌生。看美国的卡通片《米老鼠和唐老鸭》长大，英语学的是美音，能"留学美国"是件对家庭有面子的事……这一代人全无一点儿"反帝反修"意识，那场轰轰烈烈的"文化大革命"算是"前功尽弃"了。

阿晴偷笑，对天舒的母亲说："阿姨啊，以前我在国内时，你们老说我身在中国，心在美国。我看天舒他们这一代才是生下来就是为了去美国的。"

天舒听了这话跳起来，像受了侮辱一般："你可别这么说。知识归知识，认识归认识。不要讲得我像出国狂热分子一样。"

4　与父亲成了校友

天舒六月份大学毕业，八月份就赴美读书，中间只隔了一个暑假。当然，心理上远不止一个暑假的距离。

她一共收到五所大学的录取通知书。S大学是最后一所。一拿到S大学的通知书，别的学校就不考虑了。不仅S大学是那五所大学中最好的，而且它还是父亲的母校。天舒觉得这就是缘分——她与父亲要成为校友了。

他们家走的不止她一个，十七岁的表妹晶晶几乎在同一时间也去了美国。晶晶今年没考上大学，家里有的是钱，就把她送到美国洛杉矶上大学。

出国前那段日子，天舒做了一件比较重要的事：补牙洗牙。母亲在医院工作，带天舒去检查牙齿。补了一颗牙又洗了一口牙，事毕，医生拿镜子给她，照出她洁白的牙齿。天舒觉得她已经为自己省下了一笔钱。美国，她是有备而去的。

临行前的晚上，父母照例叮咛了几句，天舒频频点头，回房间收拾行李，母亲已经细心地替她准备好小礼物和她要求买的国货。突然间，眼泪不争气地落了下来。这个暑假，她很少在家，对母亲精心准备的晚餐，常常是一个"不回来吃饭了"的电话让母亲白忙活了一整天。她经常与朋友、同学在一起，且为自己呼风唤雨的人缘暗喜于心头。好不容易待在家里了，又是没完没了地打电话。有一次父亲问，家里的电话是不是坏了？他在单位打了十几个电话都打不通。母亲说，是你女儿在煲电话粥。父亲问，那她打了多久？母亲看了看沙发底下一堆垃圾，说："大概是两包话梅、两包开心果、一根香蕉、三根雪条的时间吧。"父亲摇摇头对母亲说："她出国，不知道是与家人告别，还是与同学告别？"天舒没往心里去，想，父母嘛，都这样。

现在要走了，才知道自己不应该。她起身走出自己的卧室。

父亲坐在书房里。书房没有开灯。天舒与母亲比较亲近，父亲一直忙于工作，而且父亲出国多年，天舒和父亲并不像和母亲那般的亲近。父亲讲话，她常常是左耳朵进，右耳朵出。听人说，挑剔父亲的女孩子将来会挑剔丈夫，是找不到好丈夫的。天舒大恐，于是决定收敛自己，尽量不挑剔，学会宽容和接受，让自己有教养。可每当她看到父亲的身影在她房间门口出现时，心里就又筑起一堵围墙，将父亲远远地挡在外面。

夕阳透过窗户将余晖洒入屋内。天舒站在门口，看不到父亲的表情，只看见一缕缕的青烟从面部升起经过头顶再弥漫至整个书房，仿佛营造了一个王朝。

天舒感到此时是父亲驾驭着时代，而不是时代驾驭着父亲。父亲仍坚守着自己的王朝。天舒顿时明白，她可以尽量体会父亲，可是她无法走进他的王国 —— 原来父亲对于她是这样的陌生。天舒鼻子发酸。中国人没有拥抱的习惯，离开襁褓后，她好像再也没有接触过父亲的手。此刻，她真想用她那双年轻的双手握住那双不再年轻的手。

父亲看见了她："噢，东西收拾得怎么样了？"

"收拾好了。"

"到美国后要尽快进入状态……"

天舒坐在小凳子上，双手支着下巴，睁大眼睛，一脸的崇拜与天真。

天舒认真地聆听着，开始接受父亲和父亲的种种批评。父亲很少表扬她，常常以粗线条方式批评她，现在她发现许多男人都是以这种方式来表示爱的，以免显得自己娘娘腔。父亲很自豪，而天舒愿意让父亲自豪。前三十年看父爱子，后三十年看子敬父。她马上就要去S大学读书了，一种很特殊的情感溢了出来，甚至有些神圣和庄严。

母亲进来了："重要的文件再检查一遍，机票、护照、录取通知书什么的。"

天舒点点头。

"那就早点休息吧。"

天舒离开书房，走了几步，回过身说："谢谢你们把我养得这么好。"天舒想说的是，感谢父母这样呵护培养她。可是由于害羞和紧张，说得有点莫名其妙。

父亲自然明白，却只笑笑："我们也就给你一碗白饭和一点肉松，是你自己长得这么好的。"

终于到了分别的那一天。天舒与父母都很平静，三个人在白云机场留了个影。帮他们照相的也像是一位留学生，用英语对天舒一家人说："Cheese."当时不知道为什么，天舒有点反感，她宁愿别人对他们说"笑一笑"或者说"茄子"，现在人家说"奶酪"，她笑得很不自然。这张照片以后一直跟随着天舒，只是照片上三个人的表情都很死板，相似地笑着。

机场人流如潮，天舒想，中国每年走那么多人，人怎么还这么多？

一直想出国连做梦都说英文的同学小安却被拒签了。她送给天舒一张卡片，上面写了一段慷慨激昂的话，满是"理想""追求"的字眼。最后一句是"美国将有一片更广阔的天空等着你"。大家不过二十上下，又未经沧海桑田，人年轻，心也年轻，有的就是这种可以挥霍的热情。天舒更是心潮澎湃，还真当美国这个高度发达、人才济济的国家就等着她这个小丫头去创造发明点什么。

飞机上，天舒左边的邻座在努力地睡觉，右边的邻座在看电影。突然，看电影的美国老头被逗得哈哈大笑起来，笑得眼睛都不见了，大肚子一颤一颤的。天舒有点纳闷，因为她长那么大，还没见过人这么开怀地大笑，她想美国人笑得就是比中国人痛快。

没多长时间，已经从一个时区跳到另一个时区，机上的乘客似乎没有意识到这种变化，或者说他们根本不关心，他们只是设法让自己睡着。天舒去卫生间时，发现几个空姐也坐在座位上打盹儿。天舒像是精神很足，睡不着觉，主要是睡得很不安稳，在座位上调整着，试图给自己找个舒服的姿势。就这样，十几个小时过去，天舒半睡半醒中从一个国度到了另一个国度。想起父亲在临别前夕的晚餐上说，像今天这样团圆的日子也不多了。当时她十分不以为然，心里还笑父亲儿女情长，现在体会到时，她已经在大洋彼岸了。

刚下飞机，人有点累，周围又吵，天舒好不容易等到自己的两个箱子。她一直担心行李会丢了，说是"细软"也罢，"行头"也罢，"生活用品"也罢，这两个箱子现在就是天舒的一切，里面有很多的药：三九胃泰、保济丸、百服宁、邦迪、红花油……光风油精就带了好几瓶，中国人什么都用风油精，美国人什么都用Tylenol。

天舒说，我哪里用得上这么多药。

母亲说，用不了更好，说明你健康。

临行前，母亲用白色的跌打风湿膏胶布写上天舒的中文名字英文名字、中国地址美国地址，贴在箱子上。领行李时，在大同小异的箱包中，她就专瞅那块白色的胶布。终于看见一块白色胶布天真地丑丑地亮相在某个箱子上，她远远就断定是她的家当了，近了，她迅速地搬到推车上，惟恐别人多看一眼。又等了一会儿，另一个箱子也从转盘上被拎了下来。

天舒推着车子从里面一走出来，就看见自己的名字"TIANSHU CHEN"在一块大牌子上，与自己箱子上的那块白胶布比，显得很是大方气派。

天舒仔细看了一下举牌子的人，慈眉善目，和蔼可亲，不像拐卖人口的。

"感谢上帝，我终于等到你了。我一直在等待着你。"举牌子的老太太是系里的秘书。

后来才知道，这位善良的美国老太太足足等候了两个小时。用她的话说，一直为天舒祷告着。她还不敢走开，哪怕上个卫生间，还担心天舒见不到人会着急。天舒很受感动，因为她长这么大，好像还没被别人这么尊重过。

后来又知道，这位老太太是个很虔诚的基督徒。打这起，天舒对基督徒的印象很好，认为他们有爱心，也让天舒对美国人民有了好感。

天舒来美国几乎谈不上什么深刻的第一印象或第一感觉，甚至没有身处海外之感。当阿晴表姐问她感觉如何，她说："没感觉。我不觉得自己出国了。美国不过如此。"

相比之下，父亲的第一印象则深刻多了。八十年代初，父亲被公派赴美留学。他对美国的第一感觉是：怎么这么多车啊！他想起以前读到的一篇英文课文*AMERICA IS ON THE WHEELS*，果真如此。父亲对美国非常好奇，洗衣服不用晒，有烘干机；连商店里可供顾客随手取阅的小广告画册也让父亲大开眼界，收集了不少，准备带回国给天舒玩。而那些让父亲好奇的小广告画册，就是现在每天都会收到的让人讨厌的"垃圾邮件"。

父亲的美国第一印象是天舒这一代新留学生再也体会不到的了，当年让父亲好奇乃至吃惊的"美国印象"再也引不起现在的留学生好奇，也许只会觉得好笑。

这些感觉上的差异来自时代、年纪的不同，更来自中国这二十年翻天覆地的变化。

5 小资产阶级情调

由于学校有人来接天舒，阿晴表姐没有亲自去机场，但天舒在美国的第一个星期是在表姐家里过的。

天舒到美国的第二天就见到了已经来美八年的阿晴表姐。

不得不提她的表姐，阿晴是在哪里都很能折腾的人。

记得小学六年级时，天舒看到一张报纸大谈什么"小资产阶级情调"，就问母亲："这里提到的'小资产阶级情调'是什么意思啊？"

母亲想了想，说："噢，那就差不多是你表姐那样。"

母亲说阿晴是一个"具有小资产阶级情调"的小女人，从人到文。

那个晚上，天舒随母亲回外婆家，天舒去找表姐，阿晴躺在破旧的竹榻上，倚窗，听着港台流行歌曲，手里捧着张爱玲的《红玫瑰与白玫瑰》。

"姐姐。"天舒叫。

阿晴婉约回首，淡然一笑："来了？"

这一刻，天舒似乎看见一个富裕优雅、旗袍盘发、麻将香烟、宴会舞厅的小女人向她走来，这就是小资产阶级情调的女人。母亲真是绝顶的聪明，她通过阿晴让女儿理解了一个难以界定的概念，又通过这个概念让女儿了解难以形容的阿晴。

后来，天舒读了一些阿晴发表的散文，更是对母亲佩服得五体投地了。阿晴的文字是纯粹的小女人文字，还是那种有钱有闲的粉领一族，那种窝在家里写独白的女性。阿晴说，我哪里是什么娇生惯养之辈，我十岁就做全家人的饭了。那么唯一的解释只剩下受"小资产阶级情调"影响太深了。

阿晴直言不讳地说，现在的女人都不够女人，以前的上海女人才是真正的女人。

如今的阿晴已经生活得相当有面子，住在寸土寸金的海湾边，这里的房屋没有低于百万元的。阿晴开的是BMW车，还有游艇。如果说美国汽车的普及程度相当于国内的自行车，那么有游艇相当于中国有汽车的人，算是有那么些钱吧。只是阿晴年轻的外貌与殷实的家当之间的反差，给不少人实在留下了无穷的想象。因此，她不太交中国朋友，不是有意避开中国人，只是想躲过那些闲言碎语。

阿晴至今未婚，男朋友却不知谈了几个，天舒谁也没拿着当真。偶尔表姐冒出个人名，她才知道，改弦易辙又换人了。现在表姐与男友老金合开一家电脑公司。

许多年后，"小资产阶级情调"已经由带有政治色彩的话语转变成调侃的一句戏言。而天舒在北加州见到阿晴，仍认为这是对阿晴最好的描绘，天舒这么觉得。那么母亲不是聪明绝顶，是什么？

阿晴家里到处都挂着自己的玉照，连天舒住的客房也满是阿晴的照片。天舒觉得，她表姐虽然满不在乎，随心所欲，但骨子里自恋得很。

阿晴与男友同住，这一点在国内是无人知道的。天舒刚到北加州，就知道了这事，还以为抓住了表姐的什么小辫子，关键时刻可以拎出来甩甩："哦，你呀……我知道的……"不料得到的只是阿晴式的微笑——嘴角微微上吊，吊着讥讽与调教，似笑非笑："小孩子家的，玩这种花样，还自以为是。"

阿晴家宽敞的房子寂静得很，连他们家的猫都是寂苦型的，这是天舒说的。阿晴家里养了一只黑色的猫，走路、吃饭都是异常的安静，典雅得像个淑女，从来不叫，唯一的嗜好就是蹲在窗边，数小时一动不动地看着外面，一副言情小说中"怨妇"的神态。天舒观察了几次后，说："你们家的猫用几号电池？"

阿晴大笑。这也是为什么阿晴喜欢天舒来住的原因，家里有了生机。阿晴说："它就是这样的，买来就是这样。我发现美国的猫好像都不如中国的猫好动。"

"它要是遇见老鼠，也不知道谁怕谁了，可能当场被老鼠吓得五脏碎裂。"

"我没有打算培养它捉老鼠的技能。"猫狗是宠物，已经从根本上变性了。猫不捉老鼠，狗不吃屎。美国的宠物享有和它们主人同等的福利，像私人医生、心理辅导、美容美发，等等。

"多少钱买的？"

"六千块。"

天舒愤愤地说："那你还不如养我呢。"

接着，天舒不失时宜地对小资产阶级表姐进行教育，你要知道中国有多少失学儿童呀，你这只猫足以改变十个以上失学儿童一生的命运。阿晴后来也说，是呀，别说那些失学儿童了，就是我小时候也穷得很。天舒说，忏悔吧！

的确，阿晴与美国校园里四处可见的中国女留学生不太一样。

阿晴的动作非常"外国"，耸肩摊手不在话下，更多的是在一些语言中夹带着小手势。不过她做得非常得体，在举手投足之间自然、顺畅地施展出来，没有别人身上由于模仿而留下的婢作夫人之嫌；加上她身上的衣服常是丝绸这类非常有特色的东西，直让人觉得她有味道。

阿晴喜欢去酒吧。中国学生由于长时间一贯性的学习生涯，对这类酒吧没有太大兴趣，去也是带着"侦察员"的身份去了解、看看的，只有阿晴是定期去，喝酒、聊天和跳舞。她可以妩媚地坐在一个陌生人的旁边，挑逗地说："一起喝一杯吧。"

这种事在中国女学生中没有普遍性。

阿晴带天舒去酒吧，天舒想见识一下，就跟着去了。

一个有酒、有笑、有叫、有人跳舞、有人聊天的地方，与国内的酒吧没有多大的区别。天舒和阿晴坐在一张桌边，看着大家闹。阿晴问天舒要不要跳舞，天舒说没兴趣，阿晴也说今天没心情，于是两人就坐在一边喝着、看着。

这时，一个美国青年男子过来，"Hi，我叫……"

阿晴似笑非笑地看着他，他就接着说："我在后面的桌子观看了你们很久……"

"那你就回去接着观看。"阿晴淡淡地道，满是一个交际女子的老练与自卫。

那个男子讨了没趣，也知道遇到了对手，识相地走了。

当然，这只是一方面。有一次，阿晴带天舒参加一个商务派对，听见几个美国人用歧视的语调谈论中国，阿晴对天舒说："他们美国人懂什么中国? 凭什么对中国指手画脚? 真是'知少少扮代表'。"这是一句广东话，指只知道些皮毛，却充当内行人士。

第二章

到S大学的第一个星期，我给家里写了一封信，介绍我在美国的生活情况：我的学校，我的宿舍，写得更多的是我的实验室。我知道，我将在那里度过人生中最宝贵的五年。在美国的前半年我一直处于认识的状态中，对环境的认识，对事物的认识。我在北加州的感觉就是"居长安大不易"。这让我想起上托福班时老师讲的一个故事。太阳落山之前，一头狮子自言：明天日出之时，我要追上跑得最快的羚羊；一只羚羊自语：明天日出之时，我要逃脱跑得最快的狮子。所以，无论你是狮子还是羚羊，日出之时，要做的都是奔跑。

个个都是人才，努力加努力。

—— 陈天舒

1 全是我们的人

S大学位于北加州的海湾边，依山傍水，风景秀丽。

天舒刚入校时参加过一次中国学生迎新会，大约有五十来人到场。由此推算，在S大学就读的中国大陆学生约有一两百人。

1981年，父亲留美感触最深的是："我特别想听相声，可惜听不到；特别想说中国话，可惜没人可以说。"在校园里见不到什么中国人。后来，遇见一个台湾学生，这是父亲见到的第一个来自海峡那边的中国人，而父亲也是对方认识的第一个来自大陆的中国人。

那时候，两岸关系比较保守，他们没有多讲话。时间久了，也因为同处一个开放发达的国家，他们才开始有交往。发现对方与自己有一样的喜怒哀乐、悲欢离合，竟然有一些吃惊，稍后才意识到一句话"People is always the people（人民总是人民）"。父亲说你们吃香蕉皮吃得很健康嘛！那个台湾学生发现大陆人并没有像台湾宣传的那样在吃树皮。两人哈哈大笑说，那些政治啊。

父亲尚好，去的是大城市，又懂英文。父亲的同事老何去的是美国中部的一座小镇，加上英文不过关，在天高皇帝远、人少动物多的偏僻小镇找不到一个中国人。一次偶然遇见一个刚来的访问学者，他抱住人家哭了起来。人家以为他发生了什么不幸，半晌后他才解释——太寂寞了。

二十年后这种情景已经转变了——也许美国对中国还很陌生，但中国对美国已经不再陌生了。具有戏剧性的是他们的下一代——天舒和老何的孩子现在都在美国读书。

天舒读的是生物化学专业，系里中国人不少，东方面孔更不少。天舒在美国上的第一节课的教授就是一个东方人，四十来岁，从他的气质和口音可以判断出是大陆人，再认真看了看教授发下来的课程表上的名字——Prof. Hongwei Chen（陈宏伟），便确定无疑了。多么典型的一个时代的大陆人的名字。

天舒有点高兴。美国大学里的教授，就是比自己早几年来美的留学生。天舒的父亲当年留学S大学，做过助教，有一次在教授的办公室里看见注有"secret（保密）"的信封，教授不回避地说，这是学校发的调查表格——征求他们对中国助手的意见。显然，美国对隔阂了三十多年的中国大陆非常陌生。而现在这些年来，从常春藤名校到普通的社区大学，出现了越来越多的中国教授。他们教授生物、物理、数学……甚至教授英文。

第一节课通常没什么可做的。教授点点名，介绍一下自己，讲一些有的没的。

陈教授点到"Tianshu Chen"时，笑道，我们同一个姓。他显然猜到天舒是"又一个"中国留学生。每学期初收到学生名单，看见学生的姓氏以"Chen"（陈）"Liu"（刘）开头，"李"的拼法，不管是"Lee"还是"Li"，他都有一种骨肉至亲的感觉，常想这里面说不定哪一天就出个人物，只是时间问题。

下了课，天舒去实验室，在走廊上看见陈教授，天舒用英文向他问好，他笑着说了句"你好"，是中文。

校园里，一些华人教授不敢和华裔学生多说话，尤其不敢说中文。陈教授不管，说这是我的母语。

陈教授八十年代中期来美留学。有人说，八十年代中期的中国留学生是真正优秀的一批。太太一年后带着一岁半的儿子来美陪读。他们这一代人，插完土队，再插洋队，没有怨天尤人，只有勤劳刻苦，天舒觉得他们太热爱生活了。

到了实验室，见到了更多的中国人，唐敏、小马和访问学者邝老师。老板Johnson教授这些年用了不少中国人。Johnson教授曾经说过，哪个国家能做到教育这一代中国人，哪一个国家就能由于这方面所付出的努力而在精神文明和商业的影响上取回最大的收获。

天舒说："这么多中国人啊，从先生到学生。再这样发展下去，这里早晚要被我们占领了。"

小马笑了："数学系、物理系、化学系，中国学生总是这么多的。好拿奖学金，中国学生自然也就多了。电子系的不仅中国人多，印度人也多。"

唐敏说："我看有些课都可以改用中文上了。有一次上课，两个中国人在讲话，Professor急了叫No Chinese（不要讲中文），他们也知道中国学生多。"

甚至连做卫生的老伯都是中国人。那天在走廊上，老伯见天舒与唐敏讲中文，笑眯眯地用英语问："中国学生？"

天舒点点头，用中文回答："对，我们是从大陆来的。"

老伯很抱歉地笑笑，还是用英语说："我也是中国人，可我不会说国语，我是从香港来的，只会说广东话。"

天舒更是点头了："我会讲广东话，我是广州人。"

老伯眉开眼笑，用白话讲起他自己。他姓黄，广东中山人，十岁随家人去了香港，三十岁移民来了美国，在美国三十年了。

"我有两个儿子，一个在麻省理工读电脑博士，一个在哈佛读法学博士，他们都很厉害。"讲起两个儿子，老伯神采飞扬，言下之意很清楚：别看我是个清洁工，可我有两个博士儿子。一派中国父母以子为荣的喜悦。

天舒太理解这种情结了，连忙点头附和，让老人高兴："哇，了不起，了不起。"

"他们这个学期毕业，等他们毕业了，我也就轻松了，我就要回家了。"黄老伯看了天舒一眼，补充道，"我要回去看看。"

天舒问："是回香港还是回广东？"

"现在不是回归了吗？"

老伯随口的一句话让天舒好生惭愧："是啊，是啊。"

"香港一定也是要看看的，我在那里生活了二十年，但主要是回家，回老家，回广东中山，我十岁离家，五十年了，都没回去过。我这一生是一定要回去看看的。一直想回去，可一直没有机会，在美国这些年不容易，现在总算是挨出来了。我快要回去了。"老伯越说越动情，两眼发红。天舒对这一辈的海外华侨在经历上很难想象，但在情感上是完全可以沟通的。

"我哥哥已经回去了，他来信说早上与一帮老人家喝早茶，中午睡个觉，醒来下下棋，过得像神仙似的。唉，中国人就是这样，我早已经是美国公民了，还是想回家，就是烧成灰，还是中国人。"天舒在美国时间久了，发现许多中国人即使入了美国籍，在情感上也从未有"美国人"的心态。越老越想家。

临别，天舒一直想着老伯"我快要回去了"的那句话，回头看看他携带着清洁工具的矮小身影，顿时感慨良多：乡音无改鬓毛衰，少小离家，只可惜老大了还未回……

天舒想家了。她打了个电话回家："爸，我们开学了。"

父亲问："情况怎么样了？"

父亲这么一问，天舒想起小时候看的一部影片，记不得什么片名了，说的是游击队的故事。一个目光炯炯的人跑进门，拿起桌上的大碗水就饮，另一个浓眉大眼的人问："情况怎么样？"那个目光炯炯的人用袖子抹了一下嘴："放心吧！全是我们的人。"

天舒身临其境，对父亲说："全是我们的人。"

这也就是她初初进校的感觉，听得父亲一头雾水。

父亲问："图书馆前的那几棵大树还是那么茂盛吗？我以前常在那树下看书，舒服极了。"

树还是那么茂盛，却换了一批坐在下面的读书人。

2　小小联合国

有一次，天舒半夜醒来，睁开眼四周一望，我妈什么时候把我房间里的家具给换了？再一想，噢，这不是我家，我在美国了。

最早找房子的时候，管理人员带她看样板房。天舒对宿舍颇为满意，只是卫生间里没有镜子，一面落地镜却是装在衣橱的门上，便不无遗憾地问管理人员怎么回事。人家极认真地回答："不是不装，是不能装，特别不能在女生宿舍的卫生间里装镜子。你知道，女孩子一上带镜子的卫生间，使用时间就要延长。宿舍，我们注重的是share（共用）。所以我们不在卫生间里装镜子。"

天舒笑了，看来天下的女生都一样。

宿舍分各种等级：有钱的可以自己住一套，没钱的可以与人合租。天舒既囊中羞涩，又不舍得花钱，只能选择最便宜的一种。一套两室一厅住了三个女孩。天舒和一个十九岁黑人少女Laketa一间，每人每月四百二十元，十八岁的白人少女Meg自己住一间，每个月付五百元。

天舒一住进来就乐，这下好玩了，白、黑、黄人种全齐了，猛然一看，小小联合国。相处也算融洽。天舒刚搬进来，Meg就送她一盘CD，*Butterfly Lovers*以示友好。看这个盘上的标题，天舒以为是《蝴蝶夫人》《庄园夫人》之类的歌剧。一听，她热泪盈眶，竟然是中国著名的《梁山伯与祝英台》。

两个比天舒小的女孩子都是自力更生，靠打工解决自己的学习和生活费用。

Meg十八岁就从家里搬了出来，那一年她父母把自己的卧室装修了一下，而她的房间还是老样子。父亲对她说，要想过上好日子，自己努力去。后来她就搬了出来。虽然十九岁了，房间布置得像儿童乐园，哪儿都是公仔娃娃。

Meg是一个又贪吃又爱美的姑娘，喜欢吃"31"店卖的那种很油腻的冰淇淋，吃完了又怕胖，就去跑步，吃了跑，跑完又吃，吃完再跑，折腾得很。

她常常在校园附近的小咖啡厅里唱歌，也没有什么人捧场。那些歌手上台就说要把这首歌献给最漂亮的女朋友、最好的男朋友，而不像国内歌手说"献给大家"。Meg的专业还未定，现在只在学一些公共课程。她想学音乐。

天舒说："那是找不到工作的呀。"

Meg说："我知道。但去学别的专业，我会恨自己的。不能做自己喜欢的事情，那有什么意思？我不想爬人人在爬的阶梯，我讨厌纯物质的生活。"

天舒佩服她的勇气，也许这就是美国人的可爱。

与天舒同房间的室友Laketa讲话有黑人口音，名字也起得怪。她头上满是小辫子，她说因为黑人发质蓬松，扎成小辫子好打理。

Laketa学的是文学，每天制造诗歌，且批量生产。她制造诗歌用的电脑，爸爸付了一半的钱。她常常说，我爸爸真好，替我付了一半。天舒想，你要是有个中国爸爸，他就全付了。

美国孩子好像从大学才开始读书学习，以前是玩大的，个个是"Party Animal（派对动物）"，周末一定穿梭于各种派对。Laketa也是，但她平时学习非常勤奋，她说她的三个姐姐都是在二十岁之前做了妈妈，没有上大学，她是他们家最后也是唯一的希望，她一定要大学毕业，要上研究所。

Laketa喜欢说话，常常与天舒聊天。Laketa打喷嚏，说了句"对不起"，天舒就说"上帝保佑你"。有一次，天舒忘了说，Laketa就很大声地说："上帝保佑我。"天舒听了，连忙说："上帝保佑你。"Laketa咧着嘴笑："谢谢。"

她常常教天舒一些俚语，讲一些她的故事。在国内时，常听说美国人不说"私事、收入和年龄"，可天舒发现许多时候，没有问，他们就自己说出来。天舒对她们有过几个男朋友、发展到什么地步都知道，因为她们没事就说这些。

三个室友相处得还算不错，彼此包容。Meg和Laketa周末常在宿舍开party，天舒就自己躲到实验室去。天舒平时在家里开灶，两个室友也表现得相当宽容。

照理，公共场所像客厅、卫生间、厨房每人各占三分之一。可就这个厨房，天舒已经占了百分之六七十。美国学生一般多在外面吃，不怎么做菜，做也是简单地热一下半成品。他们才懒得去买、洗、切、煮，一个经济实惠的蔬菜罐头就解决了。冰箱里，室友们只放些冰淇淋、奶酪什么的；天舒放了肉啊、青菜啊、水果啊，占了一大半空间，就像居家过日子一样。

有一次，Meg从超市回来，告诉天舒，她今天遇见了一个中国人。天舒忙问，你怎么确定是中国人？因为她告诉过天舒，她分不出中国人、日本人、韩国人，在她看来都一个样子。Meg解释说："一开始我是不能确定，可在排队付账时，我看见他买的食品跟你买的完全一样。"天舒说，其实亚洲人买的食品都大同小异，只是"做"法上不同而已。Meg难过了："我还以为终于找到如何区分东方人的线索了。"仿佛天舒做什么都成了中国人的注释，如果天舒喜欢躺着看书，她就以为中国人都喜欢躺着看书。她们对中国长城、熊猫感兴趣，而政治，对于这些自在轻松的美国大学生显得沉重了。

天舒厨房使用率最高，做饭又煎又炒又炸，美国人用的抽油烟机吸力很不足，搞得乌烟瘴气。难怪一些美国人不愿意把房子租给中国人。室友们虽然没说什么，可是天舒后来自己也不好意思了，于是改成每星期二趁室友们都不在时大煮一番，放进冰箱，要吃时取一些，热热就是一餐，这样反而省下了不少时间。

天舒曾经也学室友们，两片烤面包抹些果酱，两片菜叶加一点调味汁。她一边吃一边想：这些东西如何能坚持吃上一辈子？不靠毅力恐怕做不到。更可惜的是她们损失了多少美食享受。她没吃几回，肚子就闹意见了。再看看室友们吃得津津有味，且个个牛高马大，越发不解了。

两个室友都是好相处的人，大家会聊许多事情。聊到最新上映的影片，天舒能谈；聊到十年前的影片，天舒就聊不出什么；聊到二十年前的影片，更无话可说。天舒还是很感谢她们对她破英语的宽容，Laketa和Meg两人最大的本事就是天舒说什么，她们都明白。只是天舒与她们的交往总是隔靴搔痒，始终无法和她们"buddy, buddy（把兄把弟）"。

像室友们热衷的派对什么的，天舒从不觉得自己真正介入过。宿舍楼这一阵子流行"枪战"——每个宿舍成员都得到一把水枪和一个信封，写了你的射击对象和将射击你的对象。在那整整一个月里，宿舍楼沸沸扬扬，每个人出门都担心被射击，又千方百计地打对方的主意。月底的获胜者——打死敌人又不被打死的人，就能获奖。

天舒是全楼第一个被打死的人。那天她刚出门上学，被二楼的墨西哥学生当场就地解决了。而天舒的敌人却久久不见天舒来挑战,后来实在等得着急了,自己跑来说,你到底打不打我?再等下去,我会发疯的。其实天舒根本不感兴趣,只觉得简直像一群小孩子在玩过家家。月底,天舒也得了奖——最笨敌人奖。

3　实验室里的中国人

天舒没有车子,通常坐学校的shuttle bus(校内巴士)从宿舍到学校。巴士司机很有意思,每个人上车他都热情地打招呼,天舒从他那里得到足以维持一天的好心情。

后来天舒迷上了单车,就骑车上学。单车是她花二十元钱从法国学生那里买来的。买来后,又花五元钱从Target买了个车胎换上。天舒在广州时也是骑车上学的,只不过那时候单车是交通工具;在美国,单车更像运动器材。常常有一些头戴帽盔身着单车装的骑车人经过,那一定是去锻炼身体。

每天早晨,她骑车经过相同的路径。北加州白天晴空万里,夜间湿气稍重,清晨草坪上满是露水。她从草坪的边缘行驶而过,腿脚总是湿漉漉的,她却感觉清新美妙。

最漂亮的大楼总是属于最富有的院系,像商学院的大楼在哪所学校似乎都是最气派的。医学院的大楼也是体面的,气霸一方地屹立着。

医学院大楼前面是一片草坪,绿得很纯粹。四周有一些木制的椅子。这种原木制品在雨后、在阳光下,常常散发出淡淡的木头清香,很特别。不知道为什么,这里总是吸引来许多松鼠和叫不出名字的鸟儿。松鼠不怕人,在人前跳来跳去,找到了果实,也在人前坦然地进餐。天舒常常好奇地看着它们。同实验室小马说,你看久了,也挺烦它们。松鼠跟老鼠没有什么两样,有一次我去倒垃圾,一只松鼠从上面跳下来,吓了我一跳,就想起国内倒垃圾常碰见的老鼠,一点也不觉得它们可爱,它们不就是尾巴大点吗?

天舒刚到时,鸟儿看她走近,就飞了。天舒很委屈地问唐敏,我又没怎么样,只是觉得它们很可爱。唐敏说:"哦,可能从中国移民来的鸟儿告诉它们你是中国人，所以就吓跑了。"时间长了，鸟儿也不怕她了，天舒被它们的善待感动了。

天舒站在草坪外，望着这座气派的医学院，她大概将在这里度过她生命中最宝贵的五年岁月。想想，自己不能像别的年轻女孩一样穿漂亮衣服、享受青春，不敢说一点遗憾没有。可是，她也清楚，她就是冲着这个来美国的，她就是冲着那顶方方的博士帽来的。她承认自己和父母还是挺看重这个的。五年后，当她戴着那顶方方的博士帽从这里走出来的时候，她会是什么样？世界又会是什么样？她能让世界刮目相看吗？

想到这儿，年轻的她笑了。

天舒是实验室里最新的，也是最年轻的。同实验室的中国学生小马、唐敏和访问学者邝老师看着天舒，都只觉得她精神可嘉。几年美国真实的生活，他们已经不再做梦。

三十岁的唐敏高且瘦，五官虽不出众，却又挑不出毛病，平常过得很是寂寞。她丈夫董浩还在国内，拒签了三次。大家都认为唐敏的心情总是不好，是因为夫没有在一丈之内，她自己也这么认为。

小马，江苏人士，三十出头，胖胖的，属鸡，又是处女座，这两个属性一下子便把小马整个人概括了。他热心憨厚，讲起话来常是"我需要去新陈代谢一下""中午吃了点辣的东西，现在肠胃正在蠕动"，带着专业名词，带着一点点的苏南口音，越发显得厚道。

小马来美国已经五六个年头了，最近刚和老板谈好今年年底毕业。他本来可以早一点毕业的。一开始，他与甲教授合作，遭到从事类似课题的乙教授的排斥，因为甲、乙教授只有一个资助来源，你的资助多了，我的资助就得少了。两位颇有名气的专家，就在钱上暴露出人性的阴暗。小马想：你们爱怎么争怎么争，此处不留爷，自有留爷处。后来就跟了Johnson教授。

小马至今未婚。他的全名叫马东，可他总对别人说，叫我小马就行了。对二十来岁的新生也这么说。以前只听说女人在乎年龄，小马这么在乎，看来是没有太太闹的。年初起，他就扬言要带家属来。这个暑假，他回了一趟国，说是去"interview（面试）"，婚姻大事已经提到议事日程上来了。在美国一直没遇见合适的对象，那些女孩子有困难的时候一定想起他，困难解决了也就把他忘了。经历多了，他也就放弃了，后来宣扬起另一个观点：学位要在国外拿，太太要在国内找。小马说自己是一个没有太大志向的人，他的志向就是找个漂亮老婆，有份稳定工作，周末带着老婆孩子去爬爬山，在后花园里铲铲草什么的。"两亩地一头牛，老婆孩子热炕头"。什么为国争光，说到底就是为自己争个名和利。中国人就是一个"比"字，好像比人家好一点点就是成功。比完了学位，比工作；比完了这一代人，比下一代人，真所谓"祖祖辈辈打豺狼，打不尽豺狼决不下战场"。小马嘴上那么说，工作却丝毫不含糊，被称为实验室里最聪明的脑袋。

除了这几个中国学生，还有一位访问学者邝老师，五十来岁，指甲很长，还有黑边。他来美国好多年了，跟他太太一直分居。太太在北京，他在北加州。邝老师留在美国，完全是为了儿子。邝老师的儿子在中部读大学，自费，他得打工帮儿子交学费。邝老师以前在中部，和儿子在一起，后来转到S大学做访问学者。那一年，他把很少的家当塞进车厢便上了路。餐风宿露，直奔北加州。不知情的猛然一听，还以为多么浪漫潇洒，殊不知有时浪漫潇洒就是落泊。

天舒在美国的最初半年，小马和唐敏给她的帮助很大，别的不说，每个星期天下午，总有人带没有车的她去买菜。天舒表示感激，他们只是说："以后遇见比你晚来的留学生，你也帮帮他们就行了。"

作为老留学生，帮助天舒这个新留学生，自在情理之中。大家对邝老师帮得也多，因为年轻人看着他，常想起自己的父辈。

与留学生比起来，访问学者是相当轻松的，无学业压力。刚到美国时，邝老师每天都去学校报到一下。后来，他发现去不去其实没有太大关系。可是他还是每天去学校 —— 因为去餐馆打工要路过学校。

一些访问学者不太愿意告诉别人自己赴美的身份，即使说，也用"J1"代替。因为"访问学者"这四个字实在太气派太阔气，到了让人受不了的地步。像邝老师，很多时间是在餐馆里"访问"，更恨不能隐姓埋名了。

邝老师说，"美国是天堂"的感觉，他只维持了十几个小时。看着飞机直冲云霄时，他真有要上"天堂"的错觉。一下了飞机，才知道自己到了地狱。他对青年人说，美国适合你们年轻人，不适合我们啊。

邝老师是第三种症状，不生病也不健康。常年不注意营养，经常饿上一天，就等着到餐馆打工时猛吃一顿。省吃俭用把所有的钱都给了儿子。人到了老年，越来越现实，只把希望寄托在下一代身上。中国人就是这么一代代走过来的。

邝老师也是江苏人，和小马算是老乡。小马看着他，就像看到父亲。有一次小马看见邝老师在做一些很基础的实验，心里不由得发酸，因为这些工作是他们都不屑做的。小马常想劝他回国，回国当个大学副教授，轻轻松松的，有什么不好？非得到餐馆打工，受一个小学程度的中餐馆老板的气。"还不是为了儿子。"邝老师脸一沉。

邝老师有时会说些他的经历给年轻人听，讲出来全是苦故事。一会儿冒出一段他下放农村的故事，一会儿说他的母亲在"文革"中自杀了。讲起美国的经历还是苦故事。有一次在餐馆打完工步行回家，遇见一个壮得像棕熊般的家伙，冲着他嚷buck。邝老师不知道buck就是钱，那人又喊money，邝老师这才听懂，赶紧把钱都给了他。否则可能连命都没了，那家伙手里有枪呀。

天舒忍不住问，邝老师，您这一生就没有快乐的事吗？

那还是有的。像我看着你们，我就觉得中国将来有希望，这就是快乐的事啊。

我是指您个人的快乐。

那也是有的，只是我们这一代人受的苦比较多，做了许许多多违背正常人情的事。

4　天天午餐会

实验室的几个中国人常在一起吃午饭。有一个休息室，几个实验室共用。从气味上不难识别，这个休息室已经被中国学生占领了。美国学生多半在外面吃个汉堡，再灌下大大杯的可乐。实验室里中国学生多半自己带便当，既卫生营养又经济实惠。吃的东西与国内没有什么两样，臭豆腐、榨菜和咸蛋什么都吃得到。中国能买到的，这里基本上都买得到。北加州中国超市开了一家又一家，东西比美国店便宜。最妙的是，在附近的中国超市常遇见S大学的中国同学，平时凑不到一起，反而在中国食品前不期而遇。有一次，天舒竟然在中国超市里邂逅断了联系的大学同学。那场面奇妙极了，犹如两个地下工作者接上了头。中国超市成了联络点。

天舒出国时，父亲回忆说："哦，美国买不到太白粉。"当年他留学的时候，想买一包太白粉，到处买不着。他周围几个台湾学生也不知道，他们用的太白粉是托人从台湾带来的。其实是父亲不知道Corn Starch就是中国人用的太白粉，美国店里随处可见。现在的留学生即使不知道，也可以在中国店买到中国的太白粉。父亲又回忆，当年在美国超市里看见鸡肉切好装好一盒盒地卖，心里想，这方便多了。而现在国内超市也早都这样做了。

出国前，父亲说了一些他当年留学的事情给天舒听，什么美国人怕鱼刺，只敢吃大鱼，切成块卖，什么美国的米不用洗就能下锅。天舒说，爸，你好歹也个知识分子，怎么光记住这些吃呀住呀的，没出息。父亲说，嗨，人是物质现实的，这些看似小事，不能说没有诱惑力。这种诱惑力可能比所谓的"民主自由"更大。中国人到底是奔着独立宣言去的，还是冲着美国的大房子去的？像美国二十四小时冷、热水，冬有暖气，夏有冷气，这些，中国未来二十年内都无法全国普及。

父亲的这番话，天舒到美国一段日子后才有所体会。

起先，很少有人固定时间来休息室吃饭，谁忙完了谁去吃饭。

小马比较固定，十二点半就会来。他人挺逗的，常常把自己奉献出来娱乐大家。虽然讲出来的笑话不太好笑，可是精神可嘉。小马号召力没有，亲和力很强，天舒觉得。于是大家都尽量赶着那时辰去吃饭。天舒刚来时不知道，后来发现这条不成文的规则，到了十二点半，也赶紧到休息室与大部队会合。大家有时彼此还交换一些饭菜。天舒刚来，还不太会做饭菜，常常都是她吃人家的。

小马说，留学几年，厨艺进步了不少。

唐敏说，你两三年下来，也能摆酒席请客了。留学生是上得了科学殿堂，下得了餐馆厨房。

天舒吃着师姐师兄的饭菜，想，共产主义社会大概也就这样吧。

交流交流经验，联络联络感情，当然也会说说老板坏话，这些都是共同语言。

再后来，隔壁实验室的王永辉也慕名而来。王永辉是他们实验室唯一的中国学生，他的老板好像不喜欢用中国学生，说中国人没用之前说得很好听，用了之后做的远不如说的好。

王永辉每次吃饭前先谢饭祷告，这让天舒尴尬，不知是动筷还是陪着祷告，后来发现唐敏、小马已经动筷了，才依样学样。

王永辉是个基督徒，他说他受洗重生了。天舒却说，你真的拿去洗了？来美国真真假假信教的中国人不少。初来的留学生时常会受到教会兄弟姐妹的各种帮助，送你家具，教你开车，这些生活上的细枝末节对初来乍到的学子都是温暖，接着参加教会的查经班、布道会，等一切安定了，他们的身影在教会里就不太见得着了。

王永辉来美国头一年发生了许多事情，资助出现问题，母亲又病了，教会的人对他说祷告。王永辉想如果上帝听他的祷告，他就信，果然，没多久，母亲康复了，他的资助也解决了。王永辉是真信，这连几个没有宗教信仰的中国人，也能感受到信仰的力量，辨识出人格的光辉。相信当人的心智追求美德时，美德也会垂青于他。只是他们在一起时，他就传教，大家受不了。

王永辉带着南方人的口音，讲英文有口音，讲中文也有口音，永远分不清声母f和h。他的口音让人感到温暖而亲切。有一次他看见一架直升机在上空做花样飞行，就叫："看呀，有一架灰（飞）机灰（飞）来灰（飞）去，在黄（房）顶上打轰欢（空翻）。"大家笑得前仰后合，王永辉被笑得莫名其妙。

以后天舒常常不太客气地在别人面前模仿王永辉的"灰来灰去"。王永辉就是带着"灰来灰去"的口音传讲天国的事情，他一开口说上帝，另外几个就说："又来了！""我看你都可以布道了。""以后我们叫你王牧师好了。"王永辉笑笑，也不恼，最后就说："我会为你们祷告。"

中国人对别人有没有撒谎有着特殊的敏感，大家觉得，王永辉是真的想把一个好东西与人分享。只是他讲的东西，别的几个人都不信。什么上帝造了万物，那么上帝是谁造的？什么神造了男人，见男人独居不好，又从男人身上取出一根肋骨造了女人。什么童女生了主耶稣，五饼二鱼喂饱了上千人，这些真像是神话故事。

小马讲些不好笑的笑话；王永辉凡事感恩；唐敏动不动叹气；天舒像许多刚到美国的人，口头禅是"我发现美国……"；最有意思的还是邝老师，他话不多，别人说什么却是句句在耳，偶尔插一两句，语出惊人。

这样，一顿饭就快快乐乐地吃完了。

二月的第一天中午，天舒在休息室与小马、王永辉、唐敏、邝老师四个人正吃着午饭，突然意识到自己到美国已经半年了。

"时间过得真快。我到这儿有这么长时间了吗？自己都不觉得。"

他们逗天舒："今天你又发现美国什么了？"

天舒正经八百地说："不骗你们，今天我还真发现了一点：美国人好像都蹲不下去。"

上午在实验室里，天舒蹲在桌子下面检查电脑，美国学生Eric看见了，惊讶地说："你怎么可以这样？"天舒问："可以怎样？"Eric模仿天舒蹲下来，还真是蹲不住。

小马说："你快成发现家了。"

唐敏说："你的状况很好，我刚来时有一段日子蛮难的。"

天舒听了，以为是表扬她的为人和处世态度，不好意思地笑笑。

唐敏又进一步补充："说到底，还是年轻好办事，年轻就是最大的资本。"

小马说："你们还比较幼稚，国内大学一毕业就往这儿跑，对社会完全没有了解，所以感觉也比较良好。"

听来听去，天舒状况良好，似乎与她自身资质无关，相关的都是什么年轻啊，阅历少啊，有全奖啊。言语之中，天舒太天真了。

邝老师说："天舒还是一个孩子呀。大家要帮帮她。"

小马笑了："留学生一批比一批小，一个比一个精，精神面貌不一样。我们刚来的时候买辆两千块钱的车开开已经很高兴了，现在的留学生一来就买新车的有的是。我们都觉得像狼来了一样。"

"主要是国内变化太快，在美国待久了，不太感觉时间在动。"唐敏说。

"说到国内，"邝老师说，"我在报纸上看到，国内某城市，新装了路灯，只亮了前半夜，以后再也没亮过。原来，那天后半夜起，路灯全被偷光了。中国人忍不住就想占点小便宜。当然这与贪官污吏比起来，也不算什么了。"

天舒说："这种现象不是没有，但绝对是十年前。现在没有人会去偷不值钱的路灯。中国跟你讲的、想象的是两回事了。"

邝老师不信，认定了他离国前的印象。比如学校有一些从深圳、上海等大城市来的全自费本科生，邝老师无论如何相信不了现在中国内地的孩子，可以像台湾、香港孩子一样在美国不用打工读到毕业。他认定他们的父母是贪官。气得其中一个学生大叫，我父母是合法商人，我用的钱是干净的。天舒说，这是完全可能的，我表妹就是父母供她在美国读书，一天工不打，没事去旅行呀什么的。

天舒父亲九十年代初又曾两次访美，他说，美国跟他十年前留学时候差不多，甚至连物价也没有什么变化，而中国年年在变化。所以许多在国外待久的人，往往容易进入一个误区，认定他们昔日的中国。他们往往容易主观上浑然不觉地相信一些走偏了的消息。邝老师话虽不多，但年轻人聊天，他常常插上几句，可谈出来的"时事"全是老掉牙的内容。邝老师说，还是在国内舒服呀，一杯茶、一张报的日子很惬意，哪一天没看上报纸，就说今天忙得不得了，连报纸都顾不上看了。

天舒说，您说的这些又是老皇历了，国内现在谈的都是竞争上岗的问题。有一个公益广告说，今天不爱岗，明天会下岗。还有一个广告说，今天工作不努力，明天努力找工作。不可能再一张报纸一杯茶地混日子了。

5　ABC学生Tim

饭正吃着，他们实验室的ABC学生Tim像中了"乐透"头奖一样蹦进来，嚷道："我们赢了，我们赢了。"

篮球队赢了。美国大学以能有一些出众的球队为荣，特别在篮球和棒球方面。S大学各项运动都不错，曾经得过美国大学篮球正式校际比赛NCAA的总冠军。NBA球队有时也会从NCAA中选拔新球员。每次重大比赛时，学校里面和附近的街道根本找不到停车位，打胜了当然是举校同庆。有一次，S大学赢了前NCAA冠军得主T大学，所有的人都疯了，通过电视转播得知消息的学生对着电视大呼小叫；现场的球员当时就喝起酒来庆祝。不一会儿电视新闻又报道，那些球员喝醉了，有一个球员还坐在篮球架子上，很丢人。没过几天，S大学被另一支名不见经传的小篮球队打败了。一物降一物，一队克一队。

Tim指的不是学校篮球队赢了，而是一些学生报名组成的篮球队赢了。这支队员都是在美国长大的东方人，以中国人和越南人为主。虽然也吃面包、牛奶长大,个子却不高,只能以灵活、速度取胜。每一场都打得很辛苦,屡战屡败,屡败还屡战。尽管如此,他们以自己成长在篮球第一国为荣,有点瞧不起后来才来美国的东方学生,称他们是FOB(Fresh Off the Boat),刚下船的。这些学生有自己的圈子,穿自己的品牌,只会说英文。Tim虽不是该队队员,却是忠实球迷,赢了球,比考试得了A还高兴。

休息室里的几个中国FOB反应冷淡。Tim觉得这些学生都是nerds(书呆子)。可这几个中国学生觉得赢一场校内球赛不过如此,有什么好兴奋的,又不是中国女足赢了。

美国女生Nancy这时也进来,闻到一股异味,叫:"这是什么东西?"

"哦,"小马说,"这是从越南店里买的,味道是重了点。"

小马说的是实话,是在越南店里买的,可确实是中国腐乳。小马不想人家对中国食品有误解,就这样低层次"爱国"了一下。

天舒在一边笑,她完全理解。因为初到美国时,她也做过类似的事。她要用自动取款机,看见一个老太太正在用,就接在后面,像在国内排队一样。老太太回头看看她,与她打招呼,她也与老太太打招呼。一会儿,老太太又回头与她说"Hi",这已经是很明显的提醒 —— 你离我太近了。可天舒却是傻傻地再回人家一声"Hi"。老太太实在忍不住,说:"你可以往后面退一点吗?"天舒恍然大悟,美国排队都在两米以外,连忙后退,说:"对不起,我刚来这里。"老太太取了钱后,笑着问她:"你是从日本来的吗?"天舒笑笑,没有说话,倒像是默认,她只是不想在她的不良行为后说她是中国人。后来认识了一个日本朋友,得知他也这样过,气得天舒挥挥拳头:"你到底这样过几次?"一次与实验室的美国学生Eric说起,Eric说:"你们还真麻烦,要我,就直接说是我室友干的,他借我的CD到现在还没还呢。"

小马的话,几个中国学生都理解,可Tim并不知道这么多来龙去脉,一本正经地纠正:"不对呀,这是中国食品,当然在越南店可以买到,但这是中国食品。难道你不知道吗?我知道,因为我妈妈有时候会买这个。可是我不喜欢,一点也不喜欢。"

小马不知道该说什么,就不说话了。

单纯的美国女生Nancy当然就更不知道这么复杂的回肠九转了。

Tim立刻告诉Nancy,他们球队赢了。

Nancy笑："是，但你知道这次是怎么赢的吗？"

"不知道，我没看。"

"因为对方球队没有到场，所以胜了这场比赛。"

Tim耷拉下脑袋，他白高兴了。别的人都笑得不可收拾。

Tim是美国出生的华裔学生，所谓的ABC。他不会讲中文，也不了解中国。Tim的父亲出生于大陆，1949年随Tim的爷爷到台湾，Tim的叔叔在台湾出生。父亲七十年代留美，叔叔七十年代末八十年代初也在美国读书。那个时候，父亲和叔叔都需要勤工俭学，到下一代留学，就一点工都不用打，而且生活阔绰。台湾的经济由此可见一斑。

父亲读完书留在美国，叔叔回到台湾。二十年后，叔叔再次来到美国，用现金买房子，且把女儿送到美国读书。父亲很羡慕，说当年叔叔的成绩不如他，但现在叔叔成就比他大。看来回去是回对了。

其实Tim小时候会讲一些中文，父母教的。五岁上幼稚园时，老师拿一张鱼的图片让小朋友看图识字，别的小朋友说："Fish。"Tim说："鱼。"小朋友们笑得前俯后仰。Tim又恼又羞，从此不学中文，且拒绝华人圈子。因为他父母常常在朋友面前把他谦虚得一无是处，作为美国长大的孩子，永远理解不了中国父母那种贬意之下的对儿子的得意与炫耀。比如说"犬子"一词，父母对他解释，把自己的儿子称为小狗是表示谦逊。Tim听后愤愤大叫："我可不是你的狗！"

又有一次，他与父母到父母朋友家，朋友留他们吃饭。Tim说好，父母摇头说不用。父母是好意，不想给别人添麻烦，人家只是客套；Tim也是好意，他们请我们，我们答应，是对他们的尊重。

回来后，父母和他，谁也说服不了谁。父亲最后说："也许你说的有道理，但主人是中国人，我对中国人的了解比你多太多了。"

这些情形一来二去，Tim越来越少出入华人圈子，直到遇到天舒，对天舒一见钟情，Tim才重新跟华人交往。

Tim追天舒追得很辛苦，选了中文课，又学中国历史，Tim后悔当初把中文扔了，现在再学已经不易。不过他现在很愿意参加中国人组织的活动。他说完全长大后，对自己的民族又会有新的认同。

天舒每次看见他，都会想到自己。

如果父亲当年不回国，而是她与母亲来美国，她今天可能和他一样了。背过身去，听Tim讲英语，就是一个美国佬，转过身一看，标准的东方面孔。天舒有时候看着Tim，真希望自己就是在美国长大的，那样，她就不需要花那么多年的时间去学美国人个个会说的英语，而可以把精力直接地投入工作当中，那样她就可以像Tim一样说着一口漂亮的英语，像Tim一样彬彬有礼地待人接物。

　　"真想像你一样，说一口漂亮的英文。"

　　Tim说："你现在不是更好，是bilingual（双语言者），噢，不，你是trilingual（三语言者），你还会广东话。"

　　天舒说："双语言者叫bilingual，三语言者叫trilingual，那只会一种语言的人叫什么？"

　　"叫美国人呗。"Tim说。

　　天舒笑，问Tim："你认为自己是中国人还是美国人？"

　　Tim笑道："为什么你们这么爱问我这个问题？"

　　天舒知道美国人把Tim当中国人看，说"那个中国人"；而中国留学生则把Tim当美国人看，说他们是香蕉，外黄内白。

　　Tim不以为然地说："如果在美国长大的中国人是香蕉，那么在中国长大的美国人就是鸡蛋了！"

　　"你是怎么认识自己的？"天舒对Tim很好奇。

　　"我爸爸常常告诉我们，你和美国人在一起，要觉得自己是美国人，你有能力与任何人竞争任何事；你和中国人在一起，要觉得自己是中国人，那是你的根。"

　　天舒笑："那万一没有搞好，跟中国人在一起时，觉得自己是美国人；跟美国人在一起时，又觉得自己是中国人，那不成了既不是中国人又不是美国人了吗？"

　　她来美国后，见到比父亲晚几年留美的父亲同事张叔叔一家。张叔叔的女儿Kathy比天舒小两岁，四岁时来美国，中文已经不太会讲了。虽然规定在家里必须说中文，但她讲出来的中文总让人三思才解其意："这个衣服很细啊。"大家半天才明白，是说衣服很薄。张叔叔讲话很有意思，他半开玩笑地说："在家里不说中文能行吗？要是说英文，我们都说不过孩子，说中文，他们这辈子都说不过我们，那就得听我们的。"

天舒和Kathy两个年轻女孩子只能用英语交谈，谈的也都是美国的事情，美国的电影，美国的教育。天舒突然想，Kathy跟她的室友Meg和Laketa有什么区别呢？她会背的《水调歌头·游泳》，Kathy不会，Kathy不知道天舒名字的由来。而Kathy问天舒，喜不喜欢Gummy Bear？天舒在想是一个熊的种类还是什么？等Kathy捧着一袋五颜六色的糖果过来，天舒才知道这种酸酸甜甜的小熊形态的糖果叫Gummy Bear。

　　对于同实验室的Tim，天舒也好奇。唐敏对天舒说Tim这孩子不错，应该和他交往。天舒说她从没想过有一天用英语谈恋爱。

　　唐敏若有所指地说："人生想不到的事情多了。"

　　而天舒觉得，Tim就像自己的一面镜子。如果有哥哥，一定是像Tim这样的，她想。

　　缘分这种东西，终于有一天得到了确定。

　　那是二月初的某一天。那天天舒正在实验室里工作，杨一打来了电话，请她看电影。说起杨一，天舒话多了。她发现她周围的人都是人物，一会儿听说某某曾是数学、物理奥林匹克金牌得主，一会儿又听说谁得过什么大奖。杨一就是个人物。

第三章

　　小学跳了一级，小学毕业被保送上了市重点初中；初中又跳了一级，初三被保送到市重点高中，十六岁高三被保送到K大学英文系。学生做成这个样子，自己也觉得算是到家了。大学毕业后工作了两年多，就决定留学了。仿佛有什么在等待着我。

　　或许人生就是这样反复无常，孜孜不倦，永不安宁？

—— 杨一

1　认识才女杨一

　　天舒和杨一是在一次演讲会上认识的。

　　天舒到美国的前半年生活轻松，这个轻松不是对生活的应变自如，恰是她对生活的误解。一个月一千来元的奖学金，虽不多，可美国学生也不过如此。没有生活压力的日子使她颇具"精英"意识，热衷于校园里大大小小的演讲。S大学的演讲总是络绎不绝，演讲者包括著名的政治人物、诺贝尔奖得主。天舒不仅自己去，还拉着同学去，更是不肯放过唐敏。唐敏看着她一人吃饱全家不饿、轻松自在的日子，越发感叹："一代便是一个世界。"

　　杨一也是一个经常出入这些场所的人，而且观察着学习着。

　　用"明眸皓齿"四个字形容杨一是准确的。杨一谈不上多么靓丽出众，只是有双大大的黑眼睛，而且是真正意义上的"水汪汪"的眼睛，使她的整个脸显得极其聪慧。牙齿洁白整齐，一笑就快乐地跑出来。短短的头发，与随处可见的长发女子相比，帅帅的，就像日本漫画书上的卡通人物。她常常发言，口若悬河、锋芒逼人。天舒注意到她，盯着她看，作为女生，欣赏起靓女来有更多的便利。天舒当时想，不说别的，就依仗着这份自信、朝气也让人看好，有足够的资本骄傲。

一次散会，天舒跑过去对杨一说："有空一起喝杯咖啡好吗？"两人就这样认识了。

天舒来自广州，一开始认识杨一这个北京女孩时，听她说话觉得很有意思，什么"你丫""就那个啥"。像"拿糖"一词，天舒以前就没听过，问杨一，她说是"把我当小孩呀，拿颗糖就想把我给打发了"的意思。天舒觉得这个词实在是妙，她前二十年怎么就没听过呢？杨一则很诧异天舒的普通话如此纯正，她说美国中餐馆的广东老板讲起普通话都很让人爆笑的。天舒有些哭笑不得，就像小时候她问为什么父亲有胡子、母亲却没有一样。她在广州一直受普通话教育，会讲流利的普通话，不是一个中国人的本分吗？可到了美国，许多人却称她是"bilingual（双语言者）"，不是指英文和中文，而是指普通话和广东话。这让她啼笑皆非，广东话是一种方言，什么时候变得与普通话相提并论了？

天舒说："以后我要向你学学，你懂的东西很多。"

杨一说："除了听演讲，你应该去选一些文科的课，像历史、艺术啊什么的。"

"我是学生化的。"

"甭管你是学什么的，都要了解美国社会，进入美国主流社会。"

天舒眼睛一眨一眨的，不知道美国主流定义是什么，也不知道这对一个外国人又意味着什么，反正听得满怀大志。

后来在实验室又遇见杨一，才知道杨一的男朋友就是她同实验室的美国学生Eric。天舒更是感叹自己与杨一有缘，两人成了好朋友。两个漂亮女生走在一起格外引人注目。

杨一是个才女，这是公认的。

杨一什么都懂，也自以为什么都懂。

天舒说她二十六岁时就会是一位博士了，这会让她很光荣，这也一直是她的心愿。杨一说："那你知道什么是博士吗？博士在先秦只是一般博学者的称呼。汉武帝时创办了太学，太学里的老师就是博士。那时博士的选拔比现在严格多了，武帝时只有七人，宣帝时十四人，元帝时增为十五人。哪里像现在博士一抓一大把。"听得天舒脸上灰灰、心里凉凉。好像在说，你的小尾巴快收回去吧。

杨一什么都懂，不懂的问题她也要搞懂。

有一次，她与天舒谈论媳妇到底是谁的老婆。天舒在南方长大，说媳妇是儿子的老婆；在北方长大的杨一说，媳妇就是自己的老婆，且坚持北方人的说法是对的。天舒说，她在国内时看电视剧，曾听见男人这样的对白："好呀，有媳妇伺候着，又帮我擦背又帮我按摩……"南方人听起来很邪恶，总以为是秦可卿的故事。不过也没有办法，中国文化，北方领导南方。杨一说，现在也不见得是北方领导南方了，应该说是富裕地区领导不富裕地区。以前谁都说广东话难听，像不开化部落的语言，现在广东最富，谁都以自己能夹带几句广东话为荣。可是媳妇到底是谁的老婆还是没有搞清楚。第二天，杨一跑来告诉天舒，我查过了，你们南方人是对的。因为在古文中，"息"通"媳"，"息"即"子"。《战国策》里写："老臣贱息舒祺，最少。"这里的"息"就是指儿子。

天舒忙问她是怎么知道的。

"查资料呀！"杨一说。

杨一什么都懂，不懂也装得很懂。

虽然平时喜欢开玩笑，关键时候讲话却很有水平，经常是"从这个角度分析""从另一个角度分析"，听这个架势，就是很懂的样子。在天舒与她认识的六个月里，她已经全方位地从各个角度剖析过天舒及天舒周围的一切，当然包括天舒的室友和同学。而且大量地使用判断句："应该从宏观上进行判断。""你这种说法是片面的。"……杨一讲话精确得像美国前国务卿科德尔·赫尔。有一次，赫尔坐汽车经过一片草原，一群绵羊在草原上走过，车上有人说，这群羊刚刚被剪了毛。赫尔说，这个结论基本上没有错，至少面对我们的这一边是这样的。

杨一很好学，从不浪费时间，多数都处于"一边……一边……"的状态。比如她每天早上一边吃东西，一边看报纸，还不时地圈点着；晚上一边做饭，一边听新闻，嘴里还念念有词。再比如，杨一看新闻节目，常常发表感想，这个词用得巧妙，那个问题提得深刻，随手就记下什么。

天舒说杨一像八脚章鱼，时刻处于吸取营养的状态。问杨一这样累不累。杨一说，如果天舒不概括形容，她自己并不觉得，可能从小到大一直这样，不觉得了。她说要"See much, study much, suffer much（多看多学多经历）"。

"我觉得你一定会成功的。"天舒说，"你这种人要是不成功，什么样的人才会成功呢！"

杨一叫天舒要多读报、多看书。美国的报纸真的很划算，二十五美分买一大沓，看都看不完。杨一说了，这就好像老美到中餐馆点菜，几十种菜名他看不过来，后来有经验了，只看"sweet & sour（甜酸类）"，点来点去，都是甜酸肉、甜酸鸡什么的，看报纸也是这样。提高英语可以从读侦探小说开始，因为比较刺激，会吸引你读下去的。外语是需要下苦功夫才学得好的，与老美讲讲话混出来的英语表达可以，但终究深刻不了。

"许多人一辈子庸庸碌碌，就是因为没有抓紧时间。时间就像在海绵里的水一样，要靠挤的。"杨一常常说这种人人都懂，但只有她说出来显得特别有道理的道理。

天舒听了，很有收获。鲁迅说过类似的话，可是不如杨一说得让人动心。

2　逗你们玩的

杨一的名字简单。别人常跟她开玩笑：如果你有弟弟妹妹是不是跟着叫杨二杨三啊？明知这是个玩笑，她却偏是一本正经地回答：也许吧。目的是让开玩笑的人笑不出来。越是年长，越是体会到这个简单名字的妙不可言。父亲是个资深记者，舞文弄墨之人，起个一笔之名，简直是大智若愚。杨一顶瞧不起有些同学的名字，是翻着《康熙字典》挑肥拣瘦得来的，什么刘躞、王砉、赵虇，欺负我国六分之一的民众是文盲，连老师也一并考倒。第一节课，老师点名，只能叫"王什么"同学、"赵什么"同学，叫到杨一的名字，老师心存感激，终于碰上了他认识的字了。同学们都羡慕杨一的成绩好，杨一说，是啊，等你们把名字写完，我已经做完两道题了。

　　和中国这一代所有的独生子女一样，成长，就是承担家庭的期望。

　　出生于七十年代末，中国开始开放，中国人开始逐渐过上好日子的时代，杨一会这样想，是因为她母亲常叹她自己生错了年代。父亲、母亲同属老三届。他们这一代人最苦。该发育的时候，遇上三年自然灾害没饭吃；该读书的时候，赶上"文化大革命"没书读，还要去上山下乡；该结婚的时候又没房子没工作；好不容易安稳了几年，又碰上了下岗，怎么什么倒霉都让他们这一代摊上了。他们常常念叨，是因为他们认为这些是子女应该聆听且牢记的，只是杨一听时远没有他们希望的虔诚，时而冒出一句："你们说到哪儿了？"

　　他们说倒在其次，关键是他们做了。对下一代，他们会将他们自己不曾拥有的给杨一。杨一三岁识字，五岁上学，六岁背唐诗三百首，七岁学钢琴，八岁学画。杨一小时候是属于"光长脑袋不长肉的孩子"，当然现在的丰满健康是后话了。童年的记忆就是坐在自行车的后座从这个学习班奔到那个训练班。父母最常说的话是，不要老是玩，玩玩玩，玩能玩出个名堂吗？杨一真是比窦娥还冤，她什么时候玩过了？她比上班的人还忙还累，人家还有下班、周末，她是二十四小时处于备战状态。

　　童年的杨一也有不得已，涕泪交流，抗议示威。母亲当即哭天抹泪，竟然比她还伤心地说，你不要身在福中不知福，父母省吃俭用辛辛苦苦为你创造条件，你不要辜负了我们，我们都是为了你。到底谁为了谁？杨一一直觉得她是为了他们。她投降了。邻居刘阿姨说，还是你们家杨一听话懂事，我送我们女儿学琴学画，她学什么都是半途而废。杨一抿抿嘴，心里在说，那是因为我实在哭不过我妈。

　　母亲说话频率很高，含量很低，说来说去，就是那么几句，后来母亲刚开了一个头，杨一就能接下去说了。比如母亲说："我们小时候啊"，杨一拿腔拿调接着道："苦得不得了，如果有你们现在这样的条件，一定会干番大事业的。"母亲瞪了她一眼："你知道就好。"杨一知道父母所做的一切都是为了她，家里经济不是很好的时候，母亲把家里所有的钱都拿出来，还向两个舅舅借了钱给她买钢琴。父母对自己很苛刻，舍不得吃舍不得穿，近似自虐。

　　杨一总算不负众望，不管在哪一方面，她都成了明星。她认为读书是件很简单的事，读不好书反而令她不解。"不就是一本书吗！"她说。

她的字画屡屡得奖，她的字画比她本人早十年到达美国与美国人民见面。

她的文章深刻老到，完全不见中国女性文章中的小家子气和矫揉造作，通过她的文章，叫人既想象不出她的年龄，也猜测不到她的性别，加上她那中性的名字，于是源源不断收到女生的求爱信，开头千篇一律地称之为"亲爱的杨一老师"。

杨一在学生时代出尽了风头，她觉得自己比校长还忙。她精力充沛，既是篮球队的队员，又是舞蹈队成员，常常刚在柔和的音乐声中优雅一番，舞鞋一脱，球鞋一穿，又在球场上冲锋陷阵了。这是两码子事，怎么转得过来？

杨一就像戏文里唱的 —— "谁说女儿不如男，呸，那是万恶的旧社会"。然而男生因为孤独而优秀，女生因为优秀而孤独。在中学生这个最真诚又最不真诚的年纪，杨一这种风光的女生在班上并不讨好。十几岁的孩子尚未学会掩饰情感，表达起来爱憎分明。班上一个女生这样对她说："杨一，我不喜欢你，你太出风头了。"另一个男生对她说："杨一，你不应该和我们这些平凡人做朋友，名人应该与名人交往。"果然，男生的话刚说完，班主任就在叫："杨一，电视台来人找你。"

有家电视台要采访北京市优秀中学生代表，杨一是代表之一。问到业余爱好时，少年才俊们面对镜头侃侃而谈，这个时候没有人说到四大天王，都是肖邦、李斯特；没有人说王朔，都是《论语》《尚书》，尽挑高雅的。轮到杨一，她说："我没有什么爱好。"主持人问："那你平时喜欢做什么？"杨一想了想，回答："做菜。"主持人愣了一下，杨一以为人家不明白，又加了句："因为我爱吃。"主持人又问大家有什么愿望。杨一这次抢先回答："我想吃遍天下美食。"后面几个同学，这个说环游世界，那个说世界和平，杨一眨眨眼睛问主持人："要说这些吗？"主持人笑笑："随便，自然就好。"杨一乐了，又说："我想吃遍各色的小餐馆……"主持人不得不打断她："时间有限，你就说到这吧。"节目播放出来时，杨一这段被砍掉了。

自古才女多傲气。杨一正常，正常得接近平庸。既不前卫也不新潮，既不清高也不孤傲，既不深沉也不古怪。她能说会道、爱开玩笑，有时还会冒出一两句粗话，"好个屁""去他妈的"，语惊四座，让人汗颜。之后她再甩出一句最常说的："逗你玩的。"

有一次，杨一数学竞赛得奖归来，一家报社的记者要采访她，打电话与她父母约好星期六早上八点半。星期六早上，母亲八点钟叫醒她说："别睡了，客人马上就到了。"杨一揉着惺忪的双眼，道："有没有搞错，这么早就要我接客。"双亲大眼瞪小眼。母亲连忙说："孩子，这话待会儿可不能乱讲。人家不是以为你有病，就以为你父母有病。"杨一像是醒了，咧着嘴傻笑，又是那句话："逗你们玩的。我要是连这个分寸都没有，怎么混到今天！"

又有一次，杨一对母亲感叹：真正聪明的女人是比自己的丈夫笨那么一点点的女人。女人太聪明太能干，着实让人害怕，尤其是男人。杨一与母亲分享此心得，母亲感慨不已。不是因为这句话，而是说这句话的女儿年仅十六岁。现在的孩子太早熟了，他们十六岁的时候什么都不懂，现在十六岁的孩子没有什么不懂的。母亲和父亲商议了一番，觉得很有必要与女儿谈一次。

饭桌上，父母双亲神情紧张而严肃。母亲对父亲使了个眼色，示意父亲开口；父亲又对母亲点了点头，要母亲开口。杨一像是浑然不觉，只管吃她的饭，喝她的汤，还故意啧啧地咂着嘴。吃饱了喝足了，说句"好吃"，又抹了一下嘴，说道："你们要对我说什么，就说吧。"母亲皱皱眉头，支吾了一阵，说："是这样的。你虽然只有十六岁，但马上就要进入大学了，在你们这个年纪，会觉得有些事情很神秘，其实没有什么神秘的。"

"妈，你在说什么啊？"

"比如说，比如说性。"母亲显然有些不好意思。

杨一站起来，边回房间边说："哦，我早就不觉得神秘了。"

父母二人盯着杨一的背影，又互相对望，父亲对母亲说："明华啊，我听你女儿这话，怎么这么害怕呀。"

传来杨一咯咯的窃笑声。

父亲说："你笑什么？"

杨一转身，扔来一句："我逗你们玩的。"

她就是这么一个活灵活现的女孩儿。

有一个同学对她说："你怎么看怎么像胡同里长大的。"杨一至今仍觉得这是对她的赞美。杨一讨厌做作。

3 盐为百味之将

现在的女性越来越会吃，也越来越能吃了。以前的女人没有听说哪一个是好吃能吃的，有个杨玉环，也就好吃个荔枝，小巧典雅得很。现代的女性，在餐桌上，往往比男人还贪嘴。杨一就是这样。

得了奖金赚了稿费，别的女孩子会买衣服装饰品打扮自己，杨一却是买回一包又一包的零食。吃完又去写稿子，得了钱再买东西吃。后来也知道漂亮了，见镜中的人儿圆圆实实，不免有些惋怜：如果能瘦些就好了。瘦些，怎么看也算是个靓女。于是决定不再吃零食了，没忍几天，实在按捺不住，又偷吃起来，边吃边发誓，这是最后一次了。结果是不断地发誓，也不断地吃。

杨一爱吃，吃些零食不在话下，毕竟是个小姑娘。杨一更爱做菜，不是简单的西红柿炒鸡蛋，而是佛手白菜、御膳宫保鸡丁、箱子豆腐、桃花泛等等有名有姓的菜肴。水准之高，让人刮目相看。逢年过节，父母知道杨一辛苦，问她想要什么。杨一说要厨房，父母知道杨一想做菜，说，要点别的吧，大过节的，别累着。杨一说她喜欢。父母购物回家见一桌好菜，杨一捧着本烹饪书在厨房里自得其乐。

父亲笑着说："咱们培养孩子这个，培养孩子那个，就是没培养她做菜，她倒是很擅长嘛。"母亲也笑："咱们杨一真是命苦，学会这么多东西，可她怎么就喜欢下厨房呢？我在她这个年纪最讨厌下厨房了，可是却不得不下。"

父亲说："我看挺好，上得厅堂，下得厨房。杨一毕竟是一个女孩子，总是要嫁人生子的。"杨一从厨房出来："我有两下子吧？"

"不是两下子，是三下子。"

"爸妈，我决定将来去当个厨子了。"

父母面面相觑。

杨一又说那句老话:"逗你们玩的。"

食为政首,烹饪的学问是大的。商代名厨伊尹"以滋味说汤,至于王道",阐释烹饪之道和为政之道的关系。以后他成了商汤的一位名相,"调和鼎鼐"一词则成了宰相司职的代名词。自此,中国的名人、权贵之人都喜爱治味,且至今依然旧绪不改。杨一大概受了这个传统的影响吧。

上大学后,杨一应老师之邀,回到曾经就读的中学文学社,和同学们座谈。

一进大教室,可爱的学弟学妹们就拼命鼓掌,杨一一下子有点昏。老师先说杨一的文章写得如何好,杨一低着头,端坐着,老师讲完,悄声对杨一说,你也讲几句。

杨一小声地说:"老师,我说什么呀,你们要是说我写得不好,我还可以说几句。你们现在都说我写得好,那我说什么呀。"

老师想了想,对大家说,同学们如果有什么文学问题可以问杨一。

第一个文学少年的问题就把杨一毙了。他问:"文章中最重要的是什么?"

处境窘困,杨一尴尬地笑笑,说:"不知道……"话音未落,指导老师就面露难堪,杨一改口:"不知道……不知道大家对这个问题有什么看法?"

在这个表现欲很强的年纪里,立刻有人回应。这个同学说"结构",那个同学说"理念",还有同学说"结尾",一时间很热烈。一会儿,大家将焦点再次集中在杨一身上。听了大家的意见,杨一顺着竿爬:"大家说得都很好,每一步都重要。"

当然现在的少年不是那么容易对付的,又有人问:"怎么结尾才能画龙点睛呢?"

"其实写文章就像做菜。"因为这时杨一能想起的就是做菜,杨一换了个词说,"噢,就是烹饪。"

下面窃窃私语。

"我问大家,做菜过程中最关键的是什么?"

"火候。"

"调料。"

"刀功。"

……

杨一笑了，开口说："放盐。"

下面哗然一片。不是因为杨一语出惊人，根本就是答非所问。

杨一接着说："《美食家》里有这么个故事。从前有一家餐馆非常有名，师傅手艺之高，号称天下无双，所以宾客满堂，生意红火。尤其是那些美食家吃定了这家馆子。一天，几个美食家又聚在这个馆子里，一桌的珍馐美味，吃得那个痛快。这时上了最后一道菜，是汤。美食家们一喝，个个拍案叫绝，从来没有喝过这么鲜美可口的汤。再研究一下配方，跟以前完全一样。这下奇怪了，一定要把那个厨子找来问个究竟。正要去找厨子，厨子却自己匆匆跑来了，一个劲地道歉。原来，他今天太忙太累了，做完最后这道汤，就困得打起瞌睡，这会儿才想起忘了放盐。这帮食客又得罪不起，就急忙跑出来道歉。"

同学们"噢"了一声。

"为什么这个厨子忘了放盐可以使汤有始料不及的效果？因为这些美食家吃完一桌的美味佳肴，味觉已经满了，最后这个汤如果再放盐，就显得味道过重。不放盐，对他们来讲，却是恰到好处。"

同学们又"哇"了一声。

"盐者，百味之将。有时候，还得搞点无为而治。"

同学们再"哗"了一声。

"同样，结尾也是如此。如果你在想该怎么结尾，你已经可以收笔了。再往下写，不见得是好事。"

同学们就"哇噻"起来。

散会，指导老师喜形于色："杨一，我就知道你行嘛！讲得不错，深入浅出。"

杨一想，我真是"以其昏昏，使人昭昭"。又想，这个烹调的学问实在大，一出口就是一个比喻，一个典故，好，真好。民以食为天，已经吃出了水平，吃出了哲学，孩子在校补课叫"吃小灶"，大人在单位工作叫"吃大锅饭"，女人嫉妒叫"吃醋"，嫉妒得无理则叫"吃干醋"，吃的学问大着呢。以后，杨一也就以食为看家本领了。事实上，她发现任何事，恋爱也好，事业也好，都和烹饪异曲同工——投入的精力、时间越多，满足的程度越高，当然，失望的可能性也会越大。

4　留下还是回国

　　谈到她的整个成长经历，杨一打八十分。让她气愤的是：当她千辛万苦地走过来后，人们开始反省他们这一代的成长，言语之中，这些在训练班里长大的孩子都很脆弱，不经一击。杨一不这样认为，在训练班时没人说他们脆弱，现在他们过来了，人们也不能说他们什么。

　　大家都说杨一是才女，她也只好过着才女的日子。为了自己为了父母，都在情理之中，过了此线，就剩悲壮，杨一觉得。

　　杨一自幼出众，赢得长辈诸多赞语。邻居刘阿姨常对母亲说，就数杨一最厉害，比她家女儿强多了，把所有的同龄小伙伴都比了下去。母亲一听这话，心中暗叫不妙，杨一要反击了。果然，杨一说话了："我才不要和别人比呢。"

　　"可是小朋友都在和你比呀！"刘阿姨笑眯眯地说。

　　杨一说："他们爱和谁比就和谁比，我才不比呢，累不累人啊！"

　　父亲同事来家做客，赞道："老杨，你这个女儿了不起啊，将来是个人物。"父亲一听，也叫麻烦了，女儿要还嘴了。不出所料，杨一说："我才不要当人物呢，被万人指指点点，一点都不好玩。"

　　这个情形一直到她大学后才有改变。

　　中学毕业时，她被保送到K大学的英文系，她不去，她想读新闻。她自认口才好、文采佳、人品正，是当记者的好料。

　　那一年，新闻系没有保送的名额。杨一决定参加高考。当记者的父亲说话了，一个女孩子搞新闻搞不出什么气候，就读外语吧，也免得考了。

　　杨一一本正经地说："今年考不上K大学的新闻系，十年后就争取站在K大学新闻系的讲台上。"

　　种种才艺满足了一个少年人的虚荣。抛开这个不计，杨一觉得童年英才教育的最大收获是为她赢得了自信。这是关乎重大的。果然杨一如愿以偿，读了新闻。

上大学后，同学们开始热衷于各种演讲比赛、英文派对、座谈会时，杨一反而退了下来。这些活动在她眼中越发近似于游戏。有同学慕名前来："你就是杨一？看不出来。"杨一说："看不出来就对了，看出来就麻烦了。"

她利用寒暑假走访了许多贫困山区小学。面对着一双双天真单纯、渴望知识的黑眼睛，她读出了这群在沙土上写字、在教室外偷听的孩子的心声——我想读书！可是他们交不起二三十元的学费——这不过是一个城市孩子买书包的钱，在这里将改变一个失学儿童一生的命运。

他们从来没有出过大山，没有见过电视，没有见过游乐场，他们根本无法想象城市里的同龄孩子嚷嚷的名牌和电子游戏是怎么一回事，他们没有比较，他们只有那么一点点小小的心愿——"我想上学"。

可这都得不到满足。

杨一心情沉重。她是英才教育下长大的一代，她想如果她出生在穷山沟里，她就是他们中的一员。还有什么比这个更能解释"命运"二字！

她先后写了两篇报告文学，不仅获奖，且引起了一定的社会反响。

那时杨一不过十八岁。

真正让她名声大振的是她大学时期的一幅图案设计。1997年，全国征求香港回归徽章设计图案，杨一技压群芳，一举成名。其实她的图案很简单，之所以能够胜出超过那些专业美术人士，就是一个创意。她画了一串中国历代以来形态不同的钥匙，下面写了一句话：咱们家的钥匙，一把也不能少！

由于她的种种成绩，她二十岁毕业就分配去了电视台新闻节目英文部。工作两年半，就想出国读书了。出国当然首选美国，加拿大和澳大利亚是亚选择，日本则根本不在考虑之列。看着美国朋友留的电话号码，只写区号和电话号码，不写国家区号，好像是属于常识范围，全世界都应该知道，这样的一个国家需要去看看。

当时她的不少同学都留学了。一个同学对她说，你怎么不出去，你不是一直都是先人一步吗？出去看看总是好事。自己在自己家里用自己家的话讲自己家的故事，怎么会有火花？怎么会有交流？出去看看人家在人家的家里用人家的话讲人家的观点，那是什么样的情景？在自己尚有韧性改变时对自己进行丰富。

杨一想想也是。由于客观、主观上的种种局限,在工作上她总觉得没有多么突出的成绩,就决定留学了。

对于大部分的留学生,出国留学是踏出国门的第一次,杨一例外。在她留学之前,她曾五次出访:第一次是她高一时,随中国少儿艺术团出访欧洲,别具一格的欧洲情调,杨一印象深刻;第二次是她随中国大学生代表团出访美国;后面的三次是她因为工作需要出访日本、加拿大和美国。邻居刘阿姨开玩笑,你们杨一出国比我们去天津还勤啊。

杨一并没有像天舒一样天昏地暗地上各种TOEFL和GRE的速成班,她和天舒交流过,TOEFL和GRE的成绩固然重要,但绝不是唯一的条件。美国大学非常重视学生的全面素质,像阿甘他什么都不会,只因着跑步就能上大学。她如果没有优秀的大学成绩、出色的工作表现、卓越的才能特长,想拿传播系的奖学金,别说门了,就是窗户也没有。

在美国学文科的中国人不多。即使有,一两年后也转到"会计""电子工程"等热门专业。当杨一告诉天舒她是学传播的,天舒故意用手摸摸眼睛,表示眼前一亮。一个外国人在美国学传播,一要有很过硬的语言功夫,二还意味着毕业后找不到工作。天舒的反应,杨一司空见惯——中国人的反应。那些学热门专业的,在美国时间长些的,就会呈上忠告:"这是美国啊!你在美国还是没有受过苦,才敢这样。"使得学文科的人声调都低下来。只有杨一骄傲地说,只有那些F2(学生家属签证)、J2(访问学者家属签证),才会去学什么会计,她是不会转专业的。天舒立刻问,那你以后是想留下来,还是回国?"会先留下来工作一段日子,以后我是要回去的。回去比较容易做成大事。"杨一是学传播的,她知道她再怎么能,也不可能进入美国主流媒体,像ABC、NBC,不会要一个外国人。她的愿望是回国办一个类似美国《20/20》《60分钟》的节目,她喜欢做人文节目。

5 第一次见到他

上个学期期末考,杨一为考试焦头烂额,天舒被她花言巧语骗去当

"陪读"。杨一说认识天舒三个月认为天舒英文应该提高,认识天舒六个月后深感她中文的加强也迫在眉睫。因为那天突然下大雨,两个人匆忙地往停车场跑,到了车里,天舒看着跑着躲雨的行人,说:"哗啦啦,下雨了,轰隆隆,打雷了,小鸡跳,小鸟叫,大家都往窝里跑。"杨一听后,大笑:"哈哈,陈天舒,这就是你的中文水平? 太高了!"杨一以让天舒学英文为名,叫天舒帮她收集整理资料,且许诺事后重重地答谢天舒。一个星期后,杨一春风满面地告诉天舒她又得了A,只是答谢一事不再提起。她怎么这样呢? 女人就是女人,说话只是发音而已,像广东话说的"你讲嘢(你讲话呀)",就是比喻讲话只是讲话。

就在天舒对杨一的承诺不抱什么希望时,杨一却心血来潮了,决定请天舒看电影。杨一打电话到实验室找天舒。先是实验室的Nancy接的电话,杨一的英语很好,实验室的几个美国人接过杨一的电话,都这么说。言下之意,实验室的另外几个中国学生小马、唐敏、陈天舒的英语都不及杨一。

很快地就换上天舒的声音。

"唉,还记得上个学期末我答应过要答谢你的吗?"

"哦,感谢老天爷,你还记得。"

杨一笑。

"什么叫还记得,从来就没有忘记过。"天舒接着道。

"我请你们看《泰坦尼克号》。"

天舒笑了:"你拿糖啊!"

电话那端传来杨一的大笑声:"你中文有进步,知道拿糖什么意思了。"

"是呀,看这么个老片子,你就不能自觉点吗?"

"这个片子我没有看过,你看过吗?"

"也没有。"

"那就这么定了。一起去受点爱情的滋润。"

《泰坦尼克号》风靡之时,天舒还在国内,票价为五十到一百二十元不等,太贵了,天舒没去。同学小安说,差不多了,美国一张票也要七八美金,折成人民币,和我们差不多。天舒说差得多了,美国人一个月赚多少,中国人一个月赚多少?

如果这张票不是杨一请的，她想她还是不会去。

第二天下午，天舒早早地就坐在图书馆前的长椅等待。因为刚刚下完一场雨，空气非常清新，空旷湛蓝的天空，朵朵飘动的白云，心情也格外的明朗，天舒坐在长椅上静静地享受着这一切。这是她留美半年最轻松的一刻。

"天舒。"背后传来杨一那好听的声音，接下来便是她一串风铃般的笑声，非常清脆，非常悦耳。

天舒回头，是杨一、曹大淼，还有一个人她不认识，从未见过。

"这是天舒，广州来的。"杨一的声音。

"苏锐，大淼的同学。"还是杨一的声音，"也是我的大学校友。"

"你好，天舒。"苏锐说。

"你好，苏锐。"她也对他说。

"她是杨一的好朋友。"大淼补充了一句。

大淼一说话，就让天舒不高兴。她想起她与大淼的第一次认识。上个寒假她从洛杉矶看表妹晶晶回来，原本是杨一接机，杨一临时有事，就转请大淼帮忙。大淼对杨一说："没问题，接你朋友没问题；要接你妹妹就更没问题了。哎，她漂亮吗？"天舒知道此事后便对大淼有了成见。后来他们成了很熟的朋友，天舒就此事狠狠地批评了他，大淼显然忘得一干二净，且说就算他是这么说的，也很正常，一个年轻男子提及一个年轻女子当然是问"她漂亮吗？"—— 这是再正常不过的反应，难道问她"年薪多少""什么学历"不成？之后反而是他狠狠批评了天舒，说她小心眼。

接下来商量怎么去电影院，是开一部车去，还是各开各的车去，然后在电影院门口集合。

大淼姓曹，只是美国人叫起来很难听 ——"Hey，操（曹）"，所以他常省掉姓。大淼是北京人，能侃，讲话很好笑。有一次，大家在天舒家里打牌，天舒在厨房里忙得叮叮咚咚，突然"哐当"一声，一般人的反应是问什么东西掉了，大淼问："天舒，你逮着了没有？"

杨一也是北京人，更能说。所以大淼和杨一在一起时，一定热闹。他俩喜欢抬杠。如果大淼说"先有鸡"，杨一一定说"先有蛋"；但如果杨一说"先有鸡",大森则会说"先有蛋"。两人从认识起就吵架。杨一到S大学是大森接的飞机。杨一在S大学中国学生会的名册上找到了大森的名字,发E-mail给他,请他接机。大森答应了,回E-mail,开玩笑说在机场看见一个特帅的男人就是他大森。那天,是大森认出了杨一,杨一看着大森说:"没认出来。因为我下飞机后,一直在找刘德华。"

果然不出所料。大森说:"大家坐一部车子去吧,省事。"

杨一立刻说话了:"这样并不省事,回程怎么办?开车的人还要把每个人送回家。"

出乎意料的是这次大森没有再与她抬杠下去,而是说:"好,好,只要大家同意,我也同意。"

后来决定各自去,天舒是里面唯一没有车的,杨一带她。上车时,杨一问天舒:"觉不觉得大森今天异常?"

天舒说:"怎么不觉得,太觉得了。"

杨一凑近天舒的耳边:"他失恋了,我拉他出来散散心。"

天舒抿着嘴笑:"又失恋了。"

说罢,她们挤挤眼嬉笑起来,满是小女人的琐碎与不争气。

看电影时,天舒与苏锐挨着坐。《泰坦尼克号》的最后,Jack临终前对Rose说:"Winning that ticket was the best thing that ever happened to me. It brought me to you."

这正是天舒想说的,赢得杨一的这张电影票,是发生在她身上最美好的事情,它让她认识了苏锐。

这样,天舒成了一个有秘密的女生,心里期盼着发生什么。

从电影院出来,天舒发现今晚月亮又圆又大。她举头望明月,不由得顾影自怜起来。记忆中她什么时候曾经做过同一个动作 —— 举头望明月,是她小学的时候,那时她看着月亮婆婆,希望能像骑扫帚的小魔女一样,划过星空,满世界遨游。现在,看着圆润丰满的月亮,只想回家了。

6 室友都知道了

天舒回到宿舍,关上门,将钥匙上抛,转了个身再接住。她想:谈不上一见钟情，就是遇见，在异国他乡熙攘的人群中，猛然抬头，遇见了一个家乡的亲人，很熟悉很亲切。

天舒一进来，Laketa就问："你好吗？"

"我很好。"天舒甜甜地笑，"你们好吗？"

"我们？这里只有我。Meg回家了。"Laketa说。

Meg和Laketa与家庭都不亲密。昨天Meg的父亲留了个言在答录机里："亲爱的女儿，你母亲和我对你上次的回家非常高兴，当然那个时候，我们都还比较年轻，但那到底是什么时候，我们也不是太清楚了。爱你的爸爸。"

Meg的父亲很具有幽默感，Meg收到留言后就回家了。

"Meg回家了，那你呢？"天舒问。

Laketa说："我要写小说，不写诗歌了。"

天舒想：这也转得太快了点。

"我要写一部关于黑人的历史小说。你看过《根》吗？"

"没有，不过听说过。"

"没发现大多数的电影、电视都把黑人的形象搞得很可笑很傻吗？你一定要读读这本书，写得好极了。我也要写一本类似的小说。比如说，黑人讲英语有口音，这些都是有缘由的。"她说，"讲话有口音，名字起得怪都是黑人故意的，觉得自己不一样，也要别人觉得他们不一样。像我的名字就是挺少有的。"

天舒也有个英文名字，上大学时英语老师起的，到了美国，反而不用了。她好像没有勇气跟中国和美国的同学们说，嗨，你们别叫我天舒了，叫我戴安娜陈吧，再学老美把"陈"发得像"全"。

"你什么时候开始写？"

"还不知道，我还在构思呢。不过我会先练习写一些短篇。"

"好了，你出名了会忘记我吗？"

"这还用问吗？一定是会的。"她笑，露出一颗颗洁白的牙齿。

说完，Laketa进行她的小说创作，电脑坏了，改用手写。她的拼写十分糟糕，隔一会儿就问天舒什么什么词怎么拼，天舒很得意地说，英语到底是你的母语还是我的母语？我的英语虽然不如你，听说写读全不如你，但我的拼写正确率几乎百分之百。Laketa问，你是怎么练的？天舒说，你们太依赖电脑的拼写检查了，我们是一个词一个词这样训练出来的。美国学校里没有语文课，只有阅读课，读读文章。而中国的语文课，从字到词，从句到文，反复练习，朗读背诵，抄写默写，老方法自有它的妙处。Laketa说，是啊，美国高中生阅读写作的水平很低，已经引起了关注。

一会儿，Laketa的一篇短篇小说就出厂了。天舒看过，不能不承认，美国孩子的思维很开阔。Laketa写的是一个黑人家庭，单亲母亲和她的三个孩子的故事。对话写得很精彩。黑人母亲教育她的孩子要学好，说："不要偷东西，否则白人不会让你们好过的。"天舒没有想到她眼中轻松快乐的室友可以把一些严峻的社会问题写得这么生动幽默。

天舒的中学作文全是假话，写她拾金不昧，给老师送伞，扶老人过桥。光拾金不昧就写了五篇周记，老师有意见了："全广州市的钱全让你捡着了。"天舒改写家务事，一会堂哥带她打雪仗，一会儿与堂妹去捕鱼，母亲又有意见了："你哪里来这些个堂哥堂妹们，我们都不认识。"

天舒写得痛苦，相信老师改得也不快乐，可下次提笔，还是依旧，除了这种作文模式，她已经不知道如何突破了。这就是教育的烙印。

Laketa小说炮制完毕，又来与天舒说话："我一共有过三个男朋友，交第一个男朋友时，我十四岁，我男朋友十六岁，他很cute（可爱），交第二个男朋友时……"

"你和第一个男朋友为什么分手？"

"嗯……我们也不知道，后来就分开了。"

"就分开了。"天舒重复。

"对，交第二个男朋友时，我十六岁，他是我同班同学。噢，他是一个jerk（傻瓜）。第三个男朋友比我小一岁。我现在没有男朋友，我很寂寞。"

"你想找什么样的人，白人还是黑人？"

Laketa有点敏感地说："我不需要找一个白人去改变我的社会地位。我对我的肤色很自豪，不需要找一个白人支持我。"

天舒只是随便问问，没想到她会激动起来。

Laketa说："白人生下来是白的，生气的时候是红的，生病的时候是黄的，死的时候是灰的。我们黑人生下来是黑的，生气的时候是黑的，死的时候还是黑的。白人才是有色人种嘛。"

"对,轮到你了。"Laketa上齿碰下齿客气地催促着。

这倒是和国内大学宿舍的场景完全一致。我告诉你一个小秘密,你也得跟我讲一些悄悄话,否则就不够意思。全是小女生的那一套。

在这种场合的作用下,天舒就讲了她今天认识了一个叫苏锐的男孩子。

"你喜欢他吗?"

"我……"

"Just say yes(就说是的)。"

在美国原来可以这样呀,天舒想。她上高中时,就因为无意中的一句"我有心事",被当作"春心荡漾"传播了很久,越传越具体,越播越传神。

"你应该告诉他。"

"不,不,不可以。"天舒连忙摇头。Laketa竟然建议她去跟苏锐做血泪告白,这不是等于叫她去送死吗。

"为什么不?"Laketa不解了,在她看来,应该对自己喜欢的人说我喜欢你,这是更单纯的想法。于是又追问一句,"为什么不?"

"因为……因为……因为……"天舒后来显然是被逼急了,憋出了一句,"因为我是女的呀。"

"我知道了,中国女孩。"Laketa耸了耸肩,说了这么一句,把她自己的困惑也全解释通了。

几天之后就到了中国的春节。那天是星期五。一到星期五,室友就拍手赞叹:"TGIF(感谢神是星期五)。"

这是天舒在美国的第一个春节,学校、街上都冷冷清清。天舒有点想家。实验室里的几个中国人似乎只有天舒一个人意识到今天是春节,吃午饭时,她提醒大家。小马说,来久了,人变得很麻木,过不过节都一样。唐敏说,她那中餐馆的老板在过春节时说"在美国过什么春节",过圣诞节时说"我们中国人过什么圣诞节",怎么样都过不上节。

小马、唐敏这么一说,天舒也麻木了,只是想现在她的家人在做什么呢,看春节联欢晚会?穷吃海喝?

下午,天舒提着两包刚买的食品回到宿舍。一进门,白人姑娘Meg就雀跃而至："怎么样了？你们怎么样了？"

"我们？我和……"

"你和锐啊！"

Meg也知道了。想必也是在一种场合的作用下，Laketa又告诉了她。

"你们怎么样了？"Laketa也问。

"什么也没有！"天舒一边说，一边把刚买回来的食品放进冰箱。

"什么也没有？"Laketa穷追不舍，"你们没有见面吗？"

"没有！"天舒烦了，说，"我们换个话题行吗？"

"可我们只对这个话题感兴趣。"Laketa嬉皮笑脸。

"对了，你的好朋友Yang（杨一）打电话来提醒你，今晚你们有活动。中国春节，她邀请我们一起去，预备了晚饭。"Meg说。

"看，与锐相比，这件事显得重要多了。"天舒笑。

Meg也笑："对啊，我立刻问她锐会不会去。"

天舒瞪大了眼："什么？你真是这么问她的？"

"开个玩笑，看你紧张的！"Meg很是得意。

第四章

　　我从杨一那儿借了盘春节联欢晚会的带子，一首《常回家看看》不知哭坏了多少人。"常回家看看回家看看，哪怕帮妈妈刷刷筷子洗洗碗，老人不图儿女为家做多大贡献，一辈子不容易就图个团团圆圆；常回家看看回家看看，哪怕给爸爸捶捶后背揉揉肩，老人不图儿女为家做多大贡献，一辈子总操心就奔个平平安安。"

—— 陈天舒

1　世界大同指日可待

　　天舒已经参加过两次中国学生会的活动。

　　一次是去年刚进校时的迎新会，到会的有五十来人，处境与天舒相似 —— 初来乍到，想认识一些人，交一些朋友，寻求一些帮助。来美超过一年以上的同学基本上见不到 —— 有的话，大概都是"领导阶层"。

　　另一次是进校两个月后，大使馆来学校放映纪录片《飞越太平洋》。天舒以为是讲留学生飞越太平洋的生活，就鼓动小马和唐敏一起去看。

　　小马颇为婉转地说，你刚到美国，去看看，认识一些人，我们就免了。

　　唐敏说，我的生活我自己最清楚。别人的生活真真假假，是好是坏，我都不感兴趣。

　　天舒自个儿兴致勃勃地去了。一看，原来是江泽民访美纪录片，看电影的人都为自己的失误笑了，因为这个片名太像时下留学生题材作品的标题了。

天舒感觉不错。中国和美国，这两个世界上最发达的国家和最大的发展中国家的关系，比以前已经大大地紧密了。

后来天舒没有再参加过这类活动。阿晴表姐说，你不要一来就往中国人圈子里钻，要是这样，我们来美国干什么？这次如果不是杨一当学生会会长，天舒未必会来。

这与天舒父亲留学的时代是彻底不一样了。

1981年，美国对中国很陌生，中国对美国也很陌生，父亲出国前去安全部门上了几次课，牢牢记住"那是资本主义国家"。父亲赴美留学时已是一个三十七岁拉家带口的中年人，在国内靠组织靠惯了，在美国一下子没人管了，各方面都很不适应。一天在校园里遇见中国代表团和陪同的大使馆工作人员，犹如西出阳关遇故人，倍感亲切。代表团的人叫了他一声"同志"，又问候了几句，这些都给了父亲很大的鼓舞。

今天，天舒和她的两个室友五点钟准时到达礼堂。今天的人数比往常多多了。看来，吃饭的力量是巨大的，杨一的力量是巨大的。

Laketa一进来就问："哪一个是锐？"

天舒慌张地将室友拉到一边："时刻注意你们的行为。"

话虽这么说，眼睛却四处张望着。

来者主要是初到美国的学生和访问学者，也有不少是来探亲的父母和陪读的太太——家人在美国也很寂寞。男生比女生多。男留学生孤独，不然怎么会没事就唱"对面的女孩看过来，其实我很可爱"呢。

礼堂的右侧摆着几张长桌子，满是炒面、炒饭、炸鸡腿，还有从中餐厅订来的十几二十道菜。大人排着队取食物，遇见认识的谈话，遇见不认识的点头。小孩子们抓着炸土豆片，一边往嘴里塞，一边与小伙伴在人堆里钻来钻去，上蹿下跳。家长被惹急了，用中文说几句，小孩儿再顶几句英文跑掉了。真是"小狗叫，大狗跳，小狗叫一叫，大狗跳一跳"。家长摇摇头，对身边的人说句"在美国孩子难管"后也就放任自流了。熙熙攘攘、吵吵闹闹，还真喜庆。

陈宏伟教授一家也来了。陈教授是上海人，学术上颇有成就，陈太太在留学生中更是有口皆碑的好太太、好师母、好女人。

陈太太现在就是个"house wife（家庭主妇）"。对于这一代知识女性而言，多少有点接受不了。可这是事实，她的所有资料都是这样填的。先生安慰她说："'家庭主妇'总比'家庭妇女'好，你好歹管着我和孩子。"现在的许多年轻女子反而乐于接受，对陈太太说："有人养你还不好，非得自己出去累得半死才高兴？"于是陈太太就安心地做她的"家庭主妇"了。

大森常说找太太找到陈太太这样的，算是有福气了，她好得都不像上海人了。陈太太听了，笑着说："现在表扬起上海人，怎么就剩下这么一句话了。"

这类活动她会来，为的是送菜、送盘子、送温暖。

礼堂里还有不少"对华友好人士"，ISO（国际学生办公室）的人员Pat笑着向每一个人问好。他大约四五十岁，牛高马大，虎背熊腰，一个炸鸡腿在他手中缩到了可怜的小。

天舒他们实验室的Nancy面对美食，不是视觉、味觉上的反应，而是营养成分上的评估：这个饺子多少卡路里热量，那个宫保鸡丁多少克的脂肪，怎样才是最科学的，既不至于营养不足，也不至于营养过剩造成脂肪堆积。可怜的美国人，他们热爱享受，有时又不太会享受。杨一的男朋友、天舒实验室的Eric，一边向中国同学倒卖几句从杨一那儿零售来的中文，像"你好""很高兴认识你"之类的，结果却是除了他自己谁也听不懂；一边忍不住咬一口锅贴，且不停地说"好吃，好吃"。一副标准的新好男人的模样。

Eric二十四岁，在学校里学过一点中文。美国学生最多学点西班牙语，美国大学里学中文和俄文是冷门。Eric想了想，学这两种语言都差不多，只不过去中国可以吃得好点，于是选了中文。

他爱吃中国菜，却也被吓倒。有一次，杨一、天舒和他去旧金山唐人街喝早茶，除了叫大家皆宜的点心，她们还叫了猪血糕、凤爪这些地道的中国东西。

Eric指着凤爪，苦着脸问："你们，知道这是踩在什么上面的吗？"绝不动筷子。

杨一叫他尝尝看，最后，Eric答应了，一边动筷子，一边对杨一说："现在你该知道我有多喜欢你了吧？"神情很是悲壮。

尝后，他很坚强地说："味道不错。只是我一想到它都踩过什么地方，现在又跑到我嘴巴里来，就感觉不好。"天舒大笑。这件事后，天舒对杨一说；"Eric对你不错，都豁出命来追你。"

"Hi, Eric."天舒先看见Eric，向他打招呼。

Eric连忙用中文应道："春节快乐！"

中国人对外国人讲中文总是无比宽容的，天舒说："你讲得很好。"

"Sorry（对不起），"没有想到Eric马上全面撤退，"我听不懂。"

Eric只会说他讲的那几句，也只能听懂他讲的那几句。Eric想了想，还会一句，就问天舒："近来国父（伯父）可好？"

杨一告诉他，中国人重视家庭，如果他向中国人问候一句"伯父近来可好"，就可以拉到不少票了。

"什么？"天舒皱着眉头，奇怪地看着他。

Eric解释："国父，你的爸爸。"

"那是伯父，伯——父，记住了。杨一这样不是误人子弟吗？"天舒一边往盘子里放菜，一边又加了一句，"当然，你要管我爸叫国父，我也是没意见的。"

Tim一个劲儿地往盘子里放菜，他只会讲英文，也只喜欢吃美国人喜欢吃的所谓中国菜，像"咕咾肉""咕咾虾"之类酸酸甜甜的东西。小马曾对天舒说，知道这是为什么？这就是"质变"。

Tim正在追求天舒，一见天舒就追。天舒一见Tim就躲。

天舒捧着盘子，从Tim身边悄悄溜过去。Tim一把抓住她："为什么跑？"

天舒回过头，脸上满是伪装的惊讶："你也在这里？没看见。"

"算了吧，我要不抓住你，你永远看不见我。"

整个礼堂猛然一望，以为世界大同指日可待。

杨一代表大会发言。

"欢迎在场的每一位来宾，感谢你们的光临，也感谢在场的各国朋友，你们与中国没有任何的血缘关系，也没有联姻关系，"杨一说到这儿，也学美国人演讲——三句话就来一个玩笑，"当然，这是到目前为止的情况啊……"

果然逗得底下哈哈笑，杨一就接着说："你们的到来，让中国的春节更加的热闹……"

看见实验室的小马、唐敏和陈教授他们，天舒连忙过去，这时那两个室友不知道已经吃到哪里去了。

"咱们实验室的人很齐嘛！"天舒端着盘子，笑嘻嘻的。

"是啊，就等你了。"小马说。

天舒笑。天舒总是笑，一副少年不识愁滋味的模样。其实不见得，她自己认为。这仿佛与她内心高兴与否无关，只是笑着，就像一些人一照相就咧着嘴乐一样，只不过她将照相的那瞬间化成了永恒，笑在生活的时时刻刻。唐敏常说她无忧无虑，真好。天舒说，不是了，我也是有烦恼的。唐敏冷笑，别在你大姐面前无病呻吟了，二十一岁，你能有什么烦恼，等你三四十岁了，你才知道什么叫烦恼。

天舒坐在一群小孩子中间。这些小孩子是访问学者和留学生的子女，正是"七八九，嫌死狗"的年龄，吵吵闹闹。一个小姑娘倒出番茄汁在桌子上写了个"工"，天舒以为小朋友会写"工人"，之后再写"农民"，像她小时候一样。没想到小姑娘写的是："I LOVE U（我爱你）."天舒想，她真是"此间乐，不思蜀"呀。

天舒问这些孩子："你们喜欢中国还是喜欢美国？"

有的孩子说中国，因为中国有爷爷奶奶；有的孩子说美国，美国学校功课少。

"你们长大了想干什么呢？"

一个访问学者的十岁儿子说："我长大了要当科学家。"

另一个留学生的儿子说："我要当总统。"妙就妙在还不说要当哪一国的总统。

大人们听了哈哈大笑，中国孩子就是如此胸怀大志。问任何一个十来岁的中国孩子，他们都会告诉你，他们将来要当"科学家""文学家""音乐家"，总之都是带"家"的。

问到陈教授女儿，这个在美国出生的孩子的话出人意料："我要当邮递员。"

儿女一出生，陈家夫妇就心往一处想、劲往一处使，要将儿女培养成人中之龙、人中之凤。儿子要像当年他们在国内看的译制片里有礼貌的一口一个"是的，先生"的外国小孩子一样，女儿要琴棋书画无所不通。这个决定显然没有经过两个孩子举手表决。儿子是像外国男孩子，但不是他们当年看的译制片里的小男孩，而是现在卡通片里的小飞人。女儿比儿子更闹，琴棋书画毫无兴趣，感兴趣的是棒球、泥土和电子游戏机。一天早上，他们在厨房见兄妹二人吃的是牛奶面包，说的是英语，看的是美国卡通片，完全是两个小美国人，陈教授问太太，这是谁家的孩子？太太笑，我也正在想。

现在听说女儿要当邮递员，陈太太立刻说："不会吧。父母为你创造了那么多条件，你就想当邮递员？"

陈教授只是笑。陈太太又对未来的科学家、总统们说："她不想当邮递员，她只是不知道她想做什么而已。"

未来不知道。目前是"邮递员"领导着未来的"科学家"和"总统"们哈哈笑后就跑走了。陈太太对陈教授说："看看你的女儿吧！"

陈教授笑了："我看也没有什么不好的。只要他们品行端正，孩子以后爱做什么就做什么吧。"

2　团结在你的领导下

大家一边吃一边聊，从中国股市聊到美国股市，中国电影聊到美国电影，中国政治聊到美国政治，中国食品聊到美国食品，一切话题都立足地球一角，展望两大国家。不这么聊，这学不是白留了吗？

唐敏是不屑于聊的。她早失去了"闲坐话玄宗"的心境。听人家开口"美国"，闭口"中国"，觉得像在听祥林嫂讲阿毛，唐敏说不出的烦。

她现在既不关心中国，也不关心美国，外面的世界爱怎么样就怎么样吧，她又主宰不了，她连自己都主宰不了。她早已厌烦谈什么理想、将来、前程、事业这些无边无际的话题。活到三十岁终于明白，所谓奋斗只是给自己的贪求无度找一个响亮的借口。学电机、电脑的谈谈硬件软件，学生化的谈谈蛋白质，大家都很专业。她拿钱回家就行了，想那么多干吗？唐敏看着眼前这一群兴致盎然的二十一二岁由中国大学直接进入美国大学的新生，深感自己与他们有不小的距离。生活中任何事情都很难激起她的热忱，而他们就像这个季节的树木蠢蠢欲动。毕竟他们受点挫折还可以带着童声发嗲道:"成长是需要付出代价的。"三十岁对一个女人来说已不再年轻,她已经失去说这话的权利,所以她尤其害怕挫折。

天舒说:"等我五年之后把博士拿到,我也成了二十六岁的小老太太了。"天舒很是无心,在一个二十一岁的年轻人眼中,二十六岁是个很大的年纪,大得足可以当妈妈了。可到了那个年纪才知道也不大,任何人都会有此经历。只是天舒没到那个年纪不知道,唐敏过了那个年纪自然深有体会。知道的人觉得不知道的人做作,而天舒只觉得唐敏恼得莫名其妙。

唐敏显得疲惫、没精打采,在礼堂的灯火之下毫无生气。二十来岁时大概也是如此胸怀大志,可如今只希望胸脯丰满一点。她淡然地听着别人的闲聊,静观这帮年轻人以后如何跌得头破血流。《钟为谁鸣》里面说,无需问钟为谁鸣……因为人类共同承担着不幸。她觉得自己还没到那种共同承担历史与命运的境界,有时候巴不得人家出个什么事才好。

"唐敏,你还好吧?你看起来很累。"天舒问。

"年纪大了,不比你们这些年轻人了。"唐敏不过三十岁,却常常在小青年面前倚老卖老,有些故意,也有些无奈。

新上任的中国学生会会长杨一,端着盘子过来,脸上是夸张的灿烂,她总是这么精神。短短的头发,走起路来,头发随之飘扬,像个翩翩美少年,机智、开朗,有时颇具攻击性。这种女孩子,即使对她的情况无任何了解,也能知道她的自信或者说感觉良好从何而来。

她在天舒旁边坐下:"还是你们学生化的中国人最团结了,从教师到学生再到家属,来了这么多。"杨一真是觉得她与这个实验室有缘,她的男朋友和好朋友全在这儿。

天舒连忙说:"杨一你的号召,我们哪次不是积极响应的?"

唐敏讪笑道:"过奖,过奖,我们只是吃饭时比较团结。"

与天舒相反,唐敏是很少笑的,笑也是让人说不出感觉的,且失之瞬间。

接着大家就表扬这次活动办得挺好的,杨一听得脸上发光。又有人提出菜挺好的,就是油了点。

天舒说:"回家要吃点维生素,免得长痘痘。"

杨一说:"可以吃点维生素E,我常吃。"

在座的大多是学生化的,听后,窃笑。

杨一见了，问："你们笑什么？"

人家笑得更欢了。在她软硬兼施的追问下，人家才说，维生素E的一大功能，是提高性能力。

一个年轻未婚的中国女子，面对众人"哧哧"的暗笑，杨一就是再伶牙俐齿，一时间也不知如何是好。

"我以为是保养青春的。"杨一说。

小马笑着说："这不是一回事吗！"

"隔行如隔山嘛。"唐敏说。这句话对于都很有专业知识的学子来说，倒是合用。

"没有知识也要有常识，没有常识，也得学会装饰。"杨一自我解嘲地笑笑。

"不过难得，杨一也有不懂的时候。"天舒说。

"这次活动的经费是哪儿来的？"小马抖着腿，关心地问。他习惯抖腿，"男抖财，女抖贱"，难怪小马这么多年，也没有什么钱。

"ISO，学校总有那么一笔钱，要靠我们申请才能拿到的。"

"杨一，以后我一定团结在你的领导下。"天舒一直都是那种"好话多说，好事多做"的人。

"你先生的事办得怎么样了？"杨一问唐敏。因为前一阵子，唐敏为办先生出国的事，向杨一借过一笔钱，暂时放入自己的账户让银行开出证明为董浩做经济担保。

"还在办的过程中。"唐敏轻描淡写地说。

对面的老吕看了她一眼。老吕，四十出头，是个访问学者，来美国的时间与她相仿。老吕整天琢磨什么中美饮食差异，中美婚姻差异，中美性文化差异，总之都是一些投美国人所好的东西。他的太太刚来不久，是个短小精悍的女人。

唐敏权当没有看到，故意加了一句："我想是快来了。"

杨一又问："你先生是做哪一行的？"

"好色之徒。"

几个人听了都不知道该说什么，老吕埋头吃饭。

唐敏见老吕的样子，暗笑在心，然后才不紧不缓地吐出："他原来学的是美术，现在银行工作。但他对专业仍不死心，常搞点业余创作，弄得家里都是颜色。"

大家都笑了，只有老吕在别人的笑声中将头埋得更低专心吃饭。

"在国内收入不错嘛，到美国要适应一段时间了。"杨一一边说一边起身去添加食物。

"多多祷告。"王永辉说。

唐敏觉得好笑。她被王永辉拉进教会几次，听的都是某某家庭不和，信了神，关系改善了；某某得病，信了神，病痛减轻了，甚至痊愈了。这类见证让唐敏好笑，认为简直就是迷信。

3　谈婚论嫁好不热闹

"这里有人坐吗？"

天舒扭头一看，愣住了，竟是苏锐和曹大森。

苏锐又重复道："我可以坐在这儿吗？"

"可以，当然可以。"天舒连忙移了移椅子，等苏锐坐稳后才想起这是杨一的座位，这时哪里顾得上杨一！

"你们怎么也会来？我以为你们都是属于老油条一类的。"

苏锐笑笑："我们哪敢不来，从杨一这个学期当了会长的那一天起，就为今天的活动准备上了，同时开始对我和大森软硬兼施，光今天她就在我们的留言机上留了七个信息。"

大森说："我看教会的牧师向我传福音也不过如此。"

"你们别这么说杨一，我就觉得这次活动比以前的好，杨一没有功劳也有苦劳。"

这时，天舒的两个宝贝室友过来了："你们好。"

天舒连忙介绍："她们是我的室友。"

Meg却接着说："可她是我们的baby sitter（看顾婴儿者）。"显然始终没有忘记天舒"时刻注意你们的行为"那句话。

Laketa盯着苏锐问："你叫什么名字？"

"锐。"

"噢，锐。"Laketa叫了起来，"你是锐，我是Laketa，天舒的室友。"

两个室友向天舒挤眉弄眼，神秘兮兮地笑着，把天舒笑出了一身冷汗。

室友一走，天舒连忙对大家解释："小孩子，两个美国小孩子。"

可一波未平，一波又起——杨一端着一盘食品回来了。

大森先看见，叫："杨会长，我们报到了。"

杨一指着苏锐的位子："你怎么坐了我的位子？"

"是吗？我以为没有人。"苏锐说。

于是两个人同时看天舒。天舒的眼睛不知藏到何处，无论如何是找不到了。

杨一是聪明人，于是说："你们两个这么捧场，那位子就是给你们留的。我再搬一张椅子来。"

杨一挨着大森坐，明知大森刚失恋，却故意说："唉，最近又有哪个美眉用特殊的眼神注视着你了？"

"杨一，你怎么没有一点同情之心呢？"

"同情？"杨一瞥了他一眼，"是指对那个姑娘吧？"

"我向人家请辞了。"

"她批了吗？"杨一逗他。

"这次，她批准了。"

都说留学的男生寂寞，办这些同学会也是为了帮助男同胞们速配。只有大森是不寂寞的，大森长得并不帅，却很酷，而且带有一点点邪气，聪明、爱玩、爱开玩笑，说一些不着边际的话，反而招蜂引蝶，总有女孩子围着他转。唐敏百思不得其解，问大森刚分手的前女友，大森到底好在哪里？前女友开诚布公地说，男人不坏，女人不爱。大森他特别！唐敏越听越不解，她找对象时总想找一个对她百依百顺的人。女孩子不急不慢地说，百依百顺，毫无性格，那多没劲啊！是找男友还是找男佣？唐敏像是进入永远的沼泽地，说，你们现在的女孩子是缺打的吧？难道要找坏男人？女孩子又说了，不是的，不是坏男人，是、是、是一种被征服与征服的感觉。好了，你是不会明白的了。我妈那个年纪没有人会明白的了。女孩子一句话就把唐敏给打发了。唐敏很气，居然拿我和你妈相提并论！不过自己也觉得，她比她们大不到十岁，却像年长了一个时代。

"谁找你，谁倒霉。"杨一说。

大森把脸凑过去，干笑两声："杨一，现在我知道你为什么找了一个外国男朋友，中国人实在是没有一个敢要你呀！跟我姐一样。"

"到底人家是外国人还是你是外国人？"

小马说："你们两个嘀嘀咕咕地说什么？"

大淼紧接着附上了一句："我在向领导汇报思想。"

杨一讨了没趣，趁机换了一个话题："小马，怎么样？最近。"

"刚刚登了记。"小马的声音很小。

"怎么不招呼呢？"

"这把年纪了，就那么回事。再说她人还在国内，等她人来了再说吧。"

"对呀，难怪最近神采奕奕——人逢喜事精神爽嘛。"

上个暑假小马回了一趟国，任务是明确的，就是将安徽老农到陕西买媳妇的事件在美国上演。在亲戚、朋友的紧锣密鼓下回去两个礼拜就相了十几个姑娘。最尴尬的是一次在一天内相了两次，上午那拨人刚起身，下午那拨人就进门了。当时小马恨不得一头撞死，而人家两个姑娘相视，一个微笑，一个点头，落落大方，不羞不恼。好像是来应聘工作，是智力、能力、相貌上的较量，而不是情感上的竞争。中国开放、搞活，男人搞活、女人开放。小马着着实实地领教了。

"天舒，咱俩的事怎么样了？"杨一问。

杨一话音刚落，大淼急不可待地说："这话讲得让人奇怪。你们有什么事？我早看出你们两个有什么问题了。"

大淼的"早看出"是指几天前，他在校园里碰见杨一和天舒。

天舒快乐地笑着，露出她可爱的酒窝。杨一说，你的酒窝真好看，是真的吗？

天舒笑，不是真的，是定做的。你要不要摸摸？

杨一刚准备伸食指去摸，大淼经过，故意大喝一声："干什么？你们两个，我观察你们很久了，在美国的光天化日之下，一个女生要去摸另一个女生的脸蛋，比一男一女还不可告人。"

今天，大淼更是不放过这个数落人的机会："你们到底有什么不妥？"

"没有了。我们可能会搬家。"天舒说。

"这么简单？"大淼怀疑。

杨一哈哈大笑："我不知道天舒。但我保证我是没有这个倾向的。"

天舒眨眨眼睛，然后很认真地一字一顿地说："我也是没有这个倾向的。"虽然完全是依葫芦画瓢的同一句话，因着她的认真，逗乐得很。

大家笑得东倒西歪，天舒自己浑然不觉，仍在努力地澄清。天舒稚拙得可爱就在此。

4 你得去看心理医生

礼堂的喧闹一声高似一声，只有两个人未卷入其中。一个是天舒，她仍为刚才的难堪害羞。另一个是唐敏，她冷眼看着大家，一副"楼下人笑卖风情，楼上人笑看风景"的漠然。

唐敏起身进了洗手间，恰好碰上实验室的美国女孩Nancy。她十分漂亮，和许多漂亮的西方女子一样，她们的美丽一览无余。如同林语堂先生说的："美国女人，就如白话诗，一泻无遗，所以不能耐人寻味……"她们曾经做了一年的室友，关系不错。

Nancy一见她就说："我得走了。"

"不吃了吗？"

Nancy很委屈地说："我想吃，可我不可以。我不想变胖，真羡慕你们中国女孩子。"她与唐敏都是三十左右的女人，谈起自己和这个年纪的女人都是"这个女孩""那个女孩"的。

唐敏说："吃中国食品不会变胖的，你看中国女孩子有几个是胖的？"

Nancy说："可到了美国人的胃里就会变脂肪的。"

她们简单地聊了聊，Nancy得知唐敏的丈夫仍在中国，叫起来："他为什么不来？"

不是不来，是来不了。这个问题对美国人解释起来不那么容易。唐敏干脆不解释。

"难怪你总是一个人，总是不开心。""是啊，我也觉得好没意思地活着，觉得homeless（无家）、hopeless（无望）、helpless（无靠）。"唐敏有时会和Nancy说些心里话，一是由于年纪相仿，再由于Nancy是"外国人"，听过就完了，不像中国人，讲起话来七拐八弯，不知道真正想说什么；听起话来也四分五裂，不知道给你听出个什么名堂来。

唐敏还为自己信口吐出三个"H"暗里叫妙，可Nancy听唐敏的三个"less（无）"，觉得事情大了，立刻说："敏，我想你应该看一下心理医生。"

唐敏禁不住笑了。美国人到底是美国人，打一个喷嚏就以为病入膏肓；撒一个小谎，就以为能进国会。

Nancy却很认真地打开背包取出名片，递给她。

很少有中国留学生可以奢侈到看心理医生的地步，唐敏说："不用了。"

Nancy像是对唐敏颇为了解，立刻一针见血地说道："校内诊所，根本就不需要花什么钱。"

Nancy这么一说，多少让唐敏有一点别扭。她不知道Nancy到底了解她多少。她不否认Nancy有时候会说到她心里去，但更多的时候，唐敏觉得Nancy到底是Nancy，因为Nancy问她，中国人像蚂蚁一样一年到头忙个不停，可为什么就是喜欢睡午觉呢？在Nancy看来，睡午觉是懒惰行为。只是现在唐敏见Nancy如此热心，名片又随身带着，也就接了过来，说："谢谢，不过我想没有那么严重，我只是觉得疲倦和孤独。"

"我想你应该交一个男朋友。"

"我是有丈夫的女人呀。"唐敏叫了起来。可话一出口，自己都为自己害羞。自己的事情只有自己知道。

"你们三年都没有见过面，也叫夫妻？单身女人，总是不容易的。"Nancy这么说，已经把唐敏归于单身女人的行列。想来也是，她虽然有先生，有家庭，但都远在万里之外。这些年来，她一直过着单身女人的生活。

"敏，你看起来脸色不好。"Nancy仔细地端详着唐敏，掏出一支口红，"擦一点，看起来会精神些。"

唐敏照办了。唐敏自认是心志极高的女子，理应不顺从。此时的顺从，带一种精致的向往。镜子里的她，顿时不同凡响。Nancy说："看看，不一样吧！看起来好多了吧！"

唐敏竟一句话没有。

Nancy走之前说："如果你不介意，你就留着这支口红吧。"

唐敏望着镜中的自己，似乎不曾相识。她是好看的。她说。

此时，她只想哭。她是好看的，她为什么不知道？她为什么不知道应该对自己好点儿呢？她又知道什么呢？过去不知道，现在不知道，将来还是不知道。唐敏强忍住眼泪，离开洗手间。经过礼堂，里面正要放电影。她望了一眼，就决定不进去了。大家仍饶有兴味地攀谈着，仿佛她不曾来过，所以也没有察觉到她的走。

等到看电影的时候，人数已少了一半，美国人基本上走光了，中国人也走了不少。在国内时总在报纸杂志上看到美国掀起中文学习热，中国某电影轰动国际什么的，以为普天下都对中国顶礼膜拜。事实上，美国人学中文的寥寥无几；对国际电影，尤其是发展中国家的电影不感兴趣，大国意识很强。

在国内时，美国的新闻民主制度在杨一心目中顶天立地。到了美国，发现中国不见了，更夸张地说，除了美国，世界都不见了。

杨一与她的教授聊起此事，教授说，美国普通民众对国际事务，尤其对发展中国家的事务并不热忱，所以在普通的电视频道上看不到。要看国际新闻，就要看像《华盛顿邮报》什么的了。

唐敏回到工作了三年多的实验室里，四周一望，很是陌生，不曾进入，如同她不曾投入到自己的生命。她生活在别处。六十年代的法国青年只是将"生活在别处"的标语四处乱贴，而她此刻正处于这种状态，从小到大，从中国到美国。

从结婚到出国，她一直处于被动。

唐敏二十七岁结的婚，当时董浩的母亲说你们差不多该结婚了。唐敏想，是差不多该结婚了。当时她已二十七了，董浩与她同岁。如果她要嫁人的话，她是会嫁给董浩的，因为他是她当时能找到的最好的人，而且，而且他们已经有了性关系了，结婚也就成了迟早的事，于是两人就结婚了。

领了结婚证出来，唐敏跟在董浩后面，盯着他的背影，想：我就是这个小男孩的妻子了吗？真奇怪。她觉得自己心中没有一点神圣的感觉。而且当天就为了一件事情吵得不可开交，现在绝对想不起是因为什么事，却记得那个受伤的心情。唐敏气得扭头就跑，跑了一圈，还得回他们共同的家，他已经是她丈夫了。

她与婆婆处得也不好，婆婆三天两头到他们小家来视察工作，她觉得他们小家快成了婆婆的殖民地。

她与婆婆倒从来没有红过脸，就是冷战，自己母亲虽然常与她吵，吵完，谁也不记得，与婆婆吵一次，会记一辈子。

结婚不到一年，唐敏就来美国读书。当时她怀孕，他们决定把孩子拿掉，说是还没有条件要孩子，其实唐敏是害怕。结婚可以离婚，朋友可以断交，工作可以辞职，人生绝望了甚至可以自杀，可有了孩子就什么都不能做，连死的权利也被剥夺了。

一别就是三年，鸿雁传情。起初，唐敏是一个星期去一封信，什么都写，连吃了什么都详细汇报，末了写"想你"，有头有尾，很像回事。渐渐地，爱情像乌龟，有点缩头缩脑。爱情以外的事情越来越多，对爱情的感觉也就越来越钝。

信越写越短，越写越艰难，时间越拖越长。只剩下末了的"想你"两个字摆在那儿，像假花。写的人别扭，看的人也别扭。再后来主要是打电话了，美国三家主要电话公司AT&T、SPRINT、MCI，不知道从留学生身上赚了多少钱。唐敏打起电话开场白千篇一律："噢，是我啊。怎么样？"

唐敏想起那支口红，她翻出口红，打开，盯着看。回顾这些年来的海外生活，全是不堪回首的得与失。

老吕一直都说自己很会做菜，事实上，他的生活确实料理得比她好。上个圣诞节，因为过节，她买了好多菜回来，他到她家里做菜。她看着他在厨房做菜的身影，就想到那种事，心里有点渴望又有些害怕。老吕的身材相当体面，她不喜欢瘦男人，瘦男人让她觉得像生了肺痨病。后来，两个人只是十分平常地吃了饭，他说他要走，她心里有点轻松，也有点失落。

送到了门口，他突然抓住她的手臂，其实她也抓住了他的手臂，只不过他的力量大些，感受明显些。主要的是，她希望是他抓住她，她是被动的，甚至有点被迫的，这样，就无辜了。事实上不是这样，她心里很清楚。之后的事情很简单，在黑暗中，他们行了那事。

他走后，她坐在床角，痛哭不已，大脑一刻不肯放松地放映刚才的一幕，没有想到，她的生活就这样由她改写了。她思想保守，行为大胆。她更没有想到，那种肉体的放纵带来的除了羞耻，更多的竟是失望。

这些事情对以前的她来说，不可思议，现在她竟在神不知鬼不觉的状态中进行了。在美国久了，她的性观念也越来越开放。这些事情要是发生在别人身上，她是不齿的，难听的词会一个接一个地安上去。如今到了自己身上，却百般体恤和怜悯起来，派生出无数的理由，每一条都是那么的理直气壮。他们年纪都不大，出了事，想来也在情理之中。她想起了奶奶，那位把名节看得比生命还重要的老人。她想，奶奶要是知道了，会怎么想？她也想到了老吕和他的太太，只是没有想到董浩。

什么是好女人？好女人应该像《红鬃烈马》里的王宝钏那样，苦守寒窑十八年，等回丈夫，也等回了丈夫的新太太，做了几天皇后，就死了。有意思的是，在中国人的观念中，薛平贵是个好人。

以后在公共场合见了老吕，既不过分亲密，也不刻意回避，说些一语双关的话，也得到一语双关的回应。事后，唐敏想想这些只有他们俩能品出其味的言语，觉得回味无穷。

她机械地扭转着口红，转出来，再转回去，心里一种酸涩之感，她的生活是无法扭转回来的了。

她知道她并没有把董浩看得很重，没有把她与董浩的关系看得很重，所以才发生与老吕的一幕。后来老吕的太太来了，她才想到董浩，觉得对不起他。这种对不起夹杂着更多的是自我的惋惜与哀怨。

突然想起董浩，她并不常想起董浩。她几乎记不起他的样子了。他的头发是怎样梳的？是左分还是右分？好像是左分，再想想又像是右分。对，是右分，一定是这样子。唐敏这样说服自己，为求得心安，却又心安不得，因为她确实不记得董浩的头发到底是往哪边分的。

她从包里取出董浩的申请材料，一念之闪，也许，也许她根本就不想他来，否则申请材料早可以寄给董浩了。想到这儿，唐敏害怕了。她是一定要把董浩办来的，他一直很想来。如果董浩先到的美国，也一定会把她办出来。

她把材料封好，明天一定要寄了。

董浩的头发是往哪边分？唐敏又想。她从来没有这样地惦着董浩，却是因为头发引起的。唐敏盯着口红看，她的人生不曾如此鲜艳过。

此时的礼堂，电影放完了。有人吞吞口水："菜太咸了。"有人接着说："这种活动应该备点饮料。"有人扭扭腰："活动时间太长了。"有人接着说："中国人的时间观念还是不行。"大家边说边退场，最后总结了一句话："中国人的事儿到现在都做不好。"

大部分人拍拍屁股就走，只有杨一和几个同学开始收拾整理。相比之下，台湾、香港同学会好许多，彬彬有礼，学长学妹，叫得亲热。听说他们还互相传递旧考卷。

这群莘莘学子许多时候自我感觉过于良好，却又许多时候让别人感觉不那么良好。

这学期开学，又听说有个新留学生同时请了好几拨人接机，结果让许多人徒劳而返。杨一父亲1993年随中国招聘团访美，采访中接触了不少留学生和访问学者，父亲印象甚佳，认为他们有思想有见解，所写的采访报道也是洋洋洒洒。杨一此时想，如果在采访间里，我也能高谈阔论，动不动就讲几句"划时代意义"的言论，猛一听，让人为之一震。如果父亲在这时见到这群莘莘学子，大概另有所感。他们回不回去也罢了，留了洋，怎么骨子里的坏毛病还在？

刚到美国时，觉得美国人非常"individualism（个人主义）"，后来发现，中国人这一套学得很快。

人已走得差不多了。天舒这时看见唐敏的衣服仍挂在椅背上，说："唐敏一定在实验室，我去给她送衣服。"

杨一对此及时地进行了肯定："天舒最好。没有车，还想着运输。"

天舒说："哪里，反正没事，我想回实验室，顺道嘛。"

杨一问："过春节也不休息？"

"嗨，在美国哪里顾得上过春节呀，实验室一大堆事没做呢，再说一个人也没什么事，反正闲着也是闲着。"

陈天舒到了实验室门口，听见里面有哭声。她蹑手蹑脚地打开门，见唐敏伏在桌面上，哭泣着。

"唐敏，你怎么了？"天舒轻轻地走近她。

唐敏抬头见是她，欲止，抽泣了几下："噢，是你。没什么。"

"我是来给你送衣服的。你忘拿了。你真的没事吧？"

唐敏突然又止不住了，索性抱着天舒大哭起来。

她的手里仍握着那支口红。

第五章

总的来说，我对自己想要的东西，想达到的目的，都是比较明确的。比如出国读书，也是深思熟虑后才决定的。我个人认为：青年的时候，可以学一点儒家，积极进取；中年的时候，就学一点道家，能进能退；老年的时候，要学一点佛家，四大皆空。

以后我是打算回去的。我这个人有时候爱讲些大道理，所以我一说以后要回国，就容易被归类与定论。我不喜欢这样，关键在于，我这人不想强调什么，更不想被别人归类和定论。我想回国完全出自一种自我的愿望与需求，并不想把这事说得太富有理念了。

—— 杨一

1　房东一家亲

春节晚会结束，大家如鸟兽散，杨一最后一个回到家。

她住在一户美国人家里。这里的地点不好，在美国买房子讲究三点：一是location（区位），二是location，三还是location。

房东的家由于位置不好，房间很难出租。正因为这样，房租便宜，杨一图的也就是这个，住在这里有些日子了。

房东是一个四十岁不到的单亲妈妈，带着一个八岁的男童和一个六岁的女童。

房东自认是个sinophile（中国迷）。杨一刚搬进来的第一天，她指着客厅里的一堆摆设对杨一说:"我喜爱中国的东西。"又指着一个日本木偶说,"可不可爱? 中国女孩子都这么可爱。"再问杨一许多中国问题:"中国遗弃女婴现象到底多严重?""中国除了汉族和藏族,还有别的民族,真的吗?"

房东对中国所有的认知都来自好莱坞,与气功、乒乓球、小脚、辫子、长城、大熊猫、人权、性无能、吃狗肉等交汇在一起,感觉神秘,而且许多美国人也只愿意这样远距离地想象中国。

房东对中国所有的感受还来自唐人街。其实杨一到了旧金山的唐人街,也觉得是在"考古"。偶尔去一次,竟然在大街上看见吹吹打打的出殡队伍,那里比中国还中国。他们说着她不懂的广东话,脸上的神情更是她不懂的古老。所以对房东他们,杨一完全可以理解。

杨一不理解的是美国人并不为这种对中国的无知害羞。她上小学的时候,班上一个女同学谈起某届美国总统,杨一问,他是谁呀? 女同学讥笑道,你连这个都不知道? 当时杨一很窘,是呀,一个泱泱大国的前总统,她怎么可以不知道? 显然,美国的孩子不会有这种窘迫。这才是真正的差异。

房东家里有两间空房,租出去也是一笔收入,楼上的一间租给了杨一,楼下的那间大些,带卫生间,一直租不出去。直到最近有一个叫哲平的日本学生住进来,房东才了了一桩心事。刚把草坪上一直支着的那块"ROOM FOR RENT(房屋出租)"广告牌收回来,杨一又提出下个月要搬走,房东一边急匆匆地将"ROOM FOR RENT"的广告牌支出去,一边对杨一说:"如果你认识的人有想租房间的,请告诉我。"一副持家不易状。杨一想,我自己都要搬出去,到哪儿给你找人啊?

房东不富裕,杨一知道,可是以她的收入应该过得比他们的现状好。如果像中国人那样精打细算地会过日子,即使是拿救济金的美国人,也会过得比普通中国老百姓好。

杨一把今天聚餐带回来的剩菜剩饭放进冰箱里,明天又可以吃一顿。他们家的厨房像厅堂,房东自己不太煮,更不喜欢房客煮,杨一空有一身厨艺,平时只能外出四处觅食,汉堡王、麦当劳,吃得不要吃了,周末到男友处打牙祭。

日本男生哲平拿着一打的信件进来,抽出一封给杨一:"你的信。"

哲平是日本大学生，短期就读于附近的社区大学ESL，只学英语，也只学半年。由于刚来，非常喜欢与人说话，第一句一定是"我的英语不好，请原谅"。日本青年爱赶新潮，头发没有黑的，好像全部的日本青年都染过头发了，穿着很霹雳。哲平的裤子吊在胯部，裤裆到了膝盖。裤裆在裤裆的，已经过时了，甚至不能叫裤子。哲平的身材本来就不好，下身短，这么一穿，越发滑稽了。

第一次见面，杨一对哲平的印象就不好。那是他刚搬进来时，哲平极有礼貌地向杨一鞠躬，杨一向哲平点了个头，见哲平的手臂有疤痕，问："你的手臂怎么了？"

"我在日本的时候，练剑时被对方砍到的。"哲平担心杨一听不明白，就侧着手掌往下狠狠地划了一道，且喝道："Cut（砍）！"

杨一表情立时不自然，不快的历史画面涌上，隔着年代与地域仍触目惊心。杨一去过日本。在美国的中国人，新老移民，虽不认为自己是美国人，但对美国有不同程度的好感和认同。杨一访日期间，几乎找不到一个在日本的中国人，会把日本看作自己的国家。

哲平刚到美国没有车，有时请杨一带他去购物。哲平一进市场就会一个词"cheap（便宜）"。这个"cheap"，那个也"cheap"。哲平英语不行，只会这个词，可是杨一不知，心里嘀咕。哲平什么都买，装满了杨一的小车，这让杨一很受刺激，以后不再带他购物了。

"谢谢。"杨一道，拿着信就往楼上跑，不与哲平多说。

"我有一样东西给你看。"哲平叫住她。他努力地表达着，表达不过来，就拉着她到外面去。外面停着一辆崭新的TOYOTA，而且就停在杨一的小破车前面。哲平新买的，就在今天，一次性的现金交易。

"我有车了，不用再麻烦你了。谢谢你的帮助。为了感谢你，我想请你吃饭。"

"不用了。我劝你小心点。这里治安不太好，有一个人车子坏在这里，他下车修理，动了一个车轮。这时来了另一个人，取另一个车轮。车主说，你为什么动我的车子？那个人说，你动一个，我动一个。说完搬着车轮就走了。"杨一笑笑，"顺便告诉你，我快搬家了。"

"什么？你要搬走了？为什么？是因为这里位置不好吗？"

"我和我的朋友要自己出来住，比较方便。"杨一住在人家家里图的是便宜，现在手头宽裕了，当然要搬走。

杨一刚回到自己房间，房东的小女孩后脚也进来了。她常来找杨一玩，出入自由。

杨一要搬走了，这次就直说了："我很欢迎你到我的房间来玩，你进来时，可以先敲一下门，然后，我会帮你开门的。"

"没关系。"她很自豪地回答，"我自己能行。"

这让杨一没了法子。她实在是一个非常可爱的小姑娘，六岁，大大的蓝眼睛，长长密密的眼睫毛，翘翘的鼻子，弯弯鬓鬓的头发，就像杨一小时候抱过的洋娃娃。

天舒见过杨一家的洋娃娃，说，她最好别长大了。西方小朋友真是可爱，不过长大了，就不那么可爱了。

"我有三个男朋友。"小姑娘说。

"天啊，三个。"

"噢，我知道，"她耸耸肩，摊了一下手，表情甚至有点得意，"多了一些。一个是他喜欢我，一个是我喜欢他，还有一个是我们互相喜欢。"

"你怎么处理得过来？"

洋娃娃有点苦恼地说："我有时也不知道怎么处理。"

"你这么小，就这么喜欢自寻烦恼，你这辈子完了。"

"那么你呢？"

"我，我一个也没有，你帮我介绍一个怎么样？"杨一逗她。

洋娃娃想了一会儿，说："他们对你来说，太矮了。你对他们来说，太老了。"

杨一笑岔了气。

这时房东在外面叫："睡觉的时间到了。"洋娃娃一摇一晃地走掉了。她突然羡慕起外国小朋友，他们自由自在地成长，不像中国孩子那样"身负重任"。

房东的男孩子已经上小学了，从来没有听房东问过他："功课做了吗？"而她小时候要想有片刻的轻松，父母第一句话就是："功课做了吗？"她说："做了。"又问："复习了吗？""复习了。"再问："那你预习了吗？""也预习了。"

"复习""预习"，房东的孩子听了一定会笑。然而，父母还要百般刁难："那你不会再找点课外题来做做！"

2　来美国收牙齿

洋娃娃走后，杨一开始看信，家信当然不会谈什么了不起的事，若真有什么事，父母反而不会让杨一知道，自己扛着。

末了是"想你"，这是惯例。

最后是母亲的落款：名字、时间、地点。

再之后则是父亲的"阅"字。

通常是母亲写信，写完给父亲，父亲批一个"阅"字，母亲才去投邮。很具有杨家特色。杨一看完信，立刻给天舒打了个电话，游说天舒星期一看房子。

"星期一，不要迟到了，我们准时去看房子。"

"知道了。"天舒就在快挂电话的一刻，突然想起什么，恍然大悟地叫道，"等一下，等一下，听你这么讲，好像已成定局。我什么时候同意搬家了？"

杨一笑得蹲在地上："哈哈。好，好，看看房子总是无妨吧。再说，我们可以从以下三点分析搬家的利与弊……"

杨一虽然说话略有停顿，天舒却没有来得及阻止她的一番"分析"："第一点，当然是经济上的考量，你现在一个月付四百二十元，占有二分之一的房间，三分之一的公共场地；如果我们合租一个公寓，你付差不多的房租，却拥有了一个自己的房间和二分之一的公共场地。第二点，是方便上的比较，你现在住宿舍是方便，但我们保证可以租到一个十分钟路程到学校的公寓，所以方便上是一样的。第三点……"

杨一的习惯用语就是"从以下几个方面分析"。天舒听个开头，心情已经沉重起来了，现在非得打断她了："好了，好了，你又开始来劲了。第三点，是从助人为乐的角度出发，杨一要租公寓，一个人租不起，得找一个人来分摊，这个人是谁呢？当然就是我了。"

杨一笑得倒在床上："那你星期一就是去了？对了，大淼要搬家了，我们可以去看看他和苏锐的公寓。"

天舒本来想说“不”，听了“苏锐”二字，完全没了不去的理由，“好吧”脱口而出。挂了电话，她又得操心到时穿什么衣服了。

星期一早上起来，杨一打扮得很职业，穿上套装，在脖子上系了个丝绸领结，今天有一个presentation（报告会）。这时发现门缝里塞进来一个信封，打开，里面有一颗牙齿和一张卡片：

To: The tooth fairy（牙齿仙女）

这是我最后一颗牙齿，但你还是可以到我们家来，因为我的妹妹还有一口牙齿要掉。对了，我的牙齿是在吃早餐的时候掉的。你今天晚上在我的床头放上钱以后，我就不再需要从你那儿来的钱了，牙齿仙女。

爱，刚刚掉牙的Frank

杨一笑笑，下楼，在厨房里看见房东的两个小朋友。他们一见到杨一，就叫：“早上好，牙齿仙女。”

“早上好，刚刚掉牙的Frank，将要掉牙的Lily。”杨一说。

哥哥对杨一露出他的牙窝：“看到没有，刚刚掉的。”

杨一看了一下，点点头：“你的牙齿全掉完了，那你就是一个大孩子了。”

哥哥有点自豪地说：“对，现在我是一个boy（男孩），而我妹妹还是一个baby（婴儿）。”

妹妹噘着嘴巴说：“我不是baby。我马上也要掉牙齿了。是这样子吧？牙齿仙女。”

“是的。”杨一笑，又问，“你们怎么知道我是牙齿仙女？”

“我想是的。你从中国来，我想你一定刚刚收完中国孩子的牙齿，来美国收牙齿的。”哥哥说。

杨一想，她什么时候变成神话中那个穿着粉色裙子、有一对小翅膀、专门收购小朋友牙齿的仙女了？

“难道你不是吗？”妹妹问。

“我是。”杨一说，“对了，我也告诉你们，我要搬走了。”

“我知道。”哥哥点点头。

“噢，你知道？你妈妈告诉你的？”

"不，我猜到了。"哥哥胸有成竹地说，"我的牙齿已经掉完了，你可以到别人家里去收牙齿了。"

"正是如此！"杨一说。

"那等我掉牙的时候，你要记得再来噢。"妹妹说。

杨一点点头："我会的。"

打开哪里都是药，美国人厨房里的层层架子上都是一瓶又一瓶的维生素药丸。房东每天早上抓一把药丸往口里倒，把药当饭吃。杨一拧开瓶子，往嘴里塞了一颗维生素E，不由得想起那天在春节晚会上的洋相，管他的，就当作歪打正着好了。

匆匆上了车子，车子却发动不起来，急得她不知如何是好，快快地跑回去给男友打电话，Eric不在。不在也好，他们现在处于冷战，求了他，倒像是她杨一理亏了似的。

这时，日本男生哲平过来说："我可以送你去学校。"杨一也只能这样了。

哲平送她到了学校，又问需不需要接她回家。杨一说不用，到了学校，她可以找到人送她回家。

哲平要走了，杨一挡住他，哲平停下，摇下车窗："怎么了？"

杨一说："我只是想感谢你。"心想，只要他不在她面前大手一挥"Cut"，他还是一个挺可爱的大学生。

3 三个美国教授

杨一学的是传播，在美国中国人很少学这个专业，她也就比较显眼。

第一节课上传播历史，授课者是威廉先生。

美国每年评选出来的全国优秀教师，基本上都是最能把学生逗笑的教师。威廉讲话，极富有肢体语言，学生们称他是"最有趣的人"。每学期的第一个星期，他的班上总是人满为患，除了真正注了册的学生，四周坐的站的都是想加课的人。有同学形容他上课的场面："从来没有多余的椅子，当然周末除外。"有同学形容他上课的质量："你会笑得嘴巴没有闭上的时候。"他上课时得知杨一是中国人，就说："我们有三个孩子，本来想要第四个的，后来听说，世界上每四个人当中就有一个是中国人，所以我太太和我认为我们已经完成历史使命了。"

杨一曾听到一位女同学说，做他的太太或者小孩，那就不需要看金·凯瑞的电影。每学期初，校园里流传的"教师档案"小册子，威廉永远是五颗星的那一个。

第二节课布朗教授一进来，就说了一句"shit（大便）"。

杨一这学期选修了黑人妇女学研究，美国大专院校近年来开设了越来越多的"非主流"文化课程，民族文化、妇女文化、东方文化，五花八门，强调美国社会多元化。对此，也有人表示担心，担心以基督教为主的美国主流文化受到冲击，国家缺乏凝聚力。而大多数人对此仍表示乐观，由于国家的富足与强大，对边缘文化有一种自信的接纳。

布朗先生是哈佛的博士，长得五大三粗，红红的脸膛，像是一个屠宰从业人员，稀少的头发留成一条小辫子，用超市里系一把把葱的蓝色皮筋系着，这很让杨一受不了，一看见他的小尾巴，就联想起她每星期必买的葱，便宜的时候，一把十美分。

他永远地大大咧咧，满不在乎，课讲得很好，言近旨远，只是太随便了。有一次他背痒了，就立在黑板前蹭了两下，讲话更是随便，动不动就是一个"shit"，写错了板书，他说一个"shit"，讲错了话，他更要错上加错地来一个"shit"，毫无知识分子的温文尔雅。

今天，布朗很气愤地说："下次我再见到比尔·盖茨，我打算把他干掉。"原来他老兄昨晚准备了一夜的"PowerPoint"，因为突然间电脑故障，今天上课无法应用。

课上了一半，就只能"放羊"了。得到一片雀跃声，一个同学嬉笑着说："教授，您永远不知道我有多爱您。"

布朗教授笑笑，对起身向门口走的同学们说："等一下，我再说一句话。学生是唯一愿意上当的顾客，我提早放你们走，其实是一种欺骗你们的缺斤短两行为。"

"我们不介意的。"有学生立刻回答。

他的话音刚落，进来了一位学生。他刚刚来上课。同学、老师见了他，哄堂大笑："我们下课了，你才来。你错过了太多。"

刚进来的同学慌张地问："我错过了什么？"

布朗教授做了个眼神："你错过了考试。这是我们的最后一节课，除了你外，所有的同学都得了A。"

美国学生上课迟到、早退极为平常。杨一从不缺勤，而且准点上下课。她常想的是按她的奖学金平均除下来，一节课就要上百美金，冲着这个价值，她没有理由放任自己。既然是学生，自然应该上学。他们，太随便了。要是在国内，先生早火了。美国先生对学生早退迟到真是太宽容了。有一次，课上到一半，一位同学就大摇大摆地从先生身边走向门口，先生只是耸耸肩说："等他走了，我们就谈考试题目。"大家都笑了，该同学也笑了，但仍然走了。先生又说："他不留下，可以提高你们的平均分。"

提前下了课，离下一节课还有很长的时间，杨一就到学校书店去。书店布置得琳琅满目，除了卖书，还卖笔、卖衣服。今年比较流行的学校套头衫是这样的：一个小女孩坐在两个小男孩的中间，她左边的小男孩穿着S大学字样的套头衫，右边的穿着T大学的套头衫，小姑娘亲吻了左边S大学的男孩子，下面有一句话："她选择对了。"

下一节课的伊萨克斯教授也在书店里。伊萨克斯教授，古板而严肃，面部表情像块黑板，很是权威。而他讲了唯一一句关于权威的话就是："别太相信权威，他也靠裤子遮羞。"即便这样，出自他口的这句话，也有了权威的分量。他仿佛不喜欢所有的学生。开学初，杨一想加选他的课，到他的办公室找他，只见一个穿着牛仔裤的男人，躺在桌子下面修电脑，杨一问："伊萨克斯教授在吗？"

"你找那个老家伙有事吗？"那人在下面冒出声音。

"我想找他加课。"

"上课已经这么久了，你能赶上吗？"

杨一心想，这个工人挺多事的，很傲气地说："我没有赶不上的课。"

那人从桌子下面探出个头来："那个老家伙可不喜欢别人缺课。"

杨一有点不快地说："既然那个老家伙不在，我走了。"

"年轻的女士，如果你还想要那个老家伙的签字，就等一下，等他把手腾出来。"那人从桌子底下爬出来，冲她笑笑，"我就是伊萨克斯教授。"说着接过杨一手上的加课表，签了字，还给她，又回到桌子下面修电脑。

杨一有点不好意思地说："谢谢，还有对不起，刚才我……"

"不用对不起。"

后来到了他的班上，杨一又成了唯一没有买到课本的学生。那天课堂上，教授提问，杨一说她还没有课本。教授看了她一眼。杨一又解释，她去过书店几次，他们告诉她没货了，现在正在进书，下个星期再来，教授听了她的解释，转过脸来问全班同学，除了她之外，还有没有人没有书。全班无一人举手。教授对杨一说，为什么大家都可以买到书，就你不行？杨一当时就哑了，可买不到书又不是她的错。此后，这成了杨一的心病，认为教授对她有成见。

现在杨一在书店里看见教授，就走近他："伊萨克斯教授，你好！"

"你好。"先生的目光从镜片里跳出来，说完，又跳了回去看自己的书。

杨一想了想，还是开了口："伊萨克斯教授，我可以问你一个问题吗？你是不是对我不满意？是我的成绩还是我的表现？"

先生反而奇怪地打量着她，合上书本："对不起，我的教授生涯也许比你的年纪两倍还长。如果你想成为teacher's pet（老师的小红人），选Stewart博士的课，他还没有拿到终身教授的职位。"

"不，我的意思不是要做老师的小红人。"

"那么，你做的没有任何不妥或者过分的。我的建议是：不要担心我，担心你自己。"

说完，又看自己的书。

杨一倒吸一口气，杨一发现美国人不太记仇，至少表面上看是这样。

到了班上，杨一发现同学个个衣冠楚楚。今天有presentation，大家都很注意自己的仪表，杨一觉得好像进了一家大公司。

杨一的报告排在最后，她安静地坐在座位上，听了前面同学的发言，信心越发地强了。等到她做完报告，从众人的目光中，她知道她又是一个A。

现在轮到大家提问，一个美国同学问了一个有点意思的问题，杨一答了。一个分不出国籍的女生问了一个好笑的问题，杨一谈的是土星的事情，她问的是火星的问题。杨一很有耐心地回答了她。

"你在中国是做什么的？"最后轮到伊萨克斯教授提问，却是个风马牛不相及的问题。

"记者，先生。"

"在中国做记者，可以说你想说的话吗？"

"可以，只要我愿意。先生。"

"你喜欢你的老板吗？"

"我不需要喜欢他，但是他喜欢我能尊敬他。而你是位美国老板，需要我们喜欢你，对吗，先生？"

教授和同学们都笑了。

"你如何看待中国的新闻自由？"

"需要改进，先生。这是毫无疑义的。"

"你对中国新闻什么最不满？"

"出口转内销。"

伊萨克斯教授和同学们的脸上露出疑惑。

"中国太优待你们外国记者了。不少重要消息都让外国媒体先报道，我们只能从你们手上再进口。"

教室里一片笑声。

"你如何看待美国的新闻自由？"

"需要改进，先生。这也是毫无疑义的。"

"你对美国新闻什么最不满？"

"篮球大于地球。"

杨一见教授有点愕然，笑着说："美国大多数媒体的重要消息往往是篮球比赛，而世界各国尤其是亚洲、非洲、南美洲的消息很少，仿佛地球在美国变得很小，甚至不见了。"

伊萨克斯教授笑着点点头，说："很好！杨小姐。1980年我第一次去中国，1990年我第二次去中国，这么多年过去了，我很想再到中国看看。我对你们这一代在中国改革开放以后出生、成长起来的青年很好奇，我不知道你们是如何看待自己的国家，又是如何看待世界的，所以多问了几句。哦，你这次得了A。"

杨一蛮高兴的，内心感谢伊萨克斯教授，好像不仅因为得了A。

同学们则一片哗然，有个同学大叫："哦，上帝啊，早知如此，你就让我出生在中国好了。"

大家笑得更欢了。他又接着说："对，就出生在杨一家对面。"

"你为什么是个中国人？"有个美国学生突然问。

杨一一愣。

"我的意思是你的英语这么好，有头脑有见解，对美国的事情都清楚，你怎么会是中国人呢？"

杨一笑笑："你怎么会是美国人呢？"

这位同学是有备而来的："我以美国为自豪。美国不是天堂，但美国是离天堂最近的地方。"他说这话时，没有狂妄，只有他对这片土地的热爱。

下课后，几个女生过来，说她今天很漂亮，尤其是那条丝绸带子。杨一一口一个谢谢，当场将丝巾解下亮给诸位，告诉她们这东西在中国就值一两个美金，你们应该去中国做这个生意。

4 中美教育差异

杨一与天舒约看房子的时间是十二点，现在还有半个多小时。

要经过一个很大的广场才到医学院大楼，广场上永远是无休无止的音乐会、竞选、联欢等活动。现在，黑人同学又在广场上欢歌劲舞，动作、音乐、眼色是那样的浪那样的荡。黑妹们扎着类似新疆姑娘的无数小辫子，穿着露肚脐的小背心；黑哥们露着有文身的胳膊，裤子夸张的肥大，裤裆到了膝盖，露出半条内裤，他们大概不知道穿裤裆到胯裆的裤子是一种怎样的感觉，很典型的ghetto style（黑人装扮）。台上也有别的肤色，黄的、白的、黑的、不黑不白的、黑里带白的，人种色彩远远不止黄白黑三种；服饰发型多样到一言难尽。生气盎然的年轻人不知疲倦地叫着跳着。表演者在台上跳，观众和行人在台下扭。

杨一看了几分钟，头就昏了。

广场的四周一家连一家的小摊位，卖首饰、衣服、图画……什么都有，信用卡公司的人大声地吆喝："填一张表格，送一份免费的礼物。"杨一的信用卡已经数不胜数，只是冲着免费礼物，又填了张表。这时，后面有人叫她，不需要回头，就知道是Eric。

"你有时间吗？"Eric穿着书店里卖的那种带有S大学字样的套头衫，棒球帽反戴，他犹豫了一下，说，"我想和你说一些事情。"

"说吧。哦，对了，免得我忘了，我的车子坏了，晚上麻烦你把我送回家。轮到你说了。"

"是这样的。"Eric似乎想选择词汇，又找不到合适的，只好直接说了，"我觉得我们应该暂时分开。"

"你要和我分手吗？"杨一皱着眉头。

"不，我只是想，暂时分开一下，这对我们两个都有好处。我想考虑一下，我不想做任何的决定。"

"你已经做了决定。"杨一说完，就生气地走了。

Eric叫她，她也不理，径直前行。Eric不叫了，她反而停住，回头叫住他："你知道什么吗？我还是需要你晚上把我送回家。"

从这一点来看，她更接近一个美国人。常听人说：留学哪个国家，就会有哪个国家的性格。这话是有一定道理的。

Eric笑笑："当然，我们还是朋友。"

杨一开了个玩笑："等你把我送回家后，我们就不是朋友了。"

同一时间，天舒正骑着单车，从实验室往教室走，经过校报箱子，她抽了一份，胡乱地看了几眼，接着赶路。今天的校报有一篇文章说美国学生的作弊现象比十年前高出一倍，由此叹惜美国世风日下。

天舒长叹：美国学生还是诚实。

其实美国学生作弊的很少，她也见过美国同学作弊 —— 就是用手搓搓额头眼睛趁机瞟到邻座 —— 完全处于作弊的初级阶段，毫无技巧可言。从这种作弊方式看出，美国同学还是老实。

国内的作弊现象严重多了，与之相比，可以说进入了高级阶段。任何事物都是这样，吃一堑长一智。天舒大言不惭地说，她要是作弊，绝对让老师、同学神不知鬼不觉。只是她功课好，不需要作弊，而且他们考试没有什么可作弊的地方。

说到在美国读书，杨一觉得，中国的教育是基础性的模式，美国是思维性的模式，她受到很好的训练。而天舒觉得，从中国到美国，最大的不一样就是，以前用中文读，现在改用英文了。别的，说真的，差不多。老师上课教育学生的话都大同小异，在国内时同学的BP机响了，老师说话会带刺，在美国也一样。连说的话都差不多，只是改用英语说，你以为你是somebody（人物），其实你是nobody（什么也不是）。

天舒到了教室，气氛一片紧张。先生讲评刚刚结束的期中考情况，最高分多少，最低分多少，平均分多少。听者不用提心吊胆，先生绝不会点出最低分者的名字。

先生的一双小眼睛在镜片后面转了一圈又一圈，滑稽得很："第三题答对的占百分之十。这个比率，跟我出这道题时所估计的完全一样。"先生说完诡谲地笑笑，满是算计人的快乐。

"第四道……"

先生刚提出这题，底下的同学发出一阵嘘声，那是考倒一片的一题。考完，天舒和几个同学交流过，对答案无十成的把握。

先生对学生的反应戏谑一笑："这道题全班只有一个人做对了。"

那会是我吗？天舒心里问。

先生指着自己的鼻子说道："这个人就是我啦。"

底下"哗"地笑开了，天舒也自我解嘲地笑笑。

下课前先生又布置了作业，第六章两题，第七章一题，第八章……说到后来，他也忘了布置了几题，反问学生："一共几题？"

学生以抗议的语气回答："许多题。"

先生笑笑："你们不会回答数字吗？我问几题，你们应该回答'三题'或者'四题'，什么叫'许多题'？你们不用吓唬我，我知道就七题，下星期交。"

"您应该知道我们刚刚考完试，我们得轻松一下，先生。"

"好吧，那把最后一题去掉吧。"

"先生，不如把最后三题都去掉。"

"你们是巴不得一题不做的。"

接着，先生叫一个名字，发一份卷子，半掩着将考卷递到同学手中，不让别人看见分数。天舒想，这就是人权呀。不像国内，把同学们的分数按次序公布于众，让小小年纪的人们就活得痛不欲生。美国学生并不把分数看得太重，一般不彼此打听。

天舒不是最高分，却也是一个见得人的分数。到了研究所后，分数不是那么重要的了。Tim过来问："天舒，你考得如何？"

天舒回了一句话，概括出了她十六年来在国内苦读下的不易与小心眼。她说："你呢？你先说。"

Tim不是在中国长大，他不会回答："我先问你的，你得先说。"他坦然地说："B⁺。"

天舒有点高兴地说："我是A⁻。"

这时，她邻座的韩国同学深深地叹了一口气。在这个班上，天舒没有讲过话的同班同学高达百分之七十。不仅她如此，这里人人如此。刚来时，她还跟杨一开玩笑："怎么也没个班长管管大家？也没个组织什么的。"杨一说："在国外，最好的是没人管你了，最糟的也是没人管你了。"

天舒没有和这位韩国同学说过话，只是通过他的名字、外貌、口音猜想出他的国籍。天舒低声问他："怎么了？"

"我没有考好，考了个最低分。"

"没有关系的，只是期中考，期末考考好就是了。"

韩国同学说了一句："我给我的民族丢脸了。"

天舒一愣，她若是没考好，最多想到我给自己丢脸了，给父母丢脸了。韩国同学一开口就是给民族丢脸了，她觉得这真是个伟大的民族，有如此强烈的民族凝聚力。也觉得自己没劲儿，太没劲了，与善良的Tim玩这种"你先说"的把戏。

天舒到了大楼的大厅，看见已经在等她的杨一。杨一的性子很急，她不迟到，最恨别人不守时，等上五分钟，便暴跳起来："我等你很久了，你怎么这么没有时间观念的！"她自己偶尔迟到了，却是可以原谅的："人总是会出状况的嘛。"当然她这一套，只能用在男生和对她宽容的女生身上。天舒相反，温吞型的，不紧不慢。她们也奇怪，她们两个怎么会是好朋友？杨一对天舒说，跟你在一起，急死了。你动作这么慢，对我简直就像慢性自杀。天舒对杨一说，跟你在一起，累死了，就像生活在急行军里。

"来了。"杨一说。

"你今天很漂亮呀。"

"今天有presentation，"杨一理了理她的领结，"我自己漂亮也就罢了，今天我还给我们伟大的祖国拉了几笔丝绸进出口贸易，你说如果人人都像我这样，中国不早就富强了？"天舒笑："等了一会儿吧？"

杨一并没有否定她等了一会儿，只是说："没有关系。"脸上笑笑的。

天舒心里想，完了，这次非得搬家了。因为杨一只有在她有求于人且尚未达到目的的那一小段时间里，才会如此温柔。

第六章

我和我姐都留学美国，这是父亲当年在朝鲜战场上与美国兵打仗时，无论如何想不到的。在美国四年多了，也经历了一些人与事。我想我与四年前是大不一样了，其中美国对我的影响是很大的。这四年的美国生活，我的总结是：第一年不知道自己不知道；第二年知道自己不知道；第三年不知道自己知道；第四年知道自己知道。

—— 曹大淼

1 这不就是大淼吗

这里是一个学区城市，几条不远的大街，一切围着大学转。当地的人安居乐业、平静祥和。在国内，大淼总以为美国人整天活蹦乱跳。到了美国，才知道电视上出现的快乐节奏、高效率的多彩多姿的美国生活，对他和本地居民来说，都是屏幕上的事。电视一关，除了上班，就是家庭生活了。九点以后，还在街上乱逛的，大概都不是什么良民。

大淼和苏锐住在离S大学很近的一幢公寓里。一幢很旧的公寓，爬藤四绕，繁枝茂叶下，公寓显得有些神秘，仿佛一个饱经沧桑的老人不动声色地察看着无常世事。

公寓的房东Bob也是一个饱经风霜的老人，每天在躺椅上晒太阳。一份报纸、一瓶啤酒，在太阳下一躺就是几个小时。Bob喜欢和人聊天，却没有人可以聊。虽然这个公寓里住满了人，可大家都很忙，没人有时间与他聊，也没人愿意和他聊，Bob很寂寞。

公寓里面设备陈旧，只因仗着良好的地区优势和低廉的租金，所以不愁没有房客，住户大部分是S大学的学生。

周围几幢公寓的情况也大体相似。隔几条街的楼房更是旧，上下阳台之间还有楼梯，原本是防火灾用的，现在则更像一道风景线。

大森来美国四年半，不知道搬了多少次家。他在美国没有家，却不停地搬家。起初只有两个从国内带来的箱子，拎起来就走人；后来增加了几个纸箱；现在"家大业大"，自己的车子装不下了，只好租部U-HAUL的卡车。据说美国人平均五年搬一次家，从这一点看，来美的中国人在不停地刷新纪录。

因为家人要来，而且快毕业了，他想搬到硅谷去，容易找工作。他找到房东，告诉他他要搬走了，但苏锐还住在这儿。

"好的。"Bob说。非常干脆，绝不问你缘由，更不会动员挽留。

Bob看起来并不关心他的生意，只是关心他的啤酒和太阳。换了别人早就把这么好的地段上的公寓装修一番，贵贵地租出去，赚上一大把钱。可是Bob只要有人租就可以了，他既不维修也不管理，图的是省心。

大森开始来找房子的时候，Bob一见到他，就问："你是中国人吗？"大森点点头，心里却想：难道我看起来像日本人吗？是，眼睛有点小。

Bob说："我和中国人在战场上打过。"大森一时不知道如何应变，他要租房子，房东却告诉他和中国人打过仗。这叫什么事儿？

Bob接着道："我以前在朝鲜战场上与中国兵打过仗，现在我这里住了不少的中国学生，想想真是可笑，战争是残酷的，也是不必要的。我们与你们打完仗，又与你们和好，现在我们用的东西几乎都是中国制造的。哈哈。"大森听了，才知道他是朝鲜战争老兵。父亲十七岁时抗美援朝过，说不定父亲与Bob曾经在战场上碰过面呢！

Bob回忆起当年当俘虏的日子："他们对我们还是可以的。我们吃得比他们自己还好。我们吃的是蛋炒饭，他们吃的是白饭，只是白饭，没有别的。中国人和美国人再也不要在战场上见面了，那是残酷的事情。"

以后Bob一见到大森就要和他谈战争。每次大森听到一定的时候，就举起手腕看表，做出一副有事待办的样子，说："哎哟，我得走了！"

这时大淼正与房东说着话。

"大淼。"背后有人叫他,回头一看,是天舒和杨一,来看房子。

"我朋友来了,我得走了。"大淼立刻对房东说,趁机脱身,免得老先生喋喋不休。

"来得正好,"大淼掏钥匙开门,"里面很乱,先有点心理准备。"

"说得好像什么时候整齐过似的。"杨一说。

"你要搬出去吗?为什么不和苏锐一起住了?"天舒问。

"这话说的,我和苏锐……我俩又没登记。"大淼喜欢开玩笑,尤其喜欢和女孩子们开玩笑。

苏锐也在,天舒见到苏锐的第一眼,心就怦怦地跳。她对自己的心说,停一下,不能再跳了,再跳就要跳出来了。

"你们两个要搬家吗?"苏锐问。

"对,时间久了,总还是喜欢自己住。住在别人家里不方便。"杨一边说边往她的小本子上记着什么。

"天舒,不想住宿舍了?你们宿舍区的环境不是挺好的吗?我每天早上六点钟晨跑都经过那儿。"苏锐问。

"是吗?"天舒问的是他是不是每天晨跑都经过宿舍楼。

"是呀。"苏锐答的是宿舍区的环境确实不错。

"你们俩是谁提出要搬家的?"大淼说,"一定是杨一。看你们俩的积极程度就明显不一样。"

天舒说:"对,你的判断完全正确。我完全是被杨一胁迫搬家的。她一个人租公寓嫌贵,拉我等于找了个合伙人。"

大淼笑:"天舒呀,争取尽快习惯杨一吧。我们都习惯她这种不讲理了。"

杨一说:"你们当着我的面还敢说我坏话,背后不知道说了我些什么。"

大家都笑了。

墙上有一幅字:"子曰:知者不惑;仁者不忧;勇者不惧。"

天舒看见,笑:"我上次看到孔子的话是在中国餐厅的fortune cookie(幸运饼干)里面。"

"字写得很好。"杨一好像对什么都有研究,对什么都是一副指点江山的模样，不过对书法她确实颇有研究。她的字画很好，曾经漂洋过海到过美国、日本展览，小时候很是得意。到了美国后，有一次一个老华侨找她，问她能不能搞一批小朋友的字画来外国展览，因为卖得很好。杨一恍然大悟：她小时候展览的字画没有一幅回来的，原来是这么回事。

"谁写的字啊？"天舒问。

"一个朋友。"苏锐看了她一眼，说道。

天舒不知道这位朋友是谁，心想这位朋友对苏锐一定很重要。

杨一问天舒："你觉得怎么样？这个公寓。"

"可以吧。"

"我也这么觉得。那你现在和大淼去问一下房东有没有空房。"

大淼和天舒见到了Bob，Bob说很抱歉，没有空房。如果她们可以等，暑假的时候再来看看，那时通常会有一些变动。

天舒听了，颇为扫兴，闷闷不乐地往回走。

大淼见天舒不快，说："来，给你猜个谜语吧。有一个人，是我父母的孩子，可他不是我哥，不是我弟，不是我姐，不是我妹，是谁？"

"是谁？"

"你猜。"

"猜不出。"

"这个人就是我。"

天舒果然哈哈大笑，大淼自己却一本正经的。不像天舒讲笑话，别人还没听懂，她本人已经乐得东倒西歪了。

回到大淼的公寓，杨一果然叫道："这里又不成，我们只能到别处看看了。"

而天舒除了这里，不想搬到他处。

"找房子，找得我头都大了。"杨一叹道。

天舒趁机说："那就别找了。"

"你这是什么意思呢？我们是一定要搬家的呀。"

此时，天舒想起大淼的笑话，就对苏锐、杨一说："我给你们猜一个谜吧。我父母有一个孩子，但他不是我的兄弟姐妹，这个孩子是谁？"

她的话音刚落，杨一、苏锐异口同声地说："这个人不就是大淼吗！"

大家乐不可支，目光一并指向大淼。这个曹大淼，一个笑话，奔走相告。

2 一事能狂便少年

大森在他"开窍"之前绝不是一个常规意义上的好孩子。

婴儿时就很有个性，母亲早上七点喂奶，就得是七点整，晚一分钟，他把小嘴一扭 —— 不喝了。

上幼儿园时，小朋友们都排排坐听老师讲故事、弹钢琴，大森却在一旁捏泥巴。

到了上小学的年纪，他不肯去学校。母亲对他说，你要是不去上学，会被抓起来的。我们国家的九年义务教育规定，你从现在开始必须上学，直到你初中毕业。大森心情沉痛地到了学校，临别时对母亲说，我初中毕业，你要记住来接我回家呀。

小学时，同学们一放学就可以回家，他却被留下来背乘法口诀：一一得一，一二得二……三年级开始学应用题，"有一个池子，输水管一小时放水60吨，6个小时才能放满池子；排水管一小时排水40吨，如果输水管、排水管同时开，要多少小时水才能放满这个池子？"大家会了，可他不会，还自以为是地说："输水管也开，排水管也开，这不是浪费吗，吃饱了撑的！"

上语文课，漂亮的语文老师说，现在同学们用"虽然……但是……"造句。一只小手举起来："我虽然成绩很好，但是我很谦虚。"

"好，下面曹大森来造一个！"

"我，我不会。"

"不会，那你重复一下刚才那位同学的造句。"

"我虽然成绩很好，但是我很谦虚。"

"是吗？"老师笑，大家也笑。

打这起，大森再也不觉得语文老师漂亮了。

不久，同学们都开始写作文了，大森还被留堂罚写字。

所有的人都认为大森不会读书也不聪明，包括疼爱他的奶奶，只有一个人认为他是天才 —— 年年考第一的姐姐小磊。

小磊曾经写过一篇作文，题目叫《我的弟弟是个天才》，因为有一次，小磊教大森数学 $\frac{16}{64}$ =？

小磊正想讲，大森拿起笔就画：$\frac{16}{64} = \frac{1}{4}$

小磊目瞪口呆，这是天才干的事啊！

"Genius（天才）。"姐姐一激动，就说英语了。

大森的成绩处在小于60分的范围，且固执地坚守着不肯突破。大森不仅读书不好，而且顽劣异常。打架、砸玻璃……闯祸是家常便饭。

他和邻居的中学生在他们楼下踢足球，把二楼一户人家的窗户玻璃给砸了。男主人气急败坏地跑下来："谁踢的？"眼睛却死盯住大森，好像就是大森干的。大森也绝，同样死死盯着人家，好像就不是他干的。

这样的学生，是被称为"差生"的，在中国的学校里，其"地位"可想而知。开家长会，他的家长从来没有准时回来过，总是被留下来，听老师的控诉：成绩差、不遵守纪律、作弊、打架、揪女生小辫，等等。老师总结道："没办法，他就是这么不争气。"

母亲、姐姐回来，脸型走了样，尤其是母亲。大森一直觉得对不起母亲，母亲是中学老师，就在他就读的中学里上班。正是因为他，母亲在讲台上无法像别的老师那样理直气壮。

"你说，你说你到底干了什么？"

"我没干什么。"

"你是不是抄作业，考试作弊？"

"谁都作弊，我看考第一的也在翻书。"

"你是不是揪女生小辫？"

"她坐在我前面，两个小刷子晃来晃去，我叫她不要晃，她晃得更带劲了，我就……"

"这么说，你们老师一点也没冤枉你了。对了，你还调戏女生？你才多大点的人，就这么流氓？"

"绝对没有这回事。"大森想，这真叫冤。

那是一节语文课，同桌女生手臂过了他们的三八线，这是他们老早就在桌上刻的国际边界，老死不相往来。大森毫不客气地用手臂捅回去，她以前曾无数次地捅过他，大森终于逮到了机会。女生正在写字，被他一捅，火了，打了他大腿一巴掌，大森奋勇还击 —— 同样打了她的大腿。语文老师看见了，大喝："曹大森，范小华，你们在干什么？你们两个给我站起来！"

两个十二三岁的孩子莫名其妙地站了起来。

第六章　　95

"小小年纪就……你拍拍他的大腿，他摸摸你的大腿，这是干什么？"

两个孩子脸"刷"地红了，虽然什么都不懂，却已懂得为不懂的事情害臊。面红耳赤似乎进一步说明他们心中有鬼，老师冷笑："你们也知道脸红。"

大淼这一代男生，在许多问题上异常晚熟。现在老师将两个孩子心中最后的一点纯情也撕去，他隐隐约约开始懂了起来，又懂得不透。就这样，同学们就"小两口"地起哄开来。大淼沉迷于武侠小说，就希望自己有一天法力大增，将这帮小混蛋打得落花流水，看谁还敢起哄。

谁也不乐意去开家长会。一张家长会的通知单在饭桌上被推来推去，大淼希望母亲、姐姐去，两个女同志嘛。最怕父亲去，父亲是退役军人，每次开完家长会回来，问也不问，就饱以老拳："我叫你不争气，我叫你惹是生非！"

此刻已是窘，大淼不懂，也无所谓，心想：没有人去更好。这时候，奶奶从里屋出来，自告奋勇道："我去！"

大淼这么分析他们家：他怕父亲，父亲怕母亲，母亲怕奶奶，奶奶怕他。父亲疼姐姐，母亲、奶奶疼他。

这位善良的老太太显然是没意识到事情的严重性，因为她说："不就是开个家长会吗？有什么大不了的。"

大淼从那一刻起就打算孝敬奶奶一辈子。

奶奶似乎对她疼爱的孙子一无所知，当班主任气愤地数落完大淼一打的不是后，这位历经磨难的老太太竟会笑眯眯地问："老师，我们大淼平时跟谁一起玩啊？"

"他能跟谁一起玩？还不是一群跟他一样的差生。"

奶奶于是胸有成竹地说："所以呀，我们大淼经常和他们在一起，会受影响的。"

班主任思索片刻，恍然大悟道："你提醒了我，以后不能让他们在一起玩了。"

"唉，这就对了。"奶奶说。

"他们跟大淼在一起，会受影响的。"老师说。

可怜的奶奶好像还想辩解什么，好为孙子讨回公道。班主任一句话就把她打住了："您到底是不是他的亲奶奶啊？！"

当然后来老师和别人不再找家长了，直接找大淼本人。用这种方式证明自己长大了，大淼也觉得无奈。

3　我应该读书了

大淼的状况一直没有改善。突然某一天早上醒来自言自语："我应该读书了！"像冬眠苏醒一般，急切地要寻找什么。

当时姐姐小磊已经上了北大，大淼扬言要上清华。当然没有人把它当真，同学们说："这小子又吹牛了。"老师、父母语气委婉、态度和蔼地说："知道努力就好。"

大淼真的开始读书，晚上不看电视、不下五子棋。大淼交代奶奶，有他的电话，一概说他不在。奶奶点头答应，可电话一响，态度就不自然了："找大淼啊，大淼他……他不在啊！哈哈哈。"奶奶竟忘乎所以地笑起来，把大淼给出卖了。大淼气呼呼地从房间里跑出来兴师问罪一番又回房间读书。大淼确实开始发奋了，小磊有一次很温柔地悄声打探："老弟，最近该不是受了什么刺激了吧？"

当然大淼还是会讲些笑话逗女生们抖着肩膀"咯咯咯"地乐，跟男孩儿打打架，和老师吵吵小嘴 —— 反正闲着也是闲着。

在高考前的关键时刻，大淼照样打球。他的几个漂亮的投篮动作引起体育老师的注意："你丫，可以考虑体院，那儿收分低。"大淼笑笑，又是一个漂亮的投篮动作，"这玩意儿，玩玩可以，哪能拿来当专业呢？"气得体育老师七窍生烟。

然而仅仅因为大淼的学习成绩排名一直上蹿，他的形象立刻由"差学生"变成了"好学生"，在校的"政治地位"芝麻开花 —— 节节高。大淼觉得有新社会当家做主的感觉，要是早知道读书对学生这么重要，早读了。老师们都说大淼开窍了，又说男孩子就是男孩子，起步晚，后劲足，不像一些女孩子到了高中就不行了。如同雨果的一番见解：一个人浪荡不驯，如果他们有钱，人们会说，这些是佳公子；假如他们是穷人，人家则会说，这些是二流子。同样，大森成绩差时，大家说他是没出息的小混混；现在他成绩好了，大家说那是才子的个性。他的缺点也变成了优点。谁不爱才呢？

据说大森上了清华后，他的大名时常被班主任提起："以前我教过这么个学生……"可爱的老师像讲故事一样夸大了大森的劣与优，在素昧平生的师弟师妹们听来，简直近乎神话：大森一个十恶不赦的地痞流氓悬崖勒马改邪归正，成了国家栋梁。以至于在美国，遇见他中学的小师弟说："噢，你丫，我知道，就是从人渣变成人才的那个。"大森说，我什么时候是人渣？什么时候又成了人才？莫名其妙！

大森刚上清华，小磊已大学毕业出国留学了。大森又像赶班车似的考TOEFL和GRE，大学毕业也跟着留学。

当时他们的班主任老师说："每年都走一批人，虽然见怪不怪了，但总觉得自己都是在替别人培养预科生。"

有同学安慰老师说："老师，您得换个思考模式，您得想美国不是替我们国家培养博士、硕士吗？"

老师说："我何尝不希望如此呢？可惜没有什么人回来。"

"慢慢地，这个现象会改变的。再说就比例而言，出去的人越多，回来的人也会越多。"

临走的前一天，他与父母有一次谈话。

"这些钱，你带着。"父亲将换好的美金放入一个信封里，装进大森的口袋。"出门在外要好自为之。"

"噢。"好自为之，实在是一句很难懂的话，叮咛还是警告？担心还是提醒？他知道他给父母带来许多麻烦，但他还没给美国带来什么严重的后果，他好自为之什么？

父亲叹口气："抗美援朝那阵子，我和美国兵打了一仗。现在你们两个孩子都到美国去，真想不明白啊。"

大森就要走了，而且直接进入他父亲对敌斗争的大本营。大森开玩笑道："那就别想了。再说我们又不是去抗美援朝。"

父亲没有笑，很严肃地交代说："大森，你自己当心啊。"

大森狠狠地点点头，以示郑重。

走的当天约好三点出门，父亲说他睡个午觉，三点送他。大森知道父亲有个午睡的习惯，中午他吃过饭，到邻居家与他家的中学生打球。两点多回家，刚进家门，发现家人都整齐地排排坐在沙发上，父母都穿上了干净的好衣服。母亲说，父亲中午没有休息，吃过饭，吸了支烟后，就坐在沙发上等出门。

大淼很想走近父亲对他说句什么，走近了又什么也没说。父亲笨拙地艰辛地将行李搬下楼去。大淼说，我来我来。父亲仍是固执地要搬。下了楼，母亲匆忙地拦的士，一切都没有刻意，只有无需言语的默契。

父亲是一个小干部，绝对的清官。小磊说，要是现在中国的干部都像父亲这般清廉就好了。大淼说，对，父亲清廉是好的，如果中国的干部都像父亲这样只是一个清官，也未必是一件好事。小磊听完，说，有点道理。大淼说，那还用说，男人和女人在智力上是无法平等对话的。小磊抿着嘴，大淼又立刻补充道，当然我姐是例外的。

小磊、大淼记忆中，父亲这辈子只是创造了不少的四字口号，且刷成标语，贴在大街小巷的墙上。有一年，大淼到农村考察，看见农户的土墙上刷着两句四字标语："少生孩子，多养鸡鸭。"大淼想，不知道是否受了父亲的影响。

母亲是个中学教师。中国的中学老师永远是最敬业的一群人。母亲常年带毕业班，年年与学生共度黑色七月。大淼这辈子只经历了一次高考，母亲却经历了几十次。因此，大淼认为母亲艰苦尽尝，任何事都扛得住。

母亲无数次地加班补课，经常是那种没有加班费的加班补课，逼迫着学生周末来，学生来得心不甘情不愿。母亲常说自己吃力不讨好，说完了又想着下个星期六的补课计划。所以母亲的周末、寒暑假全献给学校了，很少会出去玩。

母亲去过香港一次，最远到过新疆，没有出过国门。

这些也正常，可惜母亲教的都是地理，主要教世界地理。她讲起世界地理，口若悬河，滔滔不绝，时常能穿插许多世界各地的趣味故事，像是真的去过似的。母亲也像不少可爱的中学老师一样，以学生的光荣为光荣，以学生的阅历为阅历，经常对她的学生说："这些地方，老师都没有去过。不过，老师的一些学生去过了，老师也很高兴，希望你们以后都能去。"母亲课教得好，学生都尊敬她。许多年后还有学生来访，出了国也会给母亲寄明信片。母亲将世界各地的明信片一张张收拾好，仿佛亲临其境。这也成了大淼的心愿，有朝一日让教了一辈子世界地理的母亲走走世界。

4 姐弟相聚美国

当年姐姐小磊留学，去的是一个美国小镇，能喘气的活物不多。她来信说："美国人民还是很善良的。"后来她搬到了大城市，就再不出此言。

当大淼在美国见到小磊时，小磊已经毕业、工作、结婚了。

大淼觉得晚生了几年，就怎么也赶不上那几年的路程。小磊觉得她早生了几年，什么好处也没捞着。会生的是生一儿一女，再会生的就是先生女后生男，姐姐生下来就是为家里添一个照顾弟弟的帮手。她小时候一直希望有个哥哥而不是弟弟。有了弟弟，她又不由自主地爱他疼他对他好，姐姐对弟弟的好远比哥哥对弟弟的好多很多。更让小磊气愤的是她早生的那几年，正是用四环素的年代，使她和一些同龄人一样，得了一口四环素牙，找对象时小磊义愤填膺：四环素，折杀了中国一代美女。

现在小磊已经生活得相当不错，花上万的钱漂牙也不在话下，只是现在对四环素牙仍无根治的办法。大淼笑小磊，还是做男人好，美丑无所谓。再说你连长期饭票都找到了，还这么在乎干什么？

"这是心结。"小磊说。

小磊找了一个比她大一轮的大哥哥做丈夫，像是对自己的补偿。小磊觉得中国女人找的美国丈夫类型都差不多 —— 高高瘦瘦，斯斯文文，经常穿白衬衫什么的。小磊的先生也是律师，当他知道他和他的中国太太都是属老鼠时，笑得差点背过气去。

小磊花了好几年时间发现她的先生真的是一个很好的男人 —— 难得的好人，对中国的现状有真诚的同情和善意的理解。大淼见过他的姐夫，对小磊说，你们将来要是有什么问题，百分之八十是你的错。

小磊读的是法律，与先生合开了间律师事务所，收入是极好的。回想她读法学的日子，小磊说了三个"苦苦苦"。法学院流传这样的口头语：第一年吓死，第二年累死，第三年烦死。那几年，她除了读书还是读书，每天的阅读量有几百张纸，没有一点的休息。读到最后，小磊对着镜子拔白头发。读法律的中国人不多，那基本上是白人的天下。说真的，那么苦，她当时并没有看到自己的前途，一个有口音的外国人，怎么与土生土长的美国人在法庭上辩论，美国人又怎么会把案子交给中国人？

而事实上，小磊的现状在他们读法律的同学当中不算是最好的，也算是中上的。后来她发现，在美国，大部分的案子是不用上法庭就能得到解决的。她的美国同学毕业后一般得到大的律师事务所找工作。族裔学生胆子大些的，就自己创业了。因为他们比美国同学另有一个长处，他们有他们的族裔背景客户。小磊的客户绝大部分是华人，到现在她也没看到一个读法学的中国人可以完全在做美国人的生意。

初到美国的一些中国人，希望融入主流社会，有时会刻意、迫切地做一些改变，不小心讲出"我不和中国人来往""我和中国没有关系了"这种既不真正讨好美国人，又得罪了中国人的言论。小磊当初面对"主流"，虽没有一意孤行的渴望，也在行为语言上做了有意识的靠拢，入乡随俗，当然并不是简单地随从。

她说美式的幽默笑话，用美式的思维方式，讲起Lightbulb Jokes（换灯泡的笑话）比她的美国丈夫还精彩。可这么多年后，她越来越清楚 —— 她有意识靠拢的东西，只是美国人与生俱来的特性。

她不懂得它们，无法进入"主流"；懂了它们，仍是无法进入"主流"。她永远不可能成为"他们"，就连她的孩子也不可能成为"他们"。这并不让她难过，真正无法释怀的是，她这个"中国人"当得也不是那么地道了。

她离开中国太久了，每次回国都感到吃力，比当年初到美国还要吃力，她对中国的评价无法深入。这大概就是人们说的"边缘人"吧。这种感受每个人不一样，她也遇见一个大陆女孩，她说她完全没有边缘人的感觉，成了不知何处是他乡的放达之人。小磊不知道是她自己敏感，还是该女孩迟钝。说到底，人跟人不一样。

大淼到美国后和小磊开玩笑："姐，你动作慢点儿。你老弟追不上了。"

"你追什么？又有什么好追的？毕业、工作、结婚这些都是水到渠成的事。我追不上你才是真的。"小磊很感叹地说，"家里人全疼你，我是没人要的。"

"别说得这么惨。"

"本来就是。奶奶、妈妈疼你，是表面上就看得出来的，爸疼你是骨子里的。"

"那谁叫你嫁个美国鬼子呢。"大淼乐，"你明知道爸跟美国鬼子打过仗。"

"算了吧。我书读得再好，家务做得再多，也赶不过你这个儿子。你别看爸表面上对你凶，爸到底是疼你，儿子到底不一样。"

"唉，现在我对爸是无比敬仰。你想呀，咱妈给他生了我这么个儿子，爸还能对妈好，这种男人哪里找？！"

小磊哈哈大笑："算你有良心。"

5 失业的日子里

大淼在S大学读了个物理硕士，找不到工作，又去读电子工程硕士。他们大学同学留学的占百分之九十，其中百分之九十在美国，其中百分之九十换了专业。后来出来学物理的大陆留学生，到美国没多久就转专业了。据说美国大学物理系都有点怕大陆学物理的学生，知道留不住。

大淼相信像他这一代的青年学子，既未经历任何苦难波折，又受过完整教育，做一件事情成一件事情，做两件事情成两件事情，所以多少会有点"精英"意识，内心是骄傲的。

他刚来时，也像天舒、杨一现在的样子，穿梭于各种活动，常常舌战群儒，语出惊人。他常和苏锐再加一两个知己一起"探讨"国家问题，抨击社会弊病，聊着聊着，得出最后的结束语："中国像我们这样的人太少了。"

大淼还潇洒地去了一趟非洲。大淼说他有流浪情结，在国内关了二十来年，来美国是流浪的开始。

他一直向往非洲。对于非洲起初的亲切来自三毛，心动不如行动。在非洲原始部落有回家的感觉，不需要靠右边走路，可以大声讲话。非洲的小孩子知道他是中国人，最爱问的就是关于李小龙的事。小孩子说，李小龙没有死，他是不会死的。大森点点头：他没有死。

李小龙在非洲享有很高的知名度，大森在那里看过一场李小龙的电影，看到李小龙被坏人，尤其是被白人欺负时，听到不少的观众叫："李小龙，不要再忍了，现在就揍他。"观众非常入戏，在非洲看观众比看电影精彩。

对中国留学生而言，在读书时期，大部分人没有心思出国旅游，看似是钱的问题，可能不单是钱吧。

读了两年物理，毕业就等于失业。那一年，他二十四岁。本命年是他人生比较大的转折点。十二岁时，觉得二十四岁非常遥远。那个时候，应该对人生有一定的把握，奔跑在康庄大道上，动不动想着就是几百万、国际大奖什么的，否则自我了断算了。当真的到了二十四岁，他才发现他一直生活在"想当然"中，至于"自我了断"的计划当然是无限期地拖后了。

在失业的日子里，他早没了"精英"意识，既没工夫参加活动，也没心情与苏锐商议国家大事。什么报国啊、事业啊，这时觉得就如同梦话一般。什么"我辈之流太少了"更是可笑。这种相对的道德优越感从何而来？真的流浪了，就不想流浪了，在失业的那些日子里，他只想安定。流浪与流落街头虽然有时候差不多，差得多的就是心态。归根到底，他是一个理想浪漫主义者。

一个人，特别是一个男人连自己都养不活的时候，才知道自己是多么的微不足道、渺小可怜。先把温饱问题解决了才有资格谈其他的，就是这么简单。当时女友要与他分手，他果断地同意。她说她还是决定跟那个洋鬼子，但绝对不是因为绿卡什么的。他说："见鬼去吧！"

他知道在这个社会里，中国也好，美国也好，一个男人没有体面的收入和身份，就没有资格谈女人。至少他这样教育背景的人，敏感于此。就说比尔·盖茨吧，全世界的女人都知道这个其貌不扬的小男人，无数的女人想当他太太，如今正室无戏，其中仍有百分之几的女人坚持等待着给他做个偏房。说到底，钱有魅力。

不得志时，容易怨声载道。当时有件事，大森印象深刻，开始反省自己。找不到工作时，有人问他，你是学物理的，找不到工作跟许多年前的

"卢刚事件"有关系吗？大淼想：我们为什么会这样？这么多年过去，还有人只是想着与卢刚个人彻底划清界限 —— 像衣阿华大学中国学生会的人说的："这个事件后，我们只顾着自己的面子和盲目生气，美国人却想着写信安慰他的家人，人家美国人既然可以把他当作个别案件，为什么我们不能同样来看呢？"

那是他最难的日子。姐姐打来电话。姐姐已经相当出息了，在美国做律师，听着就挺过瘾的。小磊要帮助大淼，有个姐姐就是好。兄弟姐妹中，有姐姐是最好的。哥哥不一定会帮你，弟弟不一定会帮你，妹妹也不一定会帮你，但姐姐一定会。

"你要不要到我的律师事务所来做着，边做边找工作？"

"到你那儿干，归你领导，想得倒美。"大淼先是斩钉截铁地回绝了，后来语气缓和些说："一个二十四岁的男人，混了个中国大学文凭，又混了个美国研究所文凭，到头来还要姐姐养，我上吊得了。"

"你不要钻牛角尖嘛。以后姐有困难，也是要向你伸手的。你这么说，好像姐以后有事不能找你了？"

"男人和女人不一样。女人可以求援，男人是不可以的。"

"还挺要面子的。"

"不是这个问题。关键是你也帮不上我什么。我缺的又不是一两个月的房租，那个你可以借给我，我需要的是工作，是脚踏实地，是成就感，这些你怎么帮我？"

小磊想想，便不再坚持，只是问："有积蓄吗？"

"没有什么。那点奖学金，你知道我一向不存。"

"那你想怎么样？我是说现在。"小磊有意将"现在"两字发得重些，她在告诉大淼这些是短暂的，只是现在而已。小磊毕竟在美国多待了几年，虽然有让人羡慕的一如既往的顺境，毕竟看过听过许多的不如意，像什么夫妇刚买了房子，先生就失业了 —— 这些故事顺口就能说出几个。

"不知道，找不到工作，又没有身份，那就打餐馆工吧。"大淼随口道。

小磊一听就急了："像你自己说的，一个二十多岁的男人，中国大学毕业了，美国研究所也毕业了，像你这样受良好教育的青年人，到头来去打餐馆工,你有出息! 许多人没有身份的时候, 想有了绿卡, 什么都好办,好像有了绿卡就有了一切。人若是没有本事, 没有志气, 没有绿卡时要打餐馆工, 有了绿卡还得打餐馆工。大淼, 你就算饿肚子, 也不能去打餐馆工。如果一个人到了美国就去打餐馆工, 他就会对这种廉价的谋生手段上瘾, 而不想别的出路, 也把从小树立的志向抛之脑后。像有些人一样,以前的志向是要做哈佛教授, 现在最大的志向就变成 —— 要孩子做哈佛教授。"

大淼知道小磊说的"有些人"是指她以前的男朋友李杰。李杰与小磊前后脚来美国留学, 进了餐馆再也没有出来 —— 后来索性当了餐馆老板的上门女婿, 书也不读了, 当起了小老板。当然, 他当时最担心的问题 —— 从绿卡到金钱, 一下子都解决了。小磊已经失去了男友, 这也罢,她已成了家, 有了好归宿, 但她不能再失去弟弟。

大淼想想李杰, 觉得小磊的话虽然武断傲气, 甚至有点"为富不仁", 但绝不是一点道理没有的。

后来大淼转学了电子工程, 又开始鱼儿得水似的活蹦乱跳, 同时也由此变得谦和谨严, 少了初来乍到时的盛气与鲁莽。

在他们电子专业里, 百分之六十以上是外国学生, 其中中国学生和印度学生又占了百分之六十, 因为好找工作年薪又高。学电子工程, 一开始, 可把他弄委屈了。学了一年, 也就习惯了, 学什么不都是学吗? 而且学什么他都挺像回事的。以他的历史经验, 只要他付出努力, 总能成功的。

"数学好的人, 学什么都不困难。"说完, 想起当年小磊的"天才之说",大淼觉得这都是有根据的。

于是他又开始喜欢评头论足, 毕竟从小就读"先天下之忧而忧, 后天下之乐而乐", "家事、国事、天下事, 事事关心"。他记得女作家贾薇曾经说过: "是我所受的教育把我变成了现在的样子。"

又一次, 苏锐从国内刚回来, 晚上困得上下眼皮打架, 大淼非要和他讨论国内政策, 讨论完国企改革, 又要讨论两岸关系。

苏锐说: "你有完没完啊, 我要睡觉。"

大淼说: "要是不谈, 我就睡不着觉了。"

苏锐叹: "爱国呀。"

"什么叫爱国？爱国就得能拿出钱来捐赠，像李嘉诚一样，一出手就是几个亿。盖几个学校，给贫困山区送些物资。这才是爱国。我就想开公司，赚大钱，做个富人，然后捐款给希望工程，教育始终是中国最大的问题。"大淼来了兴致。失业的日子里悟出了一点：需要有钱，这个社会喜欢也需要这个。

第七章

有这么一个故事：一个小男孩在一家银行门口捡到一个别针儿，银行家看到了，走过去对小男孩说，你很勤俭。以后，银行家让小男孩做他的合伙人，并把女儿嫁给他。我听说了这个故事，花了很长时间在银行门口捡别针儿，好不容易找到一个，银行家看到，走过来，我以为要我做他的合伙人，并把女儿嫁给我。没想到他对我说："这个别针儿是银行的，要是再让我看到你在这儿溜达，我就放狗咬你。"

这就是我所发现的生活。

—— 杨一

1　真想上美国中学

从大森家出来，杨一说："你对苏锐有意思呀？"

天舒是个没有什么城府的女孩子，别的女孩子这个时候不好意思，兴许平平静静的一句"没有啦"，也就过去了，她什么话也没说，脸就先红了，右手捧住胸，慌张地说："你刚才看出什么了？"

"对啊。"

"完了，完了。"天舒叫，"那你知道我的秘密啦。"

"我早知道了。"杨一为她的先知先觉洋洋得意，她总是这样子，让天舒奈何她不得。杨一又问："你打算怎么办？"

"我已经策划很久了，也不知道该怎么办。"

"策划？你要抢银行吗？"

"我不想搬家了。因为苏锐经常会经过我们宿舍，我们有机会见面的。"

杨一沉默了一下，脸上的表情有些凄凉："你知道吗，今天我和Eric分手了。"

"哦。"

杨一更加委屈地说："是他提出来的。"

"呀。"天舒的怜悯心溢了出来，"我看他对你很好呀。"

"热得快，冷得快。"

"啧啧。"天舒深表同情。

杨一立时说："我们还是搬家吧！"

天舒顿时不得不怀疑杨一说话的目的，那种用心良苦的委屈仿佛在说，我已经很倒霉了，你就别雪上加霜了。

"你怎么一点也看不出来分手后的难过？"

"我为什么要难过？他没眼光不要我了，我还要难过？想得倒美。"

正当天舒犹豫不决时，杨一补充了关键性的话："我们可以搬到离苏锐近的公寓。"

"杨一，你觉得苏锐会喜欢我吗？"

杨一说会的。天舒相信她的话，因为杨一什么都懂。

天舒将闹钟设好，放在厅里，这样才能真正叫醒她。Laketa十一点钟回来，见天舒可爱的米老鼠闹钟摆在客厅，就将它放回到天舒的床头柜上。

第二天早上六点，闹钟响了，天舒醒了，可惜只叫醒了天舒右手两秒钟——天舒右手"啪"地把闹钟按回去，接着睡。

天舒生性能睡，且贪睡。在国内就是如此。到了周末，别的小朋友都想法子去玩，只有天舒躲在家里睡得天昏地暗。"天舒，起床了，你不要睡死过去啊。"母亲开门进来，将阳光也带了进来。天舒迷迷糊糊地说："妈，把灯关了。""这哪里是灯啊，孩子，你已经睡到阳光灿烂的时候了。"母亲说。天舒更是迷迷糊糊地说："那把太阳关了。"

天舒唯一的爱好就是睡觉。

天舒通常不选早课，也就无需早起。等到天舒再次醒来时，已是八点，她大叫："天啊，怎么会这样？"

Laketa从浴室里冲出来："你怎么了？发生了什么事？"

"我的闹钟怎么会进来的？"

"是我拿进来的。"

"这样我怎么可能起得来呀！"

"你这么早起来做什么？你是从来不早起的。"

"噢。"天舒看了她一眼，沮丧着脸，一言不发。自从得知苏锐六点钟晨跑且经过她的宿舍区，她也打算六点起来跑步，与晨跑的苏锐"不期而遇"。现在八点了，苏锐早跑到长城了。

电话响了，杨一在电话那端大叫："情人节快乐！"

"快乐。"天舒没精打采地回应，突然想起什么，"今天是情人节吗？"

"当然不是，但是没有关系，有情人的日子，就是情人节。"

接着杨一就说收到玫瑰的知识：一朵是唯一的爱，两朵是相爱，三朵是我爱你，三十四朵是山盟海誓，九十九朵是天长地久，一百朵是……天舒打断她："明白了，就是花钱越多感情越深呗。"

杨一笑："苏锐会不会送你花呀？"

"杨一，你真无聊。"

天舒这么说，但她真的希望能收到苏锐的玫瑰。

为了这个"不期而遇"，为了他的玫瑰，天舒以后的一个星期内都是六点起床，在宿舍区作跑步状。这些年来，美国人比较流行jogging（慢跑），他们带着随身听、测表，全副武装地从她身边经过，却给天舒一个印象 —— 他们很痛苦，脸上的表情全是苦不堪言。她实在没看出跑步有什么乐趣。一个又一个跑步者经过，只可惜"日日思君不见君"。三月的北加州乍暖还冷，寒风吹得她的小脸红扑扑的，和她身上红色运动衣一样醒目。诚意终于感动了上帝，上帝通知苏锐从这里经过。

苏锐远远地从对面跑来，天舒心头一热，仿佛看见了上帝。

"这么巧？"天舒处心积虑，见到苏锐，却只剩下这么一句话。

"是啊，这么巧，你也常跑步？"苏锐穿着短衣短裤，已跑得大汗淋漓。

"对。"天舒答这话时，自己都为自己害羞，很做作哩！好在她年少情真，这种做作并不让人反感。

"跑步是运动之王。我从中学就开始长跑了，一年四季，从不间断。"

　　"你好有毅力啊。"

　　"算是吧。"苏锐微微一笑。

　　"那我们一起跑吧。"

　　跑完步，天舒回宿舍。Laketa雀跃而至，她每次都这样，以担心天舒生命、财产为名义，了解来龙去脉。天舒见她灿烂的笑脸，逗她："真的很想知道？"

　　Laketa狠狠地点点头。

　　"就是不告诉你。"天舒一边说一边往房间走。

　　"你这样不好，你不可以把人家的兴趣提起，然后什么也不说的。" Laketa跟着进来。

　　天舒说："好好，我说。我今天看见他了，我们一起跑步。"

　　"太棒了！" Laketa冲着空中挥挥拳头，"然后呢？"

　　"然后？然后我就回来了。"

　　Laketa的笑容顿时收住："什么？你们这么无趣？"

　　天舒皱皱眉："你以为什么？"

　　"你什么也没说？"

　　"没有。"

　　"说些什么，做些什么了吧？"

　　"你说让我说什么，做什么呢？"

　　"让我告诉你我和我以前男朋友的故事吧。"Laketa跳到天舒的床上，盘膝而坐。Laketa的身材无可挑剔，健美富有弹性。像许多的黑人少女一样，前凸后翘，尤其是那双美腿 —— 使人想起马尔克斯在《百年孤独》中的一句话："女人的美全部显现在她的两条腿上。"为了不"暴殄天物"，Laketa只有充分利用优势 —— 连冬天都只穿着小短裙和小背心，深深的乳沟依稀可见。看得天舒在层层衣服里很不好意思，虽然都是女生，看见别人不该看的地方，也不好意思。不由得叹息，吃肉长大的美国人就是不一样，怎么就不怕冷呢？

　　"你的哪一个男朋友？"天舒常这样逗她。

　　"你又来了。我有过三个男朋友，我在交前两个男朋友时，什么也没发生。第二个是个Jerk，后来我们关系不好了，就分手了。可是他在我们班上到处说，他和我上过床。"

"哎呀，那怎么办？"

"我是生气的，可又没有办法。后来我的一个女朋友告诉我一个治服他的法子。你猜是什么？"

天舒猜不出，可根据她对美国女孩的认识，可以肯定她们是不会做"告诉老师"这种很中国的事。天舒的猜不出很让Laketa得意。

"让我告诉你吧。我在班上告诉别人说我怀孕了，怀了他的孩子。他知道后，立刻跑来找我，说：'我并没有和你睡过觉，你怎么会怀上我的孩子呢？'我说你不是到处跟人家说我们上过床了吗？他说：'我那是胡说八道的。'他没有想到我会将这段对话录下来。第二天我在班上放了这段录音，可想而知，全班哗然。再没有人愿意和他这个撒谎者做朋友了。怎么样？好办法吧？"

天舒想想，不置可否地干笑两声，觉得这太离谱了。她想中国中学校园未来十年内肯定不可能发生这种荒谬的恶作剧。再想想，又不敢确定了——她表妹十五岁时已经有男朋友了。

在天舒的成长旅程中，有一次，母亲的同事来家串门，谈着谈着不知怎么问起，天舒发育了吗？母亲说："还没有。我们天舒什么都不懂！"

母亲是受过高等教育的大城市人，说这话时一脸的满意，一脸的自豪。

隐隐约约中，天舒也为自己感到满意和自豪。

无知却又洋洋得意，这就是中国某个时代的特征。好像性的方面越无知越好，越无知越纯洁。性的无知是引以为荣的事，那代表你单纯。在国内校园里，每一个女孩子都不愿意被人说"你好成熟"，这隐约之间就是不够单纯。可Laketa常说的几句话是"我成熟到足可以做这件事""我成熟到足可以做那件事"。

后来来了月经，她告诉母亲，像一个受伤的孩子，需要来自母亲的解释。母亲反应冷静到近似冷漠，说长大了都会这样。天舒不理解母亲为什么会如此冷静，同时发现母亲早已经给她准备了卫生巾，于是她知道女人有女人的秘密。

再大几岁，天舒知道了男人女人生孩子的秘密。天舒奇怪极了，看父母的眼神也变了。母亲常提起少女未婚堕胎的事，十足的反面教材，可她自己又背着她偷偷地做了什么呢。当时她最喜欢的美丽的英语老师正好结婚，天舒上着英文课却胡思乱想开了，她结婚了，可就不一样了，她也做那种事情吗？好像看到人性的另一面。

那几天由于心事重重，回家的路上撞上一辆单车，那人大叫："找死啊，不长眼睛。"天舒很不解地看着对方和人群，大家都知道这种事吗？那你们怎么还好意思讲话这么大声？昂着头没事一样？

她一直不知道当时班上有多少同学知道。中国人知道那事的年纪是多大？是怎么知道的？天舒好奇，想找一本书看看。好奇归好奇，却始终也没去找一本书看，就转身投入巨大的学习浪潮中。这也是奇怪。

想到这儿，天舒自言自语："真想在美国再上一次中学。"

她指的不是像一些美国女孩那么开放和自由，而是像美国女中学生一样正常健康地与男生交往；不是把男生偷偷递过来的纸条交给老师，像在大义灭亲。

2　上帝开了个玩笑

天舒还在跑步，已经跑了半个月了。这时杨一已经找好房子。找房子的事，天舒基本上没有操什么心，都是杨一一人在忙碌，不知比较了多少幢公寓，最后看定了几家，才叫天舒来定夺。天舒不紧不慢的劲儿，很让杨一不快，像是她杨一求她天舒搬家似的。不过，事实确是如此。

终于到了搬家的时候。这时已三月底。五月中旬学校放暑假，S大学规定，住宿舍的学生暑假要搬出去，以便宿舍修缮。美国学生暑假多数回家，留校也得自己另外找地方过暑假。天舒就在这个时候搬了家，而且Laketa和Meg两个美国孩子实在太吵了。天舒每到周末都躲到实验室，晚上回来，宿舍必是闹哄哄的。天舒抗议："如果你们再这么吵闹，我只能搬走了。"

"可是哪里都一样。"

"我打算搬到修道院去，那里比较安静。"

天舒搬走的那天，Laketa忧伤地看着她："你为什么这么想不开呢？"

她这么一说，天舒倒笑了。

那天，苏锐来帮忙。杨一把天舒拉到一边："你是不是要找个劳动力，才找男朋友的？"

大森也来送家具，他那里有些富余的家具，就送过来："人家是用土地换和平，我今天是用家具换和平呀。"

杨一说："你既然来了，何不帮个忙呢？"

"你这个'既然'说得好。帮你是人情，不帮你是道理。你那个男朋友呢？他怎么不来帮忙？"

"分手了。"杨一很小声地说，"以后也不要提这事了。"

大森听了："可怜。那我帮你们搬家吧。唉，对了，我们干活，管饭吗？"

"到时候喂你点食物。"

"为什么？什么时候？"大森说，"哦，我是指你分手的事。"

"前些时候吧。他想有一个小的break，看看我们的关系是不是还可以走下去。我同意了，我也知道这类似于分手吧。好，报告完毕。"

"噢，这样啊。我估计人家也是被你吓跑，铩羽而归了。女孩子还是要温柔一点才好。"大森点点头，若有所思，"唉，我一直希望有个美国人可以收留你，现在连美国人也不要你了，你怎么办呢？"

杨一瞅了他一眼，"男人话多有时真让人烦。你不要像一个妇联主任一样，好不好？"

"不过这个话又说回来。美国男人可能被你的假象迷惑，和中国人没有接触的美国人，通过好莱坞电影了解中国女子，才会觉得现代的中国女子还是温柔又体贴，会把老公伺候得像个king（国王）。我姐夫就说，那是因为他们没有娶一个中国女子。娶了，才知道根本不是这么回事。"

苏锐走近杨一，"有什么想不开的，跟组织上说说吧。"

"你们不要这样嘛，没事也让你们惹出眼泪来。"

"杨一，你到底要找个什么样的人？我们帮你四处看看。"

"要找一个具有鲁迅横眉冷对千夫指的正气，莎士比亚to be or not to be（生存还是死亡）的深沉，岳飞八千里路云和月的豪迈的人。"

"完了，你是找不到的了。我看你还是趁早死心吧。"

杨一撇嘴道："不觉得现在的男人，无论是东方人还是西方人，都少了男人顶天立地的气概吗？二十多岁的男性同胞都自称'我们男孩子'……唱歌都是些什么'心太软''其实我很可爱',这种发育不全的'男孩子'怎么敢找?找了你还得帮他挑润唇膏护肤品。"

这个场合,大淼是不会坐视不管的:"你要这么讲,我就有话说了。那二三十岁的女性也都是自称'我们女孩儿',注意,不是'女孩子',是'女孩儿',带着儿童的色彩。一边如此自称,一边和男人耍帅、比酷,这女人也不像女人了。而且话多,女子的'口舌'在古时候是休妻七出之一。"

"这个现象可以从以下两点分析,第一点……"

大淼和杨一都有诲人不倦的嗜好,自认站在真理一方,对方也没有说错什么,就是一个忍不住想辩倒对方。他们两个在一起,就是两个忍不住,对话相当精彩,也好笑,就像听相声。

家搬得差不多了,杨一把天舒拉到一边,"他们帮我们搬家,我们请他们吃饭。我们一人出一半,买外卖回来,怎么样?"

"好呀,我也是这样想的。"

"那你去买。"

"我?"天舒指指自己,"第一天和你搬到一起,就要我为人民服务。"

"好了,去吧。"

天舒闷着脸出去了,回来带了外卖和啤酒。苏锐喜欢喝啤酒,说是液体面包。大淼则笑苏锐喝酒不行。

"苏锐啊,一杯下去轻言细语;两杯下去,甜言蜜语;三杯下去,豪言壮语;四杯下去,胡言乱语;五杯下去,无言无语。"

从大淼那儿知道关于苏锐的许多事,比如他喜欢看《三国演义》,睡觉前读一小段,他喜欢早睡早起,天舒听得咯咯直乐,问:"还有呢?"

"还有什么?"大淼说。

"关于苏锐呀……讲他的事情。"

"你这个人还挺无聊,爱听这种小道消息。"

天舒也喝下大杯的啤酒,但愿长醉不醒。她知道爱上一个人时,会如同喝醉般的晕头晕脑 —— 苏锐愿与她同醉吗?

当天晚上,天舒端端正正地坐在书桌前,给父母写信。她一写字就忘字,可还得写这种没啥重点又不得不写的信。告诉他们她搬家了,不要再往旧住址发信。

"亲爱的爸爸妈妈：你们好！"

停住笔，自己好生奇怪，她从来不这么对父母说话，动了笔，怎么就是这个模式？她换了张纸，又写："爸妈，你们怎么样了？"

这么写来，也觉得不顺，又换了张纸，还原："亲爱的爸爸妈妈：你们好！"

杨一则坐在饭桌前做作业。教授在课堂上讲了新闻大意，叫学生当场写出报道。这是杨一最头疼的。教授的新闻信息里面大量的地名人名、社会背景，杨一觉得比较吃力。有一次，教授讲到一个人物说的一句话，全班同学都发出会心的一笑，杨一不知道这个人是谁，看见别人笑，觉得自己就像个傻子。下课问同学，才知道是美国卡通片里的主角，是美国人成长的一部分，就像中国的"孙悟空"一样，家喻户晓、老少皆知。杨一只能生吞活剥地记下了一串的英文，然后回家反复推敲。现在算是渐入佳境了。只有杨一自己知道她是怎么过来的。这时天舒在房间里问："杨一，'尴尬'两个字怎么写啊？"

杨一不耐烦地说："查字典。"

"你不就是我的字典吗？"

"别问我，我是文盲。"

"你要是文盲，这个世界上就没有识字的人了。"天舒从房间里出来。

"一会儿中文，一会儿英文，反应得过来吗，我。"杨一指指手头的英文作业，对天舒说。

"别人不行，你行的。"天舒已经将纸递到杨一的眼皮底下。

"这都不会，你到底有没有小学毕业啊？"杨一边说边往纸上写字。

"太长时间不写汉字，忘了。"天舒看了那两个字，叹了口气，"我发现我的英文没有直线提高，中文却是直线下降了。"

杨一做完作业，到楼下倒垃圾，看到一个沙发，还算可以，匆匆跑上楼来，要带领天舒去搬。天舒还在写她那封家书，头也不抬地说："现在黑灯瞎火的，看也看不清楚，不知道有没有一团狗屎在上面。明天早上再去搬吧。"

第二天早上她们再去的时候，沙发已经被"捷足者先登了"。杨一连声叹道："可惜了，你都不知道那沙发有多好，否则也不会一个晚上的工夫就不见了。"

天舒摇摇头,笑杨一:"没得到的东西总是最好的。原本那沙发只是不错而已,现在被人捡走了,就变成很好的沙发了。"

周末,天舒和杨一开车去yard sale(庭院旧货摊),买了一张电视机台子,七元;一张餐桌,还有几把椅子,十二元。

往回行驶,老远就看见一个牌子,提醒大家注意,这里住有聋哑人。杨一立刻放慢了车速。

一个说:"说到残障人士的福利,美国实在比中国好太多了。"

另一个说:"是啊,美国任何场所都有无障碍空间,有优先的停车位,有单独的卫生间……"

正说着,杨一看见那位"最有趣的人"威廉教授与一个小男孩穿过马路,杨一把车子往路边一停,下车叫住教授。

教授见到她,那种与生俱来的幽默在他的脸上和身上溢开:"你好,这是我的儿子。"

杨一半弯下腰:"你好,小家伙。"

小家伙礼貌地对她笑笑,没有说话。

教授解释了一句:"他是一个聋哑儿童。"

"哟?"杨一小声地叹了一句,原来刚才看到的牌子是为老师的儿子而设,她连忙说:"对不起,我不知道。"带着刺到人家隐痛的内疚。

教授笑笑,风趣地说:"你不需要道歉,你并没有做对不起我的事情。"

杨一望着这位"最有趣的人",心想他真是少有的坚强。她想起不少同学说过,做他的家人,每天都会有听不完的笑话。上帝与他开了一个怎样的玩笑——儿子永远无法听到父亲绝妙的幽默。

教授看出了杨一的所思所想:"其实我以前是一个工程师,儿子出世后,当我知道他是一个聋哑儿童,有相当长的日子,我痛苦不已。我问上帝,我到底做错了什么,要给我这样的惩罚?在儿子出生前我们为他所买的风铃、电子琴就像一个讽刺,我愤恨地把它们砸烂。这时,我的儿子'哇'地大哭起来,我不知道他为什么哭,他完全听不到我砸东西的声音啊。突然间我明白了,他虽然听不见,但他看得见父亲愤恨的样子。他看得见,而且比我们这些人看得更清楚。打那起,我决定重回学校学习语言、手语、肢体语言。对，他仍然听不见，但他可以享受我肢体语言的幽默，而我享受我言语的幽默。我们都很快乐。"

"教授，你是一个伟大的父亲。"

"谢谢。现在我看到我的儿子，我常感谢上帝，因为我的儿子是一个礼物。其实人生只是一个态度问题。"

"什么态度？"

"以前我是每一件事抱怨，无一件事感恩。现在是每一件事感恩，无一件事抱怨。"

杨一与天舒开车继续行驶，似乎听见小孩子开怀的笑声。

3　相爱容易相处难

杨一和天舒还是合适做室友的。天舒烦做饭做菜，杨一正好相反，对于家里的事，除了做菜，什么都不爱理。家里付房租、电费和电话费都是天舒的事。

天舒自认为比杨一细心，杨一也趁机省心。到了月底，杨一就递给天舒一张支票，说："我的房租。"天舒很认真地看看，以免杨一出错，看过之后，说："知道了，没问题。"活像个二房东。

做饭做菜，自然就落在杨一头上。通常是杨一做菜，天舒洗碗。天舒虽然不会做菜，因着有一个中医师的母亲和学了生化专业，常常讲一些让杨一不知所措的话："夏天吃牛肉对身体不好。"有一阵子又传出鸡肉也有问题，天舒忧心忡忡地说："听说笼养的鸡肉含有尼古丁，吃多了，人会越来越笨。"杨一起初不以为然，听得多了，上了心，有个学生化的室友，使得百无禁忌的杨一看着冰箱里的食物，顾虑重重，不得不三思而后行。

做饭做得多了，也成了习惯，后来，天舒一进门，就问："可以吃饭了吗？"好像杨一做饭是理所当然的，而她天舒回来吃饭也是天经地义的。

而天舒洗碗洗得多了，很气愤杨一浪费碗筷的作风。杨一做一盘番茄炒蛋，洗番茄用一只盘子，切完番茄放入另一只盘子，打蛋一只碗，做好的番茄炒蛋又另换盘子。她做一道葱爆牛肉用了六只盘子。每晚天舒要洗一水池的碗筷。

"杨一，你省一点用碗用盘，你看这一水池的碗盘，不知道的以为我们这里住了十个人呀。洗碗很辛苦的。"天舒盯着重重叠叠的碗筷说。

"做饭也是很辛苦的。"杨一不以为然地又往水池里塞了两只碗。

"那以后我做饭，你洗碗。"

杨一似笑非笑，天舒见了："你这是什么态度？我做饭给你看就是了。"

第二天，天舒下厨。天舒确实不常下厨，杨一考察了一下厨房，立刻下了这个结论。天舒做菜毫无章法，先后次序不分，手忙脚乱却进展缓慢。杨一不帮忙也算了，偏偏每十分钟就进来一次，说些诸如此类的话："咱们什么时候有饭吃啊？""今天晚上能吃上饭吗？""要是实在不行就吱声，我可以帮你。"

终于天舒端出一桌子菜，说："四菜一汤，我们提早进入小康了。"

杨一见一桌黑不溜秋的东西："能吃吗？找找看你那儿还有没有保济丸。"

"你尝尝就知道了，味道不错的。"

"天舒，你真是贤惠啊。"

天舒含笑道："这么快就有共识了？"

"你真是闲（贤）得什么也不会（惠）啊。"

天舒抿抿嘴："我是脑力工作者。"

"这么说，好像我是体力劳动者了？"

两人哈哈大笑。不过，两人很快有了矛盾，杨一觉得她犯了一个错误，不该找好朋友来做室友，相爱容易相处难，就跟朋友之间不要有生意往来一个道理。

一天晚上，天舒正在洗碗，杨一说了句什么，天舒在哗哗的洗碗声中，叫："你说什么？"杨一以极快的语速重复："这个long weekend（长周末），我要去LA看望同学，把我的伙食费去掉。"

天舒呆了一下，也嘟囔了一句什么。

哗哗的水声中，杨一说："你在说什么？"

"我是说，我周末常去我表姐那儿，伙食费也该去掉。"天舒说完自己也有点难为情，转身洗碗。

"可周末你不在的时候，我也在外面吃呀。"

"你还常常请人来家里吃饭。"

"你请的人多，还是我请的人多……"

天舒把水龙头一关，还想说什么，可这哗哗哗的音乐背景没了，话也说不出口了。

突然间，水声没了，话声没了，寂静得很。两个人都为对方如此耿耿于怀的斤斤计较不快。各不说话，各自回房，各自想事。

门被敲响了，杨一想去开门，才出她的房间门，见天舒已经先行一步，杨一转身回房，关了门。

进来的人是她们的邻居台湾女生雅惠。杨一、天舒私下里叫她"非常女孩儿"。雅惠年轻爱玩，每个星期都要租几盘录像带回来看，除了Blockbuster的英文带子，还到中文录像带店租，最爱租来看的是《非常男女》。她看完了，租期还没到，便拿过来给天舒和杨一看，说那是台湾收视率最高的电视节目，杨一既然是学传播制作的，可以看看。杨一说："你这么爱看，是不是也要上一次《非常男女》？"雅惠说："我妈妈说了，在美国什么黑的、白的，别乱找，遇见马英九那样子的，就赶快找一个。"逗得她们哈哈大笑。

雅惠的父亲同天舒的父亲一样，是早年的留学生。雅惠的父亲也对雅惠提及当年他留学的事情，说那些大陆学者和留学生生活极为节省，简直到了"自虐"的地步。有次他向一位大陆同学借一个夸特（二十五美分）打电话，之后就忘了此事。几天后，那位大陆同学不见他来还钱，不好意思地小声说，那天你借我的钱还没还呢。父亲没有明白，那人又说，那天你打电话……父亲这才记起来，他忘记了，实在是因为钱太少了。

大陆人对金钱的重视是台湾学生不会理解的，这种二十五美分的事在台湾同学之间，是没有人会在意的。当时雅惠父亲和一位大陆学者住同一层楼，那个访问学者经常吃方便面，用的肥皂都是大陆带来的。一次父亲买了一些菜送给他，说一个人吃不了。那个访问学者沉默片刻，很礼貌地回绝了父亲，说："谢谢，我这样挺好的。"一副对待"嗟来之食"的架势。父亲好心讨了没趣，好几年后与雅惠谈起，说他理解，换了位置，在那个时代，他也会这么做。中国文人骨子里的东西太相似了。而这位访问学者讲学期满后，带回去了三大件：电视机、冰箱和音响。几个曾经偷偷嘲笑这位访问学者吃方便面的台湾学生哑住了。父亲望着这位上了岁数的名教授还是穿来美国时的那身衣服，却拖着两个鼓鼓的大箱子而去的身影，他落泪了。

这会儿，雅惠拿了几盘带子过来问她们要不要看。她见天舒的表情似有不快，就问，怎么了？天舒叹了一口气，引雅惠进她的房间，将她与杨一之间不快的一幕告诉了雅惠。雅惠听了，暗笑在心，为了那么一丁点的钱，伤了和气，可笑至极。

"拜托呀，那有多少钱，你们这么久的朋友，值得吗？"

"我也知道，我也不想这样，是她先挑起来的。"天舒把责任推到杨一头上。

美国的房子大多由木板做成，隔音效果差，天舒与朋友的电话，杨一全能听见。现在，天舒与雅惠的谈话，杨一在她的房间里，听得一清二楚，仿佛电台的现场转播。这是很让杨一生气的，天舒这个没头脑的人，怎么什么都跟外人说，这是什么光彩的事情吗？更让她生气的是，天舒竟然把杨一说成了肇事者。

雅惠很快就走了。杨一真想冲入天舒的房间兴师问罪，又转想：她又不是自己的妹妹，能想骂就骂吗？

正在心烦意乱时，电话铃响了。天舒接的，在自己的房间里叫了声"电话"，把杨一的名字省掉，就像她父母吵架，母亲叫父亲听电话也是如此。

杨一拿起电话，是前男友Eric："我们去中国的事，怎么样了？"

杨一没了词，以前他们说好这个暑假一起去中国，现在他们已经分手，Eric怎么还提这事？按中国人的习惯，分手虽也都说"还是朋友"，但行动上就不再相干。

"你认为如何？" Eric追问。

"你让我想想，我现在很忙。"

"好，我的女朋友也一起去。"

"什么？你，还有你现任女朋友，一起？"

"怎么了？"

"好好，先这样吧，我想一想。"杨一没几句话也就挂了电话。杨一的外表让人觉得她开放，骨子里是非常传统的人。天舒表面上循规蹈矩，行为反而大胆。杨一这么分析。

回头再想想，全是鸡毛蒜皮的小事。天舒想：杨一还是不错的，家里的电视、音响和录放机都是杨一搬来的，她一分钱没花也用得像自己的东西一样。杨一想：天舒也还是不错的，每次到她表姐家，都是大包小包的零食往家里带，她没有哪次口下留情过。

第二天早上，天舒起床出门，遇见正在刷牙的杨一，天舒"嗨"打了个招呼，杨一一口白沫地也"嗨"了一声。这件事算是过去了。

4　第一与第二的区别

搬进新家不久，杨一在新家里接待的第一位客人是她在中国就认识的美国朋友安宝行先生。杨一的出国得到了两位美国朋友的支持。一位是她在大学里认识的"汉学家"安宝行先生，六十岁不到，大腹便便，彬彬有礼，幽默风趣。他说他酷爱东方生活及东方哲学。事实上，他已在中国生活了九年。

另一位是美国的老记者Wilson先生，他鼓励杨一出去看看，尤其是到美国这个言论自由的发达国家。他说，任何一个从事新闻工作的人都应该到美国走一走。Wilson先生在杨一出国留学的申请中给予了行之有效的帮助。

安宝行先生在中国合同期满后，回到美国，与杨一联系上。杨一请他到家里来做客，她们包饺子招待这位外教。

杨一调着饺子馅儿，对天舒说："安宝行是他的中文名，他的英文名叫Ben。他是一个热爱中国的人。也不知道是不是我这个人比较敏感，也有些偏激，我总觉得，大部分美国人对中国人，总是有距离的，与中国人交朋友也是有距离的，带着一种优越感俯视着进行交往，而安宝行先生不会。他的汉语好极了，你背过身听他讲话，还以为他就是中国人。有时我看着他，纳闷这个老头怎么长了个高鼻子。"

天舒说："这也是奇怪。一个美国人，说他热爱中国，热爱中国文化，我们都感到亲切；一个中国人，如果说他热爱美国，热爱美国文化，我们肯定会说他，怎么这种话都可以说出口？"

杨一咯咯地笑。

他老了。安宝行先生一进门，杨一就明显地感觉到，他这样的老。安宝行先生开门见山地请杨一帮助他在中国找一份教英语的工作，他知道杨一在她以前的大学里活跃，也有些路子。安宝行先生说这些时，目光充满了企盼。

杨一只是听着。

安宝行先生神色黯淡，说他如果不能去中国教学，他会去越南和泰国教学。"当然，相比之下，我会倾向去中国的。"他坚持说。

杨一心里一愣。那个极有绅士风度、极有耐心地校正每个学生发音的外教怎么这样的落魄？那个无论同学提什么要求，他都很有涵养地说声"My pleasure（我的荣幸）"的外教怎么一下子变得按捺不住了？最主要的是，他还学会了找关系，这点中国人正在遗弃的东西，他倒捡了去。

安宝行先生还在说他热爱中国。因为他在美国是一个找不到工作的老头子，可他在中国，大家对他十分友好，十分尊重，给予他种种礼遇："这些，这些是我在美国得不到的。"

杨一心里乱极了。原来他们同学心目中的"汉学家"是一个在本国连工作都找不到的人。杨一希望她永远不知道这些。19世纪末20世纪初来到中国的美国传教士，他们回国后，成为美国咨询对华政策的专家。现在的许多汉学家，对中美关系毫无影响，他们花上毕生的精力翻译一本中国古书，默默地像个局外人。

安宝行先生仿佛对这顿饺子没有太大的兴趣，他说自己还有许多事情要处理。

"你看，我虽然现在回到美国，但那些中国学生还写信寄贺卡给我。这些，这些能不让我想回中国吗？"

临走，安宝行先生对杨一和天舒的招待表示感谢。最后，他神情凝重地对杨一说："我希望我们下一次见面是在中国，中国！"

在公寓楼下，杨一目送安宝行先生远去的车子，她怅然若失地举起手扬了扬，心中的某些东西也就散了。她对天舒说："到底是谁变了？是他，还是我？"

这个时候，Wilson博士也从中国回旧金山休假，他给杨一发了一封E-mail，说要来看望她。杨一近两年没有见到他，见面毕恭毕敬地叫了一声："Wilson博士，你好。"

Wilson博士奇怪地看着她："我们是朋友，不是吗？"

"当然是，Paul。"杨一改了口，叫他的名字。

Paul接着热烈地拥抱了杨一，拍着她的肩："看看你，一转眼就变成一个漂亮的大姑娘了。"

杨一说："本来就漂亮，只不过你那时不注意我罢了。"

两个人哈哈大笑地上了Paul的车。Paul大声地讲着中国的一些事情，仿佛对中国这一两年的情况比杨一还了解。

他拿出这次环游世界时的摄影作品，讲述着他的世界见闻及摄影技巧。讲到中国时，他指着一张他在中国农村与几个穿着破烂的村童的合影："这些可怜的孩子，我给他们照相，他们有点被吓到了，我想他们是第一次照相。"

又指一张中国公厕的照片："这是你们都很熟悉的气味，太可怕了。"

再指着一张外观破旧的某博物馆的照片："你们知道这是什么地方？这是中国的一级博物馆，里面放着一等的文物，太可惜了。在里面毫无艺术可言，毫无欣赏艺术之感。"

杨一说："我相信你观察的真实性，但对一些事物，你的结论未免下得太早。比如说，如果你根据一家博物馆外观的朴素、设备的简陋就认为中国没有艺术，那你言重了。我一个参观那种博物馆长大的中国学生，可以自信地告诉你，今天，姑且不提东方文化东方艺术，今天就谈西方文化西方艺术，我相信我的知识量不亚于任何一个美国同龄人。"

这时经过圣荷西的一大片中餐馆，Paul指指外面的中餐馆，说："许多留学生留在美国，最后就只是开个中餐馆什么的。" Paul说完这话，他的美国式的幽默又回来了，他耸耸肩，"你不想成为他们其中的一员，对吧？如果是这样，你老远从中国跑来美国学习就显得滑稽了。"

杨一不再说话。这位所谓的中国问题专家和一些有成见的美国人一样，显然是低估了这一代留学生的才华和抱负。中国人大规模地移居美国，有三次。现在这批华人的整体素质是最高的一次，无论是留学生还是这一代在美国成长的华人，都不能与清末民初的华工和二战华人移居同日而语。北加州著名的加州大学柏克莱分校和斯坦福大学的华裔比比皆是，加州大学柏克莱分校的华裔占学生总数的百分之三十以上，超过任何一个族群。根据九十年代的统计数据，华裔在美国的收入高于任何一个族群，甚至高于白人，中国人早就不是当年卖猪仔的形象了。

杨一指着中餐馆对面的一大片高科技楼宇，说："Paul，你知道这里有多少华裔雇员吗？如果他们一夜之间走光……"

Paul打断杨一："你知道Wenho（李文和），许多雇员表面上在这里工作，其实……"

杨一是个血气青年，当场就面露不快："说到李文和，我更有话说了。"

"OK, OK, don't take it personally（不要太往心里去）。" Paul看出杨一的不快，"中国是一个有五千年历史的文明古国，一个智慧的老人；美国是一个只有两百年历史的国家，一个儿童怎么可以对一个老人指指点点呢？"

当然，中国人更爱听的是这些，Paul很知道。美国人称自己的国家为"forward looking country（向前看的国家）"，而将中国说成"backward looking country（向后看的国家）"。再想想，一个老人有的是什么？有供回首的往事。一个儿童有的又是什么？是未来。

"你以后有什么打算？我的意思是留下来，还是回去？"

"我是要回去的。"

"我觉得你应该留下来。你的语言没有问题，对中国、美国都有相当程度的了解。中国我呆过，无论台北、北京还是香港，老实说，都不好，没有美国好。" Paul说这话相当的善意，完全可以理解。留学生应该回去是基于他对美国的热爱和对中国的了解；而劝杨一留下来，是朋友之间的对话，为了杨一好。

他们到了美国的旧金山大桥，他们上山俯视全景。Paul感叹："真漂亮！"杨一从他的眼中看到一个美国人的自豪，他以他是一个美国人为荣。美国在他们这一代人手中是强国，希望到了他们的子子孙孙的手中仍是世界强国。这样，一切也就可以理解了。十七岁那年，杨一随中国大学生代表团出访美国。第一站就是旧金山，欧洲的观光客多从纽约入境，亚洲的观光客多从旧金山入境。旧金山成了西海岸的窗口。多年以后，她又来这里留学，真是命运的安排。对于旅游者，到了旧金山如果不到金门大桥，等于没有到旧金山。他们到金门大桥。它的气势果然宏伟，是世界上单跨最大的悬索桥之一，它成了旧金山的象征。而它旁边，还有一座桥毫不逊色，叫Bay Bridge（海湾大桥），可名气却远不及金门大桥。当时导游说了一句话，这就是第一和第二的区别。同学们觉得意味深长。许多年后的今天，她与Wilson博士再次来到金门大桥，想起导游的这句话，更是感慨万分。

第八章

　　我们来打个比方，如果你在马路上看到一块钱，你会不捡；十块、一百块，你也可以视若无睹；那一千块、一万块，你能不捡吗？你能不弯这个腰吗？如果你不弯腰，你回家会后悔的。如果你弯了这个腰，你还是会后悔的。这就是生活。

　　我知道，因为我弯了这个腰。

—— 阿晴

1　和我交往好吗

　　以后苏锐每天都在这里"很巧"地碰上天舒，两人一起跑步，也聊聊家常。

　　这一跑从春天跑到了初夏。

　　一次，天舒落在苏锐的后面，气喘吁吁，苏锐回头："天舒，快追上，这一歇更累了。"天舒望着苏锐矫健的背影，心底涌出一种感动："是的，等的就是这个人了，错过了他，也许就错过了这辈子。"

　　　　田野小河边，
　　　　红莓花儿开，
　　　　有一位少年真使我喜爱，
　　　　可是我不能向他表白，
　　　　满腹的知心话儿没法讲出来……

苏联歌曲《红莓花儿开》，也像唱给天舒的。

天舒大声地应道："好，我就来！"

跑完步，苏锐挥手与天舒道别。

"苏锐……"

苏锐回头："怎么了？什么事？"

天舒反而迟疑，支支吾吾地说："噢，噢，你的名字只是脱口而出。"

苏锐笑了："这样啊。好，我走了。"

"等一下，"天舒又叫住他，"我，我，对了，明天是星期六，我要去我表姐家，不来跑步了。就是让你知道一下。我星期一会跑的。"

"噢，我知道了。我走了。"

苏锐再次转身离去，没走几步，听到天舒在背后说："苏锐，我喜欢你。"

苏锐回头，天舒在几米之外，红着脸，端着肩。苏锐有些惊讶，又不显得过分。

苏锐一步一步向天舒走来，到了面前，正要开口，天舒先说："我喜欢你。和我交往好吗？"她紧张、羞涩、勇敢。

苏锐看着天舒，天舒也看着苏锐。苏锐想，这些日子来，她都在等他不成？话没出口，且他觉得自己脸上没有太多的表示，天舒却对他点点头。苏锐好奇地"哦"了一声，不知道她为什么点头。

天舒说："你不是在想，这些日子来，我是不是在等你？我点头就是告诉你，是的，我是在等你。"

"天舒啊。"苏锐小声地唤了一声。老实说，他对她并没有什么特别的感觉，这些年来，他对任何姑娘都无法产生激情，只觉得她是一个天真快乐的姑娘。但是她的真诚却吸引了他，像他这种经历的男人是会被对方的真诚打动的。

"天舒，"苏锐看着她，"你知道林希吗？"

"是谁？"

"你不知道？我以为这种事情传得最快。"

苏锐看了看表说："天舒，我想和你谈谈。现在我要赶着去学校，等你从你表姐家回来再说吧。"

阿晴的男友老金常出差，阿晴就叫表妹来家里，因为她也会寂寞。天舒说，从自己公寓来到表姐的大房子，深感是新旧两个社会啊。杨一也说，看看你表姐的房子，就知道她混得实在不错。

这个周五晚上，到阿晴家，天舒告诉阿晴，她向苏锐表白了。

阿晴很吃惊，因为她一直认为她这个表妹只会读书，看报纸只看新闻的那种："什么？你向他表白？你怎么说的？"

"我说我喜欢他，想和他交往。"

"天啊，你就这么说了？"

"对。"

"你也真好意思，像个二百五。"

天舒一怔，开放的表姐怎么在这么一个细节上墨守成规？

"女人应该学会享受被男人追逐的喜悦。你这样子的结果，等着看吧。"

天舒已是羞，阿晴这么一说，又加了恼，于是恼羞成怒地说："我有什么不好意思的？我又没跟他上床。"

天舒图一时痛快，说了，很后悔，知道自己闯了祸，果然阿晴柳眉倒竖："你给我滚，立刻滚。"

天舒还算识相，便不再出声，很老实地回自己的房间。

谁知道这次阿晴竟不依不饶，冲到天舒的房间："给我滚出我的房子。"

一边说一边打开壁橱，将天舒的衣服一件一件地扔到床上。阿晴扔一件，天舒捡一件，一会儿工夫，天舒抱了一怀的衣服。阿晴半拉半推地把天舒带到门口，却不主动把门打开，天舒自己把门打开，出去后又很知趣地把门带上。

天舒坐在台阶上，抱着一怀的衣服，一半委屈一半悲情。

大概半个小时后，门开了，天舒回过头去，阿晴站在门口，冲着屋里扬了扬头，嘴里吐出的话仍是硬邦邦的："你要是不想在外面冻死的话，就进去。"

天舒在这个时候是要讲面子和骨气的。这个时候不讲什么时候讲？她也硬邦邦地说："我就在外面冻死。"

本是一句赌气的话，为的正是安慰，可阿晴偏不吃这一套："不进来就算了。"又把门关上了。

天舒后悔了，后悔中又加了抱怨。

一会儿，阿晴又出来："进来，快进来。我都不恼了，你还恼啥？"天舒想也是，抱着一堆衣服，起身进屋，阿晴把门关上。

一切心照不宣。阿晴知道她表妹不可能会跑到哪儿去；天舒也知道她表姐不可能真的把她赶走——无论她说了或做了什么。

天舒进了房间，阿晴也跟着进去。天舒很赌气地把衣服一件一件地扔回床上，扔完衣服，索性将自己也扔到床上去。阿晴则一件一件地挂回衣橱。阿晴偷偷看了一眼天舒，见她一身疲倦，心想，"该你的，谁叫你胡言乱语。"

表姐妹的感情是好的。阿晴在广州时一直与母亲住在外婆家，天舒也时常随母亲去外婆家。外婆家住在广州典型的大院里。有时小朋友们欺负天舒了，天舒就急匆匆地找阿晴帮忙，自己躲在阿晴后面。等阿晴将那帮小子教训了一通后，一直躲在阿晴后面的天舒，则像那只狐假虎威的小狐狸，这时候出来皱着鼻子"哼"一声，小辫子甩来甩去，一副很没出息的样子。这一切就像发生在昨天。现在天舒也这么大了，阿晴对天舒了如指掌，而阿晴相信天舒对她只是一知半解。

星期天上午，苏锐打电话来，正好是天舒接的。

"不好意思，我直接打电话到你表姐家里。"苏锐的口气总是那么温和、诚恳，让她信任，"我想说你今天要回学校，不如我到你表姐家把你接回来，顺便我们可以谈一下。"

这时阿晴正在跑步机上运动，见天舒接完电话，问是谁打来的。

天舒不说话。

"是苏锐。"阿晴笑笑，转动着她那风情万种的眼睛，这笑其实与天舒无关，只是表达她个人对一切事物的认识与掌握。

天舒只是说："我要出门了。"

"要不要我开车送你去？"

"不用了。苏锐会来接我。"天舒一说完，就后悔。阿晴太狡猾了。果然，阿晴又笑笑。

天舒回房换衣服，把衣服一件一件试过去，最后选了一件咖啡色的外套和一条磨到泛白的蓝色牛仔裤，她喜欢这条牛仔裤，她喜欢这种自己没有的沧桑感。

阿晴敲门，打量了她一眼，先说："早点已经好了。"再说："试了这么半天，就穿这套？"

天舒的不快立刻写在脸上，不是因为阿晴说她穿得不好看，而是她的一举一动好像都在阿晴的眼皮下进行。天舒叫："我乐意。我不要你管。"

阿晴挑挑眉，表示对天舒的恼怒不可理喻，接着说："你应该选择那件红外套。小姑娘应该穿得鲜艳点。"说完，快步离开。

阿晴一走，天舒便对红外套和灰外套左比右比，想想在跑步机上阿晴的骄人身段，就决定了。可她将红外套换上时，举止很是生硬与委屈。

阿晴看着这个红外套出门，她那迷人矜夸的微笑又出现了。阿晴自是聪明，这个时候要是再说"我就知道你会穿它"或"你穿它真好看"诸如此类的话，那就没趣了。阿晴冲着天舒的背影叫："Have fun（玩得开心）."

2　如此金枝玉叶

这样的一个女人，容易让人产生形形色色的判断，男人们看到阿晴细皮嫩肉，一点想象不出她的童年，常说："徐小姐，真是金枝玉叶。"她则在心里冷笑他们没有半点的阅历，"金枝玉叶个鬼！"所有的家务活她都会，且精通。

天舒跟着苏锐回学校了。阿晴临窗而立。她很少回忆。许多记忆隔着一层东西，深入不下去，后来索性锁上回忆的门。现在天舒的出现，天舒的谈话，又把这扇门给打开了。想起家，想起母亲，总是心疼；想起成长，想起童年，总是心酸。

知青上山下乡运动轰轰烈烈地进行着，徐家三女摊到了一个指标。招弟正在上大学，适合的人选就是十九岁瘦弱的引弟和十七岁活泼的来弟。徐老太太心里有数，来弟贴心留在身边，引弟生性孤僻就下乡吧。两个女儿对母亲的决定自然也是有数的。徐老太太不说，觉得时候未到；

来弟稳稳当当地等着看结果；引弟知道母亲一贯嫌恶她，这个关键时刻，自己找了个台阶下："我去。"

徐老太太松了一口气，不再焦急，以十九年最温柔的声音说："我们替你准备准备。"引弟说："不用了，没啥可准备的。"

大姐招弟风风火火地赶回家，对母亲说："不能让二妹去，她身体不好。"

徐老太太连忙说："可没有人叫她去，她自己要去的。"

引弟临走的那一个晚上，招弟拉着引弟的手："你受委屈了，将来姐会补偿你的。"

引弟不哭不闹，平静地说："我不去咋办呢？"

引弟这一走便是数年，与家里并无过多的联系，只是大姐毕业工作后常常寄去饼干和油什么的。

引弟到了江西农村后，第二年便嫁给了当地的农民。一年后生下女儿。

女儿生在一个晴朗的天气，引弟就说，这个孩子这么漂亮，就叫晴丽吧。

引弟是个漂亮懦弱的女人。她的漂亮没有给她闯什么祸，也没有给她带来什么福，漂亮得很是无辜。这一辈子她做得最勇敢的事情就是在上学、招干、招工无望时，果断与农民丈夫离婚，带女儿返城。她仿佛将一生的能量都释放于此，返城后又还原成老样子。

那年阿晴六岁。

忘不了回广州的那一天。

母亲带着她第一次坐火车。晚上，在南昌候车室里等待第二天一早开往广州的火车，很快就有戴红箍箍的人过来，赶鸡赶鸭似的赶她们。母亲拉着她在候车室里东躲西藏。有位好心的大娘过来告诉她们，那边圈了一块地，一人一块钱就可以在圈内过夜。

母亲搂着阿晴对大姐说，我知道，可是太贵了。

在母亲怀中的阿晴第一次知道金钱的威力。为了省这一块钱，母亲抱着她在树下卧了一夜。阿晴想以后要赚一百块钱，这样就可以气死那些戴红箍箍的人了。

上了开往广州的火车，服务员推着车子卖盖浇饭："五毛一份啊！"

盖浇饭的香味一下子就弥散到了整个车厢。车子推到她们母女面前，服务员见她们寒酸，料想她们不会买，连叫的力气也省了。阿晴想，一百块不够用了，她要再多赚一百，这样就可以气死这些服务员了。

母亲望了望阿晴，阿晴连忙收回贪婪的目光，装着无动于衷的样子："妈妈，我不饿。"

母亲满意了。

阿晴与母亲在广州的日子并不好过。母亲右手牵着阿晴，左手拎着行李，刚进大院门，就碰到正好出来泼污水的徐老太太。

"阿妈，我们回来了。阿晴，叫外婆。"

徐老太太很平静地说："回来了。"就把脸盆里的污水往地上一泼。

这水也永远地泼进了阿晴幼小敏感的心灵。

几个邻居家穿裙子的小女孩好奇地跑过来，打着转转看她，然后捏着鼻子用广东话说："真臭，乡下妹！"

"你是没爸的！"几个邻家男孩子说。这在那个年代是一句最伤人的话。

外婆的家窄小无比，穷困潦倒，外公外婆与来弟阿姨度日已是勉强。现在又无端地多出两张嘴，挤进两个人，所有的恩恩怨怨由此派生。

阿晴生性敏感。天舒的母亲招弟大姨常说："阿晴这孩子心重。"吃饭，阿晴从来不敢多夹一筷子的菜。逢年过节，外婆往她碗里多放一块肉。阿晴盯着碗里赏的肉，恶狠狠地想：以后她一定要住大房子，吃大鱼大肉，气死外婆和来弟小姨。这样，她又要多赚一百块钱了。她想等有钱了，她要很阔气地在外面的大酒楼吃饭，一定请妈妈和大姨一家。

童年的她没有玩具，连最简单的在后面拖的木鸭子也没有。穿得倒是漂亮，母亲在制衣厂做事，常带些碎布回家。母亲手巧，随便什么碎布头缝缝就是一件亮眼的衣服，母亲这样做，为的是让她在学校里不被一些势利的同学、老师欺负。每天放学，经过大楼的建筑工地，阿晴都要站上一会儿，静静地看工人们盖房子。阿晴想，她又要再添一百块钱，不然她们什么时候才能搬进这新楼，想想，自己已经有几十个一百了，多得让她富裕，她悄悄地笑了。

小时候，她最兴奋的事就是院子里有人结婚。广州的风俗，结婚就要派糖。阿晴总是老早就换好有大口袋的裤子，飞似的冲到新人家门口，排在第一位等着派糖，领了糖装入左边的口袋，再排一次队，让她的右口袋也装满。母亲在厅堂门口大叫她的名字，叫她回家吃晚饭，她不应也不回家。母亲气得跑出来，一把将她拽回家。回到家，母亲没有哭，只是不停地掉眼泪。阿晴害怕了，以后再不去领糖。

阿晴与母亲的交流很少，母亲不哭不笑，不言不语，只是一天到晚缝衣服，白天在工厂里做工，晚上还带活回家干。阿晴突然间发现母亲是一个需要保护的人，她则是那个保护母亲的人。

大姨常说："阿晴，如果你将来不对你妈好，你的良心就是叫狗给吃了。"

穷人的孩子早当家。此话千真万确。阿晴八岁就与大人们一起做家务了，做菜做饭，扫地洗衣，阿晴没有一样不在行。其他八岁孩子努力地玩耍、勤奋地学习时，她已经知道煮米饭前，先把手掌放入锅中量量，水淹没手背，煮干饭正合适。她还清楚自己人小手小，水要淹没手背多一些。

就这样，阿晴长大了，像是一夜之间长大的。

那一天，她蹲在地上洗米，小姨叫她把豆角择了，阿晴心不在焉地应了一声。小姨没听见，跑了过来："你哑了？"

阿晴站起来，猛然间发现自己比小姨高出半个头，比屋里所有的人都高出半个头。看来苦难的日子，人还是会长大的。她回了一句："你聋了？"

小姨定了定，像是不相识，说了一句"黐线"，就自己去择豆角。

第二天，外婆回来，买了一堆的菜，挂在单车后面，快进家门时，车子翻了，菜落了一地，外婆冲着屋里大叫："有人吗？阿晴阿晴。"

屋里的阿晴隔着帘子看见了一切，却不出来，冷冷地笑笑，眼看外婆收拾得差不多了，她从后门溜走，再从前门回来，假装一无所知。

阿晴就这样结束了她的童年。那一年，她十二岁。说来也奇怪，当天傍晚，阿晴来了初潮。

从那以后，阿晴不再惧怕什么，她甚至觉得住在这个大院子里真好玩，与外婆、小姨斗智斗勇是一件好玩的事情。正所谓：与天斗，其乐无穷；与地斗，其乐无穷；与人斗，其乐无穷。

阿晴是自己的家长。

她很快意识到这点。十二岁那年，她拿着户口簿到附近的派出所去改名字，将"刘晴丽"改成了"徐晴利"。改完，她就知道自己是家长了。

她觉得她就像自己长大的一样。自己照顾自己，自己安慰自己。来了初潮，也不像同龄女孩那样惊惶失措，没了主意。她一声不吭地回到房间找出母亲用的卫生带，装了点卫生棉绑上，然后一切正常。母亲发现了，给她买回一包已经在流行使用的卫生巾，说了一句："你这孩子，怎么什么都不出声？"阿晴看着母亲，笑了："又不是天塌下来的大事。"心里也自问，我真是自己当家了？

阿晴十六岁，母亲找了个对象。母亲想阿晴也大了，迟早要走的，就听人劝，找了个鳏夫。阿晴看出母亲对他不错，还动手给他打毛衣。阿晴不反对，只是说："带回家来看看。"阿晴知道母亲艰难。有一天晚上，下了大雨，屋顶漏水，第二天，母亲和她搞来许多沥青和水泥，她们自己修房子。阿晴想，如果有个男人照顾母亲，不是件坏事。

母亲将那人带来，阿晴看过后，对母亲说："不合适。你想想他比你小三岁，你又有孩子，人家能跟你长久吗？"

母亲站着，眉头紧锁，想想也对。

阿晴坐着，又说了一句："我看算了。"

母亲于是断了关系，此后再不提此事。

十七岁那年，母亲病了送进医院，诊断得了严重贫血。医生在长长的走廊上叫："谁是徐引弟的家属呀？"

阿晴"噌"地站起来："我是。"

医生打量了她一下："你们家没大人吗？"

"我们家我说了算，我照顾我妈。"

3　拜金主义者

阿晴觉得她生来就是爱钱的。很爱。

母亲说阿晴抓周，桌上有书、鸡蛋、算盘、钞票，阿晴毫不犹豫地抓了钞票。长大一点才知道当时有个被批判得很严重的词叫"拜金主义者"，阿晴知道指的就是她这种人。

她讨厌"穷得只剩下钱了"的这类鬼话，说这话的人一定有钱，不然早就成了无言的饿鬼，没空在那里无病呻吟。她知道有个古老的印度传说：国王富有而痛苦，他出门寻找快乐的人，找啊找，找到了一个种田的小伙子，他快乐地唱着歌儿。可她阿晴，只觉得自己是一个孤苦的穷女孩儿，出去找，是要找到一个富有的国王。

她走在路上，一辆宝马从她身边驶过，在路边停下来，开车的年轻且美丽的女子从车里从容地走出来，优雅地戴上墨镜。阿晴死死地盯着这个女子想，自己什么时候才能有这样的宝马，才能如此从容地走出来，优雅地戴上墨镜。这是她的理想。她想，要不是从小看到生活不易的里里外外，她不会那么早就想着为这个理想而奋斗的。

她知道自己只是一个彻头彻尾的穷丫头，就像那个灰姑娘。当然幸运在于她和灰姑娘一样，是美丽的。美貌就是财富。这个年头，白手起家总是难事，钱滚钱则容易许多。她既然有了这笔财富，自然是为了寻求更多的财富。阿晴很清楚这一点，越来越多漂亮女人意识到这一点了，就像那个开宝马的小姐，她一定也是。这种推测来自一种常识，一个二十多岁的女子是没有能力完全靠自己的双手过上这种水准的生活的。

她觉得她是穷怕了。她没有读高中考大学，而是读了中专。大姨常说可惜了，阿晴成绩很好，将来考大学不成问题。大姨劝了半天，她还是决定考中专。读的是酒店服务，为的是进入大酒店，认识有档次的富人。老谋深算的东西就这样地寄存在她的青春之中。

漂亮却又装着对自己的漂亮不在乎，说一个漂亮女人聪明大概就是如此。别人常常情不自禁赞阿晴"你真好看"，阿晴绝不会像一些女人那样将漂亮不漂亮挂在嘴边，也不像一些女人或高傲或做作，她只是保持她适度的微笑。

毕业后，她在一家五星级大酒店做"小姐"。客人见到她，眼睛总是一亮，她喜欢这种一亮的感觉，这是许多女孩子都喜欢的感觉。

这跟以前的女子不同。八十年代初，阿晴很小的时候，有一次坐公共汽车，她旁边坐着一位靓女，对面的男人盯着这位美女看，美女恼怒地说，看什么看，臭不要脸，流氓。以前的女人自爱也粗鲁，换了别的男人，就不吱声了。对面的男人也绝，说了一番在那个年代相当惊世骇俗的话——"唉，你要搞清楚啊，是你自己跑到我眼睛里来的。我要是跑到你家掀开帘子看你，那是我不要脸。现在是你在公共场所，就是给人看的嘛。"现在的女子温和也做作，巴不得别人多看她几眼，嘴上不再骂人，心里更是暗喜。阿晴特别善于使用这种"一亮"——它就是一种机会。

但她从不随便接受他们的礼物，从小小的胸针到昂贵的项链，也从不答应他们的邀请，即便是去吃个夜宵。

她总是保持着微笑，一种让男人进也不是、退也不是的微笑。一副大家闺秀的不凡与清高，完全没有小市民大杂院里长大的俗气和立竿见影的迫切。客人及别的小姐都说，阿晴好教养。阿晴笑在心里。

阿晴是个尤物。天生丽质难自弃，仿佛作为美女，就要有美女的活法。她从大酒店锃亮的玻璃门里看见一个年轻女子高雅绝伦、风姿秀逸的仪表气质，她就知道这个女子应该用她的美貌与青春换取更大的财富。为此，她根本不屑于用小智小慧去算计那些小恩小惠，她才不要浪费她的青春和美貌。她心里有数：放长线才能钓大鱼。

对于男人，阿晴天生是个好猎手。其实很简单。美国作家欧·亨利有过一个无比精辟的描述："一个人偷偷地溜进后院，捡起一块石头，想扔一只蹲在篱笆上盯着他看的公猫。他假装手里没有东西，假装猫没有看见他，他也没有看见猫。就是那么一回事。"好猎手的秘密也就是那么一回事。

她的男朋友们总是说阿晴难追，却不知这全是阿晴的招数。就像下棋一样，操纵男人就像操纵棋子，看他们有多简单。

终于有一天，她的生活有了转机。

一个叫查理的美国中年男子来到酒店，他被这个东方美人迷住了。

阿晴起初没有兴趣，后来知道查理是一个很大的老板，有私人飞机的那种有钱人，便觉得他相当有魅力了，感到她的理想正在一步步地展开。

查理说你愿意来美国学习、生活吗？阿晴心里在笑，口里却说："我是一个普通人家的女儿，我需要工作奉养母亲。"

查理虽是生意场上的精明人，对生活却是相当的木讷，竟会感动地说："你真是一个善良纯朴的好姑娘。"

查理告诉阿晴，他是一家电脑公司的总裁。阿晴听了这个早就知晓的消息不动声色地说："是吗？这个对我没有影响。"

这样的女子，在其他女子眼中是可恶的，可在男人眼中并不是。贾宝玉"女人是水做的"结论过时了。

当时阿晴身边有好几个追求者。后来阿晴对他们说："你们都是很好的人，与查理一样，不都是一个脑袋，两只眼睛吗？"差别在哪里？他们知道，她更清楚 —— 他们还没有富有到可以承受她的美貌。

临走前母亲对女儿说："记住，一个人在外，防人之心不可无，尤其是男人。不管是谁，只要是男人，你就要小心，不能让他上你住的地方。如果他已经来了，你要把门开着，或者拿张椅子坐在门口和他说话。"

阿晴听了，心里一酸，笑不出，欲哭又无泪。

二十岁的阿晴以H1工作签证和四十五岁的查理来到美国。来美的第一感觉是："我一下飞机就有一种来自贫穷的自卑。"

阿晴是一个资质极高的女子，她自认是一块上等的璞玉，一经打磨，便是一块夺目的美玉。经过这五年的打磨，她让人刮目相看。她初来美国时，别人对她说："你是我所见过最美丽的女孩子。"她在心里说，噢，这是英语中的最高级。别人说"If I were you（如果我是你）"，她在想，这是语法中的虚拟语气。

阿晴就这样一点点学过来，阿晴的聪明就在于她爱财，但不贪财，关键还在于，她根本不相信男人，在这个世界上，她谁都不相信，只相信自己。传统女人以家庭丈夫孩子为归属，无条件付出自己；她以自己为归属，她拒绝付出的，正是最宝贝的自己，她只属于自己。

到了美国，她利用查理的财富去上学，用五年的时间读完了大学和研究生。可阿晴从不以留学生自居，"留学生"这几个字，她是无论如何说不出口的。

她在学业上的努力，与她在男人上的努力是相同的。一个学期拿二十个学分，每周仍在查理的电脑公司工作四十个小时。她常常跟着查理出入大场合，观察他们谈生意的技巧和手段。等到五年后，她拿到美国MBA文凭回国时，连大院里没见过世面的人也承认阿晴有一种兵来将挡的大气。

二十五岁时，她回了一次国。她给母亲买了一套房子。阿晴是公认的孝女。在美国时就不断地给母亲寄钱，不仅给母亲寄，还给外婆寄。每次过节都给外婆寄些钱，中秋节寄，春节寄，圣诞节寄，把中国节和美国节都寄遍了。偏不一次寄，每次都只寄一点，最多一次寄五十美元，最少一次寄十美元。大院的邻居都说阿晴孝顺。

这次回国给母亲在最贵的地段买下了一套房子，把母亲安顿好了，就去外婆家，带了五十美金，装在粗糙的牛皮信封里。

外婆确实老了，话也不多，还住在阴暗的老房子里，屋内的摆设陈旧不堪。这物，这屋，这人，都是一个色调。外婆收到钱，往小茶几上一放，说了一句："像打发叫花子一样。"

阿晴满意了。她就是要外婆知道这一点。全世界的人都说阿晴孝顺外婆，只有外婆明白。

外婆明白了，阿晴也就不再给她寄钱了。

回到美国，她与查理分手后，自己开了一个小电脑公司。后来遇见现在的男朋友老金，老金是台湾商人，比阿晴大二十岁，当然是富有的喽。天舒见过老金，感受到一个有钱的中年男人的亲切可爱的一面，无论从哪个层面考量，他都是这个社会推崇的"成功男士"，而这个很大程度基于他的富有，因而发出了"成功"的魅力，就是这样的简单。老金对天舒说："你那个表姐呀，别人可能会只注意她的相貌，其实她是一个非常有管理才能的人。你把一个几百人的公司交给她，她可以管理得非常好。"

天舒对老金的评价是："老金，好生养。"

阿晴笑得弯下了腰，直喊肚子痛。

天舒又说："哦，小老头。"

阿晴说："老？四十岁的男人能玩着呢。"

老金并不过分关心她的过去，她也一样，从不问老金的过去。彼此并不完全敞开，却也相敬如宾。处境相似，心态也相同，爱情在这个年代实在太古典了，雅致到无处可置。既然承受不起爱情，又不甘寂寞，便形成这种格局。在事业上他们是非常好的合作伙伴，在生活上则是非常好的搭档。他们在一起卿卿我我、浓情蜜意，分开半个月却谁也不会想谁。他们相处得相当自在，进可攻，退可守。这正是阿晴喜欢的关系。

阿晴是孤独的。她没有朋友，尤其是同性朋友，有的全是"碰友"。

如今表妹来了，她偶尔会对天舒说一些自己的事情，她会交往的一定是像天舒这类没有心机的单纯的人，再交一个像自己这样满腹心机的朋友，真是累到家了。她对天舒说的事情，只是一小部分。她讲起自己的事，语气和神态都像在讲别人的事。阿晴既想向天舒倾诉，又希望天舒能够守口如瓶。为此，买了许多零食给天舒。天舒没有她想象的爱听，只对零食感兴趣。阿晴叹了口气："我打算以后闲一点时，写一本书。"

天舒显然不再像小时候那样依顺表姐，冒出一句："我看算了，全是反面教材。"

这让阿晴糊涂，天舒到底是懂还是不懂？

第九章

　　我的整个经历是相当顺利的，也许正因为这样，对社会的印象也比较正面。大学毕业后就到美国读书，先在东部读了个硕士，后来转到S大学读博士，一切都还算顺利，除了在自己的感情上……许多时候我仍会想起林希。我们已经很久没有联系了，不知道她现在怎么样了。

—— 苏锐

1　秋天的诉说

　　"你穿这件红外套显得很精神。"苏锐见到天舒后说，"我第一次见到你，就是一起看电影那次，你也是穿这件。"

　　天舒一下子乐了，亮出她灿烂的笑容，刚才换衣服的不快一扫而光，并不由得叹服起表姐。阿晴是谁啊？她是以谈恋爱为职业的耶。

　　苏锐原本想跟天舒谈一谈他的一些事情和想法，他认为这多少跟天舒有关；并不想谈他自己的成长和林希，那好像跟天舒无关。

　　然而他一开口就是："我的父亲在我小时候就离开了。"说完他立刻停顿下来，我怎么和她说这些？而且一张口就是这些？是需要同情和安慰，还是谅解和体恤？苏锐不知道，可是他知道他忍不住，对面的这位红衣少女使他有诉说的冲动。他的神情就像一个孩子，天舒也因着他的孩子气萌发了母性的光辉。

苏锐出生在济南市的一个知识分子家庭。生活得和谐平静，直到那一年的秋天，那个与任何秋天无异的秋天。

秋天，早晨，济南。

苏锐起来时，母亲已经将早点准备好，稀饭、油条和咸菜。苏锐胡乱扒拉了几口，就上学去了。出门的时候好像说了一句"我走了"，又好像没说。

课正上着，邻居叔叔火急火燎地跑到教室跟老师说了几句什么，便把他带走了。

早上苏锐出门没多久，父亲也出门上班，下楼的时候，突发心肌梗死。等送到医院，等儿子赶到，他已经走了，没来得及留下一句话，甚至连个遗憾也无法表示。

接下来的事，苏锐记不太清楚了。因为父亲走得太快太突然了，他整个人都吓呆了。

那一年，他十三岁。

让他又开始清楚记忆的是第三天傍晚七点，那是他们家习惯吃晚饭的时间。老摆钟一晃到这个点，就"当当当"地响起来，声音古老而稳重。母亲呆呆地注视了一会儿墙上的老摆钟，才进了厨房，择菜、洗菜、切菜、炒菜、淘米、煮饭，每一个动作都极为郑重，富有使命感。晚饭好了，母亲照例盛饭，摆筷子，一切完毕，去叫儿子："小锐，吃饭了。"

以后，苏锐记忆中都是这个时辰吃晚饭。日子总是在过着。似乎一切逐渐恢复了正常，正常地上学放学，正常地上班下班，至于母亲，相信她也是这样，苏锐想。

十六岁那年一个秋天的半夜，他急性盲肠炎发作，痛得在床上直打滚。母亲二话没说，给他披了件外套，背上他下楼拦车去了医院。手术后，他一睁眼，第一个进入眼帘的就是母亲。母亲坐在床旁，静静地注视着他。苏锐感到说不出的安心，那种感觉真好。

"噢，醒了，感觉怎么样？"母亲轻声细语地问，她总是这样。

"一点事都没有了。"

回家上楼梯的时候，苏锐望着这一层层像是无止境的楼梯，又看看身边矮小瘦弱、连煤气罐都拿不起的女人，问："妈，你那天是怎么把我背下楼的？"母亲淡淡一笑，说道："你长得可比你爸高多了重多了。"爱的力量是巨大的。

两个星期后，爷爷也去世了。

爷爷是留美博士，新中国成立前夕赶着回国报效祖国，感情非常纯真强烈。从美国坐船回国，途经日本，停留了一下。那时候日本的情况比中国还糟，爷爷说他吃了颗糖，把带糖屑的糖纸扔在地上，会有许多小孩子来捡了舔。爷爷回到国内，去的又是北京上海，所以感觉不错。那时教授的工资是三百多元，远远高出当时的人均水平。1965年被派到农村搞社教运动，上面有交待，不许暴露工资收入，因为农民一个月收入才十几二十块，怕农民吃惊。1990年，爷爷再到农村时，爷爷还是不敢说他的收入，不是怕农民吃惊，而是怕人家笑话。新中国成立前，有一本书叫《我选择了自由》，是一个苏联青年逃到美国后写的。爷爷看了这本书，说，这种事不会在中国发生。想不到，没过多久，他就被关了起来。一个接一个的运动，一个也没跑掉。直到七十年代末，恢复官职，一大堆的头衔戴起来，一大堆会议排下来。可是那个时候，爷爷只想在家里跟孙子孙女们下下棋、种种花了。八十年代初，爷爷访问日本和美国，美国不用说了，就是日本，当年小孩子吃爷爷扔的糖纸，等他老人家再去时，他说日本人扔掉的旧沙发都比他们家用的好许多。回家后，爷爷说，真是三十年河东，三十年河西啊。

又是一个秋天。那天，母亲死死地盯着他，一刻也不放松。苏锐明白母亲的心情。爸爸、爷爷的去世让她紧张起来。苏锐明白，他是她唯一的儿子，她不能没有他。

从那时起，苏锐开始锻炼身体，开始长跑，从中学跑到大学，从中国跑到美国。晨跑，一年四季从不间断。他不能让母亲失去唯一的儿子，他不能让将来的妻子失去丈夫，孩子失去父亲。他一定要好好地活着。

十六岁对苏锐是重要的一年。

在殡仪馆里，他与爷爷的遗体告别，出了殡仪馆，他也同时告别了他的少年时代。他站在一条普通的马路上，人流车辆穿梭不停，无意间他抬头望天，晴空万里，没有为"有人死去"有半点表示。当时，他有一种强烈的震撼：人生短暂，人又是如此脆弱，他应该在短暂的生命中拒绝平庸，而选择承担责任与使命。

这个可以影响一生的庞大的心理工程，对一个少年人来说，有时就完成于瞬间。日后想想，他对专业的选择、出国的决定等等都与那年的秋天有着千丝万缕的联系。现在回忆，虽然十六岁时不甚了了，只是匆忙决定上路，但是这些年来都是意义深远的自我磨炼。

苏锐清楚自己有意无意地夸大了那年秋天的内涵。这种夸大明显带着一个启示对一个少年深奥的意义。

"噢，这样啊。你真不简单。"天舒听完苏锐的故事，叹了一句，想想，又说："你们都有这么多故事，我就没有。我想出国算是我最大的一件事情了。"

"是呀，难怪你看起来像个大学生，每天有说有笑的。"苏锐说，他觉得天舒的快乐就像流行感冒一样，自己也被传染了。

"我比较幼稚罢了。"

"你来这么多个月了，有什么打算吗？"

"我是学生化的。我想以后做研究工作或者教书。我喜欢学校，我也喜欢我的专业。选一个自己喜欢的专业很重要。你喜欢你的专业吗？"

苏锐就谈了谈他的学习和工作，男人在谈他精通之事时总是吸引人的。

"……世事无常。像我爷爷，嗯，刚才我跟你提到过他。"苏锐说到这儿，停顿了一下，观察天舒的表情是否跟上，然后接着说，"他们当时的感情很纯真，可是……萧乾当时放弃了剑桥回国，可回去后频频碰上运动，惨不忍睹。后来人家问他后悔吗。他说他选择承担中国的历史。我选择机会。只要中国有好的机会，我会回去。有时我也和大森聊，我们都觉得青年人应该为自己的国家做一些事情。以后我还是想回国的，"苏锐又停了下，"像我快毕业了，如果依照自己纯个人的想法，可能是开个车子环游美国一周，但是现实却不可能，还是想安定下来，比如，找一份好工作，买房子呀，赶快把母亲接来住什么的。像大森，别看他有时吊儿郎当的，他人是很好的。他跟我说，他的第一个五年计划是买一个大房子，然后把父母、奶奶摆在里面。我说你是供财神吗？他说差不多吧。"

天舒哈哈大笑，因为年轻，笑就是开怀的笑。

苏锐看着天舒乐开怀的样子，忍不住也笑了："你就像一个孩子，真不知道你老了会是什么样子。"

"你可以看着我变老的呀。"天舒睐着他说,很俏皮。

苏锐点了点头,更加意味深长地看了一眼这个穿红外套的女孩子,她还他同样的眼神。她素面朝天,头发全部后梳,露出她饱满的额头。她是一个长相清秀的姑娘,可是林希长得更漂亮。

"天舒,你还记得在我家里看到的那幅字吗?是我以前的女朋友写的。"

苏锐讲起了他和林希交往与分手的一些经过。苏锐做了保留,有些心灵深处的东西,他无法敞开,至少现在是。

2 第一次分手

苏锐第一次真正认识那位有着缎子般乌黑秀发的女同学是在一次周末的舞会上。那时他在北京上大学,大一,十八岁。大学总进行着绵绵不断的舞会,苏锐不喜欢,也不会跳舞,所以从来不去。那天被几个同学硬拉着去了。

林希是历史系二年级的学生,会弹一手好钢琴。她坐在那架很大的钢琴后面,弹琴,目光十分地专注投入。这种目光非常吸引他,一种东西进入他的心田,他觉得他从来就没有听过这么美妙的音乐。苏锐就坐在靠钢琴最近的地方,看了她一晚上,第一次用一个年轻小伙子大无畏的目光去看。上了大学,大概可以谈谈爱情了。这些苦读了十二年的中国孩子,是这样想的。

舞会结束了,她起身离去。苏锐聚精会神地看着她袅袅娜娜走远的背影,想:如果这个远去的背影是向他走来,将是一种怎样的幸福?

从此以后,他每个周末都去舞会,且坐同一个位子。

有一天,林希也用这种专注认真的眼神看着他,就像弹琴时一般。

他明白了,就是这种感觉了。对他们两人都是如此。

那天晚上,沿着高大多情的梧桐树之间的一段卵石小路,他送她回宿舍。说了一些无关紧要的话,像你家在哪里,有什么爱好,选了什么课之类。说了什么并不重要,重要的是在那青春沸腾的年龄,在草木葳蕤的小路,他们相爱了。他们沿着学校的小路走啊走,他们希望就这样一直走下去……

女生宿舍十点半关大门，男生宿舍则是十一点。开始，不少女生去抗议，凭什么男生比我们晚半个小时关门？学校给了一个叫女生心服口服的答案：男生需要先把你们送回去，再回自己的宿舍，不多半个小时能行吗？

十点半，苏锐准时把林希送回宿舍："林希，像今天晚上这样真好，我希望以后能经常和你一起散步。"

林希听了这话，看了苏锐一眼，点点头，连忙转身进了宿舍大门，就在转身进去的那一瞬间，脸上闪了一下。

在台阶上的苏锐并未多想，被幸福包围着，无暇顾及其他。日后想想，那分明是泪啊。以后两个人的许多痛苦与周折仿佛就在那天就有了预言。

接着当然像所有校园里的情侣那样，一起散步、读书、准备TOEFL和GRE。

他们恋爱的消息像开过新闻发布会一样充斥着计算机系与历史系，号称校园的"人文景观"。同宿舍的几个哥儿们晚上常问："有没有upgrade（升级）啊？"

不久，计算机系与历史系进行公开辩论赛，历史系打出的口号是"树木无根枝叶不旺，人无历史思想不深"，计算机系则打出"计算机将改写历史"的口号。

林希看了，对苏锐说："可能吗？"

苏锐笑笑："可能呀，只要不断地upgrade就行了。"

果然是计算机系赢了。林希戏谑地说道："看来，历史的创伤，只能由历史来解决了。"

两人的这番对话，就是他们发展的全部过程。当然没有人会察觉。很快到了林希毕业的日子，一切话题变得深刻。苏锐跑到林希的宿舍。上女生宿舍需要签名。男同学都签刘德华、郭富城、张学友什么的。到了点，可爱的宿舍老阿姨仰着头冲着庞大的宿舍楼喊："刘德华，到点了。""张学友，下来吧。"楼上的男生女生才吃吃笑着下楼。苏锐每次都写真名，这次更是如此。

苏锐要林希到济南他家看看，林希不置可否地"嗯"了一声。苏锐又说他打算近日内拜访一下林希家人，顿时，林希的脸色就变了。

"怎么了？"苏锐问。

"我，我还没有跟家里提起你。你知道我没有母亲，奶奶和爸爸管得又严，他们不希望我在大学期间交男朋友。"

苏锐笑了："那真是管得够严的了。我家里就不会这样。我什么都可以对我妈说。"

林希皱皱眉，感叹道："你们家真好！虽然同是单亲家庭，就是不一样。"

苏锐自然是不明白此话，只是说："你是女儿嘛，家里是会管得多些。"

林希看了他一眼，不再多解释。

苏锐想了一下："我对这段感情是很认真的，而且你也快毕业了。不如哪天我们带点东西上门拜访你的父亲和奶奶。"

"不行。"林希斩钉截铁地说，话出了口，也觉得太冲，连忙委婉道："我爸身体不好，他，他有心脏病。"

苏锐开玩笑："你的意思是你父亲见到我，心脏病会发作吗？"

林希也忍不住笑了，以更加委婉的口吻说："我家长的思想非常保守。等以后吧，我跟他们讲讲，以后你再去吧。"

可自从这次以后，林希就躲着苏锐。苏锐找不到林希，索性就坐在她宿舍楼下的台阶上等，心里有些气，我就不相信等不到你。当林希从远处走来，他想起了第一次认识她的情景，当时他渴望这个身影向他走来，如今她是向他走来了，那么还有什么好生气的呢？苏锐的不快烟消云散。

"为什么躲着我？"

"哪里。"林希语气镇定，"我马上要毕业了，忙着找工作和准备出国的事。"

"林希，你到底有什么委屈呢？"苏锐终于发了这个问。

"没有。"林希的回答仍是很简短。

苏锐仍很温和地说："没有什么事情是解决不了的。我愿意和你一起面对你要面对的。我爱你。"

林希突然哭着扑到苏锐怀里，不说话，只是哭。

苏锐拍着她的背，轻声地说："一切都会过去的。无论发生什么事情，我都会和你一起面对。"

林希像只受惊的小鸟抬起头来看他，沉痛地说："不好的童年记忆，影响人一辈子。"

林希的母亲在她八岁的时候离开了她，跟一个男人走了。她始终没有明白母亲与父亲之间的瓜葛。母亲要走了，走的时候哀愁地看着她："希希，叫妈妈。"林希还没开口，父亲已经甩开母亲搭在林希双肩上的手："她没有你这个不要脸的妈。"母亲含着泪跑出门，林希跟着出门，望着母亲的背影，大叫："妈——"母亲站住，回头注视她。良久，还是跑走了。林希没能留住母亲。

奶奶一把将林希拽回来，用拐杖指着母亲的背影叫骂着，八岁的她就听到许多不堪入耳的脏话："贱货，不要脸，破鞋，偷鸡摸狗……"以后奶奶和爸爸每每提起母亲就用"那个不要脸的贱货"来代替，又每每嘱咐林希："要学好啊，不要像那个贱货……"

十年之后，林希上了大学，交了第一个男朋友阿良。当时林希住在老房子里，爸爸、奶奶和爸爸的新太太住在新买的房子里。一天晚上，阿良留在了这里。

这件事很快被家里发现。后母带着捉奸般的快感堵在他们门口，爸爸像从喉咙里吐出什么似的，目光轻蔑地看着她，奶奶则用当年骂母亲的话来骂她："贱货，不要脸……"

林希像发神经一样从他们当中跑出去，边跑边叫："我不是，我不是……"

林希对阿良说，带我走，去哪里都行。

阿良说，我们太年轻了。

与阿良分手后，林希痛苦很久，她不敢再谈感情，尽管有许多男生追求她，她担心。直到她遇见苏锐……

苏锐听得哭了："你为什么不早告诉我？"

"我怕失去你。"

"我现在明白你为什么忧郁、害怕，不让我见你的家人了。原来你受了这么多苦。"

"我怕……我已经不那么好了。"

"你是一个好姑娘，你就是好姑娘。林希，我说过要和你一起面对一切的。我不会再让你受委屈。我不会让任何人，包括你的家人，可以借着这件事对你进行伤害。"

　　"你，你真的不介意？"

　　"你已经受了很多的苦，我不会再给你苦受的。"苏锐郑重地说出了他一生的决定，"林希，我虽然年纪不大，但我很成熟。我是难得的好人。我爱你。到了一定的时候，我们就结婚吧。"

　　林希愣愣地看着他，良久，说："你不介意，可是我自己一直放不下这件事。童年不愉快的记忆，有时就像是被幼奸一样，影响终身。发生过的这一切，对一个女人来说是万劫不复。"

　　苏锐听了，肝肠寸断。

　　此后，林希毕业先到美国读书，一年后，苏锐毕业，后脚跟着到美国读书。虽然都在东部城市，但相距甚远，并不常见面。因为这个距离，两人产生了无力感，见了面，林希开门见山地说："我们怎么办？"

　　苏锐说："我现在还在拿学位，等我毕业找到工作，我们就结婚吧。"

　　"你认为我们会幸福吗？"

　　苏锐明白林希的意思，她怕。他坚定地说："和你在一起，我会幸福的。"

　　"可是我不会。"

　　苏锐一愣，看着她，心里已经有数。过去她看他的专注的目光已经不见了。

　　"我无法就这样和你在一起，苏锐。我要转学到西雅图去了。请你给我时间，让我寻找我想要的。"

　　"决定了？"

　　"决定了。我一直认为自己是一个坏女孩，家里也这样告诉我，我内心满是自卑和苦愁。踏上美国这块土地，我的观念改变了不少。到了美国，我才知道，家里给我的影响是多么糟糕，他们只会一味地让我惭形秽。到了美国，我才知道，我并没有干什么见不得人的事，我干吗要跟家里人一样把自己想得那么坏呢？两个星期前，我打电话回家，我奶奶说，那个贱女人给你寄了些东西。我告诉她，听着，那个女人是我妈妈，我不许你这么叫她。在这片土地上，我可以找回完全的自己。苏锐，你是一个很好的人。过去的四年多里给了我真诚的爱，你知道吗？这足以让我有勇气走完此生，我对此感激不尽。我相信你会娶我，出于爱、同情和责任，我也相信你会对我好。其实你娶谁，你都会对她好的，你就是这么好的人。但是有一些东西你帮不了我。我不想生活在过去的阴影中，我完全可以是另外一种活法。难道不是吗？苏锐！"

苏锐思索片刻，说："我知道你心里很苦，我一直想着法子帮助你克服障碍，我原以为给你关心与爱护可以帮助你……看来，有些东西我是帮不了你，就是这种自我解脱。林希，我知道，对你来讲，生命中有一种东西可能比爱情更重要，那就是释怀。如果你认为和我在一起是枷锁，跟我分手能使你灵魂得到自由，那我能说什么呢？你走的那天，我送你。"

"你这是何必呢？不要送我。"林希苦苦地一笑，"没有必要。"

"林希，我们都没有亲人在美国，我比起你的那些同学、朋友，总还算亲近些的。还是让我送送你吧。"

林希想想，点点头。

"你打算怎么去？"

"开车去。顺便玩玩。"

"我说过，除了在那件事上，你是一个很坚强勇敢的人。我想没有几个女孩子在来美国一年的时间，敢像你这样单独上路从东部开车到西部。"

"是呀，人的坚强表现在不同的方面。"

"林希，一切都会好的。"

"是吗？"

"是的。一定是的。"

几天后，林希上路了。苏锐说，你开车行在前面，我开车跟在你后面。我看着你走一程。林希说那送到freeway的入口吧，不然你就不好下来了。

到了高速公路切入口，苏锐将车子泊在路边，看着林希的车子开上去，见林希刚上了高速公路，就把车子泊在路边。苏锐想，怎么会一上去就迷路了？看到林希的车子久久不动。苏锐开着车子过去，也在高速公路旁泊住。跑过去，只见林希在车内抱住方向盘痛哭不已，见了苏锐，哭得更是伤心，不停地抽泣。

"别哭了，别哭了，你哭成这样子怎么看路，又怎么开车？"苏锐安慰道，殊不知，此时他也已是泪流满面。

"苏锐……我长这么大……从来没有人像你对我这么好过，我担心以后再也找不到比你更好的人了。"林希泪涟涟地说，"说服我，叫我不要走，苏锐。"

她如果不想走，还需要他说服吗？她如果要走，他说了又有什么用？

果然林希痛哭一阵，还是决定上路，不再回头。剩下他一个人在哭。苏锐挽留不住她。

苏锐站在路旁，车子一辆接着一辆从他身边呼啸而过。他目睹她的车子消失，有一种冷酷的清醒：一切已经离我而去了。他想起与她从相识到相恋到分手的点点滴滴，她专注的眼神、幽幽的声音、无奈的表情……此时，林希的车子早已开出了视线。那真是一种心痛的感觉。

3　我是为了母亲

他与她已经基本上没有联系了，只是偶尔在过节的时候打个电话问候一下，在搬迁后发个E-mail通知一声。

母亲一无所知。苏锐懒得讲，他越来越我行我素，越来越少向母亲汇报情况。信越写越少，越写越短，后来根本不写了，只是打电话："我挺好的……就那样吧……"母亲的来信是定期保量的，津津乐道于她身边的大事小事，询问着儿子的生活、学习、恋爱，封封提及林希。事实上，问了也是白问，苏锐从不回信。母亲来信说，像你们这样可以一起出去读书的恋人很难得，要彼此珍惜，彼此忍让。放假了，和林希一起回国看看。

苏锐急了也气了，立刻给母亲回了一封信，我和林希已经分手，请你以后不要再提此事。他没有解释来龙去脉，那是过程，只是以电报似的简短语句告诉母亲结果。他希望母亲不要再提她了。他烦。

仅仅拿到只言片语的母亲却再也不提此事，无论写信还是打电话，只字不提，仿佛对事情的整个前因后果了如指掌。

苏锐反而过意不去了，几次想在电话里说些什么，妈，我和林希……母亲不等他说完，便道："过去就过去了，不要再提它了。"母亲就是如此的善解人意。

"妈，放假了，我回家看你。"他说。

那一瞬间，家和祖国是一个概念，就是母亲。

母亲对留美两年第一次回国的儿子外表上的一些变化，颇为满意："嗯，变了，长大了许多似的。"

而变化的又岂止是外表呢，妈妈。我内心的许多东西也变了。

母亲照例地张罗着饭菜，忙里忙外，不亦乐乎。"妈，我来吧。"苏锐说。母亲执意要刚下飞机的儿子回房休息，调整一下时差。

"你安心地睡吧。等饭菜好了，妈去叫你。"

苏锐疲倦不堪，很快就睡着了，还做了一个梦，梦见他小时候的一些事，有愉快的，也有不愉快的。突然有人叫他："小锐，吃饭了。"声音忽近忽远，捉摸不定。

想起来了，是那个秋天，父亲突然去世，母亲仍是平静地下厨，一切完毕之后，她来叫他："小锐，吃饭了。"就是这句平淡的家常话，使一切恢复了正常。想想，却一晃十年了。"小锐，吃饭了。"声音越来越近。

苏锐睁开眼，母亲站在床边，看着他，那种母亲特有的慈爱与安详的目光无声地安抚着他，这是他一直周折的生活中最安宁的一刻。母亲，我带着受伤的爱情回来了。

"小锐，吃饭了。"十年后，母亲又以同样的一句家常话，使一切还原。

他和母亲坐在饭桌上时，坐的位置依旧，一切又回到了以前两个人的日子。这时，家里的老摆钟又"当当当"地响了，苏锐抬头，七点。

"该吃饭了。"苏锐说。生活中重要的不重要的都是如此，该如何就当如何。该吃饭就当吃饭。十年前母亲就是如此。

"咱俩今天吃火锅。"母亲说。

苏锐看着满满一桌的火锅料，笑着说："妈，这么多东西，咱们就两个人，怎么吃得了？""慢慢吃。"母亲总是那么轻声细语，"小锐，到那个抽屉里拿一个草垫子来。"

苏锐打开抽屉，这不是他小时候不小心被火烧出一个洞的垫子吗？

家里还在用。母亲已经用麻线补好了那洞眼。苏锐明白了，母亲会编补漏洞。母亲不仅编补了垫子的漏洞，也编补了他心灵上的漏洞。

"妈，这个垫子还在用？"

"能用，就留着。"母亲手巧，家里的沙发旧了，她买回一块漂亮的布，缝缝补补，套在旧沙发上，看上去倒像是家具专卖店里的时尚沙发、现在流行的布艺家具。美国DISCOVERY电视台很受家庭妇女欢迎的节目*HOME MATTERS*，教的就是母亲的这种修旧利废。

母亲将锅里的东西一样样挑起，一样样放进苏锐的碗里，一个劲儿地说："多吃点。"

"你也吃呀，妈。"

母亲点头，却不动筷子。苏锐替她揲菜，她用手挡着，这一推一让，碗碰翻了，碗里的调料汁撒了一桌。母亲慌慌张张地起来拿毛巾，又慌慌张张地擦桌面："妈不吃这些油腻的东西。"

母亲见他不解，又补充了一句："妈上个月刚做完肠部的手术。"

"你怎么不告诉我呢？"苏锐想起母亲封封长信，全是空洞。

母亲挤出一丝笑容："嗨，到了这个年纪，谁没有个小病小痛的。"

苏锐猛然间有一个冲动，很想抱住母亲，可他没有。

随着成长，他越来越注重他的学业、事业、前途、未来，他的爱人、朋友、同事，他忘记家里还在用他小时候烧坏的垫子，忘记母亲会日趋衰老，会生病开刀。

在他的世界没有母亲的时候，母亲仍以他的世界为世界，他始终是母亲目光的焦点。他换下的衣服，母亲悄悄地拿去洗了；他说他想吃小笼包，下一餐饭桌上就会出现。

他早上起来洗脸，洗漱之间，竟在镜子里看见母亲远远地偷看着他："妈——"母亲笑笑，收敛了目光。

他突然间明白，母亲是真正深爱他的女人。

不管他怎样变化，不管他如何我行我素，不管他怎样寡情，不管他如何没有交待，母亲是如一的。正因为这样，他才可以如此大胆放心地我行我素。

不管怎么样，她都会接受他。不管怎么样，她都会毫无奢望地关注他。这，是根深蒂固、与生俱来的。

这种特殊的情感不仅维系着一个家庭、一个集体，也维系着一个国家和民族。

苏锐心情好了起来。

他开始陪母亲散步，陪母亲买菜，开始主动谈论自己的事情，在美国的日子，有趣的人跟事。母亲静静地听着，不时地点点头，头点得极是时候，正是儿子激动和需要肯定的关头。

苏锐谈到了林希："她在西雅图学经济，好像交了一个ABC，挺好的。"

母亲只是很随意地"噢"了一声，不多问。

苏锐明白母亲的心思，他逗母亲说："妈，我才多大呀，再说我这么优秀，后面的姑娘还不排成队吗。"

母亲果然笑了。

妈，我会再找的，找到一个让你满意让你保持这种微笑的姑娘。她善良而正直，谦顺而坚强，温柔而善解人意，她应该具有你这样的品质。

快回美国的时候，苏锐很想像美国人那样向母亲表达感情，可说出口的仍是很中国："我这么个大老爷们，回家还要老娘伺候，真够出息的。"说完自己也有点不好意思，转身回房间收拾行李。可等他再出来时，听见母亲在厨房里边做菜边哼小曲。自从父亲走后，他好像第一次听母亲哼曲。

回到美国后，苏锐改变了初衷，决定不直接找工作，而是读博士。他一直有个心愿，将一件事情做到底：钱赚不到底，官也当不到底，而这个书是可以读到底的。

一天，他接到一个电话。

"苏锐，是我呀。"

苏锐心里一颤，是她的声音，但他很快把持住了："林希啊，你好吗？"

"挺好的。我交男朋友了。"

苏锐应了一声，表示已经料到。除了因为林希和这个华裔工程师仍在眉目传情时，她就已经告诉了他外，他也估计到林希大概会找一个ABC。因为林希不喜欢找西方人，也不愿意找中国人，只有既具有东方人的含蓄又具有西方人的放达的ABC适合她。

苏锐还是情不自禁地问了一句："他对你好吗？"

"对我很好的。"

苏锐只是一味地说："那就好，那就好。"

"苏锐，那你呢……我是说，你有女朋友了吗？"

"找不到啊，我没人要啊。"苏锐哈哈大笑。

"怎么会呢？你这个条件……"

苏锐却不愿意再在这个话题上纠缠下去，他转了话题，他告诉林希他要转学到北加州去读博士。

"我明白，被人叫Dr.苏还是跟叫Mr.苏不一样。你这样很好。"林希表示理解，这种理解明显带着深刻的了解，"我知道的。你这样是为了你父亲。"

苏锐当时就否定了她，他想她毕竟还是不了解他的。

"我这样是为了我母亲。"

苏锐在拿到硕士学位后转学到了北加州，投入更加忙碌的学习工作中，到现在又是近两年的时间。其间交往了一个台湾女孩子，三个月后就分手了。以后再也没有交往。苏锐有时觉得寂寞，但他喜欢这样子。

第十章

以前的留学生好像挺苦的, 可能主要是因为经济原因。现在的留学生好过多了, 要么家里经济不错, 要么有奖学金。像我这样, 没有经济压力, 又未面临毕业找工作, 谈着恋爱读着书, 每天都高高兴兴的。后来, 我了解了我们实验室的小马和唐敏, 我想我的生活也不太具有代表性, 毕竟我来美国才八个月。

——陈天舒

1　那张永远的笑脸

苏锐与天舒详谈后, 天舒回到家, 问杨一的第一句话就是:"你知道林希吗?"

"知道。"杨一看她来势不对, 就点点头。

天舒火了:"那你为什么从来就不告诉我?"

"你知道与不知道有什么区别?"杨一看着她。

"那是我的事, 但是你应该告诉我。你什么都不说, 我有种被欺骗的感觉。"

"有时候知道太多反而不好。像我, 就是因为知道苏锐太多……"杨一说到这儿, 立刻收口, 不肯往下说。

天舒显然已经听出话中有话, 接着问:"到底怎么回事? 你们每个人都有这么多故事, 我都被你们搞糊涂了, 就像一个傻瓜。"

杨一想了想, 说:"现在说也没有什么。我曾经喜欢过苏锐。记住,绝对是过去时。我和林希、苏锐曾经是一所大学的，后来我来美国读书，这么巧又同苏锐同一所学校，可正因为我知道太多了，所以很犹豫。而且我太……怎么说呢？可能你们看我嘻嘻哈哈的，很开朗，爱开玩笑，其实我们这种人是很内向的，有时候。"

天舒站在她旁边，不知道说什么好，只是轻叹一声："杨一呀。"

"别像唤幽灵似的。"杨一知道这种轻叹的意味，笑笑，接着说："时间长了，我发现苏锐不是我想要的那类人，他活得太沉重，我想每个女孩子都喜欢过许多人，我谈过几个男朋友，所以现在开始知道自己适合什么样的人。"

这时电话响了，天舒想，会不会是苏锐的？

杨一冲着电话努努嘴："接电话。"

"我又没有在等电话。"天舒有一点不好意思似的。

杨一笑道："那我接了。"

"还是我来吧。"天舒说。

果然如她们所料，正是苏锐的："天舒，有时间一起吃晚饭吧。"

此刻苏锐心里很舒坦，像是这么多年来的一个担子放下了似的。这些年来，他常常有个无形的担子，今天有个快乐的女孩闯入他的生活，轻轻松松地替他把担子卸下，说句实话，他对她非常感谢。

别的，也说句实话，谈不上。

他觉得自己非常奇怪，当年遇见林希的激情再也找不到了，他一直在问是没有遇见合适的人还是他再也没有那份热情。他好像越活越不明白。天舒是个无忧无虑的女孩子，她就像是冬天的小火炉，暖暖的。天舒最让他感动的就是这份快乐，最让他担心的竟也是这份快乐。他担心自己没有能力让她保持这份快乐。

后来，苏锐和天舒吃过几次饭，气氛也因为天舒的存在而异常的愉快。一次，天舒问苏锐："林希她还好吗？"

"还好吧，我想。她不像你，她受过许多伤害。你总是这么笑着，让人跟你在一起很快乐。"

"你还喜欢林希吗？"

苏锐面露难色，显然，他不喜欢她的提问，沉默片刻，说："我和她在一起的时间很长……"

天舒打断他的话："不，我不是说关心和有感情，我是指喜欢，爱！"

苏锐想想，说："不可能了，我和她是不可能的了。"

"我知道了。"天舒便不再追问，若有所思，"如果她结婚，有人要难过了。"

"谁说我难过了？"

"看，不打自招了吧。我说你难过了吗？我说林希的家人会难过了，女儿要嫁人了。"天舒说这话既不恼也不怒，像是开玩笑。

苏锐不说话。

半夜有人惊醒，是天舒。她想起白天苏锐的话："我们在一起的时间很长……"于是打了电话过去，"苏锐，我是林希呀……"这时是凌晨一点。

电话那端的声音冷静而恼怒："天舒，你怎么了？"

"没事，你知道我是谁就行了。睡吧。"

天舒正要挂电话，苏锐说话了："天舒，明天晚上有空吗？不，应该说是今天晚上了。有空的话，我们一起吃晚饭。"

"吃什么？"

"你说吧。"

"吃日本菜吧。"

"好。"

"我是开玩笑的啦。"

"那就说好，晚上七点，在那家日本店见。"

天一亮，天舒就起床，今天心情真是一个好。她一天内做了许多事，又像一件也没有做，唯一一件重大的事情就是等苏锐吃饭。这件事是她今天生活的核心。

再说苏锐在学校临时有点事，打了个电话到实验室，通知天舒，他不能去了，唐敏接的电话。

唐敏这几天心情不好，应该说，她天天心情不好，现在尤其的坏。唐敏竟忘了传话给天舒。天舒早早地离开实验室去了日本餐厅，带着她的好心情。

等到晚上十点，苏锐到实验室找天舒时，唐敏猛然想起，连连抱歉。

苏锐立刻往天舒家里打电话。杨一说："天舒不在，你不是请她吃饭吗？"

小马从洗手间回到实验室，一见到苏锐也说："咦，你怎么在这儿？你不是和天舒吃饭吗？"

苏锐想，怎么全世界都知道他和天舒吃饭的事了？

他立刻转身去了餐馆。餐馆已经打烊，街道上空无一人，偶尔有一辆车驶过，苏锐打量了一下四周，转身要走。突然背后一个欢快的声音："苏锐！"

苏锐回头，又看见那张永远的笑脸。

"苏锐！"天舒夸张地挥动着手臂，强调她的存在。

苏锐心头一热，内心非常感动，快步跑过去："你怎么还在这儿？唐敏说她忘记告诉你我有事不能去。我就赶紧跑来了。我没有想到你一直在这儿等。"

"本来不想等了，可是一想到苏锐请我吃日本菜，就等下去了。"天舒说，"苏锐又穷又小气，只会带我去吃pizza，终于有一次可以请我吃日本菜，机会太难得了，不能错过，要不，谁知道下次会是什么时候？所以就一直等下来了。"

苏锐听了，一把拉住她要走："现在我们去找日本餐馆，我想还有开门的。"

天舒却没有动："走不动了，也吃不动了，我想我是饿过头了。"

天舒说罢，把头轻轻靠在苏锐的肩头："苏锐真是很难等，不过我真的很高兴我终于把你等到了。"

苏锐抱住她："我们交往吧。"

天舒埋在苏锐怀里，点了点头。

两人相拥。那一刻，是天舒最幸福的一刻。半晌，她仰着脸说："记住，你还欠我一顿日本菜。"

苏锐点点头："记住了，记住了。"

第二天到实验室工作时，唐敏向天舒道歉，天舒笑笑说："哪里，我应该谢谢你才对。""谢谢我让你等了三个多钟头？"唐敏说，"那你是有病。"

"也许吧。"天舒还是笑。

唐敏摇摇头，表示不解与无奈。

对美国感觉最好的大概就是像天舒这种来美国一年半载，没有经济压力，没有进入社会的小青年。这些中国大学一毕业就往美国跑的留学生，唐敏个人感觉挺幼稚的。这个观点主要来自天舒。

有一次，她到天舒家，发现她们家的煤气灶坏了。唐敏叫天舒修一下，天舒带着一堆的工具，盯着炉子看。最后说，她怕危险，不修了。这怎么会危险？天舒的心理年纪比她的实际年纪还小。相处久了，发现天舒这个女孩子还是蛮好的，相当的谦虚，说话做人，没有什么傲气，在这个普遍自我感觉良好的时代难能可贵，尤其在女性方面自我感觉良好的时代，更是不可多得。

唐敏看着天舒，觉得很有意思。想不到现在的"新新人类"还会这么痴情犯傻，她以为个个都是"四处撒网，重点捕捞"呢。

天舒在谈恋爱，有时连人都找不到。一次唐敏有事去找她，却在路上遇见大淼，问他看见天舒了吗。大淼说："哪能呢？"

"你们以前不是很熟吗？亲如兄妹。"唐敏说。

大淼说："以前是以前，现在她人影都不见了，有了男朋友早把我这个哥哥给忘了。再说，我凭什么替别人照顾老婆！"

回到实验室，唐敏将大淼"我凭什么替别人照顾老婆"的话转告给小马和王永辉，竟在男人中很有共鸣。

实验室的人平时中午都在一起吃饭。现在见不到她，无疑是与苏锐共进午餐去了。

天舒这一谈恋爱，最难过的是Tim。他常问："天舒呢？"

唐敏说："找她男朋友去了。"

Tim立刻脸色黯淡地"No"了一声。

Tim终于在课堂上看见了天舒。

天舒告诉他，她有心上人了。Tim是个可以接受一些挫折的人，与他说了，他也就好过了。

天舒说："我们是朋友。"

Tim笑笑："More than that（不止），我们是好朋友。"

这时老师说："时间过得很快，我们又快要期末考了。"

一个很委屈的声音："一定要吗？先生。"

大家全乐了，教授摇摇头："你不是一定要的，只有在你想毕业的条件下，你才需要考虑。"

2　断肠人在天涯

唐敏给学生上课不认真是有名的。上个学期，学生反映到了系里。甚至有学生给唐敏写卡片，说打算给她买张船票，让他们的TA（助教）漂回中国去。别的人要是收到这样的卡片，早就不知所措，美国学生个个都不可得罪的样子。唐敏却对学生说，你们给我买张机票吧，这样快点。

终于，唐敏被叫了去，听了一些严厉的话，叫她用点心。

从办公室出来，唐敏就心情不好了，还没有时间安抚自己，又匆忙赶到餐馆打工。精疲力竭，为了那么一丁点的小费，她心情不好，还要装好心情，学老美将"青岛"啤酒发音成"Qing Dao"，否则老美听不懂。餐厅里开的那种庸俗、下流的玩笑，让她忍无可忍。上个菜，盘子端高了些，老板看不顺眼，骂："你是在喂奶吗？"对于老板的骂，她总是虚心接受，下次再犯。被骂后，唐敏又把餐厅附送的appetizer（开胃点心）—— 两粒锅贴、一条春卷，上成了两条春卷一粒锅贴。大师傅骂出的话更是无法入耳："人，都是一条两粒的嘛，难道你是两条一粒？"

果然，收工的时候，老板对她说："现在快到夏季，餐馆生意不好，我看你也干得漫不经心，你，以后不用来了。"

唐敏在餐馆打工全用英文名，而且换一家餐馆改一个名字，后来自己都忘了是叫"Lily"还是"Rose"。有一次，她走在路上，后面有人叫："喂，你……"她回头，是以前打工餐馆的大厨。大厨问："你，就是……那个，你叫什么名字来的？""记不起来了？记不起来就对了。"唐敏说完就走了。

她有资助，一个月几百上千的奖学金，虽不多，对天舒这样的年轻学生是够用的，可对她唐敏不够，她有家，她还要养一个人，一个男人，一个到美国后也找不到工作的男人。唐敏想到这儿，头就大，女人养男人，悲哀，对女人是悲哀，对男人也是悲哀。

她想多赚些钱，董浩来了要用钱，不来，她也要赚钱，她极度地没有安全感，钱好像是唯一可以给她安全感的东西，胜过男人。

唐敏刚刚打完工回来，回到家，她随便往沙发上一躺，电话铃响了。

"喂，是我呀。"

唐敏一听这个声音，就说："那我给你打过去。"

他们每次都这样。董浩有要紧事打越洋电话"传呼"，唐敏再打回去，目的当然是为了省钱。可这次董浩却说："不用。现在大陆的电话费也便宜下来了。晚上十二点至早晨七点话费是半价。知道今天为什么打电话吗？"

"为什么？"

"我签到证了。"董浩的声音平缓，是那种强烈抑制住自己，而想给对方一个惊喜的平缓。唐敏心里"咣当"一下，像是什么散了似的。

"想不到吧？"董浩的兴奋实在是抑制不住了，干脆就表示出来，"我跟你说啊，那天特别巧……"

临挂电话前，董浩说："等着，你老公我快来了。不过我得先给你寄张照片去，免得你那天接错人了。"

四周一望，她的公寓空荡荡的，只有一些极必需的家具，比如说床。董浩要来，她得添置一些家具了。她对自己说。

唐敏的心情不由得更坏了。她的心常常是紧绷的，走在居家小路上，穿过一条又一条的居家小道，路上没有行人，偶尔看见一两个遛狗的人，主人走得悠然自在，狗更是从容不迫地从唐敏身边走过，比主人还主人。

绿草、鲜花与她的心境多么不协调，只有满天飞的乌鸦体贴她的心情，乱鸦揉碎夕阳天。美国怎么会有这么多的乌鸦呢？难道不知道它们对中国人而言，是不受欢迎的吗？

在美国三年了，对这里没有了刚来时的新鲜与激情。倦游归来，相反对中国文化产生极大的兴趣，近来想起马致远的小令："枯藤老树昏鸦，小桥流水人家，古道西风瘦马。夕阳西下，断肠人在天涯。"觉得贴切极了，现代人在表达心情方面似乎不如古代人。

一个提着水管正在浇草坪的美国男人看见她经过，立刻问："Are you OK（你还好吗）？"她看了人家一眼，"嗯"了一声，继续走路。

突然那个男人把水管一丢,追了出来:"Are you OK?"

唐敏反生奇怪,点点头:"Yes, I am OK。"

那男人又问:"Are you sure(你确定吗)?"

唐敏这才意识到她的样子有多吓人。Nancy曾和她开玩笑,她只能找两种人获得帮助:心理医生或牧师。她感觉自己无法面对上帝,只能看心理医生了。

听说S大学不少学生有不同程度的精神病,以硕士、博士为多。真是奇怪,那些晒太阳的老人好像都很快乐,这些有知识的人怎么就快乐不起来?心里有那么多的郁闷。

心理医生很详细地询问了她的个人情况,尤其是童年的遭遇,像有没有被虐待过、有没有不愉快的经历,等等,唐敏一一否定了。

心理医生说:"你好好想想,要知道童年的经历会影响人的一生。"

唐敏觉得自己讲英语时像是另外一个人,一个先天不足的人,始终没有办法像用母语一样表达。但她似乎宁愿这样,宁愿找一个完全不相干的人说话。在她吃力地用英语表达时,她更是这样认为。

"我觉得孤独,非常的孤独。这个孤独无法因为什么而减少,不会因为看场电影减少,也不会因为中了'乐透'减少,是属于人的孤独,到了美国更加突出。"唐敏说。

这是唐敏在美国最大的体会,也几乎是全部的体会。这个社会她融不进去,这个文化她融不进去。

她与他们不一样。她读的书,他们没有读过;她看的电影,他们没有看过。Nancy算是与她最熟的美国人了,他们会说许多的事情,但从来没有真正的心灵交流,至少唐敏这边是这样觉得。别说她无法与美国人交朋友了,就连中国人,她也没有朋友。中国留学生有的与美国人玩,有的自己一个圈子,自得其乐。她是孤独的,在美国人中孤独,与中国人交往她也孤独。游子们常说的"I don't know who I am(我不知道我是谁)"正是唐敏的体会。在国内时,她知道她是父母的女儿、老板的下属、丈夫的妻子,但在这儿,她不知道她是谁,非常的失落。多少个晚上,她突然醒来,不知道为什么,她盯着洁白的墙,四周冷冷清清,空空荡荡,感到巨大无名的孤独与失落,失声哭了很久,直到她哭累了。想起前几天她想把阳台上的花移到花盆里,根深的花移个位置几天后就死了,反而是那些根浅的花，移了位置也还那样。来美国后，她很少读中文小说和中文报纸，除了因为这些对她的生活毫无帮助，她也怕因着触景而伤情。老实说，她不喜欢美国，可又不想回国，她很现实、很机械地生活着。每天都很忙，也不知道忙些什么。她想起爱因斯坦说过的话：如果有来生，他不想做什么科学家，就想当个砌砖工人，沿着一条线，把砖头一块一块机械整齐地堆砌上去。如果有来生，唐敏也不想做什么知识女性了，不如让她在博物馆里看古董吧。

唐敏说："觉得很苦，我的生活轻松，精神沉重。刚来的时候，很苦，因为语言、学业和经济的压力。现在还是苦，虽然语言没什么大问题了，学业也轻车熟路，经济也好转起来，但还是苦，不幸福。我知道我一说幸福，你们美国人更多地会想到快乐、高兴，但对中国人来说，是指心灵方面的。"

医生用一套问卷式的测试诊断出唐敏得了严重的抑郁症。

"我只是觉得人活得没意思，对什么都没兴趣，父母尚在，连死的权利都没有。"借着完全不同的语言，唐敏因而不再有不可启齿的话。以前在国内时觉得没劲，想着出国，出了国，还是觉得没劲，一股对生活的乏味从内心往外翻。NIRVANA的主唱Kurt Cobain（科特·柯本）说了一句话："I hate myself and I want to die（我恨我自己，我想死）."他在西雅图的家里自杀了。人们会时常对自己说类似的话，而自杀的人却不多吧。唐敏想。

心理医生一听，立刻说："你应该到三楼看精神病医生，我帮你打电话。你现在就去。"

打完电话，像是担心唐敏临阵脱逃，干脆护送唐敏到三楼。到三楼，精神病医生已经在门口恭候着，一送一迎，生命立刻贵重了。这种礼遇又让她觉得不想自杀都有些下不了台。

她去医院看过病。有一次肚子疼，小马和天舒将她送去医院，挂了急诊，照样在外面等了老半天，和国内医院情形差不多。显然医院看你尚能自己走来，说明无大碍。

现在不同了，医生认为她有死亡的危险，所以连美国最讲究的appointment（预约）也一并免去。美国人是善良。唐敏想。

精神病医生是一个更慈爱的女人，措辞婉转，态度和蔼。如果说刚才那位医生是想帮助她，那么现在这个医生则是想挽救她。

"你说你不喜欢美国，我理解。你独身一人在异地，没有熟悉的文化，没有熟悉的人和事，没有熟悉的环境，我都理解。可是我不明白你为什么不回中国，那有什么不好的？"

尽管唐敏不认为自己有多"爱国"，以后也不准备回去"爱国"。在国内她有许多不满，而在美国几年，越来越客观，过去那些不满的事情，已经淡忘。祖国隔着太平洋，越来越可爱，越来越亲切。她不会对一个美国人说，她出国前跟单位领导闹翻了，单位人际关系复杂，她家的房子又小又破，她的工资又低得可怜。更不想讲他们研究所有一次涨工资二十元，九个人八个名额，于是九个人就坐在会议室里表决，结果谁也不表决谁。大半天过去了，唐敏实在憋不住尿，跑去上厕所，回来时，人已经走光了，表决结果出来了——就是把她唐敏给表决出去了。一泡尿撒走了二十元人民币，当时想想，真亏！现在想想，真滑稽，三美金就把人性的弱点全部暴露了。这么越想越觉得回去没什么太大的意思，她不想也不能对一个美国人说"我不回去，我就非要在这儿留下来不可"。她记得有人对她说过：即使你想留在美国，也不要让美国人知道这一点。他们一旦知道，便不会再帮助你了。因为你成了他们的竞争对手。

唐敏就说："在哪里都差不多。我不还在学校拿学位吗？"

"你说你不爱你的丈夫，又一定要让他来。这是为什么？你不爱他，就离婚嘛，又何必等他来了再离呢？"

"没有那么简单。我是一定要将他接出来。爱情是一回事，做人原则是另一回事。让他来是出于原则，和他离是出于爱情。"

医生反而让唐敏弄糊涂了。

唐敏见医生这般，倒过来安慰说："你不用太担心。其实一个人会说他或她想死，说明他或她还不想死。真正想死的人连这话都懒得说了。"

医生像是进入了永远的泥淖。

唐敏又说："听你说完这些，我心情好多了，有了新的看法。我不想死了。"

医生这才有了表情，她笑了："这就好，祝贺你。"

唐敏想丰衣足食、无忧无虑的美国人怎么能治疗她的心理病呢？

最后医生还是给她开了镇静剂，且叫她在一个星期内再来。精神药物学的发达，尤其对抑郁症治疗，是很讨好的。

"这种药有没有副作用？会不会上瘾？"唐敏苦笑，"你看，我是多么怕死的一个人，吃个药也担心会有副作用。"

"只要不擅自增加用量，这些药物是非常安全可靠的。除非你吃几倍以上的用量，且连续吃上几个月，那是会上瘾。"

出了诊所，竟碰见陈天舒。

"怎么了？"天舒笑问。

看着她那张没事就笑着的脸，不知道为什么，唐敏就有点烦。唐敏当然不会说她来看心理医生，这在中国人看来既好笑又容易被误解。

"一点小病。"唐敏也笑笑。

说完这句话，心情更坏了。

3 有家属自远方来

实验室里很热闹。

老板又出国开会了。大家歇了一口气。Johnson教授，六十来岁，脑袋中间寸发不长，四周围了一圈白发。实验室的几个美国学生叫他"slave driver（驱赶奴隶干活的人）"，对于这个雅号，Johnson教授自然是知道的，他一笑："不这样，我们都要被对手驱赶到地狱去了。"几个中国学生叫他"开会老板"，没事就带篇论文出去开会。看起来，中国学生似乎比美国学生顺从。

Johnson教授虽然出门在外，从不间断打电话回来检查工作。尽管这样，实验室里还是显得比平日活跃，毕竟山中无老虎了。

先是天舒，她恋爱了。恋爱中的女孩子再怎么掩饰，从她的表情和神色中终有蛛丝马迹可循。况且，天舒本身就是一个城府不深的年轻姑娘，没有太多想法的女孩子。她喜欢一个人，只会对他好，她也希望这个人可以让她非常温柔地爱着。

在实验室里，天舒听小马说，只要在某证券公司开个户头，就可以买一家电脑公司四百元rebate（贴现退还）的产品。天舒捅捅来实验室等她的苏锐："那咱们也去试试，咱们也去看看可以买点什么。"

再说小马，这几天在搬家。小马的太太快来了。小马这种人常有预想不到的甜头。小马寄住在一个美国人的房子里。房东不住在那里，小马每个月只付两百块。这么便宜是因为小马需要替他们割草和看房子。

小马一个人住在一幢上百万的大房子里，实验室里的几个中国人去过小马家，异口同声地鼓励他说，这是豪宅呀，又没有房东，你就把它当自己家吧。小马说，房东是一对无儿无女的老夫妇，人很好，对他也很好。另外几个人说，那你还不一口一个"爸妈"地叫上去。小马直摇头，别给咱们中国人丢脸了。

大家一阵大笑。他们聚会常到小马家。后来房东要卖房子了，而且是卖给政府。小马得搬走。期末了，没有时间搬家，他想等他太太确定来美日子再搬。小马自以为把如意算盘打到家了，他问房东，能不能跟政府打个招呼，让他住到学期末，政府要来看房子什么都行，他只在自己房间内活动。政府来了人，看了合同，又翻了翻手头的资料，终于找到一条：房客住满三个月以上的，有福利与补偿。小马得了九千元钱。天舒听说了，问，你们房东以后还出租房子吗？我去报名租他们家的房子。

现在太太要来，小马就搬了出来，又用这笔钱买了一辆好一些的二手车，大家笑："小马鸟枪换大炮，进入小康了。"小马在实验室常忍不住抽空下楼，跑到停车场看看摸摸他的宝贝车。

天舒说："你对它真是疼爱有加啊。"

小马看见天舒羡慕的眼神，连忙说："你刚来不久，以后也会买的。留学生总是越晚来的越阔气。你们现在这一批留学生比我们舒服多了。现在中国来的留学生越来越有钱。我刚来第一年不但没车，连一块二毛五的公共汽车钱都舍不得，每天骑着小单车往学校跑，而且……唉，不说我第一年了，说了，好像我在控诉这万恶的资本主义社会。"

天舒笑在脸上："你太太什么时候来啊？我们到时要拜见一下。"

"当然，当然。"小马笑在心里。

小马是上次回国相亲认识太太的。她很迷人，谈吐也大方，绝不会问有没有绿卡、收入多少这些很中国的问题。小马人老实，说学生都没有什么钱……她不等他说完，温存、深情地说："有些东西是钱买不到的。""红颜知己，红颜知己！"小马一听完她的这句话就断言非她莫娶。

大家都是人逢喜事精神爽。只有唐敏因先生要来了，一筹莫展。唐敏的心情愈发地沉重，工作效率也更低了。

董浩也快来了。她也添置了些家具。如果说小马添置家具，为的是太太来好过点；那么唐敏添置家具，则是为了叫先生难过点——她没有他的这些年过得是这样的好！

唐敏正做着事情，Nancy过来对唐敏说："你的先生终于要来了。我真为你高兴。"

"谢谢。"唐敏机械地回答。

Nancy笑："还是结婚好。"

"为什么这么说？"

"因为结婚的人比单身者长寿，而且结婚的人参加投票选举的也比较多。这就说明他们有责任感。"

唐敏笑。

"心理医生看得怎么样了？"

Nancy一发此问，唐敏的眼睛就左右看看，唯恐有人在场，尤其是中国人。中国人听了，还不造成社会新闻？唐敏只能说："我感觉好些了。"那些镇静剂还是管用的。现在她心里很平静，不想事情了。她吃过几次药，就不吃了，总担心会上瘾什么的。

"再多看几次心理医生，会有帮助的。" Nancy自然不知道中国人的那么多顾忌，乐滋滋地说道。

唐敏一听，又左右张望。

这就看你信什么了。Nancy近来脸上长了许多小痘痘，天舒的母亲是个中医师，她耳濡目染，了解一些常识。天舒就说长小痘痘是因为Nancy的肝脏出了问题。唐敏相信天舒的话，如同Nancy相信心理医生。而Nancy只觉得好笑，就像说下雨是因为老天爷在哭泣一样好笑。Nancy笑："我长小痘痘是因为没有把脸洗干净。与肝脏有什么关系？"天舒见她笑，又说："肝脏的保养很重要，长小痘痘就因为体内循环调节不好。Nancy就问，根据什么。天舒说根据中医。Nancy摇摇头笑道："我理解。在医学水平尚不发达的时候，只能依靠这种巫术，一个世纪前，美国的印第安人靠的也是这种巫医术。"天舒想，她母亲要是听了这话，会气背过去。天舒接着说："中医与巫术可不一样。中医是一种人与自然的关系，局部与整体的关系。"可是看Nancy的表情，估计她没听进去。

这时，天舒也过来问唐敏："你先生要来了，有没有什么需要帮忙的？比如有什么事情要处理，如果我可以帮上忙，你就开口。"

天舒自从春节聚会见她在实验室里痛哭后，自认为需要在暗中保护她。唐敏只是把天舒当孩子看，心里的苦自然不会对她说。

"谢谢，有需要的时候会找你。"唐敏点点头，突然想到确实有一件事情需要处理，但不是叫天舒帮着处理，这事非她亲自处理不成。

于是，唐敏离开实验室，到楼下的公共电话亭打电话。实验室的电话她不用，因为是打给老吕的。

老吕听见她的声音，语气急促起来，后来说起他那好笑的英文："How is it going（什么事）？"

唐敏猜测肯定是他的太太在身旁，就说："说话不方便？那好，我说，你听着就行了。"

"OK."他应了一声。

"我们从现在起就没有关系了。你的太太来了，就好好地过日子吧。董浩也快来了。"唐敏说，"我说完了。"

"All right（好的）。"老吕又说，语气开始平缓起来，显得有些高兴。唐敏知道，这正是他想要的结局，只是不说，要由她来说。现在她说了，他只觉得解脱了。这就是男人，在复杂关系中，优柔寡断，看着事情的演变。一旦东窗事发，就看着两个女人自己解决问题。相反，女人比较果断，男人犹豫，她逼他选择，他不做选择，她索性替他做选择。

"那好吧，我们就这样吧。"唐敏冷冷地说，他和她也就是这么回事。虽然是她下了决定，但还是希望他有所留恋，现在只觉得自己受骗了。

"再见。"

"Bye."老吕自始至终都在说英文，现在问题解决了，仍是不敢放松。唐敏在电话这端冷笑，这种男人，她才不要呢。挂了电话，也挂下了一件心事。

与老吕的一切，思来想去，只有分手这一幕是庄严的，以后想来，也为自己添加尊严，而别的全是见不得人的，想都不能想。

4 待小僧伸伸脚

几乎同一时间，小马的太太来了，唐敏的先生也来了。天舒、王永辉提议大家去探望一下。大森立刻说："像这种配偶前来，探望时间是很有讲究的，时间一定要短，而且要大家一块去。必须留下时间让人家夫妻团聚。"

杨一说："那晚上看完小马家的，再看唐敏家的。"

苏锐说："是啊，数学系老李有太太来了，几个朋友轮流登门拜访，老李后来都不开门了。几个人在外面敲了半天的门，老李烦了，就说'已经休息了'。几个人也就心知肚明地离开了。"

大森一脸纯真地问："已经休息了？这是什么意思啊？"

苏锐白了大森一眼："你就别装了。你是谁啊？"

大森嬉皮笑脸地说："我，我也是自己提早预防，身在海外，都靠组织，这不是给领导添麻烦嘛。"

他们先去了小马家，几个人顿时眼前一亮。小马太太巧笑倩兮，美目盼兮，小鸟依人，楚楚动人。小马连忙说："我太太，她叫张志芳。"

"你好，你好，马太太。"

"马太太？这么叫太见外了，还是叫名字吧，叫我Mary好了。你们坐，你们坐。还送东西来，你们太客气了。"

她十分得体地询问了每个人的情况，微笑着打听如何从F2转成F1，如何申请学校，如何找工作，还问到最近的mall（购物中心）在哪里。

小马则在一旁笑呵呵地忙着。手里忙，心里却快乐。这是他最快乐的一天了。

小马是个江苏农家子弟，他不仅跳出了农门，也跳出了国门。小马的经历别说美国同龄人，就是中国同龄人也想象不出。

高考前一个星期还帮家里做农活，就这样他还是考上了省城大学。他忘不了，父母送他上大学的那一幕，拖拉机启动了，两位老人追在拖拉机后面，跟着黑烟跑，直到他看不见他们。那一幕，强烈地告诉他：他一定要让辛劳的父母过上好日子。后来，人家告诉他，他的成绩上北京的大学也不在话下。省城，是他长那么大走得最远的地方。上完大学后又到上海读研究生。

小学在村上读，初中在镇上读，高中他考到县城一中 —— 越走越远。高中班主任最常激励他们的话竟是 —— "你们今天学了多少？对得起这六毛饭钱吗？"当时他们住校，一个月的伙食费为五十块人民币 —— 一顿大概就六毛钱吧。食堂里总是争先恐后，一次排在后面的同学对前头的抢来挤去发了这么一句话："你们抢什么抢，早吃早饿。"

这么一个来自穷乡僻壤的苦孩子，当年无论如何没有想到自己有一天会踏进美国S大学的校门。

出国是偶然的。大学临毕业前的某一天，他在食堂碰见他的教授，两人同桌吃饭。教授问他，以后有什么打算？他说了，教授笑笑，你怎么没有想着出国呀？我看你们同学当中不是挺流行出国的吗？还说什么精英类的人都出国，次一点儿的考研，再下来的参加工作。你这个挺不错的小伙子……

一语惊醒梦中人。小马抬头望着排队打饭的学生，想起高中班主任的话："你们不好好学，对得起这三餐的饭钱吗？"

他开始奋勇直追 —— 既然最优秀的都出去了，他为什么不出去呢？

大学毕业后，他到上海读研究生。当时有一种说法，中国读研比较容易，有了一些实验经验，美国大学更容易录取。当美国S大学录取他时，他快受不了了。他们家祖祖辈辈都是"日出而作，日落而息"的农民，现在马上要出一个华侨了 —— 村里的人都这么说。可走的时候，有点难过。把培养费一交，像是买了个自由身，心里真有点别扭。

来美国的头六个月，他都处于亢奋状态，走在路上常自己提醒自己："这是美国啊，我来了。"

半年后，亢奋过去了，美国就这样吧。

但是美国带给他的岂止是"就这样"，又岂止是开上车、住上洋房的快感呢？

刚来时，发生一件小事情让他蛮有些想法。一天，他在学院大厅里等人，当时大厅因为某事封锁住，不允许大家在大厅久留。他待在那儿，一会儿就有个守门老头过来说，你得离开。他点点头，后来看见校长也在那儿，校长随便地问了他几句什么，他挺高兴地回答着。老头又过来，你们怎么还不走？我已经对你们说过一次了。小马指着校长对老头说，你知道他是谁吗? 老头说, 知道, 他是校长, 好了, 你们现在可以走了吧。小马和校长快步离开。对于老头的不卑不亢, 他心服口服。虽然以社会层次的眼光, 他哪一点都比守门的老头强, 却没有人家这份自信, 看见总裁, 看见比尔·盖茨, 觉得是仰着看的人。人家老头, 如果克林顿接见他, 他一定还是这种微笑, 这种态度。

他来自农村, 中国人"龙生龙, 凤生凤, 老鼠的儿子能打洞"的观念使他很难与别人真正地畅所欲言, 大学和研究所的六年如此, 来到美国依然如此。初来美国, 他常问自己: 我行吗?

一个学期过去了, 他就发现自己很行。第一个学期成绩单下来, 清一色的A, 像一串红灯笼, 照得他的脸庞红彤彤的。心里暗暗得意: 我东南西北还没分清, 在完全没有分析教授出题的方针策略之下, 随便考考, 就得了全A。长期下去, 还不闹出个事件来!

昔有一僧人, 与一士子同宿夜船。士子高谈阔论, 僧畏慑, 蜷足而寝。僧人听其语有破绽, 乃曰: "请问相公, 澹台明灭是一个人, 两个人?"士子曰: "是两个人。"僧人曰: "尧舜是一个人, 两个人?"士子曰: "自然是一个人。"僧乃笑曰: "这等说来, 且待小僧伸伸脚。"

这是《夜航船》里的故事, 也是小马留学的体验。

在S大学六个月后, 他就发现美国大学不过如此。美国学生就那样, 来自中国的学生也就那样。一般说来, 上名次的美国大学的大陆留学生不少于一二百人, 不乏来自北大、清华的高材生, 他们现在都在美国的同一所学校。他不比任何人差, 他可以与任何人竞争。将来还不知道谁主沉浮呢。

这一发现让他脱胎换骨。

当天舒知道他来自农村, 说: "看不出来呀, 你不说, 我一点儿看不出来。"

要是以前, 他绝不会让别人知道他来自农村。万一知道, 他希望的就是一个"看不出来"。现在, 他反而笑笑说: "俺就是一个乡下人。"一个人敢拿自己的弱点开玩笑时, 他已经克服弱点了。

前几代留学生往国内寄钱是件平常事, 对他们这一代留学生而言, 只听说家里往美国送钱的了。只有他, 常常寄钱回去帮助家庭。他悟出将他抚育成人的土地, 没有丢他的脸, 相反, 给了他足够骄傲一生的资

本 —— 善良纯朴、吃苦耐劳。

这是他真正感谢的。

去年回了一次国，感受挺深的。许多同学已经是人五人六、人模狗样的了，奔驰车带着他在大上海转，出入五星级的宾馆，看外国表演秀。这些，是小马这个穷学生在美国没有机会见识到的。当然他更喜欢的是，他接触的朋友同学当中，有相当一部分人已经事业成功，拥有千万上亿的资产。他们目光远大，步子却迈得一步一个脚印。小马颇为高兴地与他们讨论政治形势，可他们却没有露出过多的热忱，没有这份闲心，只是脚踏实地地做好自己的事，追求的不再只是物质，而是社会价值。少了"大款"几年前的浮躁与霸气，多了成功者的抱负和大气。

相比，国外的不少中国人，经过奋斗在经济上可以富裕，但少的就是这种成就感 —— 难以进入社会的主流。

相比，他还在原地踏步。

小马在美国一待就是六年，国内不知道的以为美国多开放自由，其实他只在学校的真空管子里来回，加上自己木讷与保守，与国内这些年的发展速度、观念更新相比，这六年就像在乡下度过似的，整一个老夫子。与国内那些在社会上摸爬滚打出来的同学、朋友相比，他的经历单纯得到了小学生的地步。

小马有点惊讶的是，不少同学想的还是出国，毕竟是三十出头的人了，不少同学已经拖家带口。小马随意地说："还折腾什么，在国内也挺好的，这个年纪出去既要从头来过，也不见得会做出多大成绩。"小马的话，被人理解成"挤上车的，叫后面的别挤了"。

当然那些混得相当的好、把国内赚的钱折算成美金也是让人"啧啧"眼红的，他们是不想出国的，最多是想将来把孩子送出国去。

5　越读博士越不是

一出小马家，大淼就感叹："放假了，我也得回国一趟。"

杨一说："回国找女朋友搞得像选美似的。"

大淼说："这责任在女方。"当然，大淼的话还没说完，他的意思是，这种条件的女人在女留学生中是找不到的，能够拿全奖到美国的女留学生大多是"心灵美"型的，偶尔几个外貌也美的，又骄傲无比。这些他不想说，尤其不能当着杨一的面说，杨一是谁？五斤的猪头，三斤半的嘴，无理不饶人，有理更不饶人。

几家欢喜几家愁。

差不多在小马太太到达的同一时刻，唐敏在机场的出口处张望着，同来的天舒见她着急，安慰道："不用担心，我接过人，都是要等会儿，没有接不到的。除非你担心接错了人，哈哈哈。"

天舒自然是开玩笑，唐敏担心的正是如此，董浩的照片还没收到，他本人已经要来了。原本已是陌生，现在下意识中又有害怕，如果董浩擦肩而过，而她浑然不觉，这才是笑话。

当董浩出现的那一刻，她心底叫道：来了。她第一注意的是董浩的头发，他既不左分，也不右分，董浩根本就是一个小平头嘛。仿佛一刹那间，她赖以提吊的东西被抽去，她顿时一片松弛瘫软下来。董浩已走到了面前，唐敏所有的窘态都表现在了她的一句话上："董浩，你好。你到了。"

说完也觉得不像夫妻对话，像朋友对话，还是那种不太熟、仅有过一两次帮忙的交情。应该是天舒跟董浩的见面问候语，她怎么拿去说了？于是她又生硬地笑笑，董浩也是笑笑，不知他是无察觉，还是对她的窘态的谅解？只是，想象中的，尤其董浩想象中的初见相拥的画面是不适合的，根本没有气氛。接着，唐敏连忙去推行李，免得发窘，一个说"我来"，一个说"不用，还是我来"，两个正忙着，天舒上前了："我来！"

天舒接过行李车，转过头对董浩说："你好，董浩，我叫天舒，和唐敏是一个实验室的。你们聊，我来推行李。"

唐敏少了行李，更是少了太多。

一路上，天舒倒成了主角，一直在说话，避免冷场。可见唐敏、董浩两人无话可说到了什么地步。

"你看左边，这是新开发区。你再看那边，看到了吗？那就是金门大桥，以后有机会再来看。许多人喜欢从桥的这头走到那头……我们实验室有三个中国学生，你已经见了两个，另外一个叫小马，他们家和你们家差不多，他的太太也刚到，最近比较忙。哦，待会儿，我们有几个人会在你们家门口等着，我们就来看一下，我们一会儿就走，你们好好休息。"天舒说着抿嘴乐。

"还要开多久？"董浩问。

"快了，快了。再开一个小时就到了。"唐敏说。

董浩想，这还叫快了快了，美国、中国距离概念大不一样。

到了唐敏家，果然几个人提早等在门口。一个个握手，大家都记住了董浩。董浩一下子记不住这四五个人，只知道这位是博士，那位好像也是博士，他笑："这么多博士。"大家也笑："越是读博士，越是不是，将来找不到工作。"董浩自知他们的自我解嘲，是为了安慰他，却也被说服了。

杨一问："有什么计划吗？"

董浩说："刚到，要先适应一下。"

大淼说："是啊。刚来，先适应一下。不要着急。"

唐敏的不悦立刻表现在脸上："什么不要着急，他不着急，我更着急。"

天舒说："你这几天想上哪儿，如果要用车，尽管找大家。刚来都需要帮忙。我刚来时，唐敏也帮了我不少忙。我们几个是一个实验室的。你不用客气。"

董浩听了，高兴地说："那行啊。就看你们什么时候有空，我是很想到处看看的。唐敏说她这几天都有课。"

唐敏忍不住说："你还有心情玩？陪读先生就是比陪读夫人好当。"

董浩面露难堪。天舒立刻安慰道："你来的时间好，正好快放假了，还可以轻松一两个月。等开学了，你也得开始忙了，拿了课就有你忙的了。学校的课你都可以拿，唐敏是TA（助教），这就是TA的便利 —— 家属好像可以付美国人的学费，是这样的吧？"

"家属？"真是哪壶不开提哪壶。女人常常坏就坏在多嘴，坏就坏在喜欢多说最后那句话，最后那句不仅多说了，而且说坏了。

大家都觉得时间差不多了，赶紧告别。临走前说："好好休息啊。我们就不打搅了。好好休息，好好休息。"说完几个人忍不住掩着嘴笑，鱼贯撤退。

而这些在董浩和唐敏眼中是滑稽的。几个二十几岁的未婚男女自以为是地说这些，就像孩子说大人话。

出来后，杨一叹道："我看他们是够呛。"

见没人附和，杨一就进一步加以说明："我看他们八成会离。从以下几点分析：第一，女方先出国，混得比男方好，这种婚姻都不持久；第二点，他们分开太久了，夫妻分开半年就容易出问题了。"

杨一经过一年多的美国生活，发现这是一条接近真理的规律。

第十一章

我是去年八月来美国的，到现在快一年了，感觉还好吧。应该说，我真正走向生活是从美国开始的。仿佛一到美国，这"生活"就劈头盖脸而至，不容商议，也不容喘气。从买菜做饭到打工读书，一件接一件。终于有那么一天，我提着两个VONS的塑料袋回公寓，上楼梯时，自我赞誉："天舒，你行啊你！"

—— 陈天舒

1 恋爱的季节

像天舒他们，从小到大受的教育都是：前途最重要。不要为感情这种小事影响了前途这种大事，老师这么说，父母也这么说。

天舒记得读高中时，班上总有一些春心荡漾之事，这家长、老师一面虎视眈眈，一面耳提面命。最强有力的劝导就是：为了那么一点没有结果的感情而影响学业，甚至是以学业的失败而告终，这个代价太惨重了。听得同学们心有余悸，感情的事，基本上只能在心里想一想。为了上大学的孩子们，为了好前途的孩子们，只能把许多计划押后执行。现在不同了，他们自由了。所以恋爱起来，"一发而不可收"，像是对自己青春绮梦的补偿与回报。

天舒把她和苏锐的事写信告诉父母。她是乖孩子，自然要及时请示汇报。她没有在电话里说，觉得这种事用文字表达比较方便、简单一些。可见她虽然已经是大人了，仍然没有完全从以前的教导中"解脱"出来。父母来信了，果然是说："你们都很年轻，以学业为重，不要影响了学习。"中国的父母就是这样，一定的年纪之内，谈感情是错误的；一定的年纪之后，又逼着未婚子女去谈感情。

天舒曾经问过苏锐，他为什么和她在一起。他说她让他非常安心、非常信赖且是永远的信赖。这听得天舒……因为她上教堂也是这种感觉，那些张弟兄刘姐妹让她觉得"永远的信赖"。天舒很少去问林希的事情，除非苏锐自己说。因为他的态度让她觉得这是一个碰不得的问题，让她觉得自己无权介入和评价他的过去。若说了，苏锐就抵触地说，每个人都有一些不愿让别人知道的事情。她大声地说，我就没有。苏锐说，那只是你而已。

后来，她不问了，她想，只要他选择她，喜欢的是她就行了。

苏锐家挂的林希写的条幅被苏锐撤下了。这一点给了天舒太多可以发挥的余地。

"让我看看林希的照片吧。"

"为什么？"

"这话问的！看看而已。"

苏锐从相簿里翻出了几张，天舒叫："她好漂亮呀。"一边说，一边把这几张照片放进她的背包。苏锐说，你这是干什么呀？天舒笑笑，先由我保管，明天我会带几张我的照片来。天舒不只是说说而已，第二天，她真的带了自己的照片来，且买了相框，镶好，放在苏锐公寓的四面八方。苏锐一时之间，只觉得目眩，以为进错了家门，却也不好说什么。

周末，天舒回表姐家前，先陪苏锐上超市买食品，她收集了一打折扣券，一张张整整齐齐地钉好。她经常将报纸上的折扣券剪下来，苏锐见她一副热爱生活的样子，忍不住笑她："别累着。"

苏锐随便挑了一种cereal放入推车内，天舒挑出来查看，很果断内行地说："不好，这个牌子又贵又不好吃，cereal最好的是Kellogg's。"说完就调了个包。天舒扬扬手中的票子："看到没有？我们还有折扣。"完全一副居家过日子的主妇姿态。

苏锐微微一笑。

等他打开钱包付账时，愣了一下，天舒立刻问："怎么了？钱不够？"

"不是。"苏锐亮了一下他的钱包,原来他的钱包里平白无故地多出一张女生的相片,当然是她天舒的。

天舒不以为然地笑笑,说:"嘻嘻,我放的。"

天舒坦然大方的语气与笑声明显地说明她行若无事,她没有做错什么,只不过往钱包里放了一张它未来女主人的相片,这是一个多么正大光明且正确无比的举动呀。

天舒推着食品车晃晃悠悠地走向停车场,苏锐在后面只是觉得她憨直得可爱。

买完菜,苏锐刚进家门,电话铃就响了,准是天舒,果然不出所料。

"你怎么知道是我啊?是因为我美妙的声音吗?"

"没有人打电话像你这么会选时间。我刚进家门。"

"嘻嘻,我就知道。我也刚到我表姐家。嗯,告诉你,我想你了。好了,我说完了,可以挂电话了。Bye——"

苏锐听电话已经挂断了,蹙额笑笑,起身将食品放进冰箱,这时电话又响了。苏锐跑着去接电话:"又怎么了?"

对方不出声,一会儿才说:"苏锐,是我呀。"

苏锐一怔,又是那个声音。他们已经很久没有联系了,他几乎想不起她的模样,也许她在他心底太深了。他小声地"哦"了一声,说:"林希,你好吗?"

"还好吧。你呢?"

"我也挺好的。"

"你什么时候毕业?"

"还有一年半吧。"

两人一味地套入礼节性的问话,后来林希一句话就打破了局面:"你有女朋友了吗?"

"是,我刚刚交了一个从广州来的女孩子。"

林希只是试探,不料一言即中:"她,她好吗?"

"人很好的。"

"多大了?"

"二十一吧。"

"什么专业?"

"生化。"

"漂亮吗?"

"不错。"

"她……我好像不该问这么多的噢?"

苏锐不说是,也不说不是,问:"林希,你怎么了?"

"没有呀。只是觉得你不够诚实。交了女朋友也不告诉我,我可是什么都告诉你的。"

苏锐笑笑,问:"你和男朋友还好吧?"

"不好,我们不好了。"

苏锐便不多问。

"我想你。"林希说。

"……"

"苏锐,我想你,我真的想你。"

"林希……"

"我们还有机会吗?"

"我等你说这句话等了差不多两年,你始终不说。现在太晚了。我已经有女朋友了。"

那一端传来抽泣声:"苏锐,我一直以为我们之间有特殊的东西,你说过你会帮我的,你说过你会保护我的……"

苏锐不说话,只是听林希一个人说,等她说完,两人就是许久的沉默。最后苏锐还是说了:"你别哭了,下个周末我去看看你吧。"

与此同时,天舒正向阿晴一五一十地禀报她和苏锐的一切。苏锐长苏锐短,神采奕奕,讲到激动处,手舞足蹈,像是回到了事发现场。阿晴被她的兴奋感染了,乐不可支,说:"那下个周末,叫苏锐一起来家里吃饭。告诉他,是表姐请你们。"

天舒咧着嘴就笑了,像小时候一样。小时候,阿晴将穿不下的衣服和用过的书本给天舒,她也是这样笑的,很容易满足似的。

"那你要记住多叫几道菜,一定要叫豆瓣鱼啊,这是他的最爱。"

阿晴摇摇头,笑:"我明白了。我就算是忘了你的菜,也得记住他的菜。"

天舒从表姐家回到学校，便匆匆跑去找苏锐："苏锐，我要告诉你……"

"我也在找你，这个周末我要去一趟西雅图。"

天舒愕然地望着他："去找林希吗？"

"对，去找她。"

天舒苦笑："苏锐，你真诚实。"

"她打了个电话过来，非常难过，她和她男朋友分手了。我在想她分手的心情，因为她在一个糟糕的家庭里成长，很脆弱。我打算去看一下她。你找我什么事呢？"

天舒张了张嘴，"没事"二字自己就跑了出来。

2　爱情有点悲壮

因为这件事，这个星期天舒做什么都提不起劲儿，隐形眼镜怎么也戴不进去，杨一在外面敲门："你在里面生产吗？"

天舒气得说："正在生呢。"

隐形眼镜还是戴不上去，杨一又来敲门："男孩儿还是女孩儿呀？生完了吗？"

"我在坐月子。"

天舒气得隐形眼镜也掉了，怎么也找不着。她从来就是找不着掉了的隐形眼镜，每次都是母亲帮她找，母亲一找就找到。天舒问母亲这是怎么回事。母亲说："因为你找的是一个透明的塑料片，我找的是钱。"母亲就是厉害，现在母亲不在，没人帮她找了，她还得花钱再买。天舒蹲在地上，心想，真是不祥之兆啊。

杨一不以为然地说："谁戴隐形眼镜不掉几副？"

天舒听后，心情好些。

周末更是百无聊赖，后来跑到实验室里打发时间。实验室没有人，小马和太太肯定在家里缠绵没完，唐敏和董浩也许在吵架，那也是热火朝天的可操作之事。她连吵架的人都没有。

"你怎么一个人在这儿？"

天舒回头，是Tim。

"锐呢？"

"他去西雅图看他以前的女朋友。"天舒说完就有些后悔，为什么要告诉他？

Tim隐隐约约地笑着，并不刨根问底，只是说："你要记住我对你说的话，如果你和他不合适，请你考虑我。"

天舒似笑非笑地笑笑，说要回家了。

回到家，天舒席地而坐，这种时候不需要一张常规意义上的椅子，腿弓着，头埋在双膝之间。苏锐上去找林希 —— 他的前任，或者是前几任，天舒不清楚，也懒得搞清楚，反正是感情最深的那一个。天舒一直有一种不好的预兆，她觉得自己的预兆挺准的。这种准确带来的后果就是让自己不自在。

杨一实在看不下去："这哪里是在谈恋爱呀！"

"我也这么觉得。"

"这更像是在殉情，反正我不喜欢这种恋爱方式，总觉得太凄美了，不真实，我比较喜欢有说有笑地把日子一天一天过下去。"

天舒不说话。

"做点事情，洗衣服、做饭、收拾房间，你老这样坐着，就像等死似的。"

"关你什么事？"

"是不关我的事，可是你这样让我看了很烦。"

于是天舒拿了一大筐的衣服去洗衣房，坐在洗衣房的地板上。公寓的其他住户进来洗衣服，见她在此，三十分钟后，进来烘衣服，见她还在此，只觉得奇怪。天舒被人家用奇怪的目光盯着难过，就回屋了。

这种时刻，唯一消磨时间的方法就是看书。按照杨一的教导，看一本侦探小说：一个富翁突然暴死，家里有三个可疑人物，年轻貌美的新婚太太、智商75的憨儿子和行为怪异的年长女佣。天舒看了四分之一时，觉得是太太干的，读到一半，猜想是儿子，现在读到四分之三，断定是女佣。

天舒躺在床上，一会儿一个鲤鱼挺身，到书架上查词典，她不知道，也不愿意把词典放在床边。这样的女孩子 —— 杨一经过看了一眼，

很经典地概括说 —— 是活得比较悲壮的那类人。

小说终于读完了，天舒说了一句，真没劲儿，原来这个富翁是装死，考验考验大家。

这时，电话铃响了，天舒想一定是苏锐的。她每次接苏锐电话前都会清清喉咙，为的是让苏锐听到她更美妙的声音。她清完喉咙接电话："Hello."

"Hi，你心情听起来不错嘛。"

"是你啊，Tim。"天舒的声音立刻沉了。

"你不要表现得这么明显嘛。不是锐的电话，声音都变了。怎么，他还没有回来吗？"

"没有。你有事吗？"

"你想不想去打乒乓球？"

"啊？打乒乓球？我不会呀。"

"啊，我以为每一个中国来的人都会打乒乓球。" Tim其实不喜欢也不会打乒乓球，只是为了讨好天舒，才邀她出来打乒乓球。

"是，你还以为我奶奶小脚呢。"天舒没好气地说。

"那我们一起去看场电影，可以吗？"

天舒进入思考，不说话。Tim听她不说话，以为她动摇了，追问："怎么样？有些电影很不错的。"

天舒说话了："我在想，我和苏锐还没有单独看过电影呢。我和他应该看场电影，恋爱都应该是这样。"

Tim苦笑："我想你是不会和我去看电影的了。"

"对不起。苏锐快回来了，我要等他。"天舒挂了电话。

加州很少下雨，尤其是夏季。"加州阳光"形容这里的天气晴朗、阳光普照。可是傍晚时候，突然变天，一股黑色的云从天的一角咄咄而至，越来越大，越来越猛。这时天舒呆呆地看着钟，秒针在跳，分针在跳，时针不动。

"活得比较悲壮的"天舒突然从饭桌上拿起一个便当盒，再从房屋的某个角落捡起一把雨伞就往门外走，出门前被杨一叫住了："你要干什么去？"

"我去苏锐家看看他回来了没有。"

"你打电话不就行了吗？"

"不行。"

"在下雨呀，你不要这么……"杨一话声未断，天舒"咣当"一声的关门声，将她的话一并关断，杨一后面的话就改成，"活得比较悲壮呀。"

天舒抱着便当盒，坐在苏锐公寓的楼梯口，可怜兮兮的，心里艰难地替苏锐开脱着。

外面雨滴大，风速急，风和雨的声音呼呼作响，风雨中有人叫她："天舒。"

天舒回头："又是你，Tim。"他真是阴魂不散呀。

"我就知道你会在这儿。"

"不要这么说，好像我很容易被人看穿似的。"

"可不嘛，你就是这么傻。" Tim走过来，一屁股坐下来，"反正乒乓球你不会打，电影你也不想看，干脆我陪你等人好了。"

天舒看着他："不用的。我自己等就好了。也不知要等到什么时候。"

Tim明白天舒的意思，说："我陪你说说话，等你男朋友回来了，我就走。"

天舒还是看看他，Tim问："又怎么了？"

天舒眨眨眼睛，想想，还是张了这个口："我想你还是走吧。我想自己等。再说，苏锐回来，看见我们两个都在这儿，也许他会误会的。"

"哦，这样啊，我明白了。"

"对不起，我讲话这么直接，我就是不会说话，你知道的，你不也说我傻吗？"

"没有关系，我很高兴你什么都可以对我说。"

"是呀，真奇怪，我什么都可以对你说。"天舒叹了口气，"Tim，你人这么好，长得又这么帅，一定很吸引女孩子的。"

"噢，你也看出来了，你也这么觉得，我自己也这么觉得。"

天舒咯咯地笑。

"终于又看见你笑了。好了，那我走了。"

3　她有哥哥吗

晚上七八点，雨开始小了。苏锐驾车回来，一进公寓大门，房东Bob就告诉他天舒一直坐在他房门口。苏锐三步并作两步跑上去，却不见天舒，只当她回去了。心里想：也好，否则一回来如何开口说分手。

开门时，天舒在背后叫了一声"苏锐"，她走近，说："这么巧。我刚到你家，你就回来了。"

"你也刚来？"苏锐有些疑惑。

"对啊。你到西雅图怎么样了？"

苏锐含糊其词道"还好"，想想也觉得这样过于简单，又说："有时间我们好好谈谈。"

天舒像是并不急于谈话，她递上手中的便当盒："我做的饭，你放在微波炉里热一下就能吃了。"

苏锐接便当盒时，触摸到天舒冰冷的手，便抓住不放："天舒，你的手怎么这么凉？你在外面等了我很久，是吗？"

天舒很固执地说："我为什么要等你很久？"

她死活不说她听到苏锐的停车声，便跑到拐弯角躲起来，见他开门才又跑出来。她尽量装作坦然，甚至有一点不屑，殊不知，她的眼神还是出卖了她。苏锐歉然不语，伸手要拥抱天舒。天舒甩开他的手，叫道："我来，不是要你这样的。"

苏锐站立不动，不知所措。

"本来这个周末我表姐要请我们到她家去吃饭的。"

"你怎么不早说呢？"

"有用吗？早说与晚说有区别吗？"

"当然。去你表姐家是咱们两个人的事，与你与我都有关。我一定会配合你的。"

"那去西雅图呢？"

"去西雅图，那是我一个人的事呀。"

天舒委屈地看了一眼苏锐，说："对，问题就在这里，你认为与我无关。"

苏锐不说话。

天舒缓解道："算了，过去了。你陪我看一场电影好吗？"

苏锐莫名其妙地看着天舒："现在吗？已经不早了，而且在下雨。"

"我知道。我们只要看十分钟就可以出来。我真的很想看电影。再说，再说你拿了我的便当，我要求看场电影也不算过分吧。十分钟就好了。"

苏锐说"好"，两人便开车去了影院。天舒说太沉闷了，要看一部搞笑的，就选了《玩具故事Ⅱ》，苏锐自然依她。他一点看电影的心情都没有，只是陪同人员。

天舒认真地观看电影，全神贯注，就像所有观看这部片子的儿童。

苏锐则心事重重地回忆着他与林希见面的一幕。林希要求和好，有深刻的悔意，自责的眼泪，说她没有他活不下去，她当年离开是一种选择，现在回来是一种抉择。恋爱中的女人好像都非常能说会道，苏锐苦想两天，决定和林希和好。原因是他和她有多年的感情基础，与天舒交往时间很短。林希没有他可能不行，天舒没有他不可能不行。天舒坚强乐观，没有他也会过得不错的。当然最主要的是他知道自己仍然很喜欢林希，有了这点，别的理由不理直气壮，倒也畅通无阻了。只是与天舒分手，他希望将伤害降到最低。

十分钟到了，天舒很准时地起身："好，时间到了，我们走吧。"

"接着看吧。反正人都来了，钱也花了。"

"走吧。你又没在看。"

苏锐想，她刚才明明看得专注，怎么会察觉到他的心不在焉？

天舒又说："走吧。我是说话很算数的人。"

两个人肩并肩出电影院的时候，雨已经停了。

"我终于和你看过电影了。任务完成了。"天舒扭过头对苏锐说，"我的任务完成了。现在轮到你了。你不是要和我谈谈吗？"

苏锐张了张口，没有发出声音。

"怎么不说了？"

"我想这么晚了，我先送你回家，改天再谈吧。"

两人走近车，苏锐伸手要帮天舒开车门，天舒抢先一步，自己开了门，说："以后不用了。"

到了天舒公寓楼下，天舒又说："谈比不谈好，早谈比晚谈好。"

苏锐想了想，就直说了："天舒，我们分手吧。"

天舒"嗯"了一声。

像这种没有大的原则冲突下的分手所提供的言词都大同小异，先是极度地肯定对方："天舒，你真的是一个很好的女孩子。"再来一个转折，"可是，我觉得我们并不是很合适。"最后当然是祝福，"我相信你以后一定会找到一个比我好的人。"

苏锐说着，自己都觉得虚伪。天舒倒是耐心地听着，听完，说："你是不是想说这些很久了？"

苏锐一听这话，抬头望着天舒，想：她难道早有预料？

天舒点头，说："我想到了。"

苏锐想：她比林希坚强，换了林希，早哭着跑了。

天舒又说："其实我没有你以为的坚强。"

苏锐又是一愣：她什么都知道。于是连想都不敢想了。

"你还是很喜欢她哦？！"

苏锐想了想，点了头，但也承认道："我们的关系并不好。"

"我知道，"天舒苦笑地点点头："所以我就像一个break（暂停休息）。"

"不，不是那样的。"苏锐坚决地否认。

"People do that all the time（人们常那样）."

苏锐认真地想了想，若有所思："人们是常那样，可我从来不认为我是其中一个。"

"她很漂亮？"天舒问。

"嗯。"苏锐点点头。

"她很聪明？"天舒又问。

"嗯。"苏锐又点点头。

"她有哥哥吗？"天舒再问。

苏锐忍不住有点想笑了，这是怎样的一个女孩子？

这时，天舒迅速地下了车，苏锐一定在看她，不要让他看见自己已经泪流满面。

4　像只委屈的小猫

天舒匆匆跑回家的同时,杨一正和隔壁邻居"非常女孩"聊天。

"美国都没有什么好玩的,好闷啊,台湾比较好玩。"雅惠说,"快放暑假了,你们有什么打算?"

"我们还没有计划,你呢?"

"我一定要出去玩的,我要是待在家里会病的。可能回台湾,可能去旅游吧。"

"你怎么来美国读书的?"

"因为我没有考上大学啊。嘻嘻。"雅惠笑着谈她的落榜,"两年前联考,我没有考上大学,我爸爸生气了,就把我判了四年徒刑,现在正在海外执行。我已经在美国两年了,修完了所有的G. E. Courses(基础课程),才转到S大学,再有两年,我的刑期就满了。到时候我要去大陆玩玩。"

"好呀,你到北京我可以接待你。"

雅惠说她是外省人,爷爷在"大陆沦陷"后到了台湾。

"'大陆沦陷'了?"

"哦,对,对,你们说'解放'了。"

"你多大了?"

"我七〇年生的。"

杨一瞪着眼睛:"你有那么大吗?"

雅惠反应过来,解释:"哦,我是说'民国七〇年',就是1981年生的。"

"这差不多嘛。"杨一笑,"台湾像你这样十七八岁出来读书的人多吗?"

"女生比较多。男生都要当兵两年,才可以出来读书。"

雅惠的言谈举止,都显示一个年轻姑娘的纯良和天真,与大陆同龄人相比,简单许多,至少表面上看是如此,光那句带着"齿音"的两个以上声发音的"爸爸妈妈",叫杨一情不自禁地就把她当孩子看。

"那以后你想回去还是留下来?"

"当然是回去了,在美国能做什么?不过有时候也会想留下来的,总觉得台湾不安定。美国住房宽敞，空气新鲜，政治安定。"雅惠说。比较起大陆学生留下来的理由，最大的差异是，台湾学生很少说到大陆学生会提及的"美国富裕"，相反，雅惠说："美国人给我的感觉都很穷，因为他们没什么积蓄。"

杨一与雅惠正闲聊着，见天舒进来，杨一开玩笑："雅惠，你帮忙问一下，大陆的女孩子可不可以报名参加《非常男女》？"

天舒一听就火了。雅惠却笑。

"雅惠，你不要笑，帮天舒报个名呀。"杨一边说边笑，"看看有没有什么人长得像苏锐可以收留她。"

但她们一触及天舒的目光，谁都不敢开玩笑了，雅惠知趣地告辞了。杨一连忙问："怎么了？"

"我被甩了。"

"怎么会这样？"

"不要装出一副关心人的样子。你现在心里应该暗自高兴了吧？"

"什么意思？"

"你从来不告诉我林希的事情，这恐怕不是你所说的什么知道太多反而不好吧？你一直抱着看戏的心理，自己得不到苏锐，也不希望别人得到他。现在我被甩了，你在心里偷笑，表面上却装着关心我的样子。什么好朋友，美国这个鬼地方，我没有朋友……"

这时，杨一操起茶几上的一杯刚才雅惠喝剩下的冰水泼到天舒脸上，恼怒地说："你不要太过分了。有本事，对苏锐发火，少在我面前发神经。"

杨一说完转身回了房间。坐在客厅地毯上的天舒，被冰水这么一泼，反而清醒了。她给表姐打了个电话，很快地，她就从她们家的客厅消失，出现在阿晴家的客厅里。

无所事事，她在沙发上卧作一团，像一只委屈的小猫。手里握着无绳电话，不知道可以打给谁，另一只手便去翻电话簿，翻了一页又一页，还是不知道可以打给谁。刚来的时候，似乎还认识不少人，也主动与人家保持联系，时间长了，朋友反而少了，现在想找个人聊聊都无人选。最好的朋友又吵翻了。

阿晴在天舒的四周走来走去，不时地瞄一眼发呆的天舒，她知道天舒没有把她列入谈话对象，或许觉得她根本不能对话。天舒向对方真情表白，此举在阿晴看来是失当的，她绝不会如此。即使她对某个男人有兴趣，她也能有技巧地周密部署，引蛇出洞。天舒说，什么周密部署，我的脑袋没有这么好啊。阿晴笑，那你GRE是怎么考出来的？全额奖学金又是怎么拿到的？天舒你还是嫩了点。拍拖，归根到底，是个技术活儿。

阿晴又看了天舒一眼，忍不住说："你，不至于吧！"

天舒连头也不抬，继续翻电话簿。

这些年轻人的恋情，在她眼里，好像是小时候的"过家家"，扮来演去，全是假的，而她是真实地站在生活里面，早已经看透了假象，现在自己的表妹这样恋爱，这种普通人的普通感情，她感到陌生。原来还有人这样谈恋爱。

"你不要搞得像天塌下来的样子。"

"天没有塌下来，是天舒塌下来了。"天舒还是不抬头。

阿晴笑笑，走近她，在她身边坐下："没有什么事情像你以为的那么严重。分手就分手吧，你再找一个就是了。这么年轻，又这么可爱，还怕找不到？再说硅谷有那么多快乐的单身汉。"

"我就知道你会这么说。苏锐也没什么好的，一个穷学生，没有钱，没有工作，没有绿卡，我就知道你会这么说。"

"看来你是动情了。你怎么可以允许别人把自己搞成这个样子？我才不会为任何男人哭呢，没有男人值得我把自己搞得跟祥林嫂似的。"

"让你看笑话了。"说时，天舒愁苦地看了阿晴一眼，眼神像极了她们家那只"深宫怨妇"。

"不是。我突然觉得像你这样也挺好。有哭有笑，有愁有喜。哭吧，如果你想哭的话。"阿晴说，停顿一下，又道："连我那份也一并哭了吧。我早没了眼泪。"

"阿晴，不是每个人都可以像你那样不受伤害，不是每个人都可以像你那样坚强。"

阿晴冷笑："你这么认为？其实是因为我从来就没有爱过谁。只有你爱一个人的时候，这个人才有可能伤害到你。"

这使天舒来了兴头："你谈过那么多次恋爱，你都没有爱过别人？"

"没有，充其量只是有好感，彼此觉得合适，就在一起了。"

"这样啊？"天舒想想，自以为是地说："我知道，你一定是受过什么伤害，所以心里自我保护意识很强。"

阿晴式的微笑上来了："我生来就是这样，不知道情为何物，除了对自己的母亲，我这一生并无一成不变的情结。"

"这样啊？"

"我可能老得快嫁不出去了。"阿晴夸张地笑，又说："其实，我有时候很羡慕你。"

"我有什么可羡慕的呢？"

"是呀，你既谈不上多么美丽出众，也谈不上什么才华横溢……"

天舒忍不住打断阿晴的话："阿晴啊，你这哪里是在羡慕我呀？"

"可是，我很多的时候，只是希望可以像你这样，不失眠、不猜测、不用心机、不妒忌，真真实实地生活。我想，那将是怎样一种日子？"

对于天舒，阿晴觉得挺好笑。但她也知道，《红楼梦》里宝玉风流多情，曹公却只封他个"情不情"，黛玉则是"情情"，曹公一双看透人世的眼睛，自然是雪亮的。

阿晴常失眠，近来失眠得很厉害。失眠纪录最高的一次是一连七天没有睡觉，恍惚之间，人仿佛都飘了起来。由于失眠，她十分害怕黑夜。躺在床上，手不知道如何放，脚也不知道如何摆，只觉得万般的无奈与焦急。头重，眼睛睁不开，意识却是出奇的清醒，感觉黑夜在一点一点地侵蚀自己，而她却无力挣扎。天舒相反，能吃也能睡。阿晴笑她，品种不错啊。夜间听见天舒在房间里发出酣睡声，像一个婴儿，无忧无虑。阿晴又羡慕又心里发恨，真想搞醒她，以求心理平衡。

天舒则说："你们都是吃得太饱了，才会有这种贵族病。农民每天种田劳动，也没有听说谁失眠了。"

她不得不去看医生，医生仔细地询问她的身体状况，阿晴说尚好。医生问，是否已婚？阿晴说未婚。

"有孩子吗？"阿晴算是开放前卫的女生，听了，也是有些惊愕："我想跟你说过我没有结婚吧？"阿晴的意思很清楚，我没有结婚，怎么会有孩子？

医生的目光从镜片里跳出来，执意地说："So（所以）……"

"没有孩子。"阿晴皮笑肉不笑地笑笑，心里想：中国医院不会存在这种对话。

医生询问了半天，仍是不肯给她开安眠药，怕的是需求无度。阿晴央求了许久，医生才开了那么少量的安眠药。

后来，天舒给她带来本《圣经》。《圣经》是天舒从隔壁实验室王永辉那里拿来的。王永辉听说天舒要《圣经》，高兴得不得了。天舒说是给表姐的。天舒虽不信，可觉得阿晴应该去信。王永辉听了，宽容地笑笑。

阿晴实在睡不着，就会起来看一小段《圣经》。她看过金庸的全部小说，越看越不要睡觉了。什么书到阿晴手上，都是一口气看完，过不了夜。可《圣经》看几行就实在看不下去了，既枯燥又词不达意，一群外国人翻译的中文，用来治失眠倒是合适。

第十二章

看着一批又一批"家属"来美国陪读，就像看戏，上演的是《战争与和平》。到了自己这儿，却只剩下战争。我们经常吵架。他说我没有热情，我承认；我说他是个孩子，事事依赖我，他不承认。他问我："你还爱我吗？"我说："我连自己都不爱了。"他也就不说话了。来美国三四年了，许多的闲情逸致就在这无风无浪的三年多里一点一点撤退，对爱情也是如此。

——唐敏

1 最后一个傻瓜

第二天，天舒直接从阿晴家去实验室。她一进来，大家都觉得她有点不对劲儿，因为天舒是非常表里如一的人。她开始话少了，被人抛弃总不是件光彩的事情。她不主动与人讲，一般人问，她不说，知心人问，她也只简单地说："说来话长了，挺复杂的。"她以为这是应付人的话，却不知道听上去比事实情况又复杂了许多。

实验室里，大家都只埋头做事，Tim常来与天舒说话。Tim是好心，天舒却嫌烦，她恨不能找个洞躲起来，谁也别烦她。天舒偷偷地在Tim背后贴了一张"FOR RENT（待租）"。天舒手头还有一张"FOR SALE（待售）"，如果Tim再这么问东问西，她就打算贴那张"待售"。Tim就背着"FOR RENT"的纸条在实验室里招摇过市，逗得大家咯咯直笑，只有Tim自己不知道。天舒则从众人的笑声中冲淡自己的痛苦。

唐敏抬头看了他们一眼，低头做自己的事。唐敏自然不会把一个二十一岁的年轻女子的事看重。天舒你漂亮，你年轻，什么都没经历，就以为自己是最苦的人。这不是自寻烦恼、无病呻吟，是什么？唐敏常这么说。天舒感觉理论上正确，只是唐敏说多了，把天舒都说烦了，好像她的烦恼是廉价的。唐敏觉得自己更烦，莫名其妙地烦。

Nancy过来对唐敏说："你怎么样了？"

"老样子。"唐敏应付道。

唐敏挺怕别人问她"怎么样了"。她的生活到了一个"境界"，对什么都无知无觉，觉得没意思，更糟的是，她觉得谁的生活都没意思。有一次，她跟Nancy到她的堂姐家去，堂姐家富丽堂皇，堂姐也不做事，一、三、五晚上上音乐课，平时在家里弹弹钢琴，种花养草。唐敏以为这就是她的"乌托邦"。可是去了Nancy的堂姐家几次，就觉得人家活得也没劲儿，人生怎么会变成这样子呢？

Tim很快就发现了天舒的恶作剧，过来故作严肃地质问天舒："为什么这样对我？"

"开个玩笑嘛。"天舒笑。心里突然很后悔，她敢这么对苏锐吗？她只敢对Tim这样，这是为什么？她自己也答不上来。

Tim看见她的桌面上还有一张"FOR SALE"，说："这张是给谁的？"

天舒立刻讨好地说："我的，我的。你待租，我待售。"

"我还以为你会说给锐的呢。"

天舒的表情有点木，假假地笑道："对，把他卖掉。"

Tim看着她，意味深长地说："你就是不知道放弃。"

天舒一下子不能自己，跑到洗手间哭。

出来时，看见等她的Tim，就说："你为什么在这里？"

Tim明知其意，故意指着女洗手间说："你认为我可以进去吗？"

天舒忍不住笑了。

"你没事吗？"

"没事了。"

"那就好，那我走了，有人等我。"

天舒望去，竟看见邻居雅惠。Tim到底是Tim，具有美国式的友好，但又怎会像她这样痴痴傻傻的呢？没有人会像她这样。她是最后一个傻瓜。天舒半开玩笑半认真地说:"太糟了,以后想靠靠你都没指望了。"

"什么意思?"Tim皱皱眉,悟出什么,"哦"了一声,"她是我堂妹。"

这时雅惠已走近,叫道:"这么巧!你们是一个实验室的?"

天舒顿时很感叹这个世界真小,也不知道为什么,她竟有一些高兴。

雅惠说:"你昨天晚上没回来?"

"对,我去我表姐家了。"天舒说。

"这样啊。"

"我可能会在我表姐家住上一阵子,住到期末考完吧。"天舒对雅惠说。

其实她不是对雅惠说,而是对杨一说的。她知道雅惠一定会传话给杨一。她是女孩子,她知道。现在想想,也觉得昨晚自己太过分,又不想面对,就先躲到表姐家去。

Tim和雅惠走了,天舒也去休息室吃午饭。拍拖后,她有些时候没与大家共进午餐了,等她到休息室时,大家已经吃得差不多了。天舒一进来,就听见王永辉又在传达教会精神。午饭常在王永辉的传道中进行。

王永辉见她进来,立刻问:"这个周末有空吗?"

大家一听就知道是他们基督徒的"阴谋"——拉别人去教堂,王永辉常这样。王永辉每个星期天都去教堂做礼拜,敬拜神。他说,拜神是谦卑地理智地承认神是真实的,也是最终的目的。

"我现在没有心情。"天舒说。

王永辉的目光就转向唐敏、小马。

唐敏说:"我也没有心情。"

小马说:"我太忙了。"

王永辉点点头,接着说:"如果克林顿请我们去白宫,我们一定会去的。现在上帝——真正的造物主请我们,我们反而诸多借口。"

"问题是我们不信,不认为有个造物主呀。"小马说。

王永辉说:"上帝创造了万物,比如说一只手表,我们一定会说,这手表是人制造出来的。连个小小的手表都是人制造的,这个神秘的宇宙也一定有创造者。说宇宙是自己碰撞出现的,等于说把手表里面所有的零件放在表壳里,然后碰撞来碰撞去,就碰撞出一只会走的手表。"

"你可以举出一百个例子证明有神,我也可以举出一百个例子证明没神。"唐敏说。她跟王永辉去过教堂,有姐妹对她说,你先信,信了什么疑问都解决了。她想起她在大学里学《量子力学》，老师见大家不理解，就说，不理解就先接受，认为这是对的，久而久之就理解了。到了教堂，他们也这样讲，唐敏当然反感，我没有搞懂的东西，怎么可以随便信呢？这不是对神灵的不敬吗？

天舒说："我们可以探讨一下上帝这个问题。"

"我们可以分享一下。"王永辉微笑道。显然，对于一个虔诚的信徒而言，上帝是不容置疑的，只能分享不能探讨。

"比如这个罪的问题，基督教讲人人都是罪人。这在中国人的概念中是难以接受的。墨子说，罪，犯禁也。罪人等于是犯法的人。我们何罪之有？"天舒说，"难道罪人都在教堂里，好人都在监狱里？"

王永辉不解地看着她，天舒接着说："监狱里的人都说自己无罪，教堂里的人都说自己是罪人。"

其他人笑了，王永辉说："罪，在《圣经》里是不完善的意思。"

一时间谁也说服不了谁。

"好，好。"王永辉笑笑，不再争辩下去，而是说："我为你们祷告。"

唐敏说："你根本就辩不过我们。"

"辩来又有何益呢？我辩输了，是输。我辩赢了，还是输 —— 因为你们不信。这样，我辩来有什么用？"

大家对望，不说话了。

2　贫贱夫妻百事哀

下午开了一次Lab meeting，天舒刚来时对这种实验室会议颇为上心，现在也变得不在乎了。失恋后，她对什么都不上心。在会议室，她吃的donuts（甜甜圈）比她听的东西还多。Johnson教授的父亲是位商人，Johnson教授兼具商人的精明和科学家的聪明，但让人意外的是他的音乐才华，他拉得一手很好的小提琴。他说："音乐不但舒解了我的疲劳，也启发了我的灵感。我认为有一种沟通只能通过音乐来完成。"在音乐方面，Johnson教授与小马一拍即合。小马也酷爱音乐，会拉二胡。在一次教授邀请的家宴上，小马拉了一曲《二泉映月》。Johnson教授惊叹：两根弦的中国民乐怎么会拉出如此动人的曲子。

Johnson教授虽然富有，但是相当勤俭。他家的草坪一直是他每个周末用割草机轰轰轰地推出来的。天舒有一次问他，为什么不请人帮忙？他说他自己干，既可以省钱，又从劳动中获得快乐。偶尔周末，会请学生们到他家，用他的游艇带学生出海。他刚刚与学生共度周末，周一又催学生做事。天舒不知道别人怎么想，这让她有点转不过来，可是她看小马、唐敏、Eric、Tim、Nancy他们都应对自如。

Johnson教授一讲话，习惯性地十指交叉，两个大拇指来回打转。说来说去的大意就是要大家以后把实验室当家，卖命地干。资本家的钱赚得不容易。

天舒从会议室出来，唐敏走近她："怎么了？"

唐敏是问日子怎么样。

天舒答："吃饱了。"

唐敏向天舒借中文视窗，董浩要用。老实说，唐敏不想替董浩借。这一借，董浩更懒了，可一想，董浩没事做，更有时间吵架。吵与懒之间，还是懒好些。

董浩这些年在国内炒股票赚了一些钱，带了一笔钱过来，所以他不愿意打工，虽然一天工没打，但从那么多的涉外影视作品中早已对那苦海无涯感同身受。他总想做点什么大事，可是一时没有大事可做，又没有上学，每天在家里看电视，从早上专门给小朋友看的卡通片到夜间各种脱口秀，他一台台看过去，看电视主要也是为了学英语，电视附有字幕，连听带看，八九不离十的。电视看烦了，想看点中文消息什么的，他们家的电脑没有中文软件。晚上，天舒来送中文视窗，顺便在唐敏家蹭了一顿饭。饭桌上，董浩竟然与天舒谈得热火朝天，大谈理想抱负。三四年的海外生活，唐敏最痛恨的就是夸夸其谈、眼高手低。天舒二十一，说几句不知天高地厚的话，尚可理解。董浩三十了，仍不坠青云之志，今天要炒股，明天要开个公司，唐敏从心里厌恶。人青年时没有梦想，那是没出息，中年时还只有梦想，简直就是没有见识。

"装了中文后，我就可以上网看小说了。"董浩说。

唐敏一听就有气，其实董浩说什么她都有气。董浩居然想在美国过上网看小说的日子，唐敏怎么可以允许别人在她家里这样子？

"好呀，天舒有个中文Windows，也等于大家有了。中国人就是没有法制观念。"分明是她向天舒借东西，却还要这么说，只是为了表示她的心气不顺。

晚饭后，天舒回表姐家。董浩似乎没有从刚才的凌云壮志中走出来，接着对唐敏诉说他的一个又一个的伟大的构想。诚然，他们恋爱时，董浩的这种豪情让她心动，五六年过去了，董浩还在这里壮怀激烈，只是让她心烦。董浩说他的理想，唐敏听了觉得像电影名*MISSION IMPOSSIBLE*（不可能的任务），她根本就不理。董浩讨了没趣，于是上网看中文小说。唐敏则倒在沙发上看电视。一会儿，董浩想起什么，过来与唐敏商量件事。董浩的母亲来信，希望他们帮忙把董浩大哥的儿子办出国，说你大哥他们太大了，出国没有什么意思，你侄子想出国，你们帮着办一下。唐敏有一声没一声地"嗯"着，董浩说到对于唐敏是实质性的问题了——

"咱们家现在有多少钱？"

"咱们？"唐敏一下子从沙发上蹦起来，"你听好了，你的钱是你的钱，我的钱是我的钱，那是我一分分赚下来的。你们董家的人谁也别想打它的主意，包括你在内。"

唐敏就像孔乙己伸手捍卫自己的那几颗蚕豆，心间涌起的是一股股的悲凉。她的钱是一块块小费攒下来的，董浩一天工不打，就想占为己有。做梦去吧。唐敏想。

董浩一看就是快吵架的样子，立马回屋。

董浩实在把美国想得太简单了，以为美国满地黄金。这些年来，唐敏越发地感叹生活的不易。每个人刚来时，都会有一段时间不适应，语言不好，手头紧张，孤独寂寞。她想起她刚到美国两个月时，看到报纸上电器大贱卖的广告，决定买一个微波炉回来，刚刚拿到驾照几天的她就自己开车去了。当时顺道在什么地方停下，路边写"PARKING PERMIT ONLY"，每个字她都认识，合起来就不知道是"有证停车"的意思，字面上看起来像"只允许停车"，她把车子停好，办完事回来时，她的车子上多了一张罚单。她扫兴地继续开车去买微波炉，加上车子的罚款，这个微波炉并不便宜。微波炉裹着纸箱，老大一个，她拿不了，店员热心地替她搬到车上。到了家，她又拿不上去了。唐敏自尊心极强，不愿意求人，实在没办法，于是她在公寓四周打转转，看看谁能帮忙。看见她们公寓经理，就请他帮忙搬上公寓。他爽快地答应了。到了公寓，她说，就放在地上吧，回头我收拾个地方再摆好。他说，我帮你一次性放好吧。唐敏见他如此好心，心里害怕起来，她是一个自我保护意识很强的人，匆匆随便地收拾个地方出来，他把微波炉放上去，甚至帮她把插头插上，说以后有什么需要帮忙的，可以来找他。唐敏说谢谢，他说了一声"Sure"走了。

人家一走，不知道为什么，她突然扶着微波炉哭起来。仿佛就是受不了人家无条件地对她好，承受不起呀。在美国最难的就是像她这样的已婚单身女人，可以享受的男人服务远在天边，近在眼前的男人服务又不敢享受，她想，董浩在，她就不需要这么苦了。

如今可以享受的男人服务来了，却只知道高谈阔论，好像任何事情的成就对他都唾手可得。他反而成了她的包袱。

为什么生活的里里外外一直让她失望？

这种失望，让她的心都发霉了。和董浩在一起，她才体会到穷的滋味，穷的悲哀。贫贱夫妻百事哀。别的女人赚钱自己花，她的钱是要养家糊口的。到了这种时刻，她早就不知道爱情为何物了！她的爱情是务实的。对董浩的失望，对自己的失望，她又穷又苦，像一个走在穷途末路上的老人，毫无前途可言。

3　默背《百忍歌》

后来电视看不下去，中文网络也看不下去了，唐敏那点奖学金不够用，董浩从国内带来的那笔钱也只见出不见入，家里出现了"经济危机"，不能再坐吃山空。于是他同意去打工，除了经济的考虑外，他也不愿意在家里待着，两人见面就是吵架。

不是冤家不聚头，两人就连切个西红柿都能吵上一架。唐敏来美国几年，习惯美国人的横切，董浩还是中国人的竖切。

唐敏说："三文治都是横切的。"

董浩说："我家的西红柿就是竖切的。"

唐敏说："横切科学。"

董浩说："反正都吃到肚子里。"

唐敏坚持要横切。董浩不理她。唐敏火了："你切你的西红柿，我切我的西红柿。"

结果到吃饭时，夫妇俩战火又起。唐敏夹了一块白砂糖凉拌西红柿，一看是竖切，恨恨地扔到董浩的饭碗里。董浩一看心头之火就冒了上来，将嘴里正要嚼的一块西红柿用筷子掷到唐敏的饭碗里："这是你切的！"

夫妇吵架，女人总要占点上风，唐敏也是如此。见董浩如此以牙还牙，唐敏觉得吃了大亏，就霍地站起身，将盘里所有竖切的西红柿一块块地扔到董浩的碗里，一边扔一边叫："你切的，你切的！"

好狗不跟鸡斗，好男不跟女斗。董浩此时怒火中烧，顾不得什么好男不好男了，也夹起盘子里一块块横切的西红柿扔进唐敏的饭碗，嘴里骂："看你横，看你横！"

两人打了个平手。唐敏却觉得自己输了，悲愤交加地端起盛西红柿的空盘子，尖叫一声"董浩"，就将盘子狠狠地砸在地上。随着"哐当"一声，她掩着脸冲进房间，扑倒在床上痛哭不已。

每次吵架其实都是由唐敏引发的，却也都是由她收场。唐敏比较爱生气，什么小事也能发一通火，董浩被惹急了，发更大的火，董浩不发火则已，发起火来，唐敏顿时没声了。收场的还是唐敏，不过她收场的方式有些异于别人。别人气急了，是咒对方死；她气急了，是说自己要死了："你也不用和我吵，我哪天死了，你也就安心了。"此话一出，董浩果然就安静了。

这次西红柿大战的结局又是这样，唐敏在床上一把鼻涕一把眼泪："你也不用气我，我死了，你就安心了！"不过这次比哪一次都更加伤心。董浩瞪着眼看她，觉得自己这个男人真够孬的。

董浩去打工，但是不允许唐敏跟别人说，他们对国内的人口径更是一致：他在复习，准备考TOEFL和GRE。夏季，餐馆工也不好找。他看见挂着"HELP WANTED"，进去，不要他，他说一句"Thanks（谢谢）"走掉。没有挂牌子的，进去，更不要他，他再说一句"Thanks"走掉。说到后来，他改成"Thanks anyway"，这句话接近中文的"怎么样也谢了"，带着他的赌气和僵直。好不容易有一家越南人开的中餐馆要他，他说"Thank you so much（太谢谢您了）"。老板曾是越南难民，会讲中文、粤语、英语和越南话，不过好像哪一种话都不是讲得太好。董浩以前只知道美国吸收各国人才，爱因斯坦、索尔仁尼琴，美国把他们吸收且保护起来。二战后，苏联搬走的是德国的设备，美国要走的是德国的人才。现在知道，美国也接受各国的难民。越战之后，美国像是为了赎罪，接受了一大批越南难民。东方人勤劳节俭，几年后都过得不错。

在国内，董浩有体面的工作，有优厚的薪水，有受人尊敬的地位，与眼前围着客人和老板转的日子对照，真是一个天上，一个地下，深感社会地位已经降到最低点。

穿着白衬衣、黑裤子，就像个少先队员，只不过把红领巾改成了黑领结。在餐厅里，从早上十点半干起，准备工作，擦桌子，摆餐具，添油加醋，十一点半开门，客人"哗"地拥进来。他一个人管几张桌子，那个穿黑西装的男人先说要冷水，端上冷水，再说要盘辣椒，给了他辣椒，又说来碗白饭。"你不会一次说完吗？练腿哪？"董浩真想骂。

到了结账的时候，他只给了一块钱小费，百分之十的标准都不到，四个"夸特"散在桌面上，像打发叫花子。

一气之下，后面几桌，这桌客人上错了菜，那桌客人又在抱怨什么，再加上大厨在厨房里面催着上菜，这时又新进一批客人要招呼。他真恨不能长出三头六臂，老板从他身边经过，见他手忙脚乱，明显地摇着头，表示不满。后来实在看不下去了，就骂，你是公子哥儿吗？是的话就不要在这里做。记住，进去出来都不要空手，出来时端菜，进去时收空盘子。他写错了菜名，大厨也骂，这么糊涂的，还用广东话骂了一句，董浩虽听不懂，也知道意思，无非是大陆人怎么怎么样。董浩在心里头踢他一脚，也不知道他们从哪里来的高大陆人一等的感觉。对餐馆老板、大厨，他是秀才遇到兵，有理说不清。

忙了一整天，抬头望钟，时针艰难地指向八点，离收工时间还有两个多小时，时间在中餐馆里像是冻结住了，度日如年般的缓慢。他在心里背《百忍歌》：朝也忍，暮也忍，耻也忍，辱也忍，苦也忍，痛也忍……到晚上十点半，他才到家，唐敏开车接他，他算了算口袋里的小费，心里稍有些安慰。

董浩打工不想让人知道，可是没有想到第一个星期就撞上了熟人。

期末考考完，天舒自己去逛mall。她很喜欢逛街，也许可以说酷爱吧。这点像是从母亲那儿遗传来的。听人说，喜欢逛街的女人多是不郎不秀之辈。似乎有道理，没有听说哪个做出大事业的人喜欢逛街，他们都说喜欢读书听音乐什么的高雅爱好，像杨一就不喜欢逛街。

虽然不买，走在商店与商店之间，看着许多她买不起的货品，心里也是一种暂时的拥有。她已经很满足了。

在窄窄的quick photo小房间里照了张相。

逛完街，又参加不开车的老爷爷老太太才参加的旧金山一日游，坐旧金山特有的古老的cable car（有轨游览车）观赏市容。

傍晚请自己吃了一顿晚餐，第一次付了高于百分之十五的小费，她把钱交给服务生时，说，不用找。然后享受着人家的微笑庄重地走出了餐馆。

天舒自从和杨一大吵后，再也没有回公寓，在阿晴家待了一两个星期，直到这个学期结束。她也感觉自己对杨一太过分了。

现在决定回家。进来，看见杨一正在打包，知道她要回国。杨一见她回来，并不主动问话。天舒装着兴高采烈的样子大谈她的今日见闻：看见了旧金山有名的同性恋大游行，上万人的游行队伍，全部都是女人牵着女人的手，男人亲着男人，如果不是亲眼所见，不敢相信。

杨一突然说："天舒呀，你不要吓我呀，你不要从事物的一端走到事物的另一端，这样子很危险。"

杨一故作严肃的调侃逗得天舒大笑不止，哈哈，咯咯，嘻嘻，后来就无声了，坐在沙发的一角发呆。过了一会儿才说："杨一，你的眼光好差呀。"

"啊？"

"那时我问你，苏锐会喜欢我吗？你竟告诉我百分之一万的可能性。"杨一说过天舒是最棒的女生，男人会爱的那种，当时觉得顺耳，自我感觉良好，现在再想，分明就是捉弄。

"那是苏锐他看走眼了。"

天舒笑笑，就在这当儿，一眼瞥见茶几上的旅游资料，笑容顿时僵在脸上。

天舒和苏锐原本约好期末考完，一起去玩玩，商量着这次去大峡谷看看。天舒兴致勃勃地收集了许多资料，地图、景点介绍、注意事项什么的，一直默默地为这次旅游做准备。现在她把它们全部扔到了垃圾桶里。

"杨一，对不起，我那天是气昏了头。"

杨一看了她一眼："算了，我原谅你了。"

"那我请你吃饭，请罪吧。"

"应该的，算你自觉。"

北加州的中餐馆多如牛毛，多是台湾、香港人开的，口味正宗，除了有哄外国人的"中国菜"，也有梅菜扣肉、五更肠旺这些中国人才会吃的中国菜。价格十分的便宜，一份lunch special（午餐）才四块九毛九，有汤有菜有饭。听说中餐馆十年前的光景很好，现在越开越多，价格越来越低，你一份午餐套餐四块九毛九，我一份四块七毛九，使得中国菜越来越低廉。

等busboy（餐厅的帮手）送上冰水后，侍者过来点菜，两个人的目光从菜单移到侍者时，她们吃了一惊，是唐敏的丈夫董浩。

"是你呀？在这里打工啊？"杨一问，有点吃惊，吃惊的是会这么巧碰上董浩，而不是董浩会打餐馆工。她来美国有一些时候了，已见怪不怪。

可董浩的表情立刻不自然了，一个中国文人传统的清高在这种处境中，很是窘迫："哟，是，是你们呀。"接着他匆匆地点过菜，不与她们多谈，当然他也没有时间与她们多谈，他一个人同时管三张桌子。

董浩一离开，杨一说："他好像不是很高兴。"

天舒说："他与唐敏天天吵架，快离婚了。看来我还不是最惨的。"

她想起唐敏常对她说的："你们这个年纪的烦恼啊、困苦啊，全是少年不识愁滋味，为赋新词强说愁。"有道理啊。

天舒说："董浩可能在国内混得不错，所以觉得打工委屈他了。像我以前的两个室友Laketa和Meg一直都是打工，自生自灭，父母不管她们。她们从来不觉得委屈。Meg白天在餐馆服务别人，晚上打扮得漂漂亮亮地去酒吧，享受别人的服务。把白天好不容易赚来的钱全部花光。我看她们挺快乐的。"

"其实大家都不容易啊。"杨一说，"我们挺幸运的，年轻，没有任何经济负担，有奖学金，不需要打工。来美国这么长时间，一个盘子都没洗过，想想，也挺不好意思的。"

埋单时，天舒请教怎么付小费给董浩。杨一说，绝对不能给低了，人家就靠这个吃饭。天舒说，也绝对不能给得太高了，像在救济，男人都是有自尊的。

吃完饭，杨一陪天舒去买车。日子不舒心，天舒决定买部车来压压晦气。像以前一样，不开心，就上街买一样自己梦寐以求又舍不得买的东西。她得买辆车来开开了。

4　爱情全面撤退

当天晚上，董浩回到家里，对唐敏说："今天在餐厅让你们实验室的天舒她们看见了。"说得像偷了东西被人发现了一样。

"哦。"唐敏随便应了一句。

"那地方简直不是人待的。"

"就那么回事。"

唐敏每天忙于学校，没有时间顾及他，再说，在美国打工，没有什么丢脸的，她可以去打工，为什么他就不能？

董浩现在不谈他的远大志向了，餐馆将他教育得服服帖帖。不谈抱负了，就开始诉苦。他谈抱负，她厌恶；他诉苦，她痛恨。

想起在国内时，她的研究所旁边有一个由外地农民支撑着的农贸市场，他们从农村来城里打工，说着带方言的普通话，每天辛苦操劳着。所里的"文化人"通过玻璃窗，俯视这个脏、乱、差的农贸市场，称他们为"盲流"，把他们作为茶余饭后的谈资。她知道城里人与他们没有真正意义上的交流，然而似乎又离不开这群外地人，下班时一定顺便从那里买些菜回家。终于有一天，这个农贸市场被拆除，取而代之的是一座现代化的商场。所里的"文化人"再通过玻璃窗看对面的高楼，该是抬头仰望了。大家又抱怨再也吃不到以前的便宜肉菜了。现在想想，她远远没有他们坚强。对于他们，从农村到城市，是一个飞跃。对她而言，从国内到国外，也是一个飞跃。她比他们爱抱怨，就因为自己多读了几本书？有意思的是，在国内时，她看过一些海外文学，留学生受了一点苦，常说自己苦；她也看过一些知青文学，知青受了一点苦，也常说自己苦；可农民受了一辈子的苦，却从不说苦。

董浩从以前的户主变成了一个儿童。在国内，他是一个科长，有熟悉的文化背景和生活方式。到了美国这个最能给人独立自主的国度，他像一个儿童，一切从头开始。学电脑、学英语、学开车，都是孩子在学的东西，他一个而立之年的男子现在才开始学习。这种不适应，让他不自信。唐敏不是理解不了董浩的难处，她只是不愿意去理解。在实验室里有时也会自责，应该对他好点，毕竟她对不起过他。她就是抱着这样的决心回的家。一进家门，看见董浩很用心地剪报纸上的coupon（折扣券），也不知道为什么，就将他看低。心里下的决心立马化为乌有，再一说话，必定是针锋相对。她就是没有办法对他好。

再说董浩也是难，他谈理想，她说他不切实际；他打工赚钱，她觉得他无能。董浩则像孩子一样通过一些小事发泄他的不满，故意把电视开得很大声，发出几声怪叫，这引来的是唐敏从鼻孔里发生的"哼"，全是鄙夷。只要一看见董浩油乎乎的小平头，就是不悦。一点小事，就能让她生气。

他们已经无法进行正常对话了。有一次，唐敏问："抹布呢？"董浩不说不知道，说："我把它寄给我妈了。"同样，董浩给一些地方寄了求职信、履历表，唐敏当时就放肆地嘲笑他犯了几个明显而简单的语法错误，这无疑伤了一个男人的自尊心。

在休息室吃午饭的时候，唐敏有时与实验室的人说一些她的烦恼事，无论老的少的，一致反应——这有什么好吵的？仿佛圣人。尤其王永辉、陈天舒这两个未婚的年轻人，讲起大道理一套套，什么宽容啊、忍耐啊、信任啊、接纳啊，活像两个婚姻咨询专家。唐敏心里觉得非常好笑、滑稽，他们完全不知道婚姻是怎么回事。她反而为这两个年轻人担心，以这种美好心态走进婚姻，以后还不跌个头破血流！他们不知道这种吵架的心理，夫妇彼此排斥时，讲不了三句话，就擦枪走火，引发一场战争。

现在不太吵了，谁也不骂谁，谁也不管谁。无言的抗议比锐利的争吵更可怕。两人很快就分开了。

这天是唐敏生日。唐敏对生日从来不看重，到了这个年纪，就更不看重了。早上起来，唐敏相当美式地喝下一大杯加冰块的冷水，董浩则把牛奶放入微波炉里热一热喝，又烤一两片面包。唐敏想：真是势如水火。

傍晚，王永辉与教会的师母到家里坐坐。唐敏觉得教会的人多少有点傻，吃得挺饱的，没事就帮助人，当然她吃得再饱也不会这样去帮助别人的。他们带来一个蛋糕，师母念了《诗篇》第九十篇：

"我们一生的年日是七十年，若是强壮可到八十岁，但其中所矜夸的，不过是劳苦愁烦，转眼成空，我们便如飞而去。求你指教我们怎样数算自己的日子，好叫我们得着智慧的心。"师母的意思是要她感谢生命的恩典，唐敏听了只觉得过一天少一天。

师母又说："先生多大啊？"

"同岁。"

"哦，"师母笑，"同寿，同寿。"

这话到了唐敏耳边，像是"同死同死"。师母是个五十来岁的女人，觉得三十岁人生才开始，哪里料到唐敏如此悲观。

三十对女人仿佛是一个坎儿。不到这个年纪不知道，再怎么早熟都不行，不到这个年纪就是体会不到。二十九岁时，很可以自称二十几岁，与二十一岁的小青年平起平坐。三十这个生日一过，虽然看镜子中的她还是那样，可心里一直有个声音在提醒自己：是个三十岁的女人了。人越是长大，越是世俗，越是现实。

晚上董浩回来，唐敏说，我们分开吧。

董浩看了她一眼，话也懒得说，将他的头钻进美国公寓里那种大大的壁橱。他没有什么东西，收拾了一下，就要离开。这个日子，他早预料到了。董浩提着箱子，他来美国时带来的那个，现在又要带着走了。

唐敏被他麻利的动作吓着了。她站在门口，小声地说："你在心里笑我吧？"

唐敏这么一说，董浩倒是真的笑了一下："笑你？笑你什么？我有这个能力笑你吗？你不要在心里笑我就不错了。在美国这些日子，我一直很自卑，对有钱人，对有能力的人，我都不敢多说话，怕人家笑我，怕人家的话中话让我更自卑。所以今天你的决定我能理解。一个男人不成功，只有让别人笑的份儿。"

"把你办来，是为了对你负责任。和你离婚，是为了对我自己负责任。"

"你真是越来越会说话了。在美国三年，中文倒是见长。"

"你不用挖苦我。至少我在你出国这件事上是费力劳神的。我借钱作担保，学校证明，系里证明，你以为就是买一张机票吗？"

"是，你了不起，你是我的上帝，我是因为你才能来到美国，满意了吧？"董浩说完扭头就走。

分开后，唐敏倒是不安，但她绝不后悔。她知道，她是无法回到以前的生活中去了。唐敏只希望在生活上帮助他。

　　董浩打了个电话来，问她现在怎么样。

　　"也就那样。"唐敏说。她说的是实话，她的生活就只能是那样了。她反问，"那你呢？"

　　"也就那样。"董浩说的也是实话，日子越过越没了感觉。

　　问候完毕，两人无话可说，可是董浩并没有要挂电话的迹象，于是唐敏说有什么事她还是会帮忙的。唐敏的话音刚落，董浩便迫不及待地说："那你借我四千块钱吧。"

　　"四千美金还是四千人民币啊？"唐敏在电话的一端开着玩笑。

　　董浩没有作答。

　　"好，我给你寄张支票过去。"唐敏说这话时，自觉孤傲得如同张爱玲。1947年6月，张爱玲复信给先生胡兰成："我已不喜欢你了，你是早已不喜欢我了。你不要来找我，即或写信来，我亦是不看了。"在这封决绝信中，张爱玲还是寄上了三十万元。

　　"好，这笔钱我是要……"董浩试图解释借钱的目的。

　　唐敏笑着拒绝了："不必了，借钱是我的事，用钱是你的事。"

第十三章

以前有一首挺流行的歌叫《容易受伤的女人》，其实男人也容易受伤，尤其在美国。首先，个头和人家美国女人差不多高，可是心里却想，也需要扮演中国男人传统的形象。后来回国找了个太太又……

—— 小马

1 坚守在实验室

一放暑假，学校一下子安静下来，仿佛一夜之间，两万名学生整体蒸发了一样。只有没有回国的外国学生坚守阵地。

苏锐去了西雅图。杨一和大淼回国了。大淼从来不是什么省油的灯。他回家第一个星期，全家喜气洋洋。第二个星期，全家平平静静。第三个星期，母亲说："我看你还是回美国吧，你在家里，简直就是个祸害。"第四个星期，母亲说："你要再不出国，我们就打算出国了。"大淼在家的表现可见一斑，家里也就是这样对他表达他们的爱。

天舒坚守阵地。天舒觉得自己真是倒霉到家了。本来和苏锐一起过暑假，如今鸡飞蛋打。要不是苏锐，她早回家了，现在连回家的情绪也没有。想到这儿，她就恨得牙痒痒的。

对于天舒，学校成了好去处，到处都是没有故事的场景，没有生机的建筑。一个人走在校园里，感觉清静。一个人在实验室里工作、学习，翻着一页页昂贵的美国课本，没有入脑，觉得对不起上百元一本的教科书，下意识地读出声来，读了会儿，就读不下去了。右手不停地画小人——她只有在初中以前和心情不好时，才这样地画小美人——像许多那个年纪的小女生一样。画的是清一色的脸部，没有身子，只有大眼睛的卡通人物，画了一张又一张的脸，张张惊人地相似。

在家里就是无休止地看电视，这台在播新闻；换一台，在演肥皂剧，不知演了多少年了，据说比她的年纪还大，还在演；再换一台，一个像妈妈一样的人在向另一群像妈妈一样的人推销厨具；又换了一台，是脱口秀，一个人告诉他太太，他和别人睡觉了，接着一定是一串串骂人的话，因为她一句也没有听到，全是"BEEP"的哨音声。

更多的时候，她与小马、唐敏他们打牌。她在国内时会打"拖拉机"，他们在大学时开玩笑，三拖进军美国：托（拖）福、拖拉机、拍拖。如今，托福是再也用不上了，拍拖也不顺利，拖拉机也被淘汰，他们玩的是"找朋友"，这好像是留学生们在这边发展演变出的新牌法。一听这个名字，就知道他们如何寂寞。

玩了几个回合，天舒就不想玩了。她发现不能和小马、唐敏他们在一起。小马老说他太太的事。与唐敏聊天，人生越聊越灰暗。还是和杨一聊天好，人生越聊越光明。天舒打了个电话给杨一北京的家，杨一竟然说："没错了，人活着是没有什么意思，只是活着，就得快快乐乐地活着。"

连杨一都这么说，天舒再也无话可说了。

天舒失恋的事实验室的人都知道。

"传着传着，我都以为她不行了。这个女人就是爱说话。"小马笑笑，"女人得breast cancer（乳腺癌）和男人得prostate cancer（前列腺癌）的比例是一样多的，可全世界都知道女人会得breast cancer，却不太知道男人会得prostate cancer。为什么？就是女人爱说话。"小马夹了英语，是因为他觉得那两个词用英语说比较顺口，好意思些。

小马从来没有料到自己在做了六年的小兵后，有一天还能当个小官儿。老板突然让他做一个科研项目，还允许他雇用几个学生。小马首先想到天舒，他雇用天舒基于两点考虑：一是天舒暑假可以工作，这是雪中送炭，自己的同胞啊，他不帮她谁帮她；二是他有时候实在气那些没事给你找事的洋鬼子。这里没有种族歧视，谁说的？他也需要一个同志，人多力量大。

小马立刻告诉天舒："天舒，从今天起，你就在你大哥我手下做事了，做到暑假结束。"

"马大哥，还是你最好。你知道这等于什么吗？"

"等于什么？"

"灾区人民看见蛋糕啊。"天舒握住小马的手，激动的心，颤抖的手。

看着她无邪的小脸，小马更有了同志的感情："天舒，咱们兄妹以后就是一个战壕里的了。"

"小马哥，不仅是兄长，还是老板啊。以后你往哪里指，我就往哪里走。"

小马一下子昏了头，真以为他骑在人民头上了。

两个哗啦啦地行动，又是研究工作方式，又是讨论工作进度，不亦乐乎。晚上，小马还请天舒到家里吃晚饭，尽尽老留学生对新留学生的关心，反正她与马太太也熟。

几天后，天舒就出状况了。

天舒常常迟到，由于失恋，心情不好，可以理解，自己的同胞。

天舒还老请假："马大哥，我有点不舒服。""小马哥，今天我突然有点事。""大马哥，今天我要去考车牌，你知道我刚买了车。"自己的同胞嘛，批了。

小马对天舒说："只要你在老板来时出现就成。"

以至手下的另外几个兵不满。

今天一个学生一进来就问："天舒呢？她到了吗？"

另一个学生眨眨眼："她昨天来了。"

小马正色道："她的工作时间调整到了晚上。"

天晓得，天舒晚上在哪里。小马认为自己这么说，不是为了包庇天舒这个人，完全是为了中国人的形象。中国人在外国还互相穿小鞋能行吗？

这时，天舒匆匆忙忙地进来了："大马哥……"

小马一听她叫得这么亲切甜蜜，就知道没好事："又怎么了？"

"马哥……"

"打住。"小马皱着眉，"你这么一叫，我就知道你又要请假了。"

"我和你说……"

"不要和我说，你也不要叫得这么甜。你今天得上班，你上班，我管你叫陈姐姐，叫你陈阿姨也认了。"小马才知道，他就是匹马，终是给人骑的。

天舒吐吐舌头，不说话了。

"你老这个样子，你叫我怎么管别人？"

"你做的这个项目，我也不是太有兴趣。"

"要知道我对你已经仁至义尽。可你是怎么对待你大哥的？"小马声音高了起来，"眼看就快开学了，这一大堆的事，你不做，难道你要把我累死不成？你这样子要在别人手下，早被fire（炒）了；别人这个样子要在我手下，也是被fire了。"说完，小马觉得自己不知不觉中已经拿出了上司的威力。这样对同胞不好，他想。

实验室里几个美国人纷纷扭过头来，见他们"哇啦哇啦"地讲中文，已经不悦，再听他们高一声低一声，很是奇怪。

小马、天舒察觉到了，可不说中文，难道用英文说这些不成？还得说中文。再说，两个中国人讲英语，挺别扭的。小马压低声音，叹了口气："我看中国人还就得交给外国人去收拾。这就是中国人的劣根性。"

天舒连忙开始做事，边做边说："你这个打击面也太大了，不要因为一颗老鼠屎坏了一锅汤嘛。"

小马笑："知道自己是老鼠屎就好。"

工作得正起劲，实验室里电话铃响了。是马太太打来的，正好也是小马本人接的。

小马对话筒里的小夫人，温情脉脉，关怀体贴。

《太太永远不会错》——"如果发现太太有错，一定是我看错；如果我没有看错，一定是我的错，才害太太犯错；如果是太太的错，只要她不认错，她就没有错；如果太太不认错，我还坚持她有错，那就是我的错；如果太太有错，那就尊重她的错，我才不会犯错。总之，太太绝对不会错，这话肯定没有错。"小马按照当前广为流传的"爱妻原则"去做，结果却是：每天他一睁眼，就有人告诉他，他又做错了什么。

小马挂了电话，对天舒说："怎么？我老婆打电话来说，你怎么还不到我们家，你本来是要和她逛mall的？"

天舒点点头。

"要公私分明嘛。买东西也不能用上班时间呀。"小马说这话的表情语气就像县城里刚正廉洁的小干部。

"是。"

"这样，明天星期六，我带你们两个一起去。"

"你夫人有你陪着就行了，我才不去当电灯泡呢。"

"你去走走也好，免得你没事想东想西。"

2　到底是谁的错

第二天，小马开车送Mary和天舒去附近的mall，到了入口，小马说，我两个小时后来接你们。

天舒和Mary逛商场逛累了，坐在STARBUCKS咖啡厅里喝咖啡，这时，一个美国男人走过来："Mary，这么巧，对了，昨天打电话给你，你的室友说……"

天舒听了，想：她什么时候有室友了？那是她丈夫呀。

Mary打算读MBA，她自己也是个MBA（Married But Available，已婚结婚但仍可得者）。等那个美国男人走了，天舒若无其事地说："你怎么不戴戒指呢？在美国结婚了的人都戴戒指。"

"嗨，咱们中国人，不要搞得像假洋鬼子似的。"Mary手一摆，有些不耐烦，"我们去逛吧。"

她拉着天舒进了一家珠宝店："看这些戒指，多漂亮。"

"快上万了呀，当然漂亮。"

Mary回头看了一下天舒，叹了一口气，苦笑："你们怎么都是一个模子出来的，小马也是这样，看什么都先看价格。难怪人家说留学生说话洋里洋气，花钱小里小气，穿着土里土气。小马连头发都叫我替他理，我说我的收费比外面还贵，他才出去理。留学生真这么穷吗？"

"是穷。我看我们几个还算好的，至少不用打工，有些留学生还要去打工。"

"我在上海的时候，有个留学生太太说她先生一到美国，就给她买了一个多少克拉的钻戒。"

"对于刚到美国的留学生有三种可能：一是他骗他太太，二是他太太骗你。"

Mary看着她："那第三种可能呢？"

"她在和你谈理想。"

小马回来接她们，见Mary又买了这么多东西，面露难色，但仍是笑笑，"女人两大特征：爱说话和爱买东西。"

小马很讲"三从四得"：太太外出要跟从，太太说错要听从，太太命令要服从；太太购物要舍得，太太生日要记得，太太发威要忍得，太太未归要等得。

天舒觉得小马是有"妻"徒刑，海外执行。

天舒看着小马和他太太，知道他们差不多了。小马见她一语不发，以为她又在想心事，便说："毛主席说得好，牢骚太盛防肠断，风物长宜放眼量。你要想开点。"

天舒看着快乐、幸福的小马，吐出两个字："共勉。"

Mary在学开车，小马在一旁快乐地指点。都说夫妇不能学车，准吵得你死我活。有一陪读夫人要先生教她开车，先生不愿意教，叫她上驾驶学校，说，我教你开车，那咱们得先离婚。小马天生好脾气，对娇妻宠爱有加，教太太开车也是好言好语。言者谆谆，听者藐藐。教车的不凶，学车的就记不住。马上就出事了。

在红绿灯处，Mary直行，与一辆左转车辆相撞。当场，小马的车子头部受伤。Mary在车里叫的第一句话是："到底是谁的错？要赔多少钱？"

小马先下了车。相撞的是一辆奔驰，没有明显的伤痕，车子主人是一个相当富裕的美国中年男子，他过来问："你没事吧？"

"还好。"

中年男子探入车窗，问车内的人："年轻的女士们，你们也没事吧？"

小马太太吓得一句话没有，天舒说："我们还好。"

"那就好。知道你们安全了就好。"那个人说。

小马也忐忑不安地问对方身体是否不舒服，那人说目前尚好。小马听了，心里仍有结，他身体目前还好，可到了医院说不定就检查出个什么问题。

小马往身后一望，他的车子就像弱小的儿童被人痛打了一顿，委屈地立在一边。小马想为他的车子讨回公道。可他只保了基本险，心余力绌。

双方彼此记下了电话号码、地址、驾驶执照号码和保险公司资料以及一位证人的电话。那个人见他们态度诚恳，又过来谈言微中地说："不用太着急了，我有全保，不会有事的。"

听了这话，几个人才松了一口气。天舒对小马说："那就好了。话说到这儿了，我又不得不说，美国人遇到车祸，第一个反应，是要救死扶伤。中国人第一个反应，到底是谁的错。" Mary不屑地说："如果我是开奔驰的，又有全保，我也会这么有风度的。归根到底，是个经济问题。"

"塞翁失马，此何遽不为福乎？此何遽不能为祸乎？"小马到这个时候，还如此文绉绉，真是个书呆子，"不要考虑这么多，只要人没事就好。"

回到家里，小马给当律师的朋友老崔打了个电话。老崔在美国日子比较久了，对资本主义的无比优越性了解得比较充分，当然利用得也是比较充分的。他听后，大快人心地说：

"你们不要担心，说不定是个发财的机会。你的车子早有几个小毛病，搞得好的话，你不仅可以把车子里里外外彻底修理一遍，还可以说被撞出了个什么后遗症，要他个几万也是不过分的。"

"我们也不那么贪心，只要把车子修好就行。再说我们身体都挺好的，没有什么事。"

"这你就不懂了。上个月，我帮一个出了车祸的人打官司，他也说没事，到了医院，才知道手骨歪了。当然，有可能他的手骨本来就是歪的，但只能说那个撞车的人倒霉。"

"那，听你的意思是……我们手骨也歪了吗？"小马疑惑地问。

"你们的手骨可能没歪，我可以给你们找别的理由。比如，你近来精神恍惚，心跳加快，论文也写不出来，与太太无法恩爱什么的，这都是损失。"

小马听到这儿，想，难怪美国民意调查，人们最讨厌的人就是律师，他们简直无事生非、无孔不入。一个美国老太太要了一杯咖啡，自己不小心泼出来被烫了，可以告下两百九十万美元的赔偿。

小马最终没有去敲诈人家，一来他不能确定到底是谁撞了谁，二来他无心去打官司，那一打就是几个月的持久战。另外，他也记得临出国时，他的导师、早年的留美博士对他的教导：中国人有些时候"忍不住"想占点小便宜，在越是法治的国家，越是要老实。别看有时候，恶人当道，但他们摔起跟头来，比谁都惨。老实人最终是不会吃亏的。

小马只是想把车子修理好。

许多人听说了，都说他读书读呆了。老崔说："多少人等这个机会都等不到。在美国最幸运的事，就是被大富翁撞上，出个什么车祸，本人没有受伤，又能赚上一笔钱。"

3　突然她很想家

天舒回到家。出了一场车祸，她的气色很不好，倒头便躺在沙发上。这时，电话响了。

每次电话响，她都以为是苏锐打来的，却总是接到讨厌的推销电话，让你订个报纸，买个保险什么的。起初出于礼貌，耐着性子听，婉言拒绝，时间久了，一接到就说我没有兴趣。

有家保险公司打了三次电话给她，第一次问她喜欢MULTI-LEVEL SALES吗？说白了，就是国内说的老鼠会，天舒断然地说不喜欢。推销员立刻说，好，那你将喜欢我们公司。接着长篇大论，让人想捂住他的嘴。

第二次，他打来同样的电话问了同样的问题，天舒说喜欢，想看他怎么回答。推销员立刻说，好，那你将喜欢我们公司。接着长篇大论，让人想挂上电话。

第三次，他又打电话，天舒第一句就说我不信这些东西。对方的回答更是好，"你当然不用去信它了，它又不是宗教。"

天舒哭笑不得，他们如此好反应，做什么不行，非得干这行。挂了电话，想到了《推销员之死》，有点后悔。推销员的压力很大。据说，打一百个电话，只有两三个是有兴趣的。人们拒绝他们的产品，连他们的尊严也一并拒绝掉。这种人很容易产生应激反应，应激反应产生越多越快，人也越早越快地死亡。想到这儿，她那点不值钱的同情心就溢出来，决定以后把他们介绍给阿晴。她有钱。

后来知道苏锐根本不可能给她打电话，她就连电话也不接，放着答录机，听到有价值时，才拿起电话。

电话声仍是固执地响着。答录机出声了："天舒啊，你不在呀，知道我是谁吗？"

天舒锐利地进入电话的那一端："小安啊？！"

"你还听得出我的声音呀。"电话那端传来小安甜美的笑声，"知道我在哪里给你打电话吗？"

"哪里？"天舒此话一出，立刻悟出什么，叫道："你在美国？！"

"Bingo，答对了，我在纽约。"

小安说，她认识的人当中只要真正想出国，且为之奋斗的，还没有一个出不成国，你签个八次九次证，就没有签不到的。

"人只要有决心，没有办不成的事。"小安说。

天舒问："不是吧？"天舒指的是自己在情感上的心有余而力不足。

小安答："是的。"小安是指一些事情的来之不易，是有感而发。

而这"不是"与"是"，显然有感于她们在国内和国外这一年的经历。

"你的学校怎么样了？"

"忘了它吧。"

"你的拍拖怎么样了？"

"忘了它吧。"

小安知道天舒的事情，笑笑："不谈这些，那谈什么？"

"谈广州的事呀。"

小安说了她们共同熟悉的老师、同学、城市、街道、小吃、电影，天舒倍感亲切。说到某个人，已经记不起名字，就说："还记得那个吗？就是那个特别窜的，以为自己了不起的，现在发了。""还有那个，家里很有钱的，他结婚了。"

广州的变化非常大，感觉时间过得很快。在变化不大的美国，不容易有时间转眼即逝之感。刚到美国时，和小马谈起国内的事情，小马说："我离开中国五年之多，国内的许多事情我已经不知道了。"当时她还笑他做作，现在也有了这种感觉。

突然她很想家。小马和唐敏说，刚来的头一年都这样，时间长了就好了。小马和唐敏自然是好心，可到了天舒的眼里，就成了两只没心没肺的白眼狼。这会儿她真的很想家。

她喜欢逛广州夜市，与吆喝的人讨价还价，人家说二十，她还十块，人家又说十八块，她再讨到十二块，最后十五成交。她高兴地把省下来的钱买羊肉串吃。有时也会砍不下来，人家叫五十块，她只出十块，人家不高兴了，说，小姐，你慢走。她快乐地走掉，因为她也没想买。在美国买什么都是刷卡，有什么意思呢？

她喜欢吃广州的早茶。在旧金山的唐人街里吃了几回早茶，就因为有那么一点亲切，竟让她说出 —— "这很像广东的早茶嘛。"现在心里偷笑，差远了。

而天舒在想家之际，却从机场接回了返美的杨一。

这次回国，杨一与前男友Eric及他的女朋友一起去中国。三人行，杨一就是这样的拿得起放得下。杨一回国还真帮安宝行先生联系了一份工作。回国的感觉很好。最大的感觉是 —— 她刚到美国的三个月，看见美元，就自动地折算成人民币，看看合不合算；现在回国了 —— 她又无意识地把人民币折算成美元，觉得北京的东西也不便宜啊。

回程的飞机上，杨一哭了。Eric问她，怎么了？杨一说："你理解不了。"她想从她出生到现在，父母所付出的心力，无以回报，是他们把她培养成正直、有头脑、上进、身心健康的青年。这样，十几个小时过去，她已经到了美国。

入美国海关时，"美国公民入口处"特别显眼，Eric和他女友得以长驱直入。美国海关与中国海关正好相反 —— 他们自己人高于外国人一等。美国海关对待外国人，虽然比中国海关礼貌客气，见了面说"hi"，离开时说"bye"，但那架势，外国人就是无法与他们美国人同日而语。杨一入两个关，都无法享受最佳待遇，只觉得自己腹背受伤。

天舒见到杨一就说："太可怕了，我简直就是冒着生命危险来接你的。"天舒开车技术还不行。

天舒开车是由周围几个朋友教的。先是杨一，杨一历来爱教育人，且诲人不倦，使得天舒开车的一招一式都是"杨派"。杨一回国，轮到小马，小马在教太太开车，连天舒一起带上。周末到阿晴家，又由阿晴陪她练车。不少时候，他们的开车习惯和教法有出入。天舒无所适从，说，杨一教我要这样子。小马很不痛快地说："这样是不对的。"天舒又对阿晴说，阿晴更是霸道："中国人开车都很不规范，都自己瞎练出来的，我这是从驾驶学校学回来的，而且我从来没有出过问题。"每个人都认定自己是真理。

天舒小心翼翼地拿捏分寸，就像儿子需要在母亲与老婆之间找个平衡点一样。她汲取百家之精华。一开始只开二十五迈，像蜗牛爬一样往前驶。杨一常笑她。以前听过一个笑话，一个人在路上开车，看见前面有一辆车子缓慢而行，却不见驾驶位上有人，以为撞见鬼了，超过去一看，只见一个小老太太卧在方向盘下面开车。现在看见天舒，杨一就想起这个笑话。前面一有人开车慢了，杨一就笑："那个人跟你一样。你这速度与自行车赛跑也赢不了呀。"

有一次，杨一陪天舒练车，右拐时，天舒害怕一直不敢拐出去，后面开着大声摇滚乐的跑车放话了："You go, grandma（走啊，祖母）."天舒这才慌忙上路。后面的车子"哧溜"超过她们。开车的是一个美国少年，典型的比酷的一代。

现在，天舒拿到驾照了，就不一样了，不再像以前那样唯命是从——把谁的话都当真传，开始烦别人没完没了的指点。从被别人摁喇叭，到摁别人喇叭了。刚开车时，看见行人穿马路"跃跃欲试"，不知道是踩油门还是踩刹车，现在已经学会了冲行人挥挥手让他们先过去。

杨一不知道，仍不时地指点着："注意点速度。""你刚才那个刹车太急了。""注意后面的车辆。"

可天舒的态度全变了，不像以前一口一个乖巧的"噢"，反而不耐烦地说："你少说几句，行不行？"杨一这才住了嘴。

杨一回了一趟国，好吃好住，人又结实了一圈。回到公寓，她看了一下表："现在是北京早上七点，我爸妈快上班了，我得赶快给他们打电话。"

"你的手表还是中国时间呀？"天舒问。

杨一笑笑："再留一天中国时间吧。突然有点舍不得调过来。"

天舒也笑笑，表示理解。

杨一给家里打个电话报平安后，开始整理东西，她一边打开箱子一边说，以后要少回家才好，又胖了。

"你觉不觉得我胖了？"

天舒开了小差，想起小马和他太太。

"你怎么了？我在问话呢。"杨一用手在天舒眼前晃了晃。

杨一主意多，分析在行，天舒许多时候会请教杨一，就问："如果你知道一个关于你朋友的真相，而这个真相是会伤害到这个朋友的，你还会不会告诉他？"

杨一叫："你是说我真的很胖了？"

天舒叹口气："我是说小马，他们也快不行了。"

杨一松了口气："不是指我就好。"

"你一点也不胖。按中国人的标准叫丰盈，按美国人的标准叫苗条。"

"你的眼睛真是越来越宽容了。"

"我要不要去对小马说呢？"

"你少去当大嘴巴，清官难断家务事。我们可以从以下几点的分析得出利弊……"

杨一来劲儿了，天舒立刻止住她："打住。我知道了。"

杨一耸耸肩，接着整理行李。

"国内有什么消息啊？"

"多了。你点吧。"杨一的兴致来了，"从中央到地方。"

"我当然不是说这种新闻，我是说那种新闻，花边新闻，比如谁和谁结婚了。"

"我没注意。"

"那谁和谁离婚也行呀。"

"离婚，你更爱听了。"杨一笑，"还是一个在读博士生、科学工作者呢，其实啊就爱听这些八卦……"

"我只是比较接近生活罢了。"天舒也笑。两个女生的笑声就在小小的公寓里四处晃荡。

"瞧你出息的。"

天舒小声地说："我这点出息可是只有你知道噢。"

杨一点点头。

天舒又追加一句："你可要替我保密啊，不要告诉别人噢。"

杨一笑："好，我不告诉别人你有这嗜好。"

天舒叫："拜托！这什么时候就成了我的嗜好，再传下去，就成了'天舒是以花边新闻度日的小市民'，要知道我大多时候是很好学的。"

杨一更是笑："是啊，这要是传出去，影响多不好。万一让苏锐也知道了……"

天舒笑容马上消失，说："提他干什么？"

"他也回来了，听说……他和林希又分开了。"杨一虽说人在他处，消息还是挺灵通，看来内线不少。

"关我什么事！"

"你的表情就像关你的事。"

"乱讲。"天舒一边说，一边猛吃杨一从国内带来的零食，"你不介意我把它们都吃了吧？"

"口下留情。我要送人，很贵的。"

"很贵？那正好了，我的馋劲也是很贵的。"天舒狠狠地咬了一口。

杨一见状不言，想在心里。天舒的生日快到了，杨一很热心地要帮天舒过生日，要请一些人来家里热闹一下。杨一刚回来，正在与时差做坚强的斗争，就又有事让她操心了。她觉得自己重要得一塌糊涂。

第十四章

整个暑假我烦透了,心情跌到了最低谷。读着可读可不读的书,看着可看可不看的电视,做着可做可不做的事。听了一首《垂死的天鹅》,柴可夫斯基把悲情写到了极点,我潸然泪下。现在好不容易开学了,我们实验室发生了许多变化。这些变化都在预料之中。唐敏与董浩分居了,小马离婚了,都是不好的消息,哦,邝老师打算回国了,这算是好消息吧。他终于可以歇歇了,我们都为他松了口气。

—— 陈天舒

1 容易受伤的男人

开学后,小马的暑期项目完成了,同时他的短命婚姻也结束了。

"小马,我们离婚吧。"

"为什么?"

"小马,你跟我这些日子,应该知道你不是我要的那种人。你无法给我要的那种生活水准。"

小马知道她的意思,他确实害怕陪她上街。她在前面走,他在后面直冒冷汗,从吃的到穿的,她都十分在行,对美国的名牌比在美国生活数年的小马还熟悉十倍,甚至连卫生间用的卫生纸都要好牌子。小马跟在后面,用没钱男人很虚的窘迫的声音小声地说:"这些……太贵了。"她皱皱眉:"贵吗?国内也要这个价呀。"小马弄不明白的是,她的父母都是普通工人，她在上海月收入不过一千出头，如此"高尚"的生活方式从何而来？更让小马奇怪、难堪的是这么时尚的女子，有时候又特别爱占小便宜。有一次，他们去樱桃园，当地的人把樱桃装成一小袋子一小袋子，每袋三块钱。她只想尝尝鲜，又不想买一整袋，就对人家说，她买半袋。卖主想了想同意了，递了个袋子给她。她专挑大樱桃，装了大半袋，卖主面露不悦，小马脸红了，这不是破坏中国人形象吗？她挑完，付了一块五，就走了。小马赶紧又付了一块五，说了句"对不起"。

但是小马还是极力挽留太太，他选择了一下表达的方式，说："我现在的生活是不好，以后慢慢会好起来。每个人都是这样过来的。等我找到工作，总会好起来的。"

Mary苦笑："小马，你真是白读了这么多年书，你的年纪和你的思想是不相称的。好，就算你找到工作，年薪六万，再高些算八万吧。除了税，你还有多少？什么时候能买游艇？又什么时候可能在Beverly Hills（比弗利山庄）买房子？"

小马瞪着眼睛看她："那你跟我干吗？"

"我想出国，我在国内活腻了。"

"你这条件，要出国也不需要找我吧？"

Mary笑了："没有人愿意在这么短的时间内把我办出国，只有你。"

小马听了，肺都气炸了。这话等于是说，没人那么傻，只有你会上当。

"小马，你是一个好人。真的。以后找一个安分的人过日子。"

"这点不用你教。我就算打一辈子光棍，绝不上第二次当。"

她安慰起小马："就权当经验吧。你受了这次挫折，一定会很用功，刻苦努力向上，以后事业上也肯定很成功。到时候，不知会有多少女孩子投怀送抱呢。那时，你会知道今天的一切对你是一种刺激和动力。说不定你还会感激我呢。"

小马惊骇地盯着她，她年纪轻轻的，外表清纯，内心竟如此老到世故，像条老泥鳅。

小马摇摇头："你太可怕了。"

Mary自己也说："我是那种会让男人痛苦的女人。"

Mary跟人走了，小马没有问是谁。

无论跟谁，小马相信Mary是选择过的。因为她时常评点各国男人：

中国男人有责任感，法国男人最浪漫最有情趣，日本男人和印度男人都很好色，美国男人最知道体贴太太……那口气，天下各国男士都到她这儿报到且被筛选过。今天无论跟谁，定是层层选拔后的结果。而且Mary临走时告诉他，她从来不担心，她是胆大心细的人，从来只做投资，不会去冒险，即使这个人对她不好，她不担心找不到第二个小马，一定有人追她的。她说她对此充满信心。当时小马还说"塞翁失马，此何遽不为福乎？此何遽不能为祸乎？""福祸相依"，等等。现在才知道，祸就是祸，且祸不单行。这不是吗？都临到小马头上了。

小马对Mary是极好的。她来美国没有打过一天工。小马舍不得她去打工，他对天舒说，如果要太太一到美国就打工，这婚别结了。他靠着奖学金和几年来的积蓄，维持着超过他们生活水准的开支。

小马独自一人坐在零乱的家里，想起第一次见到她，她深情的一句"有些东西不是钱可以买到的"，就像做了一场噩梦一般。女人心，海底针啊！

在百无禁忌的美国，恋爱观点是：年龄不是问题，身高不是距离，体重不是压力，性别没有关系。也听说了无数的风流韵事，小马不是完全没有机会，诱惑唾手可得。曾经有一次，就有美国女人主动投怀送抱，而且说得很清楚，过了圣诞节，她就走了，谁也不认识谁。作为一个东方男人，得到一个西方女子的青睐，总觉得是自己有男子汉魅力的象征，只是他成长在一个传统的社会中，内心虽然冲动，但是行为保守，把男女关系看作衡量一个人道德的标准之一。说白了 —— 有这心，也没有那胆啊。他没有勇气承担良心上的重负。

刚来美国时，看见电视上男女第一个镜头是在咖啡厅初遇，第二个镜头怎么就是接吻，第三个镜头竟然就跑到床上去了。起床后，两人才商量要不要交往。当时他想，美国人太随便了。现在看习惯了，虽然知道不代表美国大众，但比起他这个中国人，真的是太前卫了。在网上，他曾经看过这样的文章，说，慎独是对圣人而言，留学生独处异地，远离故土亲人，精神行为上出轨也属人之常情。小马看完破口大骂，你自己有问题就说自己好了，还拖别人下水。

小马深深地怀念起六七十年代老套的爱情，尤其当时的女性。被别人喜爱上，觉得是一件害羞的事情，哪像现在的女生以数算自己的男朋友为荣，男朋友越多说明越有魅力。那时女性保守，洁身自爱，一旦失了身，一定要嫁给你——就像《来来往往》里的段莉娜。小马上次回国正是《来来往往》当红之际，他看了几集，当时印象不深，现在回想，另有一番感触。段莉娜对康伟业说："你做人要有一点良心。不过，即使这样，如果两个多月以前你想吹我们的关系，我连一句为什么都不会问。现在我们的关系不同了。你使我们的关系发生了实质性的变化，你使我从一个纯洁的姑娘变成了妇女，你就要负起对我的责任来。告诉你，我段莉娜绝不是一个在男女关系上可以随随便便的人。我跟了你就是你的人。"

离婚后，小马整个人瘦下来，像是大病了一场，老了许多。

小马论文还没有答辩，工作没有找到，就拖延答辩时间，就不毕业，在学校里混着。大家常问小马："找到工作了吗？"在美国的留学生见面永恒的主题是：绿卡、找工作、买房子、炒股票，没有人见面就谈"你什么时候回国啊"。这似乎是不太讨好的问话，像是撵人走，虽然回的是自己的国家。

找工作，总是要花时间的。小马将他的光荣历史经过装饰后，排入履历表，四处散发。大多数的命运就像"泰坦尼克号"。小马抱定了"四处打捞重点捕捉"的宗旨，继续四处散发履历表。重点捕捉是想进几家大公司，四处打捞是申请做博士后——那是给没事干的人去做的。

在找工作的小马比较浮躁。在家在校都闷闷不乐，每天上网，一待就是几个时辰。上网成了小马的主要工作，结识一些和他一样无聊的人。他自己也说："大家都怪无聊的。"但是有一点似乎是可以肯定的——他们和他一样，学历都不低。上网的另一个目的，当然就是看股市了。自从他最近开始玩股票后，也不好好找工作了，拿了钱不做事，挺内疚的。别人对他说，习惯后就好了。

工作没有，老婆又跑了，他开始对越来越多的事物不满，对他的工作不满，对他的实验不满，对老板Johnson教授尤其不满。

Johnson教授最近新编了一本书，小马顺便翻了翻，下了一判断：东挖西补，没有真材实料，要是我写，绝对超过这个水平。长江后浪推前浪，前浪死在沙滩上。他不行，他什么都不及我，除了英语比我好，可我的中文比他好。

大家听了，笑笑，因为在美国，没有人会把中文和英文相提并论。

天舒说，小马哥，你现在是以批判的眼光看待一切啊。

小马不理她。

天舒多少有点歉意，常常将以前小马安慰她的话，回赠予他："主席说得好，牢骚太盛防肠断，风物长宜放眼量，你要看开点。"

2　什么感觉也没有

Mary走了之后，访问学者邝老师搬进了小马家。

邝老师要回国了。他儿子已经毕业，这个陪读父亲大功告成，决定回去了。最近经常出现在实验室，他说："想开了，心里蛮高兴的。我太太、女儿还在国内，我想她们呀。"

邝老师现在要回去了，既然决定了，就想好好地看看美国。中国人开的旅行社一家又一家，收费比美国人便宜，从美国西部到东部的"美东七日游"五百出头，包住包玩包机票。当然邝老师更多的时候是搭着别人的顺风车去看世界的。

实验室里的中国学生知道他要回国了，都想让邝老师在美国最后的日子过得开心些。几个中国学生对邝老师都挺好。中国人对老师总还是比较尊重的。听说，有一位大陆留学生下课主动帮老师擦黑板，老师讶然地看着她，说了声"谢谢"。第二次该学生再要擦时，老师一下子将板擦夺了过来："我自己来。"美国老师认为擦黑板是他的分内之事。现在这一代，虽没有"一日为师终身为父"的观念，但对老师还是尊重的。虽然经过疯疯癫癫的"文化大革命"，但入骨入髓的尊师重道，在"文革"过后，很快就能还原。

这些学生对邝老师不仅是同情，更多的是对亲人的关心，与他们对国家、民族的感情密不可分。

天舒特别喜欢"老师"这个称呼。"教授"虽有尊重，也尊重出了距离。而"老师"一词从小叫到大，与成长息息相关。

她想起她的大学老师，出国前，她专程去看望这位老师，老师开始还是高高兴兴，交代说，出门在外，自己小心。天舒点点头。

老师又说，你的婚姻大事，也得留意，女孩子不宜拖得太晚。天舒又点点头。

临走，老师给了她几个红鸡蛋，以传统的方式为她饯行。老师有些伤感："十年前，你大姐姐去美国读书时，老师就是这样给她煮红鸡蛋，现在你出国，你带几个红鸡蛋走……"

老师说完，往她的书包里塞了几个红鸡蛋，那种属于母亲的动作，让天舒顿时热泪暗涌。她明白，这些年来，老师一直把她当自己的孩子看待。

在美国的日子里，天舒每每想起，仍感温馨，觉得这就是人间的温暖。在美国大学，再也不会有老师把她当作女儿看待了。

在美国，期末考往往也是师生最后一次见面。学生交上试卷，对老师说声"谢谢"，算是对教授他们一学期辛劳的回报；有些学生连"谢谢"也省下，交上试卷，扬长而去，此后老死不相往来。很少有学生与老师保持着中国人的师生之谊，即使是相处了五年的博导，毕了业，也就各奔东西了，中国人"一日为师终身为父"的传统在美国则闻所未闻。

天舒常常请邝老师来家里吃饭，其实是借花献佛。天舒请客，杨一做菜。杨一也是个好姑娘，表面上嘻嘻又哈哈，内心温柔，看到别人的难处常落泪。

这其中对邝老师最好的就是小马了。小马离婚后，把邝老师接来住，小马本来就好心肠，现在离了婚，与邝老师相依为命。邝老师有空帮小马做做菜，而小马每个周末，都按照《华人工商》后面的旅游指南，带邝老师到附近的旅游点玩玩。小马和邝老师情同父子。邝老师常说，我女儿结婚了，不然我就把她嫁给你。

那天他们聊天，邝老师随口问："听说美国有很多色情场所。"

王永辉说："是呀，我也听说了。"

邝老师问："那都是怎么回事啊？"

"不知道，我没有去过。"王永辉说。

小马说："我去过。我有一个同学，他每年随商务代表团来美国两次以上，他对这些地方了如指掌，哪里只是topless（除上衣）哪里有bottomless（除下衣），哪里既有topless又有bottomless。其实像我们这些长年在外的留学生、工作人员都是比较老实的，我没有听说什么人会去那种地方。当然人家去了，也不会向我汇报。倒是听说那些短期来访者会去。"

"怎么，老师您想看？"

"没有，没有，好奇，问问。"

"老师，如果您想看，我可以带您去看看的。"

"你们想看吗？"

"我不想。"王永辉说。

小马说："是呀，小王是基督徒，被上帝教育得很好。而且他还小，看了容易上火，您这个岁数了，看了也就那样。"

邝老师说："有道理有道理。"

就在要去的那个晚上，邝老师又改变主意了："你说我这个年纪还去这种地方像是不太好吧。万一遇上熟人……"

小马说："遇上熟人的可能性几乎等于零，不过如果您觉得不太好，那就不去了。"

邝老师却又说，那不如租片子回家看，小马一时间没有回过神来。邝老师又说："那样比较安全。"小马明白，指的是那种片子。

当天晚上，邝老师就在小马家的客厅看了个通宵达旦。

第二天早上，小马从房间出来，邝老师坐在沙发上，神情哀伤。

"老师，您怎么了？"

"我完了。"

小马吓了一跳："发生什么事了？"

"我听我们餐馆一个人说，握着老婆的手，好像左手握右手，一点感觉也没有。我看这个带子，也是一点感觉也没有。"

小马哭笑不得："您那么久没有见到太太了。这个东西……也得有个过渡期啊。"

邝老师心情稍微有点好转。

小马又说："您在美国一直从事体力劳动，您没有听人说吗，体力工作者比脑力工作者强壮。您只不过一个人独处的时间太久了。"

邝老师说："我们这一代人活得比较压抑，是可以否定自己需要的一代。"

3　沉重的午餐

开学后的实验室一片萧条，大家的心情都不怎么好。

唐敏与董浩分居了。这在大家的意料之中。

小马夫妇离婚了。这在小马的意料之外，却在别人的意料之内。

中午还像以前一样，大家在休息室吃午饭，由于心情都不太好，气氛颇为沉闷，没有一个人可以找到大家都感兴趣的话题。

天舒说她要过生日了，请大家到她家吃晚饭。

没有得到什么回应。小马和唐敏都是上了三十的人，不可能老和这些二十来岁的年轻学生玩在一起，且他们都烦着呢，哪一件事不比一个姑娘二十二岁的生日重要？只有邝老师说他去吃晚饭，单身汉是有饭必蹭。王永辉说他教会有活动。

王永辉还是常常在餐桌上传达教会精神："应该仰望神，而不是看人，看人没有一个是完全的……"

大家听了，没有太大的兴趣，看了他一眼，低头吃饭。

实验室的几个人都被王永辉拉进教堂过。出了教堂，大家有同感："在情感上可以接受，在理智上说服不了。"

美国社会对基督教持有普遍的认同与善意。天舒刚来时，在报纸上看到一份资料，美国七八岁孩子当中愿意选择牧师为第一职业的高达百分之五十。天舒惊诧地想，如果中国社会有一半的孩子将来打算当和尚，那叫什么事儿呢？现在来了有些日子，开始了解基督教，更知道要尊重宗教。但是她记得她的教授在第一节课上引用过英国文学家Kipling（吉卜林）的话：我有六名忠实的仆人，我所知道的一切都是他们教的。他们的名字是"谁""哪里""什么""何时""如何""为什么"。她也记得英国科学家培根说过：让我们既不接受，也不排斥，而是小心翼翼地掂量一切。

天舒就是持着这些态度对待她的科学事业，同样也是持着这样的态度对待她的宗教信仰。她觉得她在相当长的时间内还是不能进入状态，再等等吧。

唐敏觉得自己已经活得够沉重了，为什么要平白无故地再给自己上许多枷锁——成天搞早请示晚汇报？何况她发现教会里多是有钱有闲的人，她没有这份闲工夫。

王永辉谈完上帝，邝老师说起了中国的事情，他谈出来的中国都是几年前的中国，尤其爱谈他上山下乡的事情。有一次，天舒和邝老师去邮局，邝老师车上听的磁带都是老歌，什么《太阳最红，毛主席最亲》《红梅赞》。这些歌天舒在国内都没听过，现在到美国接受再教育了。邝老师也不是爱听，只是别的歌他都不爱听，流行歌曲他不听，英文歌曲他也不听，只能听这些了。

邝老师又开始说故事了。当年他们各地知青打起来了，无产阶级打无产阶级，简直就是视死如归。一次，一个东北知青不小心把上海知青打得头破血流，送到医院，命是保住了，可惜一辈子只能在床上躺着了。东北知青被判了无期徒刑。

天舒听得很惊讶，不在于故事本身，而是邝老师的语气语调，平缓得像在讲手指不小心被小刀割破，贴了邦迪。

大家听了，也没有太进入状态。那个时候这些年轻人还不知道在哪里。

邝老师见大家闷闷不乐，说："你们不用愁，老师回去了，帮你们找太太，这件事就包在我身上了。"

小马心有余悸地说："老师，您帮王永辉找个吧，我那份您就省下了。"

"这你就不懂了，你不能一竿子打翻一船人。找太太是有讲究的：一要聪明，但不能太聪明；二要漂亮，但不能太漂亮；三要贤惠，有一点崇拜你的感觉。你们说，老师说得对不对……"

几个年轻人相互看看，笑了，没有看出来，老师外表木讷、苦闷，说起这些挺风趣在行的。王永辉说："老师，您干脆开个婚姻介绍所好了。"

"我完全可以开个婚姻介绍所，老师看人是很准的呀。"

"那我们的终身大事可就全权委托给您了。"

"没有问题呀，要知道，男人有了事业就有了一切。你们好好干事业，女人会自动送上门来的。"

唐敏说："可是女人事业好了，男人也跑掉了。"

大家听了，刚刚活跃起来的气氛又一扫而光，只是低头吃饭。

这时天舒为了调节气氛，说了一个笑话。她本来就不是说笑话的高手，这个时候更是说了一个不合时宜的笑话，差点没把别人说哭了。

"有一个笑话很好玩，讲到天堂的故事。甲先生到了天堂，审判官给了他一辆三轮车，因为他对他太太有过一次不忠实。乙先生对太太两次不忠实，审判官只给了他一辆单车。丙先生对太太完全忠实，审判官给了他一部高级汽车。在路上，甲、乙、丙三个人碰上了，只见丙先生大哭。

甲、乙先生问，你哭什么？你得到了汽车，应该高兴才对。丙先生说，可是我刚才看见我太太了，她只有一块小滑板。”

小马愣了一愣，长时间忘了下筷。

唐敏快速地吃完饭，把饭碗一收："先走了。"

天舒追问："那你来不来我家吃饭呀？"

唐敏没有回答。

天舒也匆匆吃饭，不再多话。

这时，Tim跑进来，说要请教一件事。他上了一节《亚洲历史》，提到抗日战争。当时班上几个学生就争上了。

台湾学生说主要是国民党打的，共产党七分发展、二分应付、一分抗日。

大陆学生说主要是共产党打的，国民党贪生怕死。

美国学生说，嗨，别忘了，美国出了大力。

这时日本学生说话了，日本没有侵略中国，那是保护整个亚洲安全。

这一来，把美国长大的中国人Tim给搅糊涂了，跑来问到底怎么回事。

离婚的事，使小马元气大伤，看什么都不顺眼，一听，拉着脸说："前面三个学生说的都可以理解，那个日本人叫什么名字？我打算把他给干了。"

天舒看着Tim，目光忧悒。幸亏她父亲当年回国了，不然她今天也会像Tim一样地发问。这样，中国人做得多不地道呀。她突然意识到，她终是她，Tim也终是Tim。她想起Tim讲过的一个小故事：有一个父亲把他的ABC儿子拉到大街上，指着儿子问一个美国人，他是什么人？美国人说日本人。父亲又问第二个美国人，美国人说是中国人。父亲又问了几个美国人，有人说他是中国人，有人说他是韩国人，就是没有人说他是美国人。

吃完饭后，天舒去洗碗，在走廊上，发现以前做清洁卫生的广东黄老伯不见了，代替他的是一位墨西哥老伯。天舒便问他，墨西哥老伯说那个人走了。

"走了？去哪里了？"

"回中国了。"

黄老伯一生中大部分时间都在他乡异国，成家、生活、工作、奋斗，一切完毕后，为的就是回家。想一想，中国人真奇怪，也真可爱。

4 不想再看见他

下午，天舒带着小马借给她的课本去上课。刚刚开学，到处都是人。天舒很早进了教室，在一个角落坐下。陆续有学生进来，都是新面孔。同学像走马灯似的流动着，你方唱罢我登场。

美国的课本很贵，有些教科书一本就要上百美金，唯一一种书是几块钱甚至是免费的，就是*CATALOG*（《学校介绍》）。常听说以前的留学生复印课本，天舒没有复印过，细细计算下来也不是什么划算行为，省不了多少钱，却要在复印机前站上数小时。

天舒曾经有过复印课本的念头，被杨一"批判"了一通：你不要去占这种小便宜，人家没有资助的中国学生这样做，我还可以理解。你有全额奖学金，你不缺钱。复印课本在美国是违法的。你想想，美国教授进来，看见中国学生都用复印本，人家会怎么看待我们？

每学期，在课本上就要花四五百元，这快赶上我妈一个月工资了，天舒付账的时候突然意识到。后来，天舒学聪明了，与同学换书。学期初，她贴出大大的广告，说她有什么书，需要什么什么课本。这个方法很灵，加上小马的课本都保留着，无偿地借给她。时间久了，在课本上反而不怎么花钱。有一次，她在广告栏看见这么个卖书广告："《遗传学》，全新，＄12"，下午这个广告旁边有一张纸条："确定是全新的吗？"一会儿后，又有一纸条上去："确定，不信可以问我的教授。"

这时，Tim进了教室，看见天舒，歪过头说："嗨，你干吗坐那里？"说完在教室的中央坐下。

被Tim这么一说，天舒才意识到，大部分从东方国家来的人，初到一个地方，哪怕是一个教室，总是谦让、委屈地走在旁边，坐在角落，很少坐在第一排。美国学生一进教室，就挑最舒服的地方。更有学生坐得歪歪扭扭，两条腿伸得老长，把教室当他家了，时不时喝几口带进来的快食店里卖的大罐冷饮。美国人特别能喝水，所以到处有饮水台。Tim早被同化了，也特别能喝水，但拒绝热饮。据天舒的不完全统计，他每天喝水在八大罐以上，走到哪儿都带着个巨形大水壶。Tim说，我就是不明白我父母怎么那么爱喝茶，天天烧开水来泡。天舒四下一观察，觉得这样不行，她起身换了个位子，坐在了Tim的旁边。

Tim嬉笑着说:"怎么,现在愿意跟我接近了?"

天舒说:"我只是想坐好位子。"

先生进了教室,什么也不说,哗哗地在黑板写上自己的名字、课名和课程代号,字是夸张的大。同学们嘻嘻笑着,先生耸耸肩膀:"我不得不这么做。上个学期,我没有写,有一位学生在课上了三个星期后,问我,教授,我们什么时候讲人体美学啊?"

学生进入他早已设定的笑声中。他又说:"所以我希望你们进错教室的人趁早离开。这门课基本上是在实验室里上。我知道许多同学不愿意在实验室里上课。你们应该往乐观方面想,说不定你对面坐着一个漂亮姑娘,你的一个美好婚姻就此开始。当然这个姑娘不一定对你产生兴趣,但是她有疑问,就要求教于你,你就有机会要姑娘的电话号码了。"

大家都笑了,天舒也笑了。Tim递了个纸条过来,上面写着:"希望如此。"

"我和我太太就是这样子的。"先生说。

这时有同学举手要问问题,先生说:"你先等一下,让我把我的爱情故事讲完。"

引起哄堂大笑。

最后,先生亮了他手头的课本,说他用这本教材,大家如果买错了的话,快到书店换。天舒一看,跟小马借给她的不一样。下了课,Tim和天舒一起去买课本。

开学初的广场上,各种学生组织团体冒出来招兵买马。学校里有很多的fraternity(兄弟会)和sorority(姐妹会),会员以美国人为主,经常在一起办活动开party,宗旨是彼此互相帮助,他们有一些自己的地产,很便宜地给自己的成员住。加入这些fraternity和sorority,有一定的程序,被要求做一些奇怪的事情,捉弄一番后才可以入会。这种社团起源于希腊,以三个希腊字母命名,所以又叫Greek Society(希腊社团),其中一个社团名ΛΛΛ(Lambda Lambda Lambda,希腊字母的第十一个),正在发传单。

留学生比较熟悉的是中国社团,光中国同学会、学生会,许多大学就有三个:一个以大陆留学生为主;另一个以台湾留学生为主;还有一个是以华裔为主。

各种社团在广场上摆一个小摊位,分派传单。又新到了一批大陆留学生,天舒想,像她去年这个时候一样。她来美国一年了。

也有人在散发校园民间流传的《教师档案》，小册子，不厚，上面是学生对教师的印象，如："这个老师的课特好过关，但拿不到A""这个老师，我们的小册子去年讲了他的一些好话，许多学生选了他的课，才发现上当了""这个老师什么也不是，就是个傻瓜蛋"。这种小册子到底有没有用？年轻的大学生们仁者见仁、智者见智。

开学时候，书店永远是最热闹的，请了许多临时学生工来帮忙。天舒的前室友Laketa就在这打散工，她说赚得很不错。Laketa像是哪里需要到哪里。开学，书店忙，她上这里来；期末，图书馆要延长开放时间，Laketa到那里去。天舒一直很想对她说，她就是那种中国政府宣传的"哪里需要到哪里去的好孩子"。

在书店门口，天舒远远地就看见苏锐的侧影，天舒一眼就认出了他。这一眼，她就知道自己完了。本来决定放弃他了，只因这一眼，心里努力建立的防线一下子倒塌。她知道她还是喜欢他。而苏锐，与他旁边的印度学生交谈着，蛮开心的样子。就在他转身之际，她敏捷地掉头，装作没有看见。天舒，基本上还和在国内一样，在校园里专心学习，最多谈点恋爱，与社会万丈之远，一向乐于接受"书中自有黄金屋"的教诲。突然她想：是不是在逃避外面的滚滚红尘？对苏锐也是一样，她再也不敢见他。

Tim只觉得她行为古怪，问她怎么了。天舒却说："我有点事，我要回家了。我改天再买书。"

到了家里，杨一竟然给了她一个更大的考验。

她一进家门，就看见没有课的杨一从房间里跑出来，说："你生日的事我帮你请了一些人，大家聚一聚。还有，我要告诉你一件事。"

"什么事？"

"我告诉你，你可得要有点思想准备。"

"你做了什么对不起我的事情？干了什么颠覆我的勾当？快说。"天舒大呼小叫。

"我请了苏锐。"杨一说。

天舒脸拉了下来，她刚从一场考验中挣扎出来，又要面临另一场考验。

"我的生日，为什么要请他？"

"买卖不成仁义在。你要学会大方一点，不要变成阶级敌人嘛。"

"要知道，我不是那种做作的人。我是讲真话的。"

"新闻也要求讲真话，可还要学会如何讲真话。比如，你不能直接讲，杨一你又胖了。这是真话，可这会伤到我的。你完全可以说，杨一你好像需要添置一些新衣服了。你这么讲，我也知道你的意思，却不会受伤。所以你的生日就这么定了。"

"什么就这么定了？是你过生日，还是我过生日？"

"天舒，再这么下去，你就是真做作了。你真的不想再见到他？"

天舒的眼神又开始变得飘忽不定，低低地说："是他对不起我的。"

时间久了，杨一顶烦天舒这种自怜："又犯病了，需要服药。"

"……"

第二天，天舒真的病了。她在卫生间里大叫一声"糟糕"，杨一以为她发生了什么意外，冲了进去。天舒只是脸上生了几颗痘痘，分别生在额头、两腮和下巴，天舒死死地盯着镜子："怎么搞的，我要过生日了，长出这么几个痘子。"

杨一看了半天，也没看出她今天和昨天甚至前天、大前天有什么不一样。杨一摇摇头："许多女孩子常常为脸上长了一个痘或刘海的一丁点变化，大伤脑筋。这其实是非常可笑的。外人根本就没注意到，男人看女人更是粗线条。像我爸，连我改了发型，他都无知无觉。"

第十五章

生日对我已经不是那么重要了。那天来了几个人，大家随便吃了顿饭，切了个蛋糕，唱了首生日歌。对酒当歌，人生几何。衣带渐宽终不悔，为伊消得人憔悴。这差不多也就是我的感觉了。可当我见到苏锐，又……

—— 陈天舒

1 哪点让他不满意

开学后不久就是天舒的生日。生日前一天，母亲半夜三更打了个电话来说生日快乐。

天舒睡意万分地说："妈，现在几点啊？我正在做梦呢。"

母亲忍不住笑，说："要知道二十二年前，你也是这个时候来折腾你妈的。"

天舒问家里情况，母亲说一切如常，只是你二姨要住院开刀。她不想让阿晴知道。

当然，天舒知道了，也等于阿晴知道了。天舒从小就这么没出息。再说这种事情她能不告诉表姐吗？

生日那天到场的人并不多。这是杨一安排的，人少好说话。

杨一和天舒在厨房里准备，雅惠也来帮忙。厨房里很快散发出菜香和女生的笑声，生趣盎然。杨一大快："今天是我大显身手的好日子。我一定要好好做几道菜，包你们满意。"

雅惠刚从台湾过完暑假回来，带了一些台湾特产给她们。杨一很惭愧，她回大陆并没有给雅惠带什么，不得不承认台湾女孩子比她们更加注重礼节。

杨一把天舒拉到一边，说："我不是给你带了份礼物吗，你先让出来，送给雅惠，免得人家觉得我们没有礼貌。"

"随便。"天舒心神不定，对杨一的话根本没有上心。

她等待着苏锐，究竟是盼望还是害怕，她也不清楚。

杨一善解人意地说："天舒，大方一些。relax（放轻松）。"

天舒点头"嗯"了一声。杨一的"relax"有典故。那时她还住在上个房东家。一次和房东一家逛吗mall，房东家的小男孩突然不见了，四处寻找之后，发现他趴在商店橱窗上看着里面的模特，目不转睛，痴情忘我。他妈妈摇摇头，过去一把抱下他，就说了这句："relax，她们不是真的。"此时在杨一眼里，天舒就像房东家的小男孩。

"你要不要去换一下衣服，收拾收拾？"杨一说。

"不用了，不用了。换什么衣服，又不是相亲。"天舒言不由衷地说。

"在分手的男朋友面前，也要漂漂亮亮的。"以杨一的七窍玲珑心，自然知道天舒的心事，她聪明地有步骤地引导慌乱中的天舒。

天舒进了卫生间，看着镜中的自己，前几天长的青春痘全没了，这么光洁青春的脸庞，有哪一点让他不满意的呀。她十分自爱地双手交叉环肩，她是多么好的一个人，自己都为自己不平。她开始梳头换衣服，每一步都矜持与慎重。女为悦己者容。没有悦己者，她为谁而容？想到这儿，她叹了口气，但仍是进行着，只是显得艰涩。她无论如何不愿意就这样去见他。

这时，门铃响了，天舒心里"噔"地一下，就飞了出来，飞得太急，被客厅拐角的椅子磕着。

杨一已经抢先一步开了门，是大森。大森、杨一见天舒弯着腰揉着膝盖，明白了她的窘与痛。大森说得有些直："很抱歉，让你受伤了。可惜我是曹大森。"

天舒说："哪里。"好在她仍皱着眉揉膝盖，脸上的苦相叫人分不清是腿引起的，还是心引起的。

杨一捅了一下大森，意思是少说这些。大森改口说："你看起来很好。"

杨一说："谢谢。"

大森看着杨一，说："我不是说你。我是指寿星。"显然在嘲笑杨一自作多情。

杨一知道大森又和她抬杠，冷冷地说："你蹭饭倒是蛮积极的。"

大森说："我来帮忙的。"

"太阳从西边出来了。"

"杨一，你怎么老跟我过不去。我上辈子到底欠你多少钱没还？说吧。"

"你们不要一见面就斗嘴，你说一句，他还两句，要闹动乱吗？"天舒立刻息事宁人。

大森刚从国内回来。这次回国，他去内蒙古大草原玩了一趟。杨一和天舒喜滋滋地听他讲见闻，说："我们送走的是一只青蛙，怎么回来了一个王子？"

门铃又响了。大森看着天舒，立刻稳定民心："是小马和邝老师。刚才我来的时候，见到他们俩了。"

杨一就说："那我去开门吧。"

小马来了，带着一脸昼夜颠倒的倦容。回归到单身汉时代，当然是有饭必蹭的。天舒心甘情愿退居二线，真受不了他们都盯着她的一举一动。

"怎么样了？小马？"

"还活着。"小马苦笑，"原以为可以脱离你们这个单身组织，唉，现在又回来了。"

"我看你比以前那些日子好多了，至少脸上有了血气。"天舒说完，也觉得"血气"两字用得不妙，便住口了。

"我还回光返照呢。"小马笑笑，像是并不在意。

关于Mary的传说颇多。有人说她跟了有钱人，甚至指名道姓说她跟了那个奔驰车主。立刻有人说，这是不可能的，美国人又不是傻瓜，人家可能会和她睡觉，娶她就太戏剧化了。

有人说她跟了中餐馆老板，甚至吃饭时遇见过。立刻有人说，不可能，这种女孩子怎么甘心跟着中餐馆老板呢？此话一出，又有人立刻说，别搞得看不起中餐馆老板的样子，中餐馆老板肯娶她，算她走运。

"不知道她跟谁了。她老说和我没有办法交流。如果跟了老美，更不知怎么交流了。"小马觉得当着这些比他年轻一大截的人说他离婚的老婆，像是不妥。

可现在的年轻人哪里有他想象的天真，大家只是一笑置之。

大森问："你担心她跟了人家……受欺负？"

"我担心她欺负人家。"

大家笑得更起劲了。

"上海人最坏。以前我们在国内读大学的时候，去食堂晚了，那些上海人宁愿饿肚子，也不吃剩菜剩饭。"杨一想抹去小马心中的不平。

"我看到一份征婚启事，最后一行是：上海人免。"

等大家同仇敌忾地批判一通，小马问："你们在说谁呀？谁是上海人呀？"

大家望着他："Mary是……？"

"谁说她是上海人了。她住上海而已。"

"哦，白批判了。"大森颇为扫兴地说。

"就是，你早说呀。害得我们白说了这么多不利于安定团结的话。"杨一嬉皮笑脸地补充。

2　你根本就不知道

"你们动手帮忙，快开始了。"杨一招呼着，大家七手八脚地搬椅子、摆餐具。

突然，所有的人，大森、杨一、王永辉和小马停下手上的活，头一起扭向天舒 —— 因为门铃响了。天舒被所有的镜头包围着，她扫过这些眼睛，若有若无地笑笑："真有意思，怎么都看着我呢？莫名其妙。"

"好像有人来了。"杨一说，"我想是……是……"

天舒说："是有人来了，门又不在我脸上。"

杨一见状，便说："那还是我去开门吧。"

天舒知道一定是苏锐。是她躲着苏锐，不是苏锐躲着她。可当苏锐进来，她就先发制人："噢，苏锐，你好。好久不见。"让自己在气势上占点上风。

苏锐看上去有些累，嘴唇干燥，他也说："你好。好久不见。"

一方简单地问候了几句，对方也随便地敷衍了几句，之后两人没有多说，实在没有什么可说。

大家也不多说话，像是找不到话题一样，只是盯着天舒，仿佛这种尴尬的场面是天舒一手造成的。天舒觉得她冤枉得很。

杨一悄悄地捅了一下大森，要他活跃气氛。大森像是黔驴技穷，支支吾吾，竟然说："大家想说什么就说什么吧。"

杨一瞪了他一眼，招呼大家坐下来："坐，坐。天舒、苏锐你们两个进厨房拿菜。"

天舒先进厨房，苏锐很自然地晚走两步，跟在后面。进了厨房，天舒趁极短的独处时间，松一口气，分析自己的心情，是希望见到他，还是不想见到他？分析的结果，她就是没有出息地想见他，只是一见到他，她又觉得还是不见为好。天舒拿了一盘菜，又递了一盘给苏锐，只是不和他说话，也不看他。苏锐张了张嘴，没有说出什么，也就作罢。不小心，四目相视，天舒慌忙地垂下眼帘，觉得在这几平方米大的厨房，实在尴尬。于是两人同时想退出厨房，在窄小的门口，同时的退让，同时的前行。天舒说："我先走。"一个大步跨出去，苏锐跟在后面。

到了饭桌，杨一他们刻意只留下两个相挨的位子。天舒放下手上的菜，并不马上坐下，苏锐也跟着放下手上的菜，在后面小声说："坐吧。"这话让她听得不舒服，一想这是我家，就坐下了。苏锐也跟着坐下。那一刻起，天舒做了个决定，摆出主人翁的姿态，大方有礼。她心里是明白的，只是行动上跟不上，而且无论怎么强制自己，也无法做到。她的表情好像苦大仇深的农民怒视苏锐这个老地主，恨不能打他一拳。

"我妈来了，在我姐家，过几天会来我这儿。"大森说，"等我家人来了，你们到我那里去，还有邝老师要回国了。到时候，我们再聚聚。"

接着男生们就对中美大小事情大放厥词，神情激昂，情绪慷慨。

"不要在一起就谈论国家大事。我们教授有一次跟我说，你们中国人爱谈政治，无论台湾来的，香港来的，还是内地来的，你们在一起就谈政治。我问他，那你们美国人在一起谈什么？他说就谈谈昨天的球赛什么的。"杨一说。

"这就是爱国啊。个个像周总理一样忧国忧民。你说哪一个国家的留学生像我们这样子。"小马哈哈一笑。男人们聊起他们的话题，都是这么一副德行。

天舒见大家聊得起劲，吃得也起劲，尤其是苏锐，有说有笑，心里愈发赌气——分手后，他还过得这么好。

杨一看在眼里，说："好了，今天是天舒生日，不要让她感觉是在国会里度过的。我们开始切蛋糕，唱生日歌了。"

蛋糕摆好，两支蜡烛歪歪扭扭地插着，前面的二十支省掉了。天舒笑笑："没人以为我两岁吧。"

"没有，我们以为你三十二。"苏锐笑。

天舒不笑，就是告诉他她不喜欢他的笑话，可没人理会她，照笑不误。苏锐的玩笑仿佛不是说给天舒一人听。有人笑，他便与民同乐。

"祝你生日快乐……"大家唱着，有高有低，有起有落，可是全没有在调上。天舒说："天啊，明年你们要练一下，再来唱。"

小马说："再怎么练，也是这个水平了。"

大森说："听过这句名言吗：如果除了会唱歌的鸟儿，别的鸟儿都不唱，树林会寂寞的。"

"许愿。"杨一说。

天舒低头许了愿。

大森问："愿望是什么？"

"变成二十三岁呐。"天舒说。

她这么一句玩笑，使得刚才还在为国家大事操劳的男人们，一时间觉得"壮志未酬身先死，长使英雄泪满襟"。

大森叹道："唉，说得好。我怎么就不知道。"

天舒切蛋糕，放入小盘子，递到他们手上，切到苏锐的那一块，她切好就放在桌面。苏锐却不伸手过来拿，天舒只好给他递过去。

大家吃过蛋糕，很自觉地先走。

苏锐吃过蛋糕，很自觉地后走。

只剩下苏锐、杨一、天舒三个人，苏锐帮忙端盘子回厨房，走近天舒："天舒，我想单独和你说一句……"

天舒不等他说完，就说："我不要听。"

苏锐看着天舒，还是说："想单独和你说句'生日快乐'。"

天舒自讨了没趣，她想掩饰什么，于是说："那我也不想听。"却更加欲盖弥彰。

苏锐看出来了，又说："你近来还好吧？"

"当然不如你好了。"

"是吗？"苏锐问。他绝对不认为他过得比她好。林希哭哭啼啼要和好，真的在一起，她表现得若即若离，他到底算什么？辛辛苦苦跑上去又算是怎么回事？他给她最后的通牒："林希，这里有两张机票，答案只有一个。如果你的答案和我的答案是相同的话，我们明天会坐上同一班飞到旧金山的飞机。"现在答案是很清楚的了。

想到这儿，苏锐说："我和林希又分手了。"

"关我什么事。"

"是呀，是不关你的事。我只是告诉你。"

杨一进厨房："你们两个的对话，越听越像无聊的老夫老妻。"

天舒说："你是说我老了？"

天舒的迂拙使苏锐、杨一"扑哧"笑出来，实在是忍不住。

"笑什么？"天舒竟有些恼。

杨一就说："你们谈，我……我出去一下，有点事。"

"好，那就麻烦你出去一下。"苏锐说。

"杨一，不要走。"天舒说，突然一副很懂事的样子对苏锐说："有没有搞错呀？这是杨一的家啊，你叫她晚上去哪里？"

杨一不说话，出去不是，不出去也不是。

苏锐说："我知道你的感受，因为我……"

"不要说你知道，你根本就不知道。我一直在想你，越想越生气。"

"……"

"你根本就不知道这个暑假我是怎么过的。"

"我很抱歉，你一直都是那么的快乐，我却没有办法让你保持这种快乐，我真的很抱歉。你的这种快乐非常吸引我。"

"为什么对我说这样的话，你知道我正在努力地忘掉你，为什么说这种让我心动的话？我的快乐是我自己的，不是拿来吸引人的。"天舒苦笑，"如果你有一丝体贴我的心情，就不可能那么草率地决定事情。"

苏锐说："你要我说什么？我告诉你我后悔去西雅图，你会好受些吗？"

"是不是她又蹬了你，你才这么说的？"天舒说完，有点后悔，觉得太伤人，可这种时候不想道歉，就避开他的眼睛，低着头。

苏锐直直地看了一会儿天舒，然后说："我走了。"

他从她身边擦过，走了。

"擦身而过"的感觉就是这样吧。她想。

3 　不见不散老地方

杨一洗漱完毕，见天舒仍在沙发上发呆："怎么了？又在想什么？"

"人为什么要恋爱要结婚？"天舒在黑暗里发问。

杨一连忙开灯："天啊，这些问题我十二岁就开始不问了，你都二十二了，还在想这些？我打算带你去看一下心理医生。"

"我是比较不开窍的人吧？我向来就是这么迂。"

"又是关于苏锐吧？"

"他看起来很好。"

"这不是你所希望的？"

"是我所希望的。"天舒想想，又说，"我想，我只是不希望他这么快就这么好罢了。"

"想苏锐又不和他说话，我真懒得理你。"

"哪里有。"

"好了，"杨一瞥了一眼，戳穿她的谎言，"你要我直说吗？你光换衣服就换了三十分钟。"

"夸张。我……最多二十分钟吧。而且我还要想事情。"

杨一偷偷地笑了："那又为什么不理他？"

"因为我害怕，害怕单独与他见面。"

"以前有一首很流行的歌，'将爱情当作战斗来进行'。"

"跟你聊天，一点作用都不起。"天舒把自己的身子缩在沙发里。

"太谢谢了。"杨一还是说。杨一这个人逗乐就在这里。

"你这么懂，自己的问题怎么样？"

"我刚刚在网上认识了一个男孩子，我要上网聊天了。"杨一看出天舒眼神异样，又说："我们只是聊天的朋友，再说我也不会傻傻地告诉他我的个人资料。"

"小心啊。"

"放心吧。我办事你放心。"

"我是叫那个男的小心，不要被你骗了。"天舒笑。

杨一顺势打了天舒的背部一下，说："什么话！说回你，我给你想个法子。"

杨一动作很快地拿来了笔和纸，在纸上画了两个大方格子，一格写上"与苏锐分手理由"，另一格写上"与苏锐和好理由"，交给天舒："喏，你就这样填上，然后看看哪边写得多，就决定哪边。这是很隐私的噢，我就不参与了。希望明天你会有答案。"

"杨一，你歪门邪道真多。"

"我的智慧全浪费在你身上了。"

杨一进房间上网了。每天晚上十点以前，她一定结束所有的事务，洗完澡，脸和手都抹上一层护肤霜，躲在床上看书。她觉得只有在与智者交谈中，才能发挥她的理智。她常说这是一天中最享受的时光。现在她将看书改成上网了。

天舒还坐在厅里。天舒很奇怪，现在像她这个年纪的人，没有受过任何苦难，怎么个个谈起爱情、讲起人生，都像是离过两次婚似的满腹心酸，感慨良多。像杨一，她也没经历过什么大风大雨，谈起人生爱情，都可写一本《恋爱大全》了。天舒真的一本正经地填起了表格。"与苏锐分手理由"，她拿起笔，想都不用想，哗哗地写道："对我不好。"写到这句，天舒在上面画了一个大圆圈，后面加了好几个惊叹号，以示她的不平，之后又接着写："感情不专一，朝三暮四，做事犹犹豫豫、拖泥带水，不体贴，没有毕业，没有工作，没有经济基础，没有绿卡……"天舒一鼓作气写了他十几项不是，停笔，想自己竟对他如此的不满意，真好。

写完了"与苏锐分手理由"，又写"与苏锐和好理由"。思前想后，只在大大的方格内写下两个字："爱他。"写完后，倒吸了一口气，觉得触目惊心。她怎么会变得这么没出息，像那些满街乱走、花枝招展、没有头脑的女子一样。这是真正让天舒难过的所在。

将纸揉成一团，随便一扔，昏昏地睡了。

第二天早上，杨一醒来，天舒已经去学校了。杨一慵懒地到厨房拿吃的，坐在沙发上，见一团纸在茶几脚下，好奇地捡起来看，正是天舒的表格。杨一看后，也倒吸了口气，将它整平，收进自己的房间。

再说此时，天舒已经在实验室开始工作。Tim走来，很不高兴地说："听说昨天是你的生日，你为什么不告诉我？"

天舒想想也是，她实在不够朋友，有麻烦找Tim，昨天晚上过生日就把他给忘了，尴尬地笑着。

"至少我可以向你道一声'生日快乐'，送你一个小礼物什么的。"

天舒笑："现在送礼物还来得及。"

"等下一次吧。"

"那也行。"天舒也是够无赖的。

"让我猜一下……昨天晚上苏锐去了。"

天舒轻轻点点头。

"我就知道。难怪你把我给忘了。"

"不要这么说。不是这么回事的。"

"那你们到底怎么样了？"

天舒说了一句"nothing（没什么）"，转身工作。

"Nothing？"Tim重复道，"不会吧。应该是something（有什么）吧？"

天舒想，那张表格上的"爱他"就是属于"something"的范畴吧。

"你们应该好好地沟通。"Tim耸耸肩，又说，"以我的立场，不愿意对你说这些，但我不得不。你们两个需要谈话。"

"怎么谈呢？"

Tim笑笑："用中文谈。我想对你们来说，用中文谈比用英文谈方便。"

天舒不是没有知觉，Tim是一个好人，无论在中国还是在美国，都已经很少有像他这样执着的，从某种角度看，她与Tim更接近。有一个女生很喜欢Tim，该女生说天舒是个洋娃娃，Tim点头说"是"。该女生又说，可是你要知道，当你kiss一个洋娃娃时，她是不会回亲你的。

天舒觉得那个女生说得对。除了苏锐，没有人可以让她这样六神无主，却是抵不住的甜蜜思念，哪怕受到伤害。

她决定打个电话给苏锐。交流一下，谈判一下，理论一下。

每按一个号码，都带着一阵心跳，好不容易按完了七个数字，又立刻挂下，因为她得想好说辞。站在窗前深呼吸，像是长跑完一般。这时电话铃响了，天舒奇怪，刚挂下，就有电话进来？她握住话筒，小心地

"Hello"了一声。那边略有迟疑地问："是天舒吗？"

天舒应了一声。

那人立刻说："我是苏锐，我用'69'拨回刚才错过的电话，是你打电话给我吧。"

天舒心虚得像做贼当场被捉，闪烁其词。

这时苏锐却说了让天舒有点面子的话："我很想打电话给你，可怕你不接。我觉得自己回头找你，没有脸面，所以……"

"哦。"

"我想你。"苏锐低低地说了句。

天舒握住话筒，泣不成声，她不争气得像一条落网的小尾巴鱼。她知道就因为苏锐这么一句话，刚才想好的台词没了用武之地。他这么低低的三个字，再次轻易地征服了她。

"苏锐，你为什么要有那么沉重的过去？"

"忘记它吧。"苏锐说，"我可以重新追求你吗？"

天舒偷笑，却说："你会陪我看电影吗？"

"会的。"

"你会陪我做功课吗？"

"会的。"

"那好吧。"

"我们一起吃饭吧，我在老地方等你。"

"不见不散。"这是天舒最爱对苏锐说的话。

一句"老地方"使天舒倍感亲切，挂了电话，她飞似的冲向那家小小的餐馆。头脑里空空如也，只剩下一个最单纯的想法：我要见到他。

他果然在。他站在餐厅的门口，穿着他喜欢的灰颜色衬衫，天舒大叫一声"苏锐"，飞跑过去。他站在了她的面前，她也站在了他的面前，她真愿意就这样与他站到地老天荒。

4 世界上最大的爱

与此同一时间是中国的上午。阿晴陪母亲在病房里。从天舒那儿得知母亲的事，阿晴就飞回了国。母亲开过刀，不是什么大手术，是割痔疮。年轻的护士小姐来喂母亲吃药，母亲嫌水有些凉，护士小姐说："可以了，不要挑三拣四。"

阿晴听了，仍坐在椅子上，一字一顿地对护士说："你现在去拿热水来。"

护士小姐起先不以为然，眼睛一碰到眼睛，觉得对方的眼睛喷出的是一股兵将之气，吓得调头就跑。一会儿带着热水回来，窥视阿晴，只见她双眼望着母亲，目光柔情似水。护士心里嘀咕：撞见鬼了。

"我来吧。"阿晴接过热水壶，"我来喂药。"

护士再看一眼阿晴的眼睛，这次什么也没有看见。

阿晴孝顺。招弟大姨对别人对她都是这么说的，医院里的人也都夸她，母亲的病友常常对探访的儿子说，你看看人家的女儿，专程从美国赶回来，你下班来一会儿还不乐意。

母亲由于开刀，大便拉不出，痛得直哼哼。阿晴没有办法，戴上手套，给母亲掏，母亲还在叫疼，阿晴说："忍忍吧，妈。如果不是你，给一千万也不干。"说着，阿晴流出了眼泪。

母亲吃过药，躺下休息。阿晴趁机出去给老金打了个越洋电话，她说要晚一些回去，公司的事他处理着。老金说没有关系，不用担心公司。之后随便地谈了一些公司的事和家里的事，阿晴突然说："真累。"

"找些时间休息吧，或者有空出去走走。"

"你养我吧。"阿晴叹了口气，"真累了，不想动了。"

电话那端传来老金的笑声："好的。"

"那咱们就这么说定了。"阿晴闭上眼睛说话。然后互道再见，阿晴又加了一句"想你"，只听见对方的电话"啪"的一声已经挂了。

阿晴冲着电话筒冷笑一声，随之挂了电话。两人都像没进行那场对话。老金了解阿晴，说说而已。

回到病房，母亲已经睡着了。

记忆中母亲少言寡语，闷闷不乐，永远穿着肥大的旧衣服，永远在抹桌子，永远坐在缝纫机前。那天，阿晴拿着中专录取通知书回家，母亲淡淡地笑了。母亲很高兴，带着她去吃云吞面。家里很穷，从不下馆子，母亲是真的高兴，给她叫了一碗云吞面，静静地眯着眼睛看着她吃。她低着头狼吞虎咽，恨不能连碗也舔了。吃完，抬头看见母亲仍是含笑注视着她——母亲竟一口也没尝到。如今的她已有足够的钱给母亲买房子，寄大把的钞票，这些仍无法弥补她心中永远的遗憾——当年未能与母亲分享一碗云吞面。

阿晴就坐在旁边的椅子上，静静地看着病床上睡觉的母亲。她喜欢这样，她喜欢这种不需要言语的交流。她实在不知道用言语可以与母亲交流一些什么。阿晴从来不善于和母亲交流，不会撒娇，不会说悄悄话，尤其出国后，有太多母亲不知道的故事。太平洋和这些日日夜夜把她与母亲越拉越远。每每打起越洋电话，母亲静静地听着阿晴夸张了的成功喜悦，讲出的话又总是大同小异。母亲永远听不到阿晴这些年来无奈的叹息、受伤的呻吟。

除了把女儿带出江西，母亲不曾参与阿晴生命中的任何一件大事，从读书到工作，从出国到回国。这许多年后，母亲突然面对一个完全长大的陌生的女儿。母亲像是对女儿一无所知，和女儿谈起一些院子里的人和事，比如这个滥交男友，那个婚前同居，母亲说起这些，言语、目光满是鄙视。阿晴想，我早已是如此。她已经离经叛道走得太远，事到如今，唯有一门心思地隐瞒下去。

因此，阿晴觉得自己是孤独的，彻彻底底的孤独。不仅仅是现在，她的出生就意味着孤独。想想连母亲——她最爱的人，都无法沟通，她还能指望谁？外面那些男人的爱她又如何敢指望？

此刻，母亲就躺在床上，拖鞋规矩地摆在床下。她能闻到母亲身上的气息，一种让她心安的气息。

她想起来了，六岁那年在南昌火车站，母亲搂着她过了一夜，就是这种气息。她想起与母亲相依为命的日子，真想像小时那样躺在母亲怀里。她大了，羞于用这种方式表达感情。她只是期待下一次有给母亲端茶送水的机会。

就这样静静地看着母亲，母亲的表情安详平和。此刻觉得母亲离她很近，没有什么可以把她们分开。她明白了母亲对她的爱——母亲将一生最美的青春乃至生命都双手相送给了她，世上的爱还有比这更大的吗？

几日后，母亲出院了。

她和母亲上街、逛公园，快要回美国时，她对母亲说："妈，你成个家吧。"

母亲在择菜，听了这话，手停了片刻，又接着择，当作没听见。

她又说："妈，你再结一次婚吧。"

母亲低缓地说："这个年纪了，还去凑什么热闹。"

"不是凑热闹，是给自己找个伴。"

"……"

"只要他对你好，我会像对你一样对他。"

母亲慢慢回过头来看了她一眼，她这一辈子全被女儿牵着走。

临回美国前一天，上大姨家，大姨托她给天舒带点东西。

阿晴说："天舒不错，会读书、会判断，有眼光却处世本分，蛮讨人喜欢的。"

大姨欣慰地笑笑："天舒我放心。小性子小脾气不是没有，但大问题像离家出走、吵架惹事，绝对不会，也不敢。"

大姨又说："天舒我不担心，我反而比较担心你。"

与母亲相反，大姨是一个非常独立的女性，说话做事都带着这一代知识女性的果断和大胆。大姨直截了当地问："你现在和老金怎么样了？"

这已经不是阿晴熟悉的对话方式，哪怕是与自己很亲的人。忽然间意识到，她这么多年来不回家，不常与家里联系，对亲戚躲得更远，避的恐怕就是这些简单却又无从回答的问话。

大姨的语气带着长辈的威慑，她不得不答："就那样吧。"

大姨再问："什么时候结婚？"

阿晴内心深处的纯良让她还想，至少还想在这些关心她的人面前表现正派，她不想连她在世上仅存的一丝温情，也由她亲手撕去。她不知道她为了这一点纯良，很是辛苦。

"不知道。再看吧。"

"阿晴，你已经不小了。应该做一些长远打算。"

阿晴点点头。

大姨意味深长地说了一句："阿晴，别闹了。"

她这些年的海外生活在一些真正成熟的人们眼里，简直就是游戏。

大姨又问："要不要去看看外婆？"

阿晴去了。到了大院门口，她没有进去，只在围墙外徘徊，也许正如以前大姨所说，她跨越母亲与外婆惊人地相似，是骨子里的相似。现在她对外婆，早年的愤懑已经不见了，只有一种深刻的惋惜。此刻，她不想去打扰外婆，不想伤害她那颗饱受创伤的心，不想引起她心头哪怕一丝淡淡的窘态。

这时，一个女中学生过来，问："阿姨，你在找什么？"

"我在……"阿晴想，是啊，自己已经能当人家阿姨了，"阿姨在找……阿姨要找的东西已经永远找不到了。"

女中学生仔细地看着她，问："你是阿晴吗？"

"是……你认识我？"

"我也住在这个院子里。听人谈起过你，看过你的照片，不过……你老多了。"女中学生笑笑，进去了。

十三四岁的小女孩子不经意的一句"你老多了"，就把一个女人青春永驻的奢望彻底破灭了。真是可怕。她看着快快乐乐、活活泼泼、健健康康的小姑娘，确实觉得自己老了。

第十六章

现在我没空，也没有这份闲情逸致，否则我想写本书，可是我一下笔，就不由自主地把自己当作一个英雄人物来刻画，没办法，实在情不自禁。其实我是个什么样的人，我知道。我这种人，是属于得吃点苦才会有长进的那种，学习、生活、恋爱，都是这样。

—— 曹大森

1 容易得也容易失

大森又顿悟了一次。

那天参加完天舒的生日聚会，回家与姐姐通了个电话，小磊问他个人问题怎么样了。

大森说："你不要着急嘛，我都不着急。"

"老弟，你可给我听好了，不想结婚的男人、女人都不是什么好男人、好女人。"

大森脸一沉："我明儿就出门找去。"

小磊连忙说："恐怖啊，这还不造成社会问题。"

大森要找太太了，他想结婚了。找太太跟找女朋友不一样。太太一定要持家有道，温柔大方，具有母性的光辉。

"你真想结婚？别逗了。"杨一说。

"真的，这么些年，我也累了。我想有个家。"大森说。

他约会的第一个女孩子是日本姑娘。不是都说日本女人贤惠温柔、举案齐眉什么的吗？柏杨先生说过，人生的三大乐趣：住美国房子，吃中国食物，娶日本太太。大森已经实现了前两项，就差娶日本太太了。大森就是抱着这样的信念与美代子交往的。

他们是在学校餐厅认识的。美代子坐在他的斜前方，坐姿极为优雅，双腿并拢微倾，上身直立得像把曲尺，吃饭的姿势更是无懈可击，每次就夹五粒米左右，用左手捧着，轻盈地送入口中，不带一点声音地咀嚼着。这就是大森心目中的淑女、小家碧玉。他过去与她搭讪，很快两人就用带日本口音的英语和带中国口音的英语谈恋爱了，颇具异国情调。

不多日，大森发现现在的日本女性开放程度远远超出他的想象。柏杨先生的"娶个日本太太"的观念 —— 时代久远了。

杨一得知后，说："又没成啊？"故意夸张了的表情明显带着幸灾乐祸。

"现在日本女孩子跟以前完全两回事。她们很开放很大胆的……我都不好意思说下去。"

"我都不好意思听下去。"

"现在的色情录像带全是日本女子拍出来的……"

"你怎么知道？"

大森哑了。

杨一当然不会放过这个机会："你怎么知道？你一定看过？是不是？一定还经常看！一定的。你不说我也知道。"

"唉，我跟你没有这么熟吧？凡事都得跟你汇报？"大森说话了，"我跟你谈论日本女性的变化，你怎么就对那玩意感兴趣？！"

轮到杨一哑了。

几天后，杨一说要介绍一个女孩子给大森。杨一还不错，经常物色一些女孩子过来。不像天舒，很不够意思，谈起恋爱就把大家都抛到了脑后。

这个女孩子是杨一的同学，学的是比较文学。

"你同学呀？"大森一听，已经满腹疑云，"那不又要像你一样比较来比较去，论证来论证去……"

"我同学小冰，绝对的静如处子、动如脱兔、大方得体、上得厅堂、下得厨房……"杨一的神态就像在介绍她自己，十分地投入。

大淼说："你这四个字四个字的，听着挺过瘾。行，我去见见。"

杨一安排了时间让他们见面，大淼临走故作腼腆状，对杨一说："你不陪我去吗？我一个人去，万一出事了怎么办？"

杨一晃着脑袋大笑："你出事，还是人家女孩出事呀？"

见到小冰，感觉不错，四目相遇，姑娘也不回避，微微一笑，好像对他感觉也不错。一谈话感觉全不见了。

大淼问："来美国多久了？"

小冰答："三载有余。"

大淼问："感觉如何啊？"

小冰答："既来之，则安之。"

大淼问："将来有什么打算？"

小冰答："随缘而遇，随遇而安。"

大淼就再也问不出什么了。

于是小冰问："对后现代主义文学如何评价？"

大淼想想，说："啥叫后现代主义？"

小冰问："对雪莱诗中的意境是如何体会的？"

大淼眨眨小眼睛："没体会。"

"西方人是如何误读泰戈尔的？"

"误读？"大淼有点懵了。

小冰没放弃，对他进行文学熏陶，朗诵诗歌，是她写的。"孤独的哭泣逃不出月的影子""风铃声下我的长裙" ……小冰声情并茂地朗诵着，目光深沉地投向当空皓月。

大淼远没有小冰希望的投入，他觉得好笑，这林子大了什么鸟儿都有，在美国还有如此追求文学、不食人间烟火的女性，只是我怎么娶呢？

小冰朗诵完，问大淼"听后感"，大淼信口胡诌道："无言尽在咖啡中，当你我相望时。"没想到姑娘眼睛一亮："有共鸣了。"

大淼想：我一句没听懂，俺一介粗人，姑娘您好自为之吧。

杨一知道后，又是那句："又没成吗？嘻嘻。"杨一拼命藏却总是藏不住的幸灾乐祸还是跑了出来。

大淼没好气地说:"你介绍的能成吗? 那人比你还绝。"

"我再给你介绍一个……"

"你歇会儿吧。"

王永辉再次动员大淼去教会。大淼想,教会里的女孩子不一定漂亮,但人应该是好的。一个真正信仰上帝的人,一个经常跟上帝对话的女孩子,一定是个良家女子。

第三个女孩子就是一位教会姐妹介绍的:在美国长大的华裔姑娘明明,二十一岁,上大学三年级。她的父母不希望女儿嫁给鬼佬,说鬼佬不稳定,希望女儿找一个有志向有才学的华人。

大淼一听介绍,就觉得有戏。父母这么正统,女儿肯定差不到哪儿去。来自内地、台湾、香港的女子,嫁西方人的并不少;而当地的华侨子女,有许多宁肯不嫁,也不愿嫁给西方人。明明的姐姐嫁了美国人,明明说,她实在找不到中国人嫁嘛,二十九了,只好找了美国人。其实明明的洋姐夫是个医生,地位、收入都可以,可明明的言下之意却是出于无奈的退而求其次。这个现象很有意思。

明明很纯真,这里长大的孩子比国内的同龄人显得单纯。他们去Blokbuster租录像带,明明挑的全是《小猪贝贝》《虫子的一生》;去麦当劳,明明要买Kid's meal(儿童套餐),为的是得一个Pokemon的木偶。她常常抱着一个毛茸茸的狗熊看动画片,看到兴奋处手舞足蹈,时不时向坐在沙发上不知所措的大淼亮出她天真无邪的笑脸。大淼则忧心忡忡:美国教育出来的下一代是这个样子的吗? 他二十一岁时已经为中美关系忧心如焚,哪一天不是像总理一样为国家大小事务呕心沥血着。

明明,你什么时候才能长大呢? 大淼想。

"又没成啊?!"杨一和天舒知道后,异口同声地对大淼道,相互看了一眼。

"别烦我。"

并没有人理他。大淼起身到阳台独自吹风,想着人生的无聊。

杨一、天舒跟着出来:"大淼,你没跳楼啊?"

大淼突然觉得这两个女孩子相当可恶,却嬉笑:"贵在参与嘛。"

"年纪轻轻,阅人无数,可惜你怎么对谁都是短期行为啊?"

"太难了,天舒你有什么合适的,给你大哥介绍一个,让我重新做人。"

"不介绍,反正介绍谁,你都成不了。"

"怎么说话的! 什么叫介绍谁我都不成?"

"你看看你都谈了多少个? 都不成,差不多就行了,别挑了。"

大淼说:"这个还是要挑一下的。一定要考虑到下一代我的接班人的素质,这是保持革命传统的重要一环。没发现许多英雄们都在这个问题上吃亏了吗?"

"你丫,眼界太高了。"杨一又下结论了。

"我眼界太高了?"大淼觉得冤枉,"我只想找个可以谈天说地的人。这也叫眼界高吗?"

天舒说:"若真是这样,我觉得杨一倒是合适人选。"

天舒话声刚落,大淼和杨一不约而同地说:"我跟他(她)啊?"两人的面部表情配合得很及时 —— 同是一副"谁跟他(她)啊"的不屑。

杨一说:"我跳楼得了。"

大淼说:"我的尸体已经先在楼下了。"

天舒大喝一声:"你们俩要能在一块,那还不吵翻天了,看来跳楼的得是我了!"

大淼安慰说:"我快找到了。"

他在网上认识了一个女孩子。这个方法还是杨一教的,她说她在网上与几个人聊天很好玩。他认识的这个女孩子叫小船,相信不是真名,因为他在网上的名字叫渔夫。两人颇谈得来,时常发电子邮件,逢三逢五,在聊天室里聊聊天。

"太好了,哪家的女孩子肯收留你了?"

"这你别管,赶快找个人收留你是真的。"

杨一说:"我是名花有主了。"

杨一与她在网上的男孩子也极为相投。他健谈幽默,有思想有见地,有相同的兴趣爱好,在一次聊天中,他打出这样的字样:

"与你聊天,人生的一大乐事。"

杨一也打出:"有同感。"

"不知道可不可以向你提一个个人问题,你有男朋友吗?"

"没有。"杨一打完这两个字后,脸红了。

"你是我喜欢的类型，独立、有见地、有个性、知书达理又善解人意，具有传统的品格和现代的思想，大方、随和却不随波逐流，满足于现状又富有理想。"

杨一一愣，这正是她的自我评估，也是她对自己的要求。

"我们可以进一步了解吗？"他又说。

杨一下网了，她并没有她自己想象的大胆。因特网早已将小小的地球村"一网打尽"，只是不知道另一端的"他"是男是女，是好是坏，是一个人还是一批人，现实生活中的他，可能是她看也不要看的那类。

事后，她把他的话重复给天舒听。天舒竟说："他说的那个人到底是不是你啊？即使是，你也不能谁说你好话，谁就是好人啊。如果你连这个都相信，那你就是自甘堕落，没救了。"真是平时白对她好了。不过杨一也知道，她和天舒，就是这样表达友谊的。

2　我俩的磁场不合

几天后，大淼到机场接从西雅图过来看他的姐姐和母亲。大淼远远地指着自己的车，对母亲说："那是我的车。"腼腆得犹如介绍自己刚交的女友。

上车后，大淼说，母亲在这儿的时间不长，晚上有几个朋友来看母亲，都是很熟的朋友。母亲、姐姐互相望望，目光神秘且意味深长。大淼看出这种眼神的内涵，说："没有女朋友啊。"

回到公寓，大淼正掏钥匙开门，门突然开了。

"阿姨、小磊到了，进来进来。"杨一满面笑容地跑出来，一只手挡着门，另一只手伸过来接行李，帮着拿进房间。

母亲和小磊又互视一下，笑笑。

大淼知道她们误会了，连忙说："她叫杨一，也是北京来的。我们是很好的朋友，她自己要提早来帮忙。"

母亲眯着眼笑："妈知道。"

小磊小声地说："都这么说，好朋友，有时候也说是干哥哥干妹妹什么的。我也知道。"

"你们知道什么啊？"大森叫，"我都不知道。"

这时杨一在里面说："怎么了？进来说话呀。"

杨一在厨房里帮忙准备晚饭。她的精神很好，兴致也高，说要好好地亮亮她的手艺。大森立刻说："不错不错，好好表现。"为的是让杨一干得更卖力。

杨一嘴甜地说："阿姨、小磊来，应该应该。"

小磊说："大森，你陪妈聊天，我和杨一在厨房准备就行了。"

杨一说："告诉我，阿姨喜欢吃什么，我什么都会做。"

"像你这样子会做菜的女孩子不多了，现在。"

"我馋呗。"杨一打了个蛋入碗，用食指在蛋壳里抹了一圈后，才将蛋壳丢掉。

小磊看在眼里，有好感。小磊觉得，现在国内的年轻女子，本事不大，赚钱不多，花钱大方，讲究排场，好吃懒做。又是四个字四个字的，看来受父亲影响颇深。抹蛋壳这个小细节告诉小磊该女孩宜家宜室。趁着空当，跑进房间告诉弟弟。

"不谈远，就五六十年代与七八十年代的中国女子作比较，七〇年是一个分水岭。七〇年以后出生的女子比较虚荣，只想嫁给有钱的丈夫，做阔太太，牵只小狗在后面走啊走的。以前的女子注重奋斗，虽然也想拥有豪宅，却是靠自己奋斗来的，嫁入豪宅，也看重自己的能力事业。社会越来越虚荣，人也越来越虚荣。"姐姐说，"我看她不错，能干大方，不是那种虚荣的女孩子。"

"是能干大方，可是也很凶的，老虎屁股摸不得。就你刚才那个论点论据，她要是知道了，会从七八十个角度来反驳你的。"

"那更好，可以管住你了，省得你犯错误。"

姐姐竟这么说，好像她弟弟多容易一失足成千古恨似的。大森说："老姐，我实话跟你说了吧。我和她互不欣赏，磁场不合。"

母亲又仔细瞅着厨房里的杨一看，说："你看这姑娘。"

大森顺势望去，杨一在厨房切菜，认真的女人是美丽的。杨一是蛮漂亮的，身材丰盈，只是对他尖酸刻薄，远没有小船的贤淑温柔，要不然他这个渔夫身边能有这么一条漂亮的漏网之鱼吗？

"我看她能生能养。"母亲说。

大淼乐不可支:"能生能养,母猪呀!"

杨一在厨房里忙得不亦乐乎,对大淼母子俩的指指点点浑然不知。她最近神采奕奕,大概受了爱情的滋润——她喜欢上了那位网友。恋爱真正刺激的时刻就是在这种攻守之际,不知道是否应该给那个陌生人一次机会。

陆陆续续,天舒、苏锐、小马、王永辉和邝老师都到了。

"大淼,你现在怎么样了,有固定的女朋友了吗?"邝老师问。

"固定的女朋友?"这个问法的前提已经假设他大淼多么的游戏人生,幸亏是长辈问的,要是出自杨一之口,大淼早就嚷了。大淼很少真正生气,他喜欢开玩笑,喜欢轻轻松松地把不快化掉。他笑笑:"老师给介绍一个。"

杨一抢嘴了:"你不是在网上认识了一个女孩子吗?"

杨一这话进一步证明了邝老师的前提假设成立,有女朋友了,吃着碗里的,还看着锅里的。其实非也。他大淼追求小船,小船又没答应。女人就是喜欢说话,在还没搞清楚怎么回事时,指点江山的语句已经出来了。主席说的"没有调查,就没有发言权",全没记住。杨一怎么这么烦呢?要是小船绝不会这样。

"我说你们现在的年轻人呀,好像有几个异性围着你转是件值得炫耀的事。到了我们这个年纪,回头看,就像儿戏一般,到底谁付出感情,谁又能陪你一生?你有一个好伴侣、好家庭才是最真的。"邝老师叹了口气。

大淼点点头,这话有道理。一个男人真爱一个女人,是想娶她的,一个女人真爱一个男人,也是想嫁他的。他从来没想娶过他的某位女友,Easy to get, easy to break up(容易得也容易失),全是一场场"爱情游戏",最后娶的才是真的。

杨一、小磊将厨房里的菜一道道搬到饭厅,大淼说:"老姐贤惠呀,做出这么多好菜。"

小磊笑:"哪里,都是杨一做的,我打下手。"

"是吗?"大淼叫,"看不出来杨一还会做菜。"

"你到我们那儿蹭了那么多餐,竟不知道饮水思源。"

"那些饭菜也是你做呀?"

"不是我,是田螺姑娘。我们家有个水缸,里面有只田螺,她在你们需要的时候就跳出来做饭做菜，然后再跳回水缸。"

"我以为是天舒做的。"

杨一摇摇头："天舒？都是我把她养到现在的。你们都以为天舒会做菜，她看上去比我贤惠吗？"

"大淼，好好检讨一下吧。我们都要饮水思源啊。"天舒立刻讨好杨一，这也是杨一的致命伤 —— 听不得软话。

果然，杨一听了这话，好过多了，又快乐地进厨房干活。

一群青年人围坐在一起吃中国菜，母亲看上去亲切得就像大家的母亲，天舒简直要落泪了，这是在家的人体会不到的。

3　爱情产生于瞬间

几天后，大淼送母亲、小磊上飞机，杨一陪同。大淼看着后视镜换道，从镜中他发现母亲一直目不转睛地望着他，目光非常慈爱。这是大淼几年海外生活最满足的时刻，那个目光是支持他的力量源泉。杨一坐在他身边，姐姐、母亲坐在后面，他们轻松地聊着一些家常话。一时间，他竟有一种错位的感觉 —— 这就是他的家人。他刻意看了一下杨一，目光竟一时收不回来：她穿着一件米黄色的毛衣，阳光透过车窗照在她身上，青春洋溢。他内心自言：我完了。友谊有时需要相当长的时间，而爱情时常产生于瞬间。他想将这种错觉变成永恒，他想就这样握着方向盘永远地开下去。

到了机场，杨一先下车替他母亲开门，扶她下车。大淼心里想：平时风风火火的她，还是蛮细心体贴的嘛。这个儿媳妇不错呀。

临别时，杨一说："阿姨、小磊，有空再来玩。"

"大淼现在还不稳定，等他稳定了，我们再来。杨一，有空多帮帮我们大淼。"

杨一笑嘻嘻地说："放心吧。大淼这孩子就交给我了。"

回程途中，大淼在一家7/ELEVEN停下来，买了两瓶水，递给杨一一瓶，说："辛苦你了。"杨一接过来，看着手中的水："看不出来，你有时候还挺体贴的。"

"有时候吧。"大森笑笑，又加了句，"这主要看对谁了。"

四目相望，那一刻，杨一如何也解释不清楚，她怎么会慌乱地低下头。

"你那个男朋友怎么样了？"

"哪一个呀？"

"还哪一个？你有几个男朋友啊？"

"多了。谁像你似的，从小妈妈不疼奶奶不爱。"

"就是给你写情书，特别有默契的那个。"

"我收到的情书多了，整理整理出本书，说不定还很畅销。"

"我劝你当心点的好。"

"谢了。人家有才有情，有信有义，不觉得危险在哪里。"杨一故意编了那人的许多优点，"对了，他晚年打算写自传，我正好也有这个念头。"

"晚年打算写自传的人多了。现在出本书算什么，现在人人能出书，个个是作家。尤其在美国生活久了的人，谁没有故事。他要是真的那么能，还用写自传吗，等着别人写他好了。"

杨一气呼呼地说："那你就等着别人写你吧。"

"难说。我要是哪天什么也干不了了，我也躲在家里写东西。"

"听你这意思，你不写东西，是因为你还能做点别的？"

"可以这么说吧。你想想，那些人，科学家做不了，总统选不上，millionaire（百万富翁）也当不成，就只好躲在家里写东西了。不然哪来那么多作家，许多人都是不务正业，骗子加痞子。"

大森越讲越激动，杨一越听越生气："就你务正业，你是精英，你是正人君子。"

"是不是精英，我不敢说，但绝对是务正业的正人君子。现在又不是鲁迅那时代，还弃医从文吗？中国文坛 —— 我知道 —— 现在绝对不是出大作品的时代。你看看，这些男人不写战争，不写车马炮、将相帅，不写人性、理想，一个劲儿地写床上戏；女人不写母爱的伟大、女性光辉，一个劲儿地写自己的隐私。什么玩意儿呀！搞得像我这样的进步青年，都没有书可以读，现在只能读读金庸的武侠小说。这么跟你说吧，现在最优秀的人绝对不在文坛。"

"喂，你怎么了？"杨一知道大森能侃，更爱和她抬杠，只是今天抬杠失了平衡似的, 一头重一头轻, 她缓了口气, "谁得罪你了? "

"还有谁? 你男朋友呗。"

"说得跟真的似的。我都没见过他, 你倒跟他前辈子认识了。"

大森不说话。

"你和你女朋友呢? "杨一问。

"我没有女朋友。"

"不是说你有心仪的人选了吗? "

"认识一个女孩子, 她也是有才有情, 有信有义, "大森故意重复了杨一的用词, 加重了语气, "非常聪明, TOEFL满分, GRE2300。"大森一激动把小船TOEFL的640干脆加到了满分, 气气杨一。

"就那样吧。"杨一轻描淡写。

"不过我真正欣赏的是她的善解人意。一般而言, 聪明有本事的男子, 找太太不会要求她一定要有多高学历。换句话说, 想找精明能干的老婆的通常都是个平庸男人, 话说美女找丑男, 丑女嫁帅哥也就是这个道理。"

"听你这话的意思, 你不需要太太高学历, 是因为你大森有本事有能耐啦。"大森就是这个劲让她受不了, 他远没有网友的涵养。

大森见状, 立刻说: "我也不是这个意思。噢, 有时候, 人讲话只是讲话, 不要想太多。"

"那就叫做废话。"杨一不依不饶。

大森看了杨一一眼: "别人这么说, 我会生气, 可你说我并不, 因为我了解你, 我知道这是你的常规反应。"

他还真了解她, 她想, 可偏偏讲出的话仍硬邦邦: "胡说八道。"

大森不语, 也不和杨一生气。男人喜爱一个女人时, 会包容她的许多缺点, 不与她计较, 爱得纯粹; 女人喜爱一个男人时, 反而越发挑剔, 希望他完美。

4　胃的上面才是心

杨一回到家, 迫不及待地上网, 找她的网友。这几天她一直在帮大森的忙，顾不上网友，现在上网却等不到他。一连几天，他都没有再出现。等不到也好，她想，有缘无分吧。

这天大森突然跑来，见杨一在用电脑，说："难怪你的电话一直打不通，只好自己跑来了。"

杨一匆忙打开另一网页盖在上面。大森见了，阴阳怪气地说："又在和他通信啊？"

杨一说："不用你管。你管好你自己就不错了。对了，你的那位特别聪明还特别善解人意的女朋友呢？"

大森后悔当时太激动，也想借故刺激杨一，夸大了那个素昧平生的女人的种种优点。此刻，他连忙声明："第一，她不是我女朋友；第二，她也没那么完美。你总不会跟一个躲在电脑里的小女人较劲吧？"

"有意思，谁和她较劲了？"杨一笑。

"我要是跟人家走了，你不吃醋？"

"瞧你说的，有人要你，这不是积阴德吗？"

"你这人就是嘴硬，跟我一个毛病。"

"你找我有事吗？"

"能约你有空的时候出去吗？"大森很随意地说。

有点始料不及，杨一皱皱眉，想着对策。

大森看着杨一："不需要如此严肃吧？"

杨一仍皱着眉，深思着。

大森走近杨一，表情有些蹊跷："杨小姐，你……不会以为我要带你私奔吧？"

杨一"扑哧"一声被逗乐了："你这人自我感觉也太良好了吧！"

"那你这般正经干什么？"

杨一正色地说："我在想应该跟你这种人划清界限，近墨者黑。"

"我这人嘴巴坏，人是很好的。没看出来吗？"

"没看出来，太看不出来了。你要是好人，这世界上也就没有坏人了。"

"你真这么认为吗？我是很好的人呀，对太太尤其的好。至于我的过去，你可以向群众了解。群众的眼睛是雪亮的。"

"反正跟你出去一定得多长一个心眼，否则被你卖了都不知道。"

大森立刻顺着竿往上爬，说："那今天有空吗？"

当天大森就请杨一去爬山。

大森喜欢户外活动，心情不好的时候，都会独自一人开车到山上。英国的哈兹里特曾经说过："世间最大乐事之一便是旅行；但是我愿独自旅行。在房间里我能享受人的陪伴；但是到了户外，大自然就足够做我的伴侣了。我在那里单独时最不感孤独。"

秋夏季，山上水不多，所谓的"瀑布"就是窄窄的一条水，像小孩子在墙上撒的一泡尿。

杨一笑："唉哟，走这么远，就为了看这么一小瓢儿的水。"

"爬山的意义就在爬的过程。"大森说，"其实，我早就想带你来了。"

"带我来这么高的山，不是要对我海誓山盟吧？"

"你不要着急嘛。"

杨一吃了哑巴亏，不说话。

"我喜欢看山。"大森说。

"看不出来，看你这样子，很市侩气。"

"也许吧。从小到现在都生活在大城市，也因为这样，希望能去流浪，去看大自然。"

"仁者爱山，智者乐水。看来你人不错。"杨一穿着一件白色的上衣，黑色的牛仔裤，看起来很英气。

"本来就是好人。"大森说，"小时候读书，老师常叫我们背课文，背'一览众山小'，我小时候读书又不好，我背成了'一览一山小'，老师同学都笑。那个时候，我就想，我要去看看山，到底是'一览众山小'，还是'一览一山小'。"

"结果呢？"

"结果啊，结果发现是'一览我最小'。人常烦恼，就是因为想得太多，又想得不够远。不是说吗，人类一思考，上帝就发笑。你站在高处一望，才知道我们烦恼的都是些芝麻绿豆大的事。"

游玩回来，大森请杨一吃饭。杨一抬起头看了一下表："现在才几点，你饿了？"

大森不饿，只是觉得谈得不错，愿意多处一些时间，于是说："是饿了。"

"可是我不饿啊。"

"所以也不许别人饿。人有五种需求，生理需求是最基本的，就像食欲，基本需求得到满足后才会想到自我实现这些高级需求，也就是说基本需求得到满足之前，是顾及不了高级需求的。当然生理需求在现代社会需要以文明手段获得，饿了不能偷东西吃，我也不能吃完餐馆里的东西不付钱，我更不能三天两头到你那儿蹭饭。"

"如果你能忍，是可以到我那儿蹭饭的。"

"更是上策。"

"大森，听你这么说，到我们家吃饭，预谋已久似的。"

到了家，大森问，需要帮忙吗？杨一说你越帮越忙，还是老实地坐在沙发上看报纸吧。

过了一会儿，大森跑进来，说："你在厨房忙，我在客厅看报纸，感觉太像老夫老妻了。"

杨一笑骂："你好不好意思呀。你好意思说，我都不好意思听。"

大森靠在厨房的墙上，说："那就当作没听见。"然后站着看杨一做菜。

杨一的手艺可称上乘，一会儿的工夫，漂亮的几道菜出来了，杨一将菜盛入盘中，对大森说："摆桌子。"

大森乖乖地摆桌子，一边摇头笑："你自己说像不像？"

杨一装盘子时，被烫了一下，"哎哟"轻轻地叫了一声，放下盘子，烫伤的手握住耳垂。大森扑进来："你怎么了？没事吧？"

大森这一扑，反而令杨一好生奇怪，也问他："你没事吧，大森？"

杨一做了一道葱爆牛肉，一碗蒸蛋，正好是大森的最爱。大森尝了口，说："有这两道菜，此生足矣。"

"苦孩子，这么好养。"

"你不知道，我小时候家里穷，因为我爷爷一直在生病，家里的钱全给爷爷看病了。想吃蛋都不是一件太容易的事，生病的时候才有蛋吃。自从我摸出这个规律后，我就常生病，动不动就病了，我妈说，这是怎么回事？又病了？我说我也不知道，就是不舒服。我妈说今天家里没蛋了。我说那咸蛋、皮蛋也行吧。我妈说今天连咸蛋皮蛋也没了，也就是说我也别病了，没蛋吃。"

"大淼，你从小就不学好。"

"现在我也得自己做饭，我尝试过蒸蛋，尝试过好多次，蛋怎么就是黏不起来呢？"

"蒸蛋时间为十分钟，秘诀在于蒸的过程中绝不能掀锅盖，掀了，你再怎么蒸，蛋也黏不起来了。"

"还挺复杂。以后我就到你这儿来吃得了。"大淼想，要是有人天天给他蒸蛋就好了。他叹了口气，"杨一，其实咱俩蛮合适的。"

说完，立刻低下头吃饭，不敢多看杨一一眼。他想杨一肯定会说："我和你 —— 做梦去吧！"

杨一想，如果那个"他"不出现，她天天给他蒸蛋也行啊。

吃饭成了姑娘小伙子在恋爱期间最常进行的活动。中国如此，美国如此。各国的姑娘小伙子都希望在餐厅里与对方建立感情，一个优雅别致的餐厅，昏暗朦胧的灯光，柔和抒情的轻音乐，彬彬有礼的侍者，无疑都营造了气氛。当然还有一点很重要，话题不合时仍有事可做 —— 吃啊，还可以在美食上达成共识，抛开尴尬。

年轻的男女还没有感悟到为心爱的人做一顿饭菜的重要。杨一做的菜恰是大淼的最爱，这种对食物的默契，是极好的预兆 —— 正如某位作家所说："胃的上面才是心啊。"

杨一说："人生的一大乐趣就是吃。我的愿望就是吃遍世上的所有美食，和家人吃遍世上的小餐厅，餐厅一定要小，设在郊外，设在乡间，设在路旁，总之要有乡土气息，要有市民气息，五星级大酒店绝对不是我要去的地方。"

"还有一点你忘记说了，就是那些小餐馆的筷子一定是旧的，也不太干净，然后咱们自己从包里掏出双筷子用。"大淼笑着补充道。

杨一内心共鸣，能说到这一点就不容易了。伯牙所念，钟子期必得之。没有"灵犀"何来此"一点通"呢？

大淼吃完饭，说："饭是你做的，碗得由我来洗。一般家庭都如此。我父母也这样。"

"又来劲儿了。"

大森洗碗速度很快，质量不高，杨一看着他洗的碗，问："这些是洗过的还是没洗的？"

"当然是洗过的了。"

"天啊！这……"杨一摇摇头，"看来，咱们在认识上是有差距的。"

"噢，我再洗就是了。我会积极缩短咱们认识上的差距"

"你和那个人到底怎么回事？"大森又问。

杨一笑在心里，大森什么都好，就是有时顾盼自雄让她受不了，决定给他点颜色看看："我们已经确定关系了。"

"你们见都没见过，就定下关系，也太轻率了吧？"

"关你什么事？"

"关我事大了，关乎我的婚姻大事。"

"你自我感觉太良好了吧？"杨一笑，想想为一个子虚乌有的人和大森赌气不值得。

大森，不是王子，也不是青蛙，他是个真真实实的男人。"他"，想来是个王子，见面说不定冒出只青蛙，也可能连青蛙都不是，是只癞蛤蟆。于是又说出她小时候最爱说的话："逗你玩的。"

"虚惊一场。"大森有意夸张地挥挥额头的汗。

大森擦擦手，从茶几上随便捡来张纸，假装给家里写信："跟家里汇报一下，尤其让奶奶放心，他孙子的终身大事有望了，别总像老曹家要断后似的哭丧着脸。"

"你提你那些甲乙丙丁的女朋友吧。别提我。"

"列宁同志曾经说过，伟大的爱情是在平凡的生活中产生的。"

"这话嘛，是有道理的。"杨一说。

大森偷乐，女人真的是不太聪明的动物。是列宁同志"说"得有道理，还是他大森信口编得有道理呢？他又说："我想列宁同志指的就像你我这样的情况吧？"

杨一说："可以看你的信吗？"

大森说："等你答应嫁给我时就能看了。"

杨一说："那谢谢了。你自己慢用吧。我不看了。"

大森就说："没有诚意。你要对我一点意思都没有，你对我家人那么好干什么！让她们和我都想入非非。"

"你怎么这么赖皮，跟你又不熟，就要人家嫁给你。"

大森正色地说："如果你有共识的话，咱们就先结婚后恋爱。"

"没共识。"杨一大声地说。

大森叹气："这跟当年香港回归是一回事，关键是一个信心问题。我的报告已经打上去了，就等你批了。"

杨一给"他"发一份E-mail，宣布她有男朋友了。杨一觉得应该告诉他，她不喜欢与他有暧昧之情。另外，也是希望他后悔，尽管知道他在她的生命中只是昙花一现，但是失去她，却要成为他的遗憾，抱恨终生更好。

一个星期后才收到他的回复，很短的几句："这样也好。网络上的事情谁也说不清楚。比如，你也许认为我是个白马王子，结果发现我又老又丑，还瞎了只眼睛，到时情何以堪？"

第十七章

这次回国我去了西藏。相信任何一个生活在大都市的人，面对那一成不变的生活节奏和方式，都会心生厌倦，都会想抛开这一切出门走走。以前我没有心思，只想着攀高，现在，我又不敢流浪了——我的大房子、好车、生意都将我拴得死死的。

终于有一天，我出门了。走在西藏透明的蓝天下，心都变清澈了。

从我住的小旅店的窗户望去，有一位藏民闲坐在他家低矮的门前做家务。第二天，再从窗口望去，那位藏民还是坐在门前干活，一连七天，直到离开，我都看见他，同一个姿势，同一种表情，同一份家务。我仿佛看明白了生活，看见了他的现在，也看见了他的过去和未来。

—— 阿晴

1 为何要到这田地

两个星期后，阿晴回来了。在美国虽然许多年了，仍是会被问"什么时候回中国啊"；回到国内，却又被问"什么时候回美国啊"。到底哪儿是家？她现在回中国用"回"，回美国也用"回"，却都不觉得是回家，只觉得滥用了"回"这个极具归宿感的字。

老金细心地准备了晚餐，点着蜡烛，在餐厅里，老金拥阿晴入怀，与阿晴共舞一曲。他轻轻地抚摸着她的背，深情地亲吻着她的秀发，在柔和昏暗的烛光下，老金温柔地说："有空了，我们去欧洲走走。"

在漫漫长夜里，此时的柔情让她千方百计地想抓住什么，最原始的冲动让她头脑发热，她歪过头，说："我们结婚吧。"

老金看了她一眼，商人的机敏让他舞步依旧，应变自如地说："你可以承诺吗？"

阿晴听了，也只是一笑置之。这笑是内心笑不出来，却需要勉强自己挤出笑去缓解这窘态的一种面部表情，同时，心中的激情也如洪水退去。老金问得对，她根本无法承诺一生，老金也一样。她从未觉得有一个人可以让她爱一生的，老金和那些围着她转的男人一样，不能给她真正的感动。阿晴经历了一次又一次的"爱情"，但是它们如同流星闪过，她越来越不相信有一种情感是永恒的。她的爱情就是大房子和屋檐下挂着的美丽的"I LOVE YOU"风铃。

男人们也知道把握不住这类女人，对美貌的社会性有一定的认识，知道她们会为了BBD（bigger better deal，更大更好的目的）而不择手段，只是实在忍不住诱惑，对风情万种的女人有着天生的好奇和征服欲，知道把握不了，又想试试。征服不了，是那些男人最好的结局，因为征服下来，他们不见得真的会满意，到了手，他们反而索然寡味。

此后的几天，两人的关系显得有些尴尬，都希望能够恢复正常，挽回什么，但他们都没有尽力去做。平心而论，他们在许多方面相配。老金身上有她喜爱的品质，富有、有情调，年纪相貌都说得过去，在商场上成熟稳健，在生活中体贴细心，只是阿晴对他的情感，从来就不是爱情，相信他也一样。他不是她吃稀饭咸菜也会跟着的人。

后来老金先开了口："你觉得我是不是不应该放弃，应该挽留住你，不要分开？"

阿晴淡淡一笑。早几天，她大概也就动心了。现在，她连自己都放弃了。她只觉得可笑。他们绝对不是对方的唯一，而只是对方的一小部分，两人加起来并不是一个整体，只是一起共享一桌晚餐和一张床铺的两个可怜的人。阿晴清楚，如果有一天，她要嫁的话，嫁的绝不是老金这种人；她也知道，如果有一天，老金要娶的话，娶的也绝不会是她。

"我们都做不了主。"

"我真的希望你留下来。"

"为什么?"

阿晴希望他说些让人热血沸腾、激情荡漾的话,老金却说:"我已经习惯了有你的日子。"她再也没有什么可说的了。他们都是不敢承诺的人,缺乏常人可爱的执着。婚姻是一种能力,他和她都缺乏这种能力。

"那你也会习惯没有我的日子。"阿晴说。

老金终于没有去挽留阿晴,也没有可能挽留住阿晴。老金看得比她更透,所以他对爱情、对生命更是没了信念,再没有什么能激起他的热情。

虽然不再是情人,他们仍是很好的生意伙伴,共同进出于各种场合。一个商界的派对,阿晴准备与老金前去。她穿着华美的晚礼服,一切就绪,就在要出门的那一刻,她从镜中看见自己,这总是她最自信的时刻。当她不如意、不得志时,她就照照镜子,看见镜中光彩四射的模样,她的信心就全回来了。漂亮,对一个女人来说足够了。此刻,她却看见一个已经开始不再那么年轻的女人穿着华丽的盛装,觉得可笑。

她对镜中的美人说了一句:"你真滑稽。"

她决定不去了。她的作风老金很清楚,不去就是不去。老金走后,阿晴进了卫生间。

她以为这些年来的生活与闯荡让她独立坚毅,她自认是个现代女性,对任何人都看得透,对任何事物都看得开,包括对性,开放而大胆,没有中国女人"吃亏的到底是女人"的想法。可是现在,在岁月的慢慢浸淫下,她自己都记不清她与他们是何始何终的了。

事实上只是越发的乏情与冷淡,对什么都漫不经心,这样对待爱情,也这样对待人生。事实上只是心里心外将自己完全地放逐,心甘情愿地看着自己堕落,母亲说的抵抗引诱,到了她这里,巴不得多些引诱。她的心里早就没有了神圣的感觉,没有什么让她心动的了。

现在她到底得到了什么?房子、车子、游艇、钞票,这些她苦苦追求的东西,都是那么陌生,像从来就不是她的。她有着让人羡慕的美貌、财富和能力,可是她的苦只有她知道。谁心里苦,谁知道。

这种日子还要过多久?

十年后带着她这张还算美丽的脸上街,她到底有什么呢?这就是她所要的吗?她哪里为自己好好地活过呢?

她，不出声地流泪，泪水在她浓墨重彩的脸上划出两道沟，呜咽一声，又一声，且一声响似一声，她竟还能哭，她惊喜。这些年来，她以为自己早就没了眼泪。她有点自豪地号啕大哭，浴缸的放水声足以淹没她的哭声。她的哭声越来越大，像找到一个发泄口，将她这一生的愁苦、委屈、孤独全排放出来。

浴室开始热气弥漫，她委屈地卧在浴缸的一角，恨不能就这样永远地躲起来。

她一再自问："你怎么会落到这步田地？你为什么要这个样子？"

她向镜中的阿晴哭，叙述她无限的委屈和软弱，就像那个六岁被母亲带到城市的女童。另一个成年阿晴终还有能力安慰自己，她拿热毛巾给自己擦脸，再引导自己离开卫生间。大哭后，她觉得自己还不算不可救药，至少还有泪。

她打了个电话，然后坐在沙发上。她的房子优雅地躺在依山傍海的小山坡上，临海的一面是整片的落地玻璃，她常常坐在这个位置注视窗外的美景。以前老金常说，美景在前，美人在怀，此生足矣。

门铃响了，阿晴自言一句："这么快。"开了门，却是天舒。

"是你呀！"阿晴说。

"什么叫是你呀，你在等人吗？"

"对，等大卫。"

天舒记得阿晴曾与她提起大卫，笑："现在喜欢和年轻人在一起了吗？"

阿晴从来不正视小男生，即使年纪相仿的，她也把他们当小孩子看，今天不知怎么了，竟想起了大卫这个孩子。

"我的东西呢？"天舒来拿家里托阿晴带的东西。阿晴说好送到学校给她。这些天，发生了一些变化，忘了这事。天舒急着要，就自己来了。

阿晴取来包裹给她。天舒的母亲给她一些枸杞子，煲汤用的，母亲不知道旧金山的唐人街满地都是。里面还有一条连衣裙，天舒在身上比着，阿晴也跟着她晃，天舒叫："你看我妈，老想把我打扮得像个祖国的花朵。这衣服，我可不好意思穿。"

年轻的时候，总希望成熟，到了阿晴这种熟透的时候，巴不得回到当年："天舒啊，你这种单纯能保持多久，就保持多久。"

天舒"啊"的一声，表示不解，眨眨眼睛："你们吵架了？"

"我们分手了。"

天舒愤愤地说："他有什么好的，长得像个胖员外。"

阿晴笑笑："你没有必要一定要说他坏话。"

"这不就是亲戚的作用吗？"

2　四年后我来娶你

当门铃再次被摁响，她知道是大卫了。

她这次见到的是一个挺拔英俊的青年男子。

在美国已经住了多年，这种"多年"的概念，就是对美国缺乏了新鲜感，没有什么感觉。表妹天舒常常会说，我觉得美国如何如何，我发现美国如何如何。对待久了的人，既没发现也不觉得，相反，有一种近似麻木的情绪，无论对人还是对事。

突然有一天，一个年轻人带来了一股生命的气息。

她记得第一次见到他，是在九年前。阿晴刚刚到美国不久，在美国境内作环美旅游。在去芝加哥的飞机上他们相识了。他坐在她的邻座，手上抱着一个背包，像一个逃家的少年人，十几岁的样子，还没有发育，但是双脚提早发育了 —— 异常的大。他与她说话，告诉她他去芝加哥看望父亲什么的。主动地把空姐递过来的冰水端给她，很"大人"地说，乘飞机多喝水，有好处。大卫尽量表现得很"大人"，但阿晴眼里，怎么看怎么像孩子。他又煞有介事地问她，有没有男朋友。阿晴大笑，东方人看上去显得年少，他一定以为她和他年纪相仿。"你多大了？"阿晴问。

"十三岁。"

"你知道我多大吗？"

大卫不说话。

"我二十岁。"

"我会长大的。"大卫说。

下飞机前，大卫向阿晴要了通信地址，说："我长大了，可以去找你吗？"

"可以。"阿晴信口说道。

男孩子无遮无掩地笑了，一脸的天真与无邪。

以后，男孩子给她写信，给她寄来他亲手做的圣诞贺卡。她从来不回信，只是在男孩子生日的时候寄张卡片。有时忘了，男孩子会自己写信来讨，我又长大了一岁，你还没有给我寄贺卡呢。阿晴看了笑笑，一句话："这个小孩子啊！"于是给他补寄卡片。

五年后，他写了封信来，说他要去加州上大学。

后来果然来了。那时阿晴二十五岁，大卫也已经是一个十八岁的大人。阿晴微微一笑："噢，长大了。"

大卫又问："你有男朋友吗？"

阿晴大笑："你对我而言太小了。你十八岁，我二十五岁，也就是说当你二十五岁时，我已经三十二岁了，你三十三岁时，我已经四十岁了。"

大卫板着脸，直直地看着她，说："你以为我不会算这个吗？"

阿晴哭笑不得："你看起来像是不会算似的。"

大卫不说话。

临别时，大卫很难过。看着这个小男生纯真地爱着她，一副引颈待戮的样子，阿晴有些不忍。

不久，阿晴离开了查理，大卫知道了前来看她。阿晴心情不好，靠着大卫的肩膀哭泣，大卫故意站得笔直，以一个男子汉的肩膀承受着一个女人的伤心，任她的泪一滴滴地落在他的肩头。

"四年后，我来娶你。"大卫临走时说。

后来阿晴找到老金，她告诉大卫。阿晴从大卫身上看到一切正派美国男人的优点：正直、善良、进取，同时也应验了这些年来她对美国人的一个认识：天真热情有余，判断力不足。像某韩国人自称是耶稣，骗了韩国人，也骗了美国人，可骗不了犹太人。大卫如果聪明，不应该找她这种女人。

"大卫，你是一个很好的男孩子，可是我不适合你。"

"我不是因为你适合我才爱上你的，我就是爱你。"

"……"

"你为什么老是跟他们在一起，而不认真地考虑一下我？"这是他临走前说的最后一句话。以后，大卫读他的书，阿晴过她的日子。他还是给她寄卡片，阿晴知道他已经不是个十三岁的小男孩了，便不再给他寄卡片。

四年后的今天，大卫大学已经毕业，是一个大大的人了。

"你真是一个大人了。"阿晴叫了起来,"而且很帅。"

"是的。你说对了。"

阿晴看着他:"你跟别的男孩子不一样,有人告诉过你吗?"

"有,就是你。"

阿晴笑笑:"你真的不需要这么努力地对我。"

"我想让你知道,我可以很好地对待你,百分之一百真心实意地对待你。"

"没有一个人可以百分之百的真心实意。"

"我可以。"

阿晴看着他的眼睛。

阿晴喜欢观察人的眼睛,嘴巴是最会说谎的,而眼睛是最不会说谎的。有的眼睛狡黠,有的愚蠢,有的则是空荡荡的。他的眼神专注而辽阔,那是一种怎样的蓝色,像天空,像海洋,满是坦诚与信任。他身上有一种品格,是属于儿童的,却让他奢侈地拥有了这许久。

"我没有办法像你这么想事情,像你这样儿童似的单纯。"

"你可以。只是你忘了。"

"不,我从来就没有过。"

"那我教你。"

"你认为我有可能学会吗?"

"当然。我已经毕业了。你愿意嫁给我吗?我会给你幸福的。"大卫说。

阿晴又想笑,幸福离她太远了,遥远得有一种恐惧:幸福就是没有痛苦,没有痛苦是不是就没有知觉呢?每次大卫说这些,她都忍不住要笑。她刚想笑,就碰到他充满男子汉气概的锐利目光,她笑不出来了,垂下眼帘。他和她都知道,那时起,她是把他当作一个男人来看了。

阿晴想,她对这个小男生还会害羞,她不是早已阅人无数、刀枪不入了吗?她不知道她已经喜欢上了他。

3　美丽宁静的中部

后来她随大卫去了中部他的家。她去只是想散散心,换个环境。

美国的公路交通相当便利，没有公路延伸不到之处，每隔一段路程，就有一个休息场所供人们使用，食店、油站、厕所、电话，应有尽有。阿晴和大卫在路上开了近三个小时的车，没有看见一个人影，也没有什么车子从他们身边驶过。阿晴问，万一路上没油了，不就得困在这里了。大卫说，所以每到一处加油站，就有提醒加油的路标，告诉你在未来的多少路程内没有加油站。

与常有奇迹产生的硅谷相比，这里是一片沉默，十年如一日般的宁静，田地、草原、山川、崎岖的乡间小路、知足常乐的脸。她想起了在西藏的蓝天下看见的坐在门口的藏族人。

这里的居民绝大多数是白人，没有什么外来人，外来人也不喜欢不习惯这里。这里的人彼此认识，相当地恋家，生活得简单而祥和。他们勤劳地过着属于他们的日子，没有外面世界许多的诱惑，也少了许多的烦恼。他们戴着牛仔帽，倒下大杯的啤酒，听着以吉他为主的乡村音乐，说着收成、牲口和电视里的体育比赛。

阿晴在美国生活了近九年，一直在大都市。大都市都一样，高速公路、商业中心、房子，连人们面部的表情都差不多。现在好奇地看着这个非常美国，心里想：这也叫美国吗？一位农民告诉她，硅谷是美国，它的高科技世界第一；这里也是美国，百分之二的美国农民不仅养活了另外的百分之九十八的人，而且还是世界上最大的农产品出口国。

阿晴在这个村镇上，一直在众目睽睽之下，尤其小朋友，追在她后面看这个外国人，与中国农村孩子见了老外一样好奇。

大卫的家就在这里。他的母亲几年前已经过世，姐姐嫁了人，只有哥哥一家在这里生活。大卫的哥哥马可，是一个有响亮的嗓门和宽大肩膀的男人，他的太太则是非常的娇小玲珑。大卫的父亲在盐湖城。

"我的父亲不喜欢这里。"大卫说，"他说这里太多空间了。"

这时大卫的哥哥马可说话了："我也不喜欢那里，因为没有足够的空间。"

一天早上，阿晴一起床就看见大卫的嫂子在厨房里忙碌着，阿晴跟她打招呼："你看起来精神很好。"

"是吗？也许是我刚刚晨修完吧。"嫂子笑笑，"每天早上，在丈夫出门后，小约翰起床前，我都会读读《圣经》。"

"你们一家的名字都取自《圣经》吗？"

"是的，你读《圣经》？"

"我表妹给我一本，我翻过一些。"

"你表妹信吗？"

"不，她不信，但她认为她这个表姐应该去信，被拯救。"阿晴自我解嘲地笑笑。

"哦，我们每一个人都是上帝的孩子。"

阿晴终于问了她几日来的好奇："你确定这就是你想要的生活吗？"

"我在这里出生，又在这里成长，这儿的生活就是我的全部。是的，这是我想要的，"嫂子想了想，"……我不否认，有时我也想一下我不曾拥有的东西。但是那些东西像海明威说过的一句话——'想一想，不也挺好吗'。"

"你一直生活在这里，没有到外面，比如纽约、洛杉矶走走，会不会错过些什么？有没有遗憾？"

"哈哈，"她笑，"你说我遗憾什么？又错过了什么？"

"嗯，比如说，博物馆、音乐会，"阿晴晃了一下头，逗乐地说，"还有迪斯尼乐园什么的。"

"我在休斯敦读的研究生，毕业后又在那儿工作了三年，哦，我曾是个中学数学老师。我不喜欢那里，才回来的。"

阿晴没有想到眼前这位"农妇"曾是个教师，她想如果把中国人脑海里的农民形象安在他们身上，被嘲笑的对象反而是她了。

她掩饰性地笑笑，又问："不喜欢那里什么？"

"那里车子太多了。"大卫的嫂子接着说，"回来后，我遇见我的丈夫，那天，他带我下地劳动，我在田里见到他劳动的样子，心里十分感动，就走过去，对他说，我可以留下来吗？我不想回休斯敦教书了，我想留下来当农妇。"

"这样哦。"阿晴小声地叹了一句。

"尽管农业越来越不被重视，但这片土地却实现了我个人的愿望。我喜欢这种简单快乐的日子。"

阿晴问："美国有没有农民意识一说？"

嫂子反问："什么是农民意识？"

阿晴想了想，解释说："就是没有远见，没有深度，狭隘封闭吧。"

她认真地回答："怎么会呢？他们面对宽广的田野，浩瀚的天空，他们是心胸最宽阔最坦荡的一群人。"

傍晚，大卫拉着阿晴去骑马。

阿晴说："我不会，我会摔下来的。"

大卫扑闪着明亮的眼睛说："不用怕，有我呢。"

大卫将阿晴扶上马，说："搂住我，没事的。"

于是，阿晴感觉到自己飞起来了，飘系于天空和草原之间，云朵伸手可得，风呼呼扫过。那份回肠荡气，让她打心底笑了起来，她还可以这样灵魂自由地活着。她双手搂住大卫的腰，面部贴着他的背，一种情感飞到她的心里，动情地盘旋着，她知道这位骑马的英俊青年已经完全地掳走了她。

下马的时候，先下了马的大卫对她做了一个骑士的动作，他一只手背在后面，伸起一只手，扶住她。

爱情仿佛就应该这样：一个坚强的骑士，带着他的利剑，骑着他的快马，经过千辛万苦，把美丽公主从城堡里救出来。可惜到了两千年，爱情金贵得无处可觅。骑士们变成四十大盗，他们才懒得辛苦，最多在门口叫两声"芝麻开门"，没有回应，他们掉头就走。大卫却给了她古老的童话般爱情的礼遇。

他们席地而坐，背景是无边无际的草原，夕阳抹红的天空，白色的骏马。她什么也不说，只是深情地望着这一切，充分地享受和风吹拂，陶醉于大自然之中。她想这里的人也一定是以这种心境深情到底的。是啊，生活的单调，没有影响这里人的快乐和信念；蓝的天，白的云，绿的草，给他们最永恒的审美机遇。

"他们是我所羡慕的一群人，安详而简明……"阿晴想，当某位作家说这句话时，他眼前的景象大约与她现在所处的环境有很大的相似：宽广绿色的田野，人与牲口悠游自在。

多年前，她曾经在月历上看到过一幅摄影：夕阳、草原、骏马、恋人。一时间，她分不清梦幻与现实的差异，产生了一种永恒的错觉——温馨而安全，像是到了家。

4　爱就爱他一辈子

大卫带着阿晴驱车赶向犹他州的一家医院。大卫的父亲病了。

大卫的爷爷彼得是个传教士，去过中国，并在那里生活到新中国成立前夕。大卫的父亲约翰的童年是在中国度过的。作为传教士的孩子，约翰很小的时候就受浸成为基督徒，但他的内心却非常反叛。他感到那些去偏远地方传教的教士，包括他的父亲都是一群以弗所教会的使者——带着很深的文化优越感，也带着白人至上的优越感，进入亚洲、非洲。

在约翰的记忆中，他们在中国住的是一座很大的宅子。他没有玩伴，因为黄皮肤的小伙伴都在高高的围墙外面忙碌着，他不能出去，他们不能进来。

后来，约翰随父亲回到美国，回到中部。父亲继续在一家教会里服事。

回顾起童年，又因着长大而意识到童年的不足，约翰愈发失落。作为在教会里成长的孩子，对《圣经》自然是相当的谙熟，可他对上帝却敬而远之。他相信上帝，却不去教会。他说这是以弗所教会的时代。他向他的父亲背着上帝写给以弗所教会的经文："我知道你的行为劳碌、忍耐，也知道你不能容忍恶人……你也能忍耐，曾为我的名劳苦，并不乏倦。然而有一件事我要责备你，就是你把起初的爱心离弃了。"约翰以此为由，愈加反叛，与六十年代许多反叛的美国青年一样。

六十年代是美国具有传奇色彩的时代，仿佛一切都脱离了轨道，尤其是性观念。约翰回忆说，当时流行着这样的看法：人人都在性交。约翰离开家乡后去了芝加哥，他与那些嬉皮士一样，生活放达不羁，喝酒、玩女人。

约翰的行为令他的父亲伤透了心。七十年代，彼得寿终正寝。在这之前，他向上帝忏悔祷告："我没有尽到责任去传扬主的名，主的爱，我甚至没有把自己的儿子带到主的面前。施怜悯的主啊，求你宽恕我，求你不要让我成为约翰信仰上的障碍，求主引导他重归主怀。"父亲临终前对儿子说："约翰，你什么时候可以停止呢？你应该安顿下来，找一个像玛丽那样的姑娘，有一个家。"

约翰娶了玛丽做太太，育有两儿一女，大卫为幼子。然而好景不长，约翰又一次逃离了家庭，逃离了责任。他回到芝加哥，后来又去了犹他州，直到现在。

终于到了那么一天，约翰得了癌症。知道自己将要离开这个世界，潜意识中仍根深蒂固的宗教观念成了真正困扰他的问题，对将去的另一个世界的无知，使他对死亡充满了恐惧。

大卫和阿晴在父亲的床边与他谈话。父亲看起来有些疲倦，但仍不住地讲话，讲他的人生，语气平缓而忧伤。

约翰与孩子们的关系并不融洽，彼此不常联络。

"你的母亲是天下最好的女人，我却不知道珍惜。不知道爱她就应该爱她一辈子。我知道我不是一个好父亲、好丈夫，甚至不是一个合格的丈夫和父亲。你们恨我吗？"约翰问"你们"而不是"你"，仿佛大卫代表了一家人。

"不，爸爸，从来没有。"

"我知道，我是不可饶恕的。对你们，尤其对你们的母亲造成了非常大的伤害，我很内疚，你们会原谅我吗？"

"是的，爸爸。"

"确定吗？儿子。"

"当然是的。爸爸。"

约翰垂下眼皮又追问了一句："那么上帝呢？上帝会饶恕我吗？"

"你们知道我最羡慕你们母亲什么吗？她死时那种安详与交托。"父亲又说。

要离开父亲的时候，大卫注视着父亲："再见了，爸爸，我爱你。"

"再见了，我的孩子，我也爱你们。"父亲也同样深情地注视着他们，这时，父亲拉着阿晴的手，认真地说："爱他，那就爱他一辈子吧。"

不久，父亲离开了人世。

大卫带着阿晴到父亲生前的老人公寓清理他的遗物。邻居说父亲走前的一个多星期心情好极了，没事还哼哼小曲什么的。大卫在父亲的家里找到了一些注销了的支票、Albertsons购物收据、一些生活用品，还在父亲的钱包里找到一张母亲与他们兄妹三人唯独少了他自己的"全家福"。不知道父亲珍藏了多久。

大卫望着"全家福"哭了出来："爸爸走了，爸爸走了。"

阿晴抱住他，陪他一起哭，两人紧紧相拥着，彼此安慰着。

全家人都来参加父亲的追思礼拜,那天细雨加轻风,没有一点生气。牧师慢慢地念着葬礼的条文:"耶和华是我的牧者,我不至缺乏……正如父亲爱惜他的儿女,上帝也爱惜敬畏他的人……"

大卫表情凝重。

父亲问过:"上帝会饶恕我吗?"现在父亲有了清楚的答案。

一回来,阿晴就到天舒的住所领回她的猫。

阿晴很孝顺那只"深宫怨妇",外出的日子把猫交给天舒养。天舒一见阿晴就抱怨,猫给她带来了太大的麻烦。每个公寓住户押金是五百块,猫、狗的押金是八百块,这不是"种"族歧视是什么?天舒想,就养几天,交这么多钱不合算,就偷偷地将猫装在书包里带进去。这些日子每次出门,天舒都要先伸个头出去看看公寓经理在不在,跟做贼似的。

这只猫非常娇贵,只吃从阿晴家带来的口粮。眼看要断顿了,天舒就去买价格便宜点的另一牌子的猫粮来补充。猫走过去,嗅了嗅,断然走开。天舒想,不吃,饿死你!再一想,这只猫阿晴花了六千块,死不得,乖乖地又去超市了。

"这哪里是在养动物啊,跟伺候婆婆似的。"

阿晴大笑,抱着她的猫:"来,妈妈抱抱,妈妈带你去找爸爸喽。"

听得天舒鸡皮疙瘩掉了一地:"太肉麻了,谁是它爸啊?"

阿晴说她要结婚了。

天舒叫了一声:"天啊,你怀孕了?"

"什么乱七八糟的。我是和大卫结婚。他是宗教观念很强的人。"接下来,阿晴与天舒进行了很长时间的谈话。说完柔婉地看着天舒,等着天舒惯有的一连串的问题。

不知道是惊诧过度,还是实在没有什么可问的,天舒却只是看着表姐。阿晴被看得害羞起来,微微一笑,满是新娘子的腼腆和少女的纯情。天舒心头一动,这是与阿晴不相称的,她发现这些越是有经历的人,有时越有一种始料不及的腼腆与纯情。

"那你以后就在那个人少动物多的地方待着?万一你被狼叼走了,我也救不了你。你不会在那儿待一辈子吧?"

阿晴快活地笑:"先在那里待着吧。其实无论在哪里,只要有大卫在，那里就是我的家。老公就是家啊！"

　　阿晴真切地觉得自己老了，这种老更多的是指一种心态上的感
受 —— 青春一点一滴地退隐而去。尤其当人失去父母，就更容易感叹自
己也老了。因为多年来，父母站在你和坟墓中间，替你进行着生命与死亡
的对话，猛然间他或她走了，你只能自己站在坟墓前，那种悲壮触目惊心。
　　一天早晨，阿晴靠着大卫的肩，感叹地说："我老了，也累了，想找个
肩膀靠靠，你的肩膀能给我一辈子吗？"
　　当天下午，两人就去登了记。一个星期后，阿晴结束了加州所有的
事务，包括结束公司的业务，与她英俊的小丈夫去了中部。
　　阿晴结婚的事着实让周围的人骇了一跳。
　　杨一说："我还没缓过劲儿来，她就结婚了。"
　　唐敏一脸的迷茫："这阿晴挑来挑去，最后怎么找了个美国的乡下人
呢？"
　　阿晴的小表妹晶晶讲话更是吓人："表姐和大卫肯定长不了！"
　　倒是两个与阿晴交往比较久的男友说了相当中肯的话。
　　最初将阿晴带到美国的富商查理笑笑："阿晴终于找到她想要的东
西了。"
　　老金说："阿晴人一点也不坏，她利己而不损人。一个这么漂亮的女
人，是不会坏到哪里去的。因为她不需要坏，就已经得到她想得到的一
切。真正的坏女人大都倒是那些不漂亮的。"
　　随便人们怎么说，阿晴不在乎，她走了，远远地走了，没有回头。
　　婚礼很小，人数也不多，这与从前阿晴想象中的场面相差甚远。在
这之前，她一直认为以她的美貌与男方的财力一定要有一个豪华气派的
婚礼。然而现在他们却选择了乡间的小教堂，这种选择有着透彻的故
意。婚礼虽小，祝福并没有因此减少。
　　牧师说："无论是病弱还是健康，无论是贫穷还是富有，无论是在
愁苦暗淡的日子里，还是在快乐光明的顺境中，你都爱他，照顾他，支持
他……"
　　阿晴回答"是的，我愿意"的时候，她已决定将她的后半生完全交
给身边这位青年男子。"爱他，那就爱他一辈子吧。"她永远忘不了约翰

说的这句话。

现在阿晴就生活在农场的小木屋里。经过许多年的摔打和飘荡，她比以往任何时候都纯洁，都心平气和。她穿着朴素的衣服，提着一大桶的牛奶往一只大罐里倒着。阿晴什么生活都经历过，哪里也都去过，想想，那些都是浮光掠影的过眼烟云，她会看看，也会心动，但终不是她的久留之地。就像《老人与海》中的老渔夫，只有大海让他向往，他处好也罢，坏也罢，与他无关。

以后呢？当然是像所有的女孩子小时候读的童话故事一样 —— 以"很久很久以前有一个王子遇见一个美丽的公主"为开头，以"从此王子和公主过着幸福美满的生活"为结束啦。

阿晴的母亲来了封信，说别人给她介绍了一个退休干部，问阿晴的意思。母亲信上还说，阿晴终于定下来了，她很高兴。阿晴以前交的男朋友都不好。阿晴突然间想到，也许母亲什么都知道，只是不说罢了。母亲只是静静地等她自己了悟，母亲也知道她的女儿终有一天会明理。阿晴回了一封信：你满意的，我也会满意。这当然也指了许多事情。

第十八章

　　我的经历非常简单，虽然我到了美国。别人常常笑我生活太轻松了。现在我也这样觉得，简直没有生活。小马对我说，以后会有的，每个到美国十年以上的人都可以写一本书。我说，我不着急，我不进入生活，生活也会来找我的。可不是吗？生活总是进行着，除了意料之中的事情，还有更多意料之外的事情在发生，比如杨一结婚了。每学期初与末，总会有些大的变化，小马毕业找到了工作，陈老师要回国了，邝老师也要回国了。

—— 陈天舒

1　挑货的人才买货

　　到了学期末，阿晴结婚没多久，刚刚恋爱两个月的大淼和杨一也宣布要结婚。

　　他们自己也被吓了一跳。那天两人一起吃晚饭，大淼说："我们结婚吧。"他想杨一不好对付，所以时不时地要放一些风声，听其言观其行，为了争取最后的胜利。没想到杨一竟说："好吧。"

　　结婚这个终身大事突然间就解决了，彼此都为之一惊。就这么同意了？太简单了！简单得似乎在决定晚餐吃什么。想象中的求婚郑重且繁琐，男的举一束鲜花，亮出一枚戒指，单腿下跪，讲一些很肉麻的话。

　　"你那个网友呢？"大淼问，"不再缠着你了？"

　　"人家早就不缠我了。"

"那就好。算他有自知之明，懂得知难而退。"

"又来了。好像你是多强的竞争对手，人家又不认识你，怕你什么？人家不感兴趣了不行吗？他自己也说，我也许以为他是个白马王子，结果发现他又老又丑，还瞎了只眼睛，到时情何以堪？"

大淼呆住了：这话怎么"似曾相识"？我是在哪儿听过还是见过？回到家里，他习惯性地打开电脑，小船新发的邮件亮在眼前，猛然间想起：那句话是他这个渔夫对小船说的，于是恍然大悟 —— 小船就是杨一啊。今天终于真相大白了，像《地道战》里的那句话 —— "地道的秘密我探清了"。

自从有了杨一，他就很少上网找小船了。后来小船说她交了个男朋友，大淼就说也好。他想小船虽有灵犀，总是画中人，可望而不可即，也不敢即，不知道真实中是何许人也。网络上的骗局、闹剧比比皆是，以前他大淼还会玩玩，现在他是个成熟的男人了。

小船又给渔夫发来邮件，大淼打开一看，心里乐开了花。

> 渔夫，我就要结婚了。未婚夫是我相识很久的朋友，到最近才发现自己爱的人其实就在身边。我们来自同一座城市，开着相同的玩笑，有着相似的梦想，我就要嫁给他了，嫁给这个看似玩世不恭，而本质上却认真负责的男人。他不是王子，也不是青蛙，他是个真实的人。不知道可不可以向你这个陌生人讨一份祝福。
>
> 小船

大淼想，他命中本该有她，生活跟他们开了个小小的玩笑。大淼回了信，祝福小船和她先生，就是祝福他大淼与杨一，何乐而不为？小船找到了港湾，渔夫也钓到了金鱼。要不要告诉杨一呢？大淼想，会的，不过可能等她做了他孩子他妈的时候吧。

杨一迫不及待地想告诉天舒她要结婚的事。只是这么一说，她就无法享受天舒后退三步、从外到内的惊愕之下产生的喜悦。于是她和大淼给大家发了E-mail：

亲爱的同学朋友们：

　　我们要结婚了。

大淼　　杨一

　　天舒着实吓了一跳。她周围这些貌离神也离的人们怎么说结婚就结婚：阿晴和大卫如此 —— 阿晴常说宁可男大女一轮，不可女大男一天，最后，嫁给了比她小七岁的男人；杨一和大淼也是如此 —— 两人昨天还在吵架，大淼说："你怎么这么能吵呀，小心嫁不出去。"杨一则针锋相对："宁愿嫁不出去也不嫁给你。"今天竟然要做"百年之合"！

　　发出去的E-mail都有了回复，都是同一句话："你们在开玩笑吧？"

　　大淼看着电脑，对杨一说："看吧，没人相信我会娶你。"

　　杨一笑道："是没人相信我会嫁给你。"

　　以天舒为代表的亲友团前来探听虚实。

　　杨一说："是。除了我，没人会要他了。你看看他谈了多少个女朋友，都不成。我完全是从人道主义角度出发，拯救他。"

　　杨一给渔夫的信上可不是这么说的，杨一此时此刻仍如此嘴硬，大淼就说："是。凑合吧。这个找太太就像到市场买菜一样，一开始还细心地比较，到最后挑烦了，进了篮子就是菜喽。"

　　"噢，我就是那最后进到篮子里的菜啊？我告诉你，后面排队的人多了！"

　　"我不是这个意思，我……"

　　"大淼，我告诉你，明儿个我就跟你离。"

　　"杨一，我怎么记得咱俩还没登记呢？"

　　天舒听了快乐地哈哈大笑，就当作听了一段相声。大淼、杨一吵吵吵竟吵出了爱情火花。

　　有这么一个故事：一位女士走进一家服装店，比试着一件时装，挑剔地说："收腰不够合身，做工也不细……"女店员见她如此挑剔，便不太理她，招呼别的顾客去了，而老板娘则过来招呼这位女士。结果别的顾客都走了，只有这位挑剔的女士付钱买下了那件看似不满意的衣服。女店员好奇，便问老板娘。老板娘像传授祖训箴言似的说，挑货的才是买货的。

大森和杨一大概也是这么回事吧。

他们商量着先登记，等寒假了，两家父母来美国或两人回国再举行婚礼。中国留学生在美国结婚还是一件比较简单的事，一是没有太多的亲戚朋友，二是不信教不需要进教堂。到一个地方，交点钱填个表就行了。

大森故意很夸张地说："还要我们交这么多美元买张纸，太贵了。"

杨一立刻问："你这是什么意思？"

"咱们回家自己承认一下就行了。"

"想得美！"

那天天舒和苏锐陪着去。路上，天舒交代，我可跟你们说好，既然交了这钱，到那儿就别斗嘴，不然，人家以为你们来离婚呢。这个时候了大森还说，没事儿，斗嘴也没事，反正我们讲中文，他们也听不懂。杨一听了嘻嘻笑。天舒想，香味相投也罢，臭味相投也罢，他们倒是很般配。

到了那儿，有几对新人排在前面，大家坐在椅子上等。终于被叫到了名字，两人慌慌张张上前。穿西装的男子看到他俩的位置，食指挥了挥，意思是他们站错了，应该调换一下。两人调整好位置，穿着西装的男子就讲了一大堆的话，为的是大森、杨一各说一句"我愿意"。

西装男子微笑地说："现在你们可以交换戒指了。"

两人笨拙地将戒指往对方手指上套，不知道谁该先戴，一时间乱了阵脚。当然，慌忙之中戒指也是可以戴上的。

"你可以亲吻新娘了。"

完毕后出来，杨一自我解嘲道："表现不佳，让各位见笑了。没想到还有些复杂。"

大森立刻说："没什么。下次一定改，总结经验，争取更大的进步。"

"你还敢有下次？"杨一叫。

"我是说让苏锐和天舒总结经验。"大森自然有话说。

回到家，大森脱了鞋就进去，杨一说："穿上拖鞋，你可不可以有一点结了婚的样子？"

"结了婚就得怎么样？"

"结了婚的样。不然，结婚做什么？"

"对，对，有了家就是不一样。"

大森乖乖地穿上拖鞋，走到挂日历的墙前，在今天的日子上写了一个"降"字。

杨一见了，连忙过去写下一个"悔"字。

大森瞪着眼睛看着杨一，气鼓鼓地道："你这是什么意思？"

杨一笑着反问："你那又是什么意思？"

大森拿起笔在"降"字前面加了三个字，成了"喜从天降"。

杨一笑眯眯地也加了三个字，变为"绝不后悔"。

接下来，搬家、喜宴、改动各种文件。相信，留学生结婚的麻烦已经降到最低，还是把两人折腾了一番。家里很快就挂上了结婚照，两人打扮得像木偶娃娃——TOYS "Я" US里卖的那种嘴角笑得高高的新郎新娘玩具木偶娃娃。大森戴了一副溥仪式的小眼镜，新郎被摆在新娘或前或后，或左或右，或上或下，而脸上的笑容始终不变。

几日之后，收到双方家里的来信，说，婚姻乃人生大事，无论是我们去还是你们来，等寒假了，你们再举行一次婚礼，以示庄重。

2　你打击不了我

自从杨一搬走，房子一下子空下来。杨一结婚了，仍然照付房租，直至有新人搬进或学期结束后天舒另谋他处。

想当初，杨一谈起爱情一套套，分析周全，判断冷静，意气风发得很。谈到婚姻，甚至有一丝对儿女情长的不屑，临到自己头上，却一头栽了进去，义无反顾。说到底，是个性情中人。身边的人一个接一个结婚了，先是小马，再是表姐，后来是杨一，这个现象很正常，从一个到两个，最后一定是全军覆没，只是希望不要有人像小马那样。

天舒一个人光着脚，在两室一厅的公寓里踱方步。她长这么大，从来没有一个人住过这么宽敞的房子，一时间觉得很是奢侈，又带着寂寞。没有杨一好听的北京话，没了她率真爽直的笑声，更没了她精辟且自以为很精辟的见解，天舒才想起她的好。

杨一临走时，很动情地对天舒说："我们还是好朋友呀，我会常常来看你的。"

天舒听了觉得很好笑。

果然，杨一一次也没有来看过她，后来就改口说："我会常常打电话给你的。"

现在连电话也不怎么打了，几乎都是天舒打过去。

再后来，杨一对天舒的政策又改了："你要常常来看我呀，至少要常常打电话给我。"

大家都很忙。忙什么？忙学习、忙生活、忙工作，真的很忙。生活得匆忙而且潦草。天舒和杨一只在学校碰过面，一见面，杨一就说："忙死了，你怎么样？"

杨一急促的语气给天舒巨大的压力，不忙都觉得对不起人家，连忙点头附和："怎么不忙，忙得都不知道自己姓什么了。"

"有空来玩嘛。"这竟成了她们每次见面永恒的向往。

"回头再打电话给你。"这是杨一临别必说的话，而事实上，每一次都是天舒主动打电话给杨一。

很快地，天舒的表妹晶晶从南加州来到北加州，就读S大学，成为天舒的新室友。

天舒表姐妹三个全在美国。听人说，在美国的华人圈子里，只要聊上一顿饭的工夫，一定会发现一个共同认识的人。天舒觉得这话毫不夸张。她们家就有三姐妹在此，认识她们其中一个，也就认识了她们三个。

晶晶与天舒去年同一时间来美国。晶晶来美时只有十七岁，所谓的"小留学生"。现在中国类似晶晶这样的小留学生开始流行，且越来越多。他们中学一毕业，甚至没有毕业，就来美国读中学或大学。当然他们的家境很好，远远地超过普通老百姓的水准。晶晶的父亲是个生意人，有钱。晶晶没考上大学，父母可以把她送去美国上大学。她在洛杉矶上了一年半的社区大学，修完了基础课程，现在转到S大学。晶晶自己开了七个小时的车子从南加州上来。

天舒猛然无法与这位表妹相认：耳朵上一串耳环，黑红色的口红，手指上三个戒指，染了淡黄色的头发，完全是一派美国青少年的打扮，还是那种耍帅比酷的青少年。

若不是中国人这几年在观念上已发生了很大的变化，尤其是在审美观念上的变化，晶晶绝不是个漂亮的女孩子。她是一个典型的广东姑娘，黑皮肤，高颧骨，大眼睛。现在，相信人们会认为她亮丽可爱，有个性。

"我要是在路上看见你，肯定不敢认你。变化可真大。"天舒看着表妹，觉得一批一批的留学生确实大不一样，叹道："我们实验室的小马常说，我们的到来，他觉得像狼来了一样。现在你往我面前一站，我也觉得是狼来了。"

晶晶得意地笑："什么狼来了，我们是老虎来了。"

"对，老虎来了。"

"表姐，你看到的只是表面，你都不知道我现在成绩有多好！"

来美国后，晶晶开始努力学习。第一次数学考试，她得了一个A，把她乐得昏头昏脑。毕竟她连课都还没有全听懂呢，只不过中国孩子的数学底子好，她虽然不知道老师在说什么，数字总是看得懂的，就这样"瞎猫捉到死耗子"得个A。晶晶想：原来我还可以这样呀。她的虚荣心与好胜心被激发起来，以后，科科拿A，她在社区大学的GPA（平均成绩）为3.95（满分为4分），这个成绩使她这个连中国大学都考不上的落榜生成为他们学校的"Honor Student（荣誉学生）"，在毕业典礼上发了言。

晶晶分析说，原因有三点：第一，我本来就不笨；第二，中国竞争太厉害；第三，教育方式不同。我在中国的时候，老师老说我不行，久了我也觉得自己不行。想想我很气那些老师，他们不尊重我们这些差生，他们要是知道我今天的成绩，他们应该做检讨，而不是一天到晚叫差生做检讨。在美国，老师给任何人都是鼓励，一个教授对我说："Listen, I know you can do it（听好了，我知道你可以做得来）." 美国老师常对学生这么说，其他人听惯了可能不以为然，可对我这么一个从小被批评惯了的人，就是一种精神鼓励。

天舒听了，除了感到"后生可畏"，她还能说什么？

美国孩子一生有许多机会，上不了大学，可以先上社区大学，然后再往大学转，只要他们努力，机会永远向他们敞开大门。绝对没有中国孩子一次考试定终身的现象。想到这里，天舒就为自己以及像她一样的中国孩子的童年乃至青春感到不易。

晶晶搬进来后，她们家再无宁日。

晶晶爱打扮，是个长得不漂亮，却以为自己很漂亮的那种女孩子。早上，她对着镜子进行长达三十分钟以上的自我陶醉后，对表姐天舒说："我比自己以为的还要漂亮。"

　　天舒犹豫了片刻，还是说了："相信我，晶晶，你不可能比你自己以为的还漂亮。"

　　"你打击不了我。"晶晶很自信地说，"我知道自己长得如何。"

　　天舒越来越受不了她亲爱的表妹了，用广东话说是"顶不顺"。她每天就为她那一丁点的漂亮拨弄着、快乐着、炫耀着。相貌、学识和财富都是一回事，"半桶水晃得最厉害"。晶晶早上问："我这样子漂不漂亮？"晚上说有多少男生追求她，她回拒了多少人，之后他们是如何的痛不欲生。

　　除了这个，晶晶还一直占着电话线。要么上网，要么煲电话粥。她们安了一个插播，晶晶打着电话，有电话进来，晶晶换了条线："哦，找天舒啊，我叫她等一下打给你。"

　　天舒问："嗨，嗨，谁的电话？你把电话号码记下来了吗？"

　　"你看见我记了吗？"

　　"没有。"

　　"那你还问什么？"

　　气得天舒不知道该说什么。

　　这时又一个电话插播进来，晶晶换了条线："哦，找天舒呀，她在，你等一下。"说罢换回自己的线上，"不和你讲了，有电话进来找我表姐，她男朋友的电话。"

　　晶晶说完把电话递给天舒。天舒接过电话，声音软了下来："嗨，苏锐……哦，是唐敏呀，我以为是……"天舒狠狠地瞪了晶晶一眼。晶晶却在一旁为自己的恶作剧挤眉弄眼，很是得意。

　　天舒上学早，一直与一群比她年长的人共事。在实验室里，看着小马和唐敏，除了幸运，骨子里难免有一丝得意——我在你们来美国的年纪，就将是个博士了。可是好景不长，她的傲气被表妹晶晶和那些正处在花季雨季的少男少女的到来煞得精光。

　　晶晶自幼成长在高于中国普通民众生活水准很多的家庭中，被重视，并要求被重视。天舒几天不理她，她的意见可大了。晶晶对天舒表示不满的方式，就是强烈抨击苏锐。于是天舒只好带她去玩空中飞车，转得天舒五脏六腑都快吐光。晶晶说，这是一份豪华的惊险。天舒不得不说，那我们真是有代沟了。

3　方顶帽与三部曲

这个学期又将这样缓和地划过。天舒白天在学校，遇到那几张面孔，晚上回家，做同样的几件事，吃饭、洗澡、睡觉，有时间的话，再做一份明天中午的便当。月底等老板发薪水，月初按账单开支票。

天舒的生活依旧，而小马的生活今非昔比。

现在小马又活蹦乱跳的了，就像"Red Lobster"餐厅里卖的龙虾，生猛得很。心宽跟着体胖起来，一个月重了十几磅。他说："皮肤都胀痛了。"唐敏说这话让人听着害怕，女人怀孕才有这种感觉呀。

小马说起Mary，就像在讲一个不相干人的事。他幸运这么早就离了婚，又能有生命了，要是她再待几个月，那就像身上绑了个定时炸弹，不知道什么时候爆炸，搞不好就是粉身碎骨。

"嗨，别提它了。"小马最后总是像京剧《智取威虎山》里小常宝她爹那样说。

小马给顶尖级的《大自然》寄了篇论文，写了老板的名字，且放在前面，想着这样好发表。读书人嘛，要的不就是个名声！这件事情他谁也没告诉，录用了，给大家一个惊喜，不成，也不至于太丢脸。果然，该论文给打了回来。小马想，幸亏没有告诉大家。他与老板讨论了半天，一致认为编审看走了眼。

小马又给顶尖级的《细胞学》寄了份论文，还是谁也没有告诉。这次被选上了，小马心情无比激动，不由得想起父亲每每讲起当年看到毛主席的那种神情："毛主席就从我们身边经过，我看得很清楚，还和我握了手。"父亲这时的目光一定移到那双曾被毛主席握过的手上。小马常常为此笑话父亲，现在想来，自己比父亲好不到哪儿去，多读了这么些年书，面对名气、荣誉，一样没有抵抗力。

激动得差不多后，再看看刊出的论文，心里就有几分不自在，老板的名字排在他前面。再一想，当初寄论文时，自己根本就没有考虑到名次，反而想沾人家的光以利发表，现在成了，就……嗨，名气这玩意儿，害人呀。不过也好，让老板知道，他的那些学生，还是这个学生最给他争光，能在《细胞学》上发表文章的能有几个？

老板自然是欢天喜地。在《细胞学》上发表了论文，他的科研基金更足了。老板是大钱不放、小钱也抓的那种。

有了这篇文章，小马找工作的信心更足了。

马先生六年后熬成了马博士。

小马硕士论文扉页写了一大堆，献给这个，献给那个，感谢这位，感谢那位。到了博士论文，扉页只是简单的两行"感谢导师，感谢父母"，原本还有"感谢妻子"，后来去掉了。老板对他说："你做得很好。"那段伤心落泪的日子里，任何的表扬对他都是安慰。他越看这个圆鼻子老头越可爱，对天舒说，就跟着他干吧。

接着找到一份很不错的工作，年薪七万五。实验室的同学都为之一振，仿佛看到了自己的美好前程。天舒说："好啊，好啊，我学得带劲多了。你一下子成了中产阶级。"小马说："不算高了，没有七万怎么活啊。"这话是很让那些仍靠奖学金和打工度日的穷学生生气的，就像看见电视里富人不断在支票上添零的情景一样 —— 让广大劳动人民活得垂头丧气。而这话出自小马之口，只会让人觉得他诚实、憨厚。小马说这话不是在张扬，是真这么觉得 —— 无论今天他拿到七万年薪与否。

不能不说目前这种稳定对小马有吸引力。

他带着钓鱼竿，提着小水桶，与海边的钓鱼者闲聊几句。他们都十分友善，属于和平兼环保主义者。小马像他们一样，很随意地找个地方，抛下鱼竿，然后悠然自得地等待鱼儿上钩。美国的鱼就是好捉，见饵就上，美国的苍蝇也是一拍就死。中国的鱼儿捉不到，苍蝇拍不着。这不难理解 —— 道高一尺，魔高一丈。一会儿就看到鱼漂动了，他敏捷地拉竿，一条叫不出名的鱼儿在他面前活蹦乱跳，他把它放进了小水桶。

以前他们也去钓过鱼。秋冬季，是旧金山捉螃蟹的季节，美国人捉到母的都会自觉地放回河里。三文鱼也是那个季节，但是没有人捉，中小学校师生们想做点研究，也只是站在岸边指手画脚。当时他们几个中国学生就说，要是中国人，那都在饭桌上"研究"了。

此刻不再像以前没有工作时，拿鱼当食品看。他回头看到水桶里的鱼儿央求着，想起《渔夫和金鱼的故事》，于是起了恻隐之心，不求鱼儿感恩，只以环保主义者的心态将鱼儿放回大海。

然后，还是提着空水桶，带着钓鱼竿，踏着小路回家去。

这种在安定中才能做到的返璞归真的日子，对于多年来一直无法安定的游子无疑是一种安抚与回报。

常听人家这么说，来美国有三部曲："工作、车子、房子"。刚来时在实验室打工，与人合租个房子，开个两千元的破车已经满足。几年后，那顶方方的帽子一戴上，三部曲还在进行着，只不过提高了一个档次。工作，要上一个数目字才做；房子，从房客变成房东；车子，旧貌换新颜。

小马就这样开着他的新车，住着他的新房，做着他的新工作，一个典型的美国中产阶级。他个人认为，美国是非常适合小市民生活的：丰衣足食，安居乐业。有了工作，只要没有什么意外，就可能生活得很好。心态上也趋于美国中产阶级的悠然安闲，他只想在当下的日常生活与社会消费准则中体会自我的价值。加上时不时地查一下股市，心潮澎湃一番，不断地为提高三部曲的档次忙碌着。

安定平静，是小马向往已久的，尤其对受过打击的人，要的就是这个安定，不想再经历什么大悲大喜。古人云：三十而立。现代人说：三十岁以前想做什么就做什么，三十岁以后做什么的还做什么。意思是一样，只是换了一种说法。小马过了三十，就这样按部就班，偶尔会觉得没有太大意思，像个"外国小市民"。而他的父母显然对他的现状相当满意，父母希望他留在美国，原因很简单，祖辈的命运与政治联系得很紧，一个运动就改变了；再看父辈，也是一样，一个"文化大革命"就改变了。他们受了一辈子的苦，希望看到下一代安定地过日子。自问为什么愿意在美国做一个小小的、勇往直前的螺丝钉，而不想回国？是没有看到什么成功的例子，还是担心连螺丝钉也做不成？有一个同学就说："我在美国是给别人做儿子，可我担心，回国后得做孙子。"老实说，有时候想想，觉得挺对不起祖国的。虽然在这里得的博士学位，但基本功都是在国内打下的，思想也都是在国内形成的，现在却在美国为他人效力。小马个人对无论以何种形式回国服务的人都表示尊敬。

一时想不出两全其美的法子，只能先这么着了，以后的事以后再说吧。国内不是常说，摸着石头过河嘛。

工作有了，他以"特殊人才移民"办的绿卡也批了下来，大家都为他高兴。四周看看，发现老实人常吃亏，现在也算是老实人时来运转吧。人善人欺，天不欺；人恶人怕，天不怕。就是这个道理。消失了一段时间的踌躇满志又回来了——他在一家中文报纸上登了征婚启事，觅善良温柔的正派女性。

至于前妻Mary，小马再也没有见过，倒是天舒有一次在mall里遇到过她。她告诉天舒，她开的是BMW，许多男人追着她的车子叫"Be my wife（做我的太太）"，周末高兴了就开个游艇出海。她不再去Wal-mart、Ross这些地方，以前是没有写"Special"的东西看都不看，现在写了"Special"也不看，买东西多在电视的售货节目上order（订购）。她还说，她现在交往的全是美国上流社会，律师呀医生呀国会议员呀什么的。

"你现在和小马他们还联系吧？"天舒问完，自己也后悔，想来她不会与小马有联系。果然，Mary说："我和他们没有联系了。"说罢，仍觉得表达得不够彻底，补充道："我和中国人不来往的。"

最后Mary给天舒留了电话，且说，她一般不给中国人留家里电话，可她觉得天舒不错，"和许多中国人不一样。"天舒顿时糊涂，这是贬还是抬举？只是过后再也没有联系——Mary不打电话给天舒，天舒也没给Mary打过电话。

杨一听说到的关于Mary的故事，却是另一个版本，她混得不好，什么都是她编出来的。不久又有人替Mary辟谣，说中国人爱嫉妒，才说人家Mary是编的。一时间扑朔迷离，谁也不知道她真实的状况。真的也罢，假的也罢，渐渐地，她被遗忘了。

4　为了发展而回国

小马找到了工作，中国教授陈宏伟老师一家却要回国了。

开完本学期最后一次Lab meeting，大家坐在会议室里边吃边聊，议论起陈老师回国的事。天舒想：她来S大学的第一节课就是陈老师上的，现在他要回国了。

天舒与坐在旁边的Nancy谈起陈老师回国、小马找到工作的事。

Nancy说："哦，很好呀。"

天舒说："一个回国发展，一个留美工作，你没有评语吗？"

Nancy说："只要他们觉得好就好。"

这就是大多数美国人的看法。而中国人会问个为什么。陈老师为什么回国？哦，他三P（Ph. D、Permanent residence、Permanent job，即博士、永久居民、永久工作）都拿到了，回去也行呀。

从小到大，学校、家庭的教育都是要"为国争光"，现在天舒才知道自己并不比人强。能够拿到全额奖学金留学的人，谁不聪明？谁不优秀？像她这样的学生比比皆是。她争的那点光能照亮自己家，替父母省电费就不错了。

想想，系里那位名气很响、以自己高贵的英国皇家口音为荣、来美国很多年仍是离土不离腔的英国教授，这个学期回英国去了，他说为了女儿的教育。大家也不觉得他这是爱国行为。

再想想，还有那位瑞士教授，算是个名人，可左看右看，前看后看，也不觉得他给瑞士争了什么光呀。

同样，陈老师回国，几个中国学生知道了，觉得陈老师回国是为了发展。

这么巧，天舒出了会议室，在过道上碰到陈老师。

"陈老师，听说你要回国了？"

"你消息还蛮灵通的嘛？"

"这儿全是我们的人呀。"天舒笑道，"回去开公司？"

"对，开家生物技术公司。"

"你们真是爱国呀。"天舒半开玩笑地说。

陈老师笑："你这么说，我都有些不好意思了。爱国嘛，一定是爱的。不过不可能仅仅因为爱国而回去，就像不可能仅仅因为绿卡而留下来一样。出国为的是发展，回国同样为的是发展。"

"有句话是：天下攘攘，皆为利往；天下熙熙，皆为利来。"这是天舒刚从杨一那倒卖过来的，立刻就用上了。

"这话说得有道理。我1992年回去过一次。当时我有一个误区：我是为国家回来的，我是专家，你们应该对我如何如何。像一些留学生一样，一不小心在国人面前露出优越感。回国的人对国内的弊病批评得面面俱到，而国内对一些留学生的讽刺也绝不含糊。在两种价值观都有偏差的情况下，我受了点挫折，又回到了美国。"

"那现在呢？"

"这次心理准备比较充分。想回国与人合伙开公司，做一点事情。"

"是啊，回国不可能教书了，那太清苦，在美国大学当教授，虽然不如公司赚得多，但是非常稳定，不可能回去赚一个月两三千的大学工资。"

陈老师笑笑。

"现在回国的人越来越多。我看了一份报道：1996年以来每年以百分之十三的速度增长。不过四周看看，回国的人还是少数。"天舒说。

"这个现象，我个人认为完全可以理解。我现在要回去，也思考了很久。毕竟是四十多岁的人了，在这儿待了十几年，对国内的事物已经陌生，回国好像又出一次国一样，会有一种reverse culture shock（反向的文化冲击）。而放弃的，可能正是国内不少人苦苦追求的东西。尤其我们这个年纪，考虑得更多了。比如孩子的教育问题。回国怕孩子功课跟不上，尤其数学。我看他们学校没事就放假，周末绝对没有作业，平时的作业二十分钟完成，为了这个问题，我和我太太讨论很久：是我太太带着孩子留在美国，我做空中飞人；还是全家回去；或者干脆不回去了？最后还是决定全家回去，带孩子回去生活一段日子也是一件好事。许多第二代以后的移民，容易失落，没有归属感，美国人把他们当外国人，中国人也把他们当外国人。"

"陈老师，那最后是什么让你下定决心的？"

"真正吸引我们的，除了发展机会，还是发展机会。现在正是极好的时机，再过几年，各方面条件一定会更好，可是竞争也一定更激烈了。回了几次国，感觉很不错，人的思想观念改变很大。这个机会我等了很久。创业，并不容易，要是享受，就不回去了。"

"其实哪里都有哪里的问题，国内有国内的问题，美国也有美国的问题。"

"你现在对将来做出决定还太早，等你毕业了，甚至在美国工作几年后，你会比较清楚自己的目标。"

天舒望着陈老师，正想说什么，陈老师又说：

"留学生，作为个体如何安排自己的一生，完全是自由的，也都是可以理解的。但是作为一个群体，需要也应该为自己的国家做些事情。"

"是的，老师，你一定会成功的。等我读完博士，到你公司去干。"

"好啊，看来我只能成功不能失败啰。"

5　不知深浅勿下水

这时，唐敏和Nancy两人还留在会议室。

Nancy兴奋地告诉唐敏她订婚了。

唐敏说："你的未婚夫是哪一个？是之前的那个，还是后来的这个？"

"都不是，是我最近才交往的，你没有见过。" Nancy说。

唐敏笑："你换得很勤嘛，又是一个新的。"

"因为我是一个成熟的女人。"

唐敏问："结婚对你最重要的是什么？"

Nancy不假思索地回答："Sex（性）."

唐敏笑笑。

Nancy追问："你笑什么？不是吗？"

"也许是吧，只是中国人不会这么说。中国人不太谈性，现在好一些了，还是保守。即使谈'性'，也说成谈'性文化'。"

"中国人是嘴上不说罢了，他们只是做，不然哪儿来那么多人口。"

"这就是你们不了解了。性与生殖是两回事。"

Nancy笑笑。

这回轮到唐敏问："你笑什么？"

"我在想中国人是真的性与生殖分开，还是为自己找一个说得出口的理由，不敢承认自己肉体的快乐。"

唐敏一愣，说："你说得有点道理。也许两者都有吧。你对中国人越来越了解了。"

这时，Nancy说了一句话，听得唐敏很不是滋味。Nancy说："我通过你了解了不少中国人。"

听了这话，唐敏的感受像咬了一口苹果，发现里面有一条虫子。当然这还不是最糟的，最糟的是发现里面只有半只虫子。

为了搞清楚是半只虫子还是一只虫子，唐敏问："你了解什么呢？说来听听。"

"中国氛围可能比较像英国维多利亚时期，好女人保守、性欲低，只有坏女人才开放，喜欢性什么的。"Nancy说。

唐敏与她共室过，她的事情，唐敏知道。记得有一次，Nancy从男朋友家回来，唐敏信口问，你们怎么样了？Nancy一脸甜蜜蜜，说，That was great（真棒）。唐敏虽是过来人，也没回过神来。Nancy见她一脸的诧异，过去拍拍她的肩，又说，Safe sex（安全性行为）——像是安慰唐敏，别替她担心。唐敏一时间面红耳赤，叹自己虽然是个过来人，还是嫩了。不过她很快就"理解"了，这种理解建立于——她把Nancy当外国人看。如果是一个中国女人像Nancy一样，回来手舞足蹈地说"那感觉好极了"，再说是"安全性行为"，那准是发疯了。美国人婚后倒挺正常，Nancy对唐敏说，当然，夫妻在上帝面前宣誓过。

Nancy问："那你呢，你怎么样了？"

生活还是老样子。别人一问她怎么样了，她就说就那样。唐敏与董浩的离婚手续还在办。她这辈子都是受制于人。结婚，要单位开证明；董浩来美国，也要由领事馆批；现在闹离婚，还要托人在国内办。这样的人生叫她怎么能够服气呢？

结婚没有给她什么好处，就像喝了一杯苦酒；离婚同样没有给她什么好处，回味起来还是苦。难怪有人说，结婚是失误，离婚是错误，而再婚就是执迷不悟。

真正难嫁的就是像她这样有过婚史的女人，比没结过婚的女人还挑剔。原因很简单，摔过跤的人更怕摔跤。在国外久了，她觉得中国男人都没劲，有劲的早结婚了，且一结婚就生崽，没有计划生育的限制，像得了便宜似的都生两个以上。嫁给一个离过婚带孩子的华人，心有不甘；嫁给西方人，文化差异太大。她是一个心志极高的女人，孤芳自赏得厉害，也许应该找一个有钱人，可阿晴不是又跳出来了吗？难啊，已经离了一次婚，她才不想像上次婚姻那样，糊里糊涂。没有一鸟在手，众鸟在林，也挺好的。《红色保险箱》中有一句："不知深浅，切勿下水"，其实就是她对人生的全部看法，包括婚姻、出国、事业，等等。

老吕的太太回国了，他立刻打了个电话过来，不得要领地说着什么，一会儿说他的车子坏了，一会儿又说他吃了张罚单，听来听去，都是倒霉事，唐敏最讨厌倒霉事。这种可怜相兴许可以从别的女人那里得到一些廉价的同情，从唐敏这儿，只有厌恶。

"怎么样了？有空聚聚吧。"终于说了出来，这才是老吕的重点。

唐敏故意说："董浩要回来了。"

"你们不是要离婚了吗？"

"那还是可以睡在一起。"唐敏气他。果然，老吕不敢再来打扰她。这些男人跟你上了一次床，好像就有权再跟你上床似的。他妈的。唐敏骂道。与董浩一起，她从心里有点瞧不起他，可与老吕一起，她打心底瞧不起自己。老吕是J1，J1签证比较容易获得，却不容易留下来。听说访问学者们在一起，最喜欢谈的话题就是如何转换身份。老吕比较幸运，办下了绿卡。"美国到底有什么好的？大家都往这儿挤。我是要回去的。"他以前常这么说，后来生活改善了，有了绿卡，话就改成："国内有什么好的，今日不知明日事。"

"美国人瞧不起中国人，认为中国人愚昧落后。有一次在路上，有个白人冲着我骂yellow dog（黄狗）。我不客气地回骂他foreign devil（洋鬼子）。一想，他听不懂，我又骂他white pig（白猪）。"老吕说起来，一副少数种族受欺负的可怜相。可一扭头，若听说某个中国人娶了嫁了别的少数种族人，他的话又变了，他怎么娶了个越南人？她怎么嫁了个老墨？唐敏只是奇怪，她怎么会和老吕有那种不清不楚的瓜葛，真让人扫兴。

唐敏与董浩有些日子没联系了。日子还在过，就这样轻易地平静地滑过去。日子将她煎熬得毫无感觉，对任何事情没有激情，有的只是挥之不去的愁绪。家里来了一封信，给董浩的。他们的事家里并不知道。信还是寄到唐敏那儿。唐敏打电话要董浩来取，董浩说过几天吧，这几天他很忙。

"家信，说不定什么要紧事，你还是快来拿吧。"

"没什么要紧事，真有，他们会打电话，或者干脆不说。信都是让人们在茶余饭后看的。你要是担心有什么要紧事，你拆开来，念给我听。"

"你的信，我不拆。再说是你家的信，要紧事也要紧不到我头上来。"

"不拆算了。那就先放在你那儿，我有空再去拿。"

唐敏想干脆把信送过去，晚上餐馆快打烊时，她上餐馆找董浩。老板说董浩去别的地方干了。

"到哪里？"

"不知道。"老板不知怎么的，冒出一句，"他是在这里出生的。"

唐敏当时没有听懂，笑："他是大陆来的。"

老板说："他是从这里学会生活的。"

与唐敏找他的同一时刻，董浩正行驶在回家的高速公路上。

在美国这么多日子，他只在一个地方待过 —— 中餐馆，整天就是宫爆虾、甜酸鸡、葱爆牛肉。他已经是个跑堂的老手了，知道什么时候该干活，什么时候可以偷懒。那是没有思想的日子，中午十一点上班，晚上十点下班。生活很简单：一件白衬衫，一条黑裤子，两条短裤。一开始还有委屈，有斗争，有困惑，现在麻木了，什么感觉也没有。白天打工，晚上回家看中文录像带，一两点睡觉。第二天早上一睁眼又是打工。打了半年工，他从科长打成了工人大哥，被社会教育得任劳任怨。唯一的乐趣就是每天晚上数小费那一会儿，觉得吃点苦还值得。一个月赚两千多美金，只是这又有什么意思呢？

别说他了，就是餐馆老板都没意思。现在这家餐馆老板是个香港人，腰缠万贯，却开着破车，穿得像个捡破烂的，每天干得灰头灰脸，也要求别人干得灰头灰脸。有一天，老板的小孙子来店里，问："爷爷，今天晚上我们可不可以不吃店里的菜了？"上一代的中国人就是潇洒不起来。

"回不去了。"董浩常听人这样说。起初不理解，现在才体会出它概括了一个中国人对命运太多的顺从和不顺从。在美国，生活上又能把人苦到哪里去？只要你努力，生活都过得去，只是精神上比较苦。他羡慕餐馆里的几个墨西哥人，知足而肯干，开着大大声的音乐，快乐地扭着身子洗着碗。他就是因为多读了几年书，多个思想，事实上他忍受不了的，就是那个思想。与他同室的是一个作曲家，他们在一起，什么都谈，女人、钱、身份，就是不谈思想和艺术。有一次，音乐家对他说，他不敢谈音乐，音乐太精神了，而他现在连物质都没有保证，离精神太远了。

他的车子行驶在公路上，看着灯光闪烁的城市，突然间感觉很难受，这是人家的美国啊，我在这儿干吗？外面的世界变化得这么快，我就在餐馆里进行重复劳动。来美国近半年了，得失寸心知。

他明白，是应该做决定的时候了。

第十九章

小时候玩过一种游戏，两个小朋友用双手支起一个网，"一网不捞鱼，二网不捞鱼，三网捞了一条小尾巴尾巴尾巴鱼……"我在自己都没有搞清状况的时候，就一头栽进网里，心甘情愿地做那条小尾巴尾巴尾巴鱼。那个网就是爱情。

—— 陈天舒

1 我一直在等你

苏锐和天舒像以前一样，看看电影，读读书，吃吃饭，周末出去玩玩，苏锐觉得天舒还是像以前那样态度自然，只是不像过去那么爱说话了。天舒也有察觉，刻意说出些话来，总是不合时宜。

天舒喜欢去苏锐那里。苏锐的公寓像是随时可以搬家似的简单，即使这样，也让天舒感到无限的亲切。她看着炉子上发黑的炒锅和发亮的不锈钢锅，无端地生出涓细的爱意，再看一眼在书桌前做事的苏锐浓密的头发，这爱意就流无止息了。

苏锐读书做事，天舒在一边做自己的事。只要他在身边，天舒就觉得有说不出的快乐，感到生活喜悦而丰裕。好像日子可以这样一天天快乐地过去，把林希淡忘。

天舒用七喜、冰淇淋、橙汁调制出一种自制的饮料，递给苏锐一杯，说："以后我要是找不到工作，就打算去卖这种饮料。"

"味道确实不错。"苏锐尝后肯定道，"小时候，我妈也常常给我们弄点好吃的。"

"真的不知道苏锐小时候会是什么样子？"天舒看着苏锐。

苏锐想了一下，起身从书架上取来相簿："这里应该有几张我小时候的照片。"

天舒看到他戴围嘴、戴红领巾的照片，叫了起来："天呀，你小时候这么胖呀！"

"对呀，当时我的外号是小胖猪。"

"小胖猪，哈哈哈。"天舒乐得大笑。

"后来我们班主任知道了，她严厉地批评了大家。你猜，她说什么？她在班上说，不要给同学乱取绰号，更不能因为人家像什么就管人家叫什么。"

天舒更是笑得打滚："哎哟，你们老师太可爱了。"

"也就因为这样，我对我们班主任印象特别深刻。"

"真想到苏锐的家乡去，看看苏锐是怎么长大的。我真的好想了解苏锐的一切。"天舒盯着相簿，感叹道。

"好呀，圣诞节我们一起回国吧。这几天我就打听机票的事。"

天舒高兴地点点头，柔肠百结地说："苏锐，我想告诉你一件事。有一个人很爱你，爱你到这个地步：可以为你去死，你知道这个人是谁吗？"

"谢谢你呀，天舒……"苏锐想，一个男人听到这话还能说什么呢？

"你不用谢我，这个人就是主耶稣。"天舒不动声色地吐出答案，接着自己笑得不能自已，苏锐也忍不住被这个笑话逗乐了。

"我自作多情了。"苏锐说。

"和我一样。"天舒笑，又问，"苏锐，你想过未来吗？"

"当然。"

"那我在里面吗？"

"当然。"

幸福的微笑就在天舒的脸上溢开。

苏锐接着回到电脑前做事，天舒接着看照片。苏锐收到一个E-mail，他扭过脸来对天舒说："林希下周末来。"

天舒"哦"了一声，心里却像"虎来了"一样。

苏锐接着道："她问要不要一起吃顿饭。"

天舒又"哦"了一声。

苏锐说："你老哦哦，什么意思？"

天舒其实只是不知道，她在林希的事情上，可参与的成分有多少。

"你想不想去？"

"你想不想我去？"天舒反问。

"当然是我们一起去比较好。"苏锐笑，"你想想，万一打起来了，我们两个人，她一个人，两个对一个，总是比较有利的。"

天舒也笑，那好吧。

星期五下午，天舒刚结束实验室的事情，苏锐就来了，说："林希她提早到这个周末来，现在在餐厅等我们，我们赶快去吧。"

"不行啊，不行啊，我一点准备都没有。"天舒低下头去，瞅着自己的衣服，慌乱地叫。苏锐拍拍她的肩膀："你就是不准备，也是见得人的。"

"可是我心里没有准备啊。"

"你以为去见克林顿吗？"

"不是见克林顿，是上考场，去面试。"

"没有这么吓人吧？"

天舒还是说："我不去了，你自己去吧。下次吧，我一定要有准备才可以去见她的。"

苏锐越是劝，天舒口气越坚定，越是觉得万万去不得："你自己去吧。我等你回来。"说着说着，口气央求了起来。

末了，苏锐依从了她，说了句："那好吧，我自己去。"

"苏锐，你要提高警惕，保卫爱情。"天舒说。

苏锐笑笑："那我去了，你等我回来。"

天舒看着他离去的背影，自言一句，苏锐，我会等你的，我一直都在等你啊。

其实不确定的不止是天舒一个人，苏锐也是。他不知道林希这次下来是回应他的通牒，还是单纯的游玩，他从来抓不住她。

就这样，天舒又一次坐在苏锐公寓的门口等待苏锐归来。七八点钟时，苏锐终于回来，他见到等他的天舒只有一句话："天舒啊。"

天舒站起来，拍拍屁股上的灰尘，家常似的说句："回来了。"

"你就这样一直在等我吗？"

"是啊。"

"如果我很晚回来呢？"

"我会一直等到你回来的。我已经习惯了等你。"天舒又说。

在过道的柔和路灯下，天舒的脸呈现的是动人的凄美，苏锐怜惜地将她拥入怀中。这是一种简单而满足的感觉，多年后回想起来，仍然愉快而温馨。

"天舒呀！"

"什么也别说，就这样抱着我。"

"天舒，我不会再放你走了。"

"你们见面谈得怎么样了？"

他们简单地吃了一顿饭，林希突然说，看得出来，天舒对你用情很深。苏锐说，何以见得？林希说，女人对女人的感觉才是真正的直觉。你看你的钱包里有她的照片，你不是会带女朋友照片的那种人。苏锐笑笑，说，是天舒自己放的。林希更是笑笑地说，正是。接着两人谈了谈各自的近况。林希不说此行的目的。她不说，苏锐也不问。

想到这儿，苏锐问天舒，林希的话对不对？

天舒不置可否地笑笑："如果你是顾客，林希像开普通商店的，我是开棺材店的。"

"啊？"

"现在唐人街商店都播歌曲，老爱播《何日君再来》。开棺材店的老板想，他不能播这首歌，挑选了半天，他播《总有一天等到你》。"天舒说完，咯咯直乐，为自己难得的幽默。

苏锐完全笑不出来，他才知道，天舒对他毫无信心，却义无反顾地和他在一起。他不知道应该说什么，深感自己幸运，得到这份真情。她在他最需要安抚时，给他深情的爱，哪怕自己受到委屈。

"林希走了，回西雅图了？"天舒问。

"对。"

"好了，我也要回家读书了。要知道我是很努力读书的人。"

"现在就走吗？"

"对呀，看到你回来就好了。"天舒仰着头，小鸟依人般的乖巧。

这就是天舒，可以穿着单薄的衣服在他的公寓楼梯口等上许久，就为了见上一面，见了面，她又要走了。

许多时候，苏锐会把自己当作另一个人来看，再以这个人的角度比较林希和天舒。苏锐自己也觉得他怎么会这样。可他确实把林希和天舒比较过。

林希像一件艺术品，精美而娇贵，让人提心吊胆。

天舒像一条小溪，清冽而欢畅，让人心旷神怡。

2　厉害的回马枪

这天晚上十二点时，苏锐家的门铃突然响了。三更半夜谁来访？真不识相！苏锐边想边起来开门。等他看清来者，吓了一跳。门外站着的竟是林希，她满脸泪痕，脸像是被泪水泡肿了一样。

"你怎么了？你还没回西雅图吗？"

她立在门口，一言不发。

苏锐就说："先进来吧。"

他打量了一下她，倒了一杯茶，递给她："喝点茶吧。"

林希接住茶杯，也接住他的手，她把茶杯往小桌子上一放，扑到苏锐怀里，痛哭起来。

"嗨，嗨，又发生什么事了？"苏锐的语气关切，却也觉得司空见惯。

"苏锐，我这次下来是回应你上次的通牒令。"林希开始松开他。

苏锐苦苦一笑："林希，太迟了。我指的是那一天，你同我一起回来，而不是三个月后的现在。"

"我知道，我知道。但是对于我，是需要比一般人多一点的时间考虑。今天晚上我就是想看看你和天舒交往得如何，可惜天舒没有来。但是我在你钱包里看见她的照片，我知道她对你很好，心里就想放弃，就往西雅图开车。可是开了一两个小时，不行，我就又往回开，我不甘心，我想我还不是太迟吧？"

苏锐听了什么也没说。

林希转身动手打开行李。

苏锐看着她，说："你的意思要住在我这儿吗？"

林希说："你看看现在几点？"

"问这个问题的应该是我。"

林希显得理直气壮："那我告诉你现在是半夜，你要我上哪里去？"

"你住这儿，我住哪儿？"

林希带着捉弄人的笑说："啊，做贼心虚了。"

"哪里，没做贼心就虚了。"

"我不管你，我开了很长时间的车，人很累很累，我要睡觉了。"林希的口气就是把这儿当自己家了。

苏锐见状，从壁橱里取出毯子："你先休息吧，你睡房间，我睡沙发。明天我送你回西雅图。"接着把沙发上的书与报纸抱到地上，自己先躺到沙发上，"你自便吧，顺手把灯关了。"

林希站在沙发前，说："我要留在你身边，我不回去了。"

"我们都早些睡吧。"苏锐看了她一眼，面无表情地说。

第二天苏锐醒来，林希已经做好了早点，见他起来，好心情地说："睡得好吗？"

"不好，一个大姑娘住在我家，我一个晚上都不敢入睡。"

"你可别误会。"

"哪里，我生怕你误会。"

他们之间的对话还能像以前那么契合，这一点反而让苏锐不安起来，苏锐不安的时候很有意思——拼命地喝冰水。

林希却暗喜于心头："不给你添麻烦了。今天是星期六，我要搬到公寓去。"

"搬到公寓去，不是旅馆吗？"

"公寓。"

"看来，你要在这里安营扎寨。"

"是的。"

"我看你还是先找一个旅馆吧，考虑清楚些。"

"这次，考虑清楚些的恐怕不是我，而是你。"林希注视着苏锐。

苏锐看了她一眼，什么也没说。

苏锐拿着林希的行李，两人下楼。

林希又说："噢，我的外套落在你那儿了。"

苏锐一动不动，林希见状，从苏锐的外套口袋里掏出钥匙："我自己去取。"

林希上了楼。这时电话铃响了，林希接了电话，没有人出声，林希觉得莫名其妙，挂了电话。

在电话那端没有出声的人正是天舒，由于是星期六，她打个电话来问要不要在一起吃饭，没料到接电话的是林希。天舒呆住了，没有出声，挂上电话。林希还在，没有回西雅图！她知道苏锐和林希仍有联系，一次她"无意中"知道了苏锐的电子邮箱密码，便时不时地查一下苏锐的邮件。可现在林希接苏锐家电话的那种从容，让她觉得他们之间仍是藕断丝连。她从来不接苏锐的电话，苏锐在她家也不会接她的电话。

林希到了楼下，苏锐仍是木木地站着，林希走过去："走吧。"

"为什么要这样？"苏锐突然问，不知道他问谁。

林希说："别问我，问你自己，一切的答案都在你的手中。"

再说天舒挂了电话后，到了实验室，Tim也在，问她："发生了什么？放假也到学校？"

"你不也一样？"天舒说。

"我不一样，我没有女朋友，在这里打发时间。"

"我也差不多。"

"为什么哭？"

"谁告诉你的？"

"不用谁告诉，你红红的眼睛就告诉了。"

"他和林希在一起。"天舒此话一出，目光满是哀怨与求救。

"也好。"

"好什么。"

"我多了一次机会。"

天舒看了他一眼："我想他可能自己都糊涂了，不知道他自己想怎样。"

"他是男人，男人总是糊涂的，不过，他会明白过来的。"

"你确定？"

"当他有机会和你在一起时，他不会选择别人的。"

天舒笑了，说："谢谢。你人真是好。"

"我知道。"

"你应该回答，谢谢。我再说，不用谢。"

"噢，你在替我们安排对话。"

天舒看着Tim，知道Tim身上有一种东西感动着她，是什么东西呢？她也说不上来。天舒说："我想去打耳洞，你能陪我吗？我很想痛一下。"

Tim说："荣幸之至。"

打完耳洞，Tim问他可不可以请她吃晚饭。天舒想了一下，对他说："你等一下。"

天舒跑到公共电话亭，打了一个电话给苏锐。如果苏锐在，她就不和Tim去吃饭。电话响了很久，苏锐不在，答录机接的，天舒没有留言，又回来找Tim："好哇，我们一起吃饭吧。"

3　我希望是你

林希还是住进了旅馆，因为一时找不到合适的公寓，苏锐帮林希搬完了家，对她说："好了，帮了你一个星期六，明天我要陪陪天舒了。"

苏锐回到家，仿佛又看见天舒可怜兮兮地坐着等他，再一细看，楼梯空空如也。他心里猛然间像被掏空了似的。上了楼，开了门，做的第一件事就是给天舒打电话。

晶晶接的，说表姐不在。去哪里了？苏锐问。晶晶说，你给我什么好处，我卖这个情报给你呀？苏锐见过晶晶几次，深知这个小姑娘惹不起。他说："我请你吃饭吧。"

"好，我记住了。"晶晶冲房间喊，"天舒，电话。"

苏锐知道自己又上当了。电话那边很快换了天舒的声音。

"天舒，可以出来谈谈吗？我很想见到你，现在六点，我们约在图书馆下面的咖啡厅，七点。"

"谈什么？"

"谈一切。"

"我不想去。"

"我会去。"其实只要男人态度坚决，女人总是会跟着走的。

果然，天舒想了想："好，我就等到七点，过一分钟，我就走人。"

天舒没有什么事，挂了电话提早到了咖啡厅，其实她即便有事，也没有什么比这个重要。Meg在咖啡厅打工，现在是学期结束的最后几天，她打完这里的工，也要回家去。两人很久不见，彼此友好地问候了几句。

Meg说："你看起来气色并不太好。"

天舒说："我等人。"

"是苏锐吗？"

天舒点点头。

"你们现在怎么样？"

天舒含糊其词地说了一些自己不愿意说也说不清楚的事情。

Meg仍是听出了个大概，立刻给了个建议："甩了他。"

"是，当初你们鼓动我去对他表白，现在又叫我甩了他，"天舒说得有些激动，甚至含有抱怨。

"这有什么？"Meg不理解地说："他好的时候，向他表白，现在他不好了，去看别的女人，就甩了他。"

"你说得倒简单。"

Meg说："要不要喝杯咖啡，算我的。"

咖啡的缕缕热气飘溢着，天舒双手捧着杯子，被烫得很舒服，她静静地坐在一个角落，饮了一小口，很苦，便不多喝了。学期结束了，这里出奇地安静，她似乎是唯一的顾客。这时快七点了。

苏锐正要出门，林希拎着一袋便当来了，她精神了许多："没有吃晚饭吧？我买了一点外卖，我们就不用煮了。"

"我们？这里只有你。我现在要出门。"

"哦，这样呀。"林希的表情凋谢下来，一会儿又说，"佳人有约？"

"对，家人有约，家里人有约。"苏锐笑笑。

"没关系，我可以等你回来。"林希也笑笑。

苏锐穿上鞋子，突然林希从后面抱住他："请你不要去。"

苏锐背对着她说："她会等我的。"

"我知道，可是我也马不停蹄地开了十几个小时的车来找你。"

"林希，你要我说什么呢？我根本把握不住你。一旦发生什么事你就向我这边跑。我真的不知道该怎么应付你。"苏锐转过身来对她说，"为什么我和天舒交往后，你就回头找我？"

"难道这个答案还要我告诉你吗？因为她是你交往的最认真的一个。"

"……"

"我要留下来，我要留在你身边。"

"林希，不要再和我说这些话了。我已经听得够多了。我不知道能不能再相信你。"

"就是相信。"林希的语气坚决，然后开始哭。

苏锐不劝她。

她哭了好长一会儿，才停住。

"不哭了？"苏锐问。

"我，我只不过哭累了，需要休息一下，才能接着哭。"林希说，语气里带着撒娇。

苏锐被她搞得哭笑不得。

"苏锐，当年我想寻找自我，现在我发现在你那里才有真正的林希，还是你对我最好。我知道我花了太长的时间才认识到这一点。但是只有我认识到这一点，我才能心甘情愿。如果你愿意，我们结婚吧。"林希仰着她那张小巧精致的脸，说："现在你知道我的决心了吧。"苏锐想了想："林希，我和你的事情不是那么容易决定的。同样，我和天舒的事情也不是那么容易决定的。"

"我知道，我很知道，我自己做的事，我会负责的。"

"你要我怎么样？"

"现在什么也别说，想好了再说。"林希望着苏锐，"我了解你，我比谁都了解你。"

苏锐看着她，这个他认识了八年的林希，她还是那么漂亮，那么动人，他不由自主地说："那我不去了，反正已经过了点。"苏锐嘴上这么说，他心里却很清楚天舒仍会在等他。

林希淡淡一笑，温柔地把头靠在苏锐的肩头："苏锐身上的味道还那样。"

苏锐终于没去，他也说不清楚，像喝了迷魂汤似的留了下来。

过了七点，苏锐仍没到，天舒自我解嘲地笑笑，却没有离开，仍然等下去。她知道苏锐不会来了。因为他从不迟到。等，为叫自己死心罢了。不知为什么会爱苏锐这么深，是执着还是傻气？

墙上的挂钟指向了十点，咖啡厅要关门了。天舒苦笑一下，心情就像凋谢的菊花，满地的花瓣，却没有一瓣在枝上。中学时读过一些悲剧，常常喜欢把自己幻想成悲剧人物，觉得非常富有生命力与感染力。她想她是悲剧看多了，现在真成为悲剧女主角了，现实中那种感觉一点也不好玩。真的。

一个脚步声向她走来，有人站在她的背后，没有出声。

天舒没有回头，轻轻地说："Tim，是你吗？"

"你怎么知道？" Tim转过来，"你怎么知道是我呢？"

天舒说："只有你。苏锐要么七点准时来，要么就不来了。"

"不是苏锐，也可能是别人，一定是我吗？"

天舒抬头望着Tim："我希望是你。"

第二十章

突然间发生了许多事情，如果以前发生的事情可以用意料中与意料外来归纳，那么后来发生的事情则有些突如其来，甚至可以说是晴天霹雳。

—— 陈天舒

1　这就是幸福

昨天晚上，苏锐没有到。今天上午，天舒心灰意懒之时，Tim来了电话，问她怎么样。"还好。"天舒说。

Tim说他在实验室等她，天舒说她不能去，与杨一、大淼约好，上他们家玩。

Tim想了想说，你什么时候来都行，接着又说了一句："I won't leave until you come。"他会在那里等直到她来。这句英语的意思接近中文的"不见不散"。这是天舒常对苏锐说的话。

很快，大淼来接她，正要出门，电话又响起。天舒一听到苏锐的声音，心里像是打翻了的五味瓶。

"对不起，昨天临时有些事，不能去见你，哦，一个朋友的电脑坏了，我帮忙修电脑去了。"

天舒说了句："这样啊！"口气中满是讽刺。

"对啊，他很急着用电脑，所以……"

"不要再说了，我知道了。"天舒的声音越来越低，越来越难过。

"对不起……"

"没有关系，反正我也没去。我本来就不想去。"

"你怎么了? 今天有空吗?"

"……"天舒不说话。

"你还在听吗?"

"嗯。"

"我想见见你，和你说话。"

"我约了人。"天舒说完挂了电话，自言一句，"笨蛋。"只是不知她指的是自己还是苏锐。

在去杨一家的路上，大淼故意大声地说话，说他已经找到了工作，他们已经开始买股票了。气氛上渲染着天舒，让她的思路跟着他走。天舒看着他发亮的眼睛，想: 他就是这样追上杨一的吧? 这双眼睛让女人对自己和别人都有信心。

"杨一怎么样了?"

大淼用一种很得意的声音说:"杨一呀，她现在就喜欢在家里做饭。"

"不会吧。杨一如此自甘堕落?"

大淼笑，用更得意的声音说:"经过我精心调教的。"

"如何调教的?"

"我每天都对她说夫贵妻荣的道理呀。"

大淼认真地对天舒说:"我和杨一交流过，我们都有一个共识，以前，我的想法是，等我事业有成，至少也得等我三十岁，年薪上个十万，各方面条件成熟后，我再居高临下地挑个好的。我相信很多男人都是这么想的。现在我就不这么想了，我和杨一什么都没有，但感情是真实的。就像两个乞丐抱在一起，却是非常的sweet（甜）。现在我们定下来了，我们可以专心做事业上的事。"

杨一和大淼住在硅谷，大淼是学电子工程的，在这里好找工作。硅谷的中国人很多，多是工程师，打电话到任何一家公司，就有好几个Mr.刘、Mr.王、Mr.李，他们来自台湾、香港，更多的来自内地。有人给硅谷的华人工程师编了个歌，很形象:

一进硅谷，双眼发毛。

二手旧车，东奔西跑。

三十出头，白发不少。

四尺作坊，跑跑龙套。

五彩屏幕，键盘敲敲。

六神无主，天天操劳。

七夕牛郎，织女难找。

八万家当，股票套牢。

九点回家，只想睡觉。

十万头款，房抢不到。

百事不成，上网瞎聊。

千辛万苦，乱寻门道。

万般无奈，只得跳槽。

亿万富翁，凤毛麟角。

　　这时，杨一已经在硅谷的一家中餐厅等得不耐烦了。这家餐馆的老板就说过："在这里，用不着说英语。我们八十年代初来时，根本没有什么中国人。现在这里是中国人和印度人的天下。"在这一带吃饭，感觉有点像在北京，生意好时，每个人手里拿个号码，叫着号入座。大森、杨一常来，了解行情，于是一个去接天舒，一个去排队，不会耽误时间。

　　"好久不见了，天舒。"杨一大叫。

　　今日一见，只觉得杨一越发出众，以前只是单纯的丰满伶俐，现在平生出小妇人的俏丽，韵味十足。真是很久不见了，到底有多久没见了呢？

　　天舒还没有来得及数算，杨一又说："考完了，轻松一下。"

　　吃过杨一答应过八百次的饭，天舒跟着他们小两口回家。进了家门，大森想亲杨一，杨一主动地把脸颊送上。天舒看见，心里难过，像看不得别人幸福似的，扭头避开。后来索性说了："唉，你们两个注意一下好不好，你们当我是透明的吗？"

　　两人含笑分开，大森进了厨房，将打包的食物放入冰箱，天舒对杨一说："不错嘛，你们两个。"

"是不错。我没有想到大森这样的人会对老婆这么好。他以前懒得跟猪似的，现在也会主动做家务什么的。"杨一说。杨一喜欢看到他，喜欢与他吵不伤感情的小嘴，喜欢与他开只有他们两人才听得懂的玩笑，其实只要看到他，她就能从他的眼光中证明自己的与众不同。戴着戒指在水里洗菜，水花溅起一闪一闪，戒指也在清澈的水中一闪一闪，就像星星亮晶晶。

"没办法，这就是幸福。"杨一调侃地叹道。

"是你把他培训成这样的吗？"

"对啊，我跟他说，成功的女人总需要一个伟大的男人，你总不希望我每天在家里做家务，十年后成了一个黄脸婆。唠唠叨叨，让你看见就烦的那种。"

天舒想，不对呀，这跟大森刚才在车上讲的版本不符啊。夫妻两人一人一套说法。

"我们觉得我们俩是世界上最好的一对。我从来没有想到我会这么早结婚，以前都是计划三十岁后结婚，觉得早结婚的女人挺没劲的。后来合适就结了。天舒你要把握机会。"

"你对我说这些？"天舒委屈地说，"你觉得我还不够努力吗？我在想，我可能努力过了头，现在自作自受。"天舒看着杨一，"不过无论发生什么，我都要谢谢你。"

"谢我什么？"

"你为我做的一切。虽然结果不理想，但是我很感动，在美国有你这样的朋友，真好。"

大森从厨房出来，端着一盘切好的橙子："你们吃水果。"

天舒笑："杨一呀，你也就在自己家里可以享受这种等级的待遇。"

杨一立刻接过来："我来做，我来做。"

"没事，你和天舒说话，我来。"

天舒看到到这，也就全明白 —— 为什么版本不一样，过得还挺幸福。

大森、杨一还是吵。大森会修车。杨一说你怎么不亮相呢？我要是早知道你会修车，也不用把车子送车行了。大森说没有机会亮相，当初他就急着帮她解决个人问题了。

"你们两人真好。"天舒感叹，目光忧郁。

大森和杨一对视一下，既不好去说苏锐什么，又得安慰天舒几句。大森故作气愤，说出的话却很逗乐："他妈的，我就是打不过苏锐。"

2　真是百感交集

这时，苏锐越想越不对，就去天舒公寓找她，开门的是晶晶，晶晶圆圆的眼睛很气愤地盯着他，不说话。

"你表姐呢？"

"不在。"

"去哪儿了？"

"她和Tim在一起。"

"现在不要和我开玩笑。"

"这有什么，喜欢的人与交往的人并不一定是同一个。"

"请你告诉我，她在什么地方，我需要见到她。"

"我为什么要告诉你？好让你再去欺负她吗？"晶晶口气坚定得近乎惩恶。

苏锐灰头土脸地走了。

晶晶突然叫住他："这个时候，我劝你别找她，除非你认为你心里有数。"

苏锐回头看看这个十八岁的小姑娘，难怪天舒会说，看见她们，觉得像狼来了。除了年纪上的优势，气势上也是高屋建瓴。

晶晶又说："我真搞不懂你们，比我大这么多，却要我教导你们grow up（成长起来）。"苏锐被教训得一鼻子灰后回到公寓，接到杨一的电话："苏锐，天舒在我们家。"

"那我现在去你家。"

"你和天舒怎么样了？"

"不知道。我很想和她谈谈，可不知道怎么谈，我连自己都不知道。"

"那就告诉她这种不知道，告诉她你的想法。"

"……"

"苏锐，我长这么大，终于有一个认识，千万别把人家当傻瓜，那结果是你最终会成为那个傻瓜。"

苏锐点点头："我知道了。"

很快地，苏锐出现在大淼家门口。他们显然在说什么，苏锐一进门，大家就闭嘴了。苏锐说："在说我坏话吗？"

杨一笑着说："你怎么知道？"

大淼冲天舒挤着眼睛，对苏锐说："正在对你进行控诉。"

苏锐走近天舒："我来了，要控诉就直接对我控诉吧。"

天舒说："懒得理你。"

苏锐说："我送你回家吧。你总不会在杨一、大淼家过夜吧。他家这么小，怎么睡呀？"

大淼立刻接道："这还不简单。一边一个呗。"

"我打你呀。"苏锐骂。

"你才是有齐人之福的呀。"大淼说。

天舒跟着苏锐走了。她觉得应该回家了，可杨一和大淼显然没有送她回家的意思，故意把她丢给苏锐。

下楼时，杨一和苏锐走在后面，杨一递过来一个信封："给你的。"

一路上，天舒不与苏锐说话，苏锐也是欲言又止。经过图书馆时，天舒看见前面的木头长椅，她想起与苏锐第一次见面的情景，一时间柔肠寸断、百感交集。

"你把我放在医学院，我想去实验室看看。"天舒这么说，因为她觉得她已经无法与他再多待一分钟了。

苏锐点点头，到了医学院大楼，天舒下了车，说："我们分手吧。"

苏锐随之下了车，叫住她："你怎么了？"

"苏锐很适合问'你怎么了'，问起来真的很无辜，可以把事情推得一干二净。从一开始认识苏锐，我就在等，等苏锐电话，等苏锐喜欢我，可是我发现不行。苏锐，我不想再和你这样下去，不想再无休止地等待，不想再让自己伤心难过了。我一点也不喜欢这种日子。不喜欢，一点都不好玩。"

苏锐大声地说："听我说好吗？我想告诉你，我的全部，我和林希，我和你。"

"已经没有兴趣了。"天舒摇摇头，目光茫然，心一寸寸酸起来，"有兴趣的时候，可以在咖啡厅等苏锐一直到关门，可是你没有来。我想你已经有决定了。现在我已经不感兴趣了。"

"可是我不能就这样不了了之。"

"苏锐，那你为什么要说谎？你是不说谎的。"

"……"

"你为什么不告诉我你和林希在一起？你知道为什么上次你去找林希，我可以等你吗？因为你说了真话，我喜欢别人对我说真话，这让我觉得还值得等待，可现在我什么想法都没有了。"

"天舒，我也说不清楚……一方面，我想自己处理这件事，另一方面，我只能承认我有许多的软弱。"

"我在浴室听到电话响，想大概是你的，都会冲出来接。我心里想的，眼里看的，都只有苏锐一个人。我要求你也这样对我，你可以做到吗？连我表妹都会说，找一个爱我的比找一个我爱的幸福。"这时，一种忧伤随之而出。

"……"

"林希不要你的时候，你就来找我。你把我当什么呢？苏锐真不好。你这样太欺负人了。"天舒说完，要哭似的，"我也是有爸爸妈妈疼的人，我不是那么随便可以让你欺负的呀。"苏锐见天舒快哭了，连忙开玩笑："是，别说你的家人了，就是你在美国的姐姐妹妹们也够多的了。她们也不会饶了我。你表妹今天已经把我臭骂了一通。"

天舒越发地生气："请你在这个时刻不要开这种无聊的玩笑。"

"……"

"再见了，苏锐。"天舒说完，转身走了，脸上有泪，苏锐之所以知道，因为那泪光在灯光下一闪一闪。

这是苏锐第一次看见天舒哭，他的印象中天舒总是微笑着的。

天舒越走越远，苏锐没有去追她，不是他不想，只是他觉得自己现在毫无立场，也毫无理由。

3 总是失之交臂

天舒到了实验室，竟然看见了Tim。其实她早忘了Tim在等她这回事。

Tim懒散地坐着，一个姿势坐累了，又换了个姿势。天舒一愣，感慨系之，苏锐，你会这样等我吗？

"你终于来了。"Tim说，仍是一副兴奋的样子 —— 像每次见到天舒一样。

"你在等我吗？"天舒说，"我要是不来呢？"

Tim笑笑："那我就做实验呗。"

Tim递给她一个礼物，天舒接过："今天什么节日？"边说边拆开，一副耳环。

Tim认真地说："你生日的时候，我说要送你礼物。我看你心情不好，就帮你买了这副耳环，让你高兴些。我会为你做任何事情，为了你快乐。"

"Tim。"天舒叫了声他的名字，再也说不出什么。

"把它戴上吧。"

天舒点点头，把耳环戴上："好不好看？"

Tim说："好看，真好看。"

天舒望着Tim说："你的心意我明白。我知道，自己之所以可以这么任性地去爱苏锐，因为有你在我身边。我知道无论如何，你都会在我身边的。"

Tim一把搂住她："那你就留在我身边吧，我绝对不会让你受到伤害。"

苏锐回了家，疲倦地倒在沙发上，但是没有忘记杨一塞给他的那个信封。他掏出一看，是天舒写的"与苏锐分手理由""与苏锐和好理由"的纸片。纸张很皱很皱，看起来很吃力。但是天舒写的"爱他"两个字，像针尖似的刺着他的心。

以前多少个夜晚想起与林希相爱的日子，他常自问，如果他和林希不认识，那又是什么样的光景？当然这是永远没有答案的问题。现在想来，林希只是粉饰了他年少时的梦而已。而天舒，却是"众里寻她千百度，蓦然回首，那人却在灯火阑珊处"。人们似乎愿意而且勇于承认自己的记忆力出了毛病，却没有人愿意而且勇于承认自己的判断力出了问题。在林希和天舒的事上，他觉得自己是判断力出了问题。

"林希，这是不可能的。"这是苏锐看见林希说的第一句话，两人在旅馆前的小花园里散步。

林希看着他，对他突如其来的话表示不解。

"我已经没有信心和你在一起了。"

"为什么？"

"和你在一起有许多美好的回忆，但只是回忆而已。"

"我不要成为你的回忆。"

"从我十八岁认识你到现在，整整八年了。就是抗日战争，也不过八年，和你这八年就像打游击战，我进敌退，敌进我退，这种疲惫战，我真是打累了。"

"现在可以结束了。我这次就是来和谈的。你知道我以前有过一些不好的经历，这些对我的性格有一定影响的。我对什么事物在没有确定的情况下都无法做决定。"

"但这不能成为你恶性循环的借口。林希，我累了。"苏锐声音疲倦地又重复一遍，"我累了。"

苏锐是累了。林希一遍一遍地想着他说的"累"，连他都累了，自己的任性瞬间毫无价值了。

林希只是看着他："因为天舒吧？"

苏锐点点头："是的。我不能再伤害天舒了，因为我……我知道那种感觉。"

林希是个敏感、细致的女人，自然能从他的话中听出他未讲出的话，从他的眼神里看出他的抱怨。她伤害过他。

林希自觉地转了一个话题："天舒，她怎么样了？"

"天舒，说得好听一点，人很单纯很天真，说得难听一点，是没有什么脑子的傻丫头，否则像她那种条件的，怎么会找我这个穷学生呀。我和她去吃pizza，还从口袋里掏出一张买一送一的折扣券，换了别的女孩谁干呀。她是一个很普通平凡的女孩子，会为生活的每一件小事忙碌，为一点点小事高兴，为一点点小事烦恼，看电视也能哈哈大笑，有时候也很任性，耍小聪明，看我E-mail什么的，但人特别的真诚、实在，有一般人的希望之火。我觉得这种人更适合我。"苏锐说。与林希在一起，他体验到爱情的大喜与大悲，最后悟出了他想要的人是天舒。

"你爱她吗？"

"一开始只能说有好感吧，现在我可以说我爱她，她说这辈子她只想爱一个人，精于一件事。在这个世界上，像你我这样的人满地都是，像她那样活得执着单纯的人很少，我很感动。更让我感动的是，其实，在我对她的感情上，她并不太信任我，却义无反顾地和我在一起。她是一个很乐观、很善良的人。现在想想，上次我会与她分开，上去找你，这次又搞得这样不伦不类，我就是利用了她这种品德。在我最难过的时候，总能看见她的笑脸，在她那儿，我可以得到永远的肯定，一个男人还能对生活奢求什么呢？以前我一直认为自己很成熟，可是对天舒任性的那个人是我。"

林希发现苏锐提起天舒，脸上带有一丝幸福的温存，她苦笑："苏锐，不要当着一个女人的面说另一个女人太多的优点。"

苏锐温和地说："林希，你自己保重。我走了。"

苏锐从林希身边擦肩而过，突然她的手抓住他的胳膊，一吸一顿地抽泣起来。

苏锐的目光从她的手再移到她的眼睛，果断地抽出自己的胳膊，一字一句地说："林希，到今天，我们是真正分手了。"

他就这样走了。

没走几步，林希在后面大声叫："苏锐，你站住。"

苏锐站住，林希走上前，肩并肩地对他说："不要离开我，让我离开你吧。"

说罢，林希离去，走了几步，停住，转身，对苏锐说："也好。我终于被你拒绝了，我终于死心了。我终于可以和过去说再见。我终于要自己坚强起来了。"

"再见了，苏锐。"林希走了，在黑夜中消失了，她知道自己是彻底地走出了他的生命。

第二天，苏锐起了一个大早，他的心情很好，他哼着小曲出门，找到天舒告诉她，他和林希彻底分手了。

天舒却很平静地说："这已经不关我的事了。"

"我知道我让你伤心了，我很抱歉，以后不会……"

天舒打断他的话："这些真的不关我的事。我已经有男朋友了。我和Tim在交往。"

苏锐点点头："我知道。我和林希彻底分手了。我想和你在一起。"

天舒看了他一眼："太晚了。我决定接受Tim的感情，寒假我会和他去滑雪。苏锐，我和杨一一样，我们上学早，一直都和比自己大一些的人相处，所以一直觉得自己有精力做许多事，可现在看到我表妹，我觉得自己也不那么年轻了。我想我也不能什么都率性行事。"

苏锐沉默良久，说了一句："天舒啊，为什么我们总是这样失之交臂呢？"

天舒一听此话，黯然泪下。为什么她喜欢他的时候，他身边有个林希；现在他喜欢她了，她身边又有了Tim。失之交臂，这正是她天舒的体会啊。她应该比苏锐更有权去说这句话，又偏偏让他先说了去。天舒觉得委屈，为什么连这个时候，她都不能比他理直气壮呢？

令她失措的是，她发现他的眼中也有泪。

4　晴天一个霹雳

数日后的某天上午，苏锐在穿袜子，准备出门。董浩要回国，苏锐答应送他去机场。虽然不熟悉，总是同胞，帮这点忙义不容辞。他抬头看见天舒放在他家四面八方的照片，心里很不是滋味，走上前，拿起，凝视了很久，用手指小心翼翼地擦去镜框上的灰尘。这时门铃响了，一开门，仍是林希。林希笑着问："不欢迎吗？"

"进来吧。只是等一下我要去机场送人。"

"看起来气色不好。"

"没什么。"

"我要回西雅图了，临走和你告别。"

"要回去了?"

"对,"林希点点头,"我想和你在一起的时候,许多事情处理得不漂亮,最后的结尾,让我处理得漂亮些。你不是要把我当作回忆吗,结尾漂亮了,你的回忆也就美好了。"

"你并没有什么事情处理得不漂亮,只是你有你的想法。"

"还记得我们上大学的时候吗?计算机系与历史系要进行公开辩论赛,历史系打出的口号是'树木无根枝叶不旺,人无历史思想不深',计算机系则打出'计算机将改写历史'的口号。我说,可能吗?你说,可能呀,只要不断地upgrade(升级)就行了。果然是计算机系赢了。我对你说,看来,历史的创伤,只能由历史来解决了。这番对话,全应验了,想想好像一切都是命中注定。"林希说完,松了一口气,像是对自己的总结感到满意,又像是对过去的如释重负。

"你还记得这些?"苏锐问。

"是啊。这些是我很美好的回忆。"林希说着又转了个话题,"苏锐,还是很有眼力,找天舒是找对了。"

苏锐惊诧地看着林希,何出此言?

林希看出他的惊诧,笑笑:"其实我见过她。就像她会查看你的E-mail一样,我也观察过她。"说到这,她抬头看着苏锐,低头说了一句,"我想女人的把戏都是大同小异的。"

苏锐微微一笑,林希接着说:"我去过你们学校,远远地见过她,就像你说的,她很快乐,挺好的。"

"她好也罢,坏也罢,人家都不理我了。"

"怎么被拒之门外了?"

"不仅被拒之门外,是拒之千里之外。"

"怎么会这样?"

"我想是因为我以前太伤她的心了,她决定和别人在一起了。我找过她好几次,她都不理我。"

林希看见桌角有两张回国的机票,心里明白了大概。

"找她去。感情的事,主动权在男方。像我和你分手怎么也分不了,你和我分手,就真的分手了。苏锐,有些人,错过了,就错过了一辈子。"林希说。

"是呀，她总是那么快乐，像是与生俱来的。让人觉得世界上没有什么克服不了的难关，这也是她为什么那么吸引我的原因了。"

"你这么想，就会像我以前一样，进入错误的判断。现在我知道，没有人的痛苦与快乐、软弱与坚强是与生俱来的，都是慢慢地让自己坚强快乐起来。"

苏锐想了想，点点头说："谢谢你。"

"哪里，这些也是我这几天才悟出来的。"

"谢谢你，林希。真的谢谢你。"苏锐说。

"我说过，我要把结尾结得漂亮些。好了，我要走了。"林希笑，调皮地说，"很多很多年后，我们比比你的儿子帅，还是我的儿子帅，好不好?"

苏锐忍不住笑了。

林希刚走不久，电话响了，董浩气吁吁地说："苏锐呀，你快来小马家，出事了，邝老师的儿子死了，现在所有的人都在这儿，我也在这儿，你来这儿接我吧。"

邝老师的儿子死了，一个活生生的生命在前天的下午，停止了一切。

邝老师要回国，邝老师的儿子过来看他，也住在小马家。

小马非常的好，一手把邝老师父子的事揽下。

邝老师的儿子一直在中部读书，他说那是乡下，人们谈的是马和牛，到了西海岸，这才是城市呀。

儿子要去拉斯维加斯玩玩，邝老师在美国许多年了，也没去过。

小马说："既然你们想去，我送你们去吧。"

邝老师说："小赌怡情，我输个二十块就好了。"

邝老师的儿子说："还没玩呢，就想着输了，没劲。我只想赢个一两千块就行了。"

小马说："我只看看，不想输赢。"

到了赌城，三个人有说有笑地过马路。邝老师的儿子在前，邝老师随后，小马走在最后。突然一辆车子飞驰而来，邝老师的儿子被当场撞死，邝老师则被小马拉住。

此刻许多学生都在小马家，还有教会的师母。

邝老师没有眼泪，坐在椅子上，两只眼睛像黑洞一样死死地盯着素白的墙，表情是异化了的僵硬。

小马蹲在地上，望着邝老师："老师呀，您要是想哭就哭吧。"

邝老师转过脸望着，神情茫然，头发像伍子胥一样在一宿间愁白。小马猛然间无法相认，这就是为了儿子咬着牙挺下来的老人，这就是喜欢谈一些自以为时事其实老掉牙故事的长辈，这就是人格谈不上伟岸却也和蔼真实的老师吗？小马突然哭了出来："邝老师，我们都是您的孩子。"

老人开始哭出声来，老年人的哭声比任何一个年龄段的人都显得凄凉悲壮，让人心颤。

"为什么呀，为什么呀？老天爷为什么对我这样呀？"邝老师哭叫着。

唐敏站在一边，陪着落泪。

人就是这样的简单。当人面对宇宙，只要敞开心灵，是会落泪的。这个巨大的神秘的宇宙就会变成一个深刻的预言。我是谁？我从哪里来？我活着为了什么？这些小时候就不断发问的问题再次回来了。这些年来，她早已经不问了，不是因为这个问题太简单，也不是因为有了答案，正是因为问题深刻到她只能躲避，只能靠着本能和惯性活下去。为了名？为了利？名利到什么程度才能满足？有了名利又如何？最后都是一个"死"字。

这时，董浩走近她。

"你来了，今天不用打工吗？"唐敏问。

"不用。再也不用了，我今天就要回国了。"

唐敏一愣："你决定回国？"

"嗯。"董浩点点头，"想想，还是回去的好。"

唐敏只是看着他，什么也说不出来。

"这是你以前借给我的钱，喏，拿好。"董浩递过一个信封。

大淼感觉恍惚，他与杨一立在厅房的一角。

他记起以前曾经看过一篇文章，作者是1956年出生的，1978年上大学的时候，去参观毛主席在中南海的故居。他看见了毛主席用的马桶，当时，他十分震撼，猛然间醒悟过来毛主席也是凡人一个。大淼与作者相差近二十岁，但他仍可以体会作者那一代青年当时的感受。

大淼也有过一次类似的"震撼"。那是去年这个时候，下着毛毛细雨。他上附近的一家小市场买食品，刚把车停好，就看见他的教授从商店走出来。不少商学院的教授，一边在学校里做学问，一边身兼公司的董事、企业的顾问；同样不少电子系教授，一边在学校里搞研究，一边在商场上赚钱。

这位教授与人合开一家电脑公司，拥有几十亿资产。近年来美国涌现一批高科技富豪，他们多来自名校，成为亿万富豪时都只有二三十岁。

这位电子系教授三十四岁，有着令人垂涎且尊重的年轻、学识、人品、财富、名望，大淼希望自己有一天能像教授一样。

天有些凉，又下着小雨，教授抱着一大袋食物，缩着脖子，有一个苹果从纸袋子里掉下地，滚着走，教授抱着大袋子追赶滚动的苹果，捡起来放入袋中，匆匆上车。

一时间，大淼感慨万分。这么普通的一幕，大淼不知道自己为什么会震撼，是因为这种财富与行为的反差？大淼认为不是，他仿佛从中感受到人生的轻与重，生命的厚与薄。

现在如此年轻的生命这样地过去了。大淼想起王永辉给他讲的神造人的故事，神用地上的尘土造人，将生气吹在他鼻孔里，他就成了有灵魂的活人，名叫亚当。看来，只是一气之差。杨一靠在大淼的肩头，轻声地说："我怎么感觉咱俩像是相依为命呀。"

大淼抚摸着她的背，点点头。

5 你是我的未来

苏锐刚刚赶到，他环视了一下现场，天舒不在。苏锐和董浩出了门，董浩赶着去机场。

苏锐随意抬头望天，晴空万里。这个景象他似乎见过，想起来了，是他十六岁那年，爷爷去世。出了殡仪馆，他也同时告别了他的少年时代。他站在一条普通的马路上，人流车辆穿梭不停，万里无云，一切如常。当时，他有一种强烈的震撼：人生短暂，人又是如此脆弱，他应该在短暂的生命中拒绝平庸，而选择承担责任和使命。

在美国的这些年忙得忘了抬头看天。今天再次抬头望天，记不起与他上次看的有什么不同。是啊，生活在地上的人们连地上的事都搞不明白，怎么可能搞明白天上的事呢。

苏锐倒吸了一口气。又有人死了，在这样一个晴空万里的日子里。

这些年来，他一直有一种执着，为的是这个责任与使命。这些年来，他一直有一种等待，为的也是这个责任与使命。他觉得他的生存有不同凡响的意义。突然间，他深刻地得知没有什么巨大特殊的使命等着他去成就，他是普通人，芸芸众生而已。以前，他常常会情不自禁地想，如果他死了，将是什么样子？现在知道，有一天，他死了，就像爸爸、爷爷死了一样，就像邝老师的儿子死了一样 —— 仍是晴空万里。即使他成了一个人物，是历史上那些伟人中的一员，对于永恒深刻的宇宙而言，还是一个零。他死了，就像一切的人死了一样。平凡也罢，伟大也罢，大家都是一个活着和死去。想起以前有位诗人说过：人生啊，若不是你两头漆黑，人们怎么会爱上你灰色的中端。又想起一首歌 *AS TIME GOES BY*（《时光流转》），真是这样，一代过去，一代又来，地是永远长存的。

得知这一点，他清醒了，尽管这种清醒相当的冷酷，建立在绝望之上。人偶然地与这个永恒的宇宙共存，哪怕只是短短的数十年，对于无穷尽的时间，它一扫而过，却也因此，他感到生命的恩惠。他相信一把天上的秤比世间的秤标准，他相信一双天上的眼睛比世间的眼睛雪亮。平凡的人生也有它的意义。越是深刻的问题越要以平凡人的标准为标准。

不管怎么样，他现在正在活着，在这个晴空万里、有人死去的日子里，正在生活于这个异国他乡。他突然笑了，自己也莫名其妙地微笑了一下，看着蓝天。庄子说，天有大美而无言。上了车，董浩说："真佩服邝老师，那么苦却一直努力着。"

"不要佩服别人，你也挺潇洒的，说回去就回去了。现在的中国人是可以活得潇洒一些了。"

"那是你这么想。可能在别人眼里，"董浩说到这，停顿了一下，苦苦一笑，"我只是一个逃兵。"

"不要这么说。留下好还是回去好，现在都很难说。像六七十年代的台湾留学生大多选择留下来，回去的很少。二十几年后，那批回去的留学生返回美国，用现金买房子，阔绰得让当年留下来的人羡慕。"

"那是留学生，我这算什么呢？说真的，我只恨自己争不来那口气。"董浩说这话时，脸上掠过一丝惋惜。

苏锐知道他的惋惜是对唐敏而言。在美国这四年，离合聚散他见多了，却不知该说什么。

"我并不怪她。人活着都挺不容易的，何况在人家的土地上。她在外面应付自如后，不可能不把这股劲带回家，不可能在角色的替换上，处理得那么好。而我这个人，虽然本事不大，在美国的处境不如她，可就是接受不了女人的那股劲，好像我是嫁给她的。人生苦短，我得想开点。"董浩苦笑，"还是你们单身的好。"

而这时，唐敏仍在小马家里，唐敏觉得董浩的信封重得有点奇怪。凭着对钱的敏感，她直觉上知道，这绝对不止四千这个数目。里面还有一个字条：

> 敏，我走了。把钱还你。我还是打算回去，美国没有什么真
> 正能吸引我的了。你保重。又：回国后，我会把离婚的事办好。

唐敏凄然一笑，这就是她的生活吗？生活像在剥笋壳，剥了一层又一层，几乎赤裸裸地摊在她面前了。

送完了董浩，苏锐回到自己的公寓，看见Bob又坐在阳光之下。老实讲，苏锐常常觉得Bob活得没劲儿，每天躺在太阳下，日复一日。问他，他总说在享受阳光。

孔子问他的四个弟子的人生抱负为何。前面三个都说了他们的政治思想，远大的志向。唯有最后一个弟子曾点抱负与众不同，他说："莫（暮）春者，春服既成，冠者五六人，童子六七人，浴乎沂（水），风乎舞雩，咏而归。"孔子听后，说："吾与点也。"一个人可以享受阳光雨露，就是一种幸福。

此刻，再看见这个老头，他早已经进入这种境界。苏锐觉得他是如

此的智慧。

苏锐没有下车，接着开，一拐弯，竟到了天舒的公寓。苏锐心里说，哦，原来我想来的是这里 —— 天舒就是他的天空。

他上楼敲门，没有人应，门却是半掩着，他推门进去了。天舒端坐着，面朝阳台。他叫了一声天舒，没有反应。他走上前，拍拍她的肩，她有点受惊般地反弹一下，回过头，苏锐吓了一跳，天舒的神情像一只惊弓之鸟，惊恐又茫然。

"你没去小马家？"

天舒还原回起先的姿势，摇了摇头："没有，我不敢。你们跟邝老师不熟悉还好，像我们都是一个实验室的，那种感觉真可怕。这人真是没用，只是一口气。"

苏锐点点头。他顺势看见一只打开的旅游包，空的。他知道天舒要和Tim去滑雪，就问："什么时候动身呢？"

"这一两天吧。"

"东西还没收拾？"

"我知道。"

苏锐走到天舒的对面，蹲下来："真的要去吗？"

天舒说："是的。"

苏锐从口袋里掏出两张机票，递了一张给天舒："我真的希望你能和我一起回国看看。你还记得你问我想过未来吗，你在里面吗？现在我告诉你，你就是我的未来。"

天舒毫无表情地说："你来就是为了和我说这个吗？"

"不。我只是在想，这种时候你也许会需要我，至少我是需要你的。"苏锐看着她。

天舒也看着他，不说话，又觉得有点不自然，便避开眼神。

苏锐却又再次接住她的眼神，说："我会等你的，我会慢慢地让你了解我的心意。现在看到你没事就好。我要回到小马那里帮着处理一些事情。"

苏锐走到门口，伸手开门时，突然停住，回头对天舒说："我一路上在想，如果，如果今天走的人是我，会怎么样？"

天舒立刻往地上唾三口："呸、呸、呸。"眼泪随着一大滴一大滴地往下落，打在她的浅蓝色的牛仔裤上，浸出一小块一小块的深蓝色，"你，你为什么和我说这个？"

天舒满是泪水的脸给苏锐一个无比深刻的安慰，苏锐连忙过去帮她拭泪："我不是要让你伤心。我只是在想，我死了，天还是那么蓝，树还是那么绿。现在知道你会哭，也算有点安慰吧。"

苏锐走后，天舒仍呆坐在窗前。一会儿又是敲门声，来的是Tim。Tim说，他听说了邝先生的事，所以来探望一下她。

天舒说还好。

Tim也看见了天舒的旅游包，问："还没有收拾行李？"

"还没有。"天舒说着把旅游包开着的口拉上，"我会收拾的。"

"我可以给你一个建议吗？"Tim看到茶几上的那张机票。

"什么？"

"Take your time（慢慢来）."

天舒不语，只是看着他。

"我的想法，我很清楚，你也很清楚，但这不是事情的重点。事情的重点在于 —— 你的想法，你的感受。"

"我确实有点乱，我也不知道……"

"你没有答案在于你不敢问自己那关键的问题：你到底想和谁在一起。我们的车子会在原定的时间、地点出发。我不想你就这么来，除非你心里非常清楚自己想要什么。"

尾　声

　　最终，天舒没有去找Tim，也没有与苏锐回国。一下子，发生这么多事情，她只想自己一个人好好地静静。

　　当Tim和一群年轻人在车子上对天舒做最后一次倒计时等待时，当苏锐对天舒的到来翘首以盼时，天舒却在"灰狗"车站，等"灰狗"大巴，去中部乡间找阿晴。

　　道路的两边是枫树。到了秋季，枫叶五彩缤纷，一棵树，万色叶，有艳红的、粉红的、橘红的、鹅黄的，非常漂亮。天舒看了一会儿，物我不分，仿佛融入了这自然美景。

　　她穿着一条黑色的牛仔裤 —— 她已经不再那么喜爱那条蓝色泛白的牛仔裤，背着一个背包，像是一个远行者。同时等车的还有一对青年男女，他们十分年轻，大约十八九岁，大学生装扮，两人都含着泪，紧紧地相拥着，不时深情地亲吻，情深意长地看着对方。想必是放假了，两人要做短暂的分别，依依不舍。天舒想，自己真是复杂多了，一眼看去，竟也看出了这许多。

　　"灰狗"终于来了，天舒上了车。这对年轻的恋人也吻别了。女孩子在车站目送男孩子离去。那一幕，就像在看上演的可供大家滋润的爱情电影一样。天舒微微地笑了。

　　车子开动了，天舒望向窗外，天是蓝的，有一架飞机穿过蓝天，她想起王永辉讲的"有一架灰机灰来灰去"，就不由得想：这是邝老师回国的飞机吗？苏锐也回国了吧？这时Tim他们的车子也开动了吧？杨一和大淼呢？噢，这是怎样一个冬天！

　　到了阿晴那儿，看见一望无际的天空和田野。天舒知道是什么把阿晴吸引来的。

而这时阿晴的生活又有了变化。

"天舒,明年我们可能回国,我们可能会去西部种树。"现在阿晴讲起话来,一口一个"我们"。

"哦?"天舒有些吃惊,却不显得特别意外。

"经过这段时间的沉静和思考,觉得这事可行。这些年我有一些积蓄,去西部沙漠地区种树,把沙漠变成绿洲。那种生活应该是蛮有意义的。"

"这样啊。那大卫呢?"

"当然是和我一起回国了。他说了,我去哪儿,他就去哪儿。"阿晴甜蜜地笑着说。

阿晴婚后很幸福。大卫说:"嫁给我吧。"阿晴说:"好的。"就这么简单、这么美好。天舒想:自己会不会有一天就这么一个回合的问答嫁给一个人呢?

圣诞节到了,天舒的心情平静也舒缓。

天舒站在阿晴家小木屋的阁楼上,望着纷飞的大雪。天舒生于南方,长于南方,却独爱这雪景。鹅毛大雪在越发紧的风声中恣意放纵,毫无章法地飞舞,天地皆白,苍茫深邃。

天舒在美国的这三个学期就这样像雪飘似的过去了。

2000年6月26日初稿于洛杉矶
2000年8月18日定稿于深圳

后　记

1995年9月，我赴美留学。当时没有想到要再写作，因为实在没有时间。但是茶余饭后，总有一部小说的框架在脑海里闪现。

1999年8月，我大学毕业回国。

阔别四年，欠账太多，回国后忙于还债——应酬各种人与事。其中，最主要的是与《花季·雨季》的读者见面。来访者中，还有众多媒体记者和出版商。所有的人，几乎都会问到这么一个问题："你的第二部小说何时能出来？"我心里想，不能拖延下去了。于是12月中旬，我从深圳回到洛杉矶。2000年元旦，我开始正式进入写作状态。

我记得一位留学生说过，评价一个人已是难事，何况是评价一群人呢？在写作的过程中，我深有同感。越是面对大问题，我越显得渺小和无能。表现这一代留学生真实的心路历程和精神风貌，除了大刀阔斧的笔法，应该还有通幽曲径可寻。我力求用真切的心、风趣的笔，描述那些平凡真实的故事。我抛开许多大场景和一些庄严的话题，只想从情感的角度加以挖掘。我想在任何时候、任何地方，人们对美好情感的追求总是一致的，而这种美好的情感不仅维系着一个家庭、一个群体，也维系着一个国家与民族。

另外，我们不难发现大量有留学经历的作家，像鲁迅、郭沫若，很少写留学故事，相反他们写的是根。少量的几个留学生形象也像是让人调侃的，像《围城》里的方鸿渐。他们似乎没有把留学的这段经历看得多重。我想，人生是一个循序渐进的过程，实在没有哪一段经历特别重要。同样，我们也不难发现在中国的现代史上，时代的进步与留学生息息相关。詹天佑、李四光等留学生推动了中国的工业革命；鲁迅、郭沫若等留学生点燃了中国民主自由的思想火炬；当代的大批留学生则奋力与国人一起将中国航船驶向全面现代化。

但我更加希望写自己的根，那似乎对我有一种挡不住的诱惑。

在这里我要感谢一些人。

首先是我的家人，感谢我的父亲、母亲和孪生姐姐，从他们那里我得到了最直接诚恳的批评。

感谢出版社的领导和编辑老师，他们的诚意和敬业精神打动了我，他们的"有力措施"也促使我早日动笔。

当然，我更要感谢向我提供素材的留学生朋友。

不少写作的人有一个共通点，个人的经历时常不足以引起创作热忱，别人的故事容易成为动力。感谢他们真实的倾诉。这是一件需要勇气的事情，尤其是说到痛处。与他们交谈的过程，有一句话最使我动心 ——"我说的未必是对的，却都是真的。"陈天舒、杨一、苏锐、大淼、阿晴、唐敏、小马这些人物形象留在我的书中，而为我提供素材的留学生朋友却永久地留在我的心里。在小说即将出版之际，我向他们表示感谢，对他们致以深切的祝福。作为同龄人，我为他们感到自豪！

我也知道自己每次一交完稿，心里总有诸多的遗憾和不安。对书中的不足与纰缪，希望大家批评和谅解。这不是一句后记中的套话。第一部小说我也这么写，或许可以理解成传统教育在行文上的痕迹。现在这么说，则是第一部书和这些年的生活给我真实的反馈及感叹。

郁 秀

2000年8月18日于深圳